古典文獻研究輯刊

十二編

曾永義 主編

第3冊

三晉文化與唐代文學（下）

智宇暉 著

國家圖書館出版品預行編目資料

三晉文化與唐代文學（下）／智宇暉 著 — 初版 — 新北市：
花木蘭文化出版社，2015〔民 104〕
目 2+200 面；19×26 公分
（古典文學研究輯刊 十二編；第 3 冊）
ISBN 978-986-404-401-6（精裝）
1. 先秦史 2. 文化研究 3. 唐代 4. 中國文學
820.8   104014978

ISBN- 978-986-404-401-6

9 789864 044016

古典文學研究輯刊
十二編 第 三 冊   ISBN：978-986-404-401-6

三晉文化與唐代文學（下）

作　　者　智宇暉
主　　編　曾永義
總 編 輯　杜潔祥
副總編輯　楊嘉樂
編　　輯　許郁翎
出　　版　花木蘭文化出版社
社　　長　高小娟
聯絡地址　235 新北市中和區中安街七二號十三樓
　　　　　電話：02-2923-1455／傳眞：02-2923-1452
網　　址　http://www.huamulan.tw 信箱 hml 810518@gmail.com
印　　刷　普羅文化出版廣告事業
初　　版　2015 年 9 月
全書字數　508644 字
定　　價　十二編 26 冊（精裝）新台幣 48,000 元

三晉文化與唐代文學（下）

智宇暉　著

目

次

第六章　三晉軍事文化與唐代文學（下）

　　可見的軍事物質文化景觀成為詩人吟詠的對象，無形的軍事精神文化也是影響唐代文學風貌的一個重要因素，其尚武精神和俠烈之風對唐代邊塞詩和豪俠小說繁榮及其風格的多樣化有著巨大的貢獻。

第一節　河東道軍事文化與唐代邊塞文學創作

　　在諸多詩歌題材類型中，邊塞詩與地域文化有著較為密切的關係。首先，作為創作題材對象的選擇，即限定在一定的地域範圍之內；其次，作為創作主體的詩人，其精神個性受地域文化影響，進而影響到文學題材的選擇傾向，唐代著名邊塞詩人大部分皆出生或生長在北方即可說明這一問題。河東道以其突出的軍事文化特徵深刻影響了唐代邊塞詩的創作，具體而言，有三條影響途徑：一，河東道軍事文化影響下的河東籍詩人最早促成了唐代邊塞詩的興起；二，為唐代培育了大量河東籍的邊塞詩人，形成一個陣容龐大的邊塞詩地域作家群；三，代北以其獨特的自然地理和歷史軍事內涵為唐代邊塞詩創作提供了獨特的素材。

一、投筆從戎——尚武精神影響下的地域風氣

　　河東道尚武精神有悠久的歷史傳統，其風氣至唐猶存。除史志地理中關於地域風習的記載，在唐代的現實生活中，尚武精神直接影響了河東士人的價值觀念，在河東道形成一種文武兼資、投筆從戎的社會風氣。

　　隋末，河東道文人即積極投筆從戎，參加李淵起義隊伍，立卓越軍功。

如太原溫大雅、溫彥博、溫大有兄弟三人即隨李淵起兵太原。大雅父溫君悠爲北齊文林館學士，其家庭爲一文學之家。溫大雅見證了李淵奪取天下的全過程，因其擅長史學，遂撰《大唐創業起居注》，記錄下最早的較爲可靠的唐王朝建國史。溫氏兄弟在李淵軍中皆掌軍國文翰，參與謀謨密略，爲唐開國功臣。李淵曾對溫大雅云：「我起義晉陽，爲卿一門耳。」〔註1〕溫大雅善軍國書檄，李淵初下長安時，李密起義軍實力強大，致書李淵欲自爲盟主，溫大雅即作書答李密以驕其志，麻痹對方〔註2〕，爲李淵掃平其餘割據勢力贏得了時間。其弟溫彥博亦曾統軍作戰，武德八年，率軍與突厥戰於太谷，兵敗被俘，「突厥以其近臣，苦問以國家虛實及兵馬多少，彥博固不肯言。頡利怒，遷於陰山苦寒之地」〔註3〕。其性格之堅韌忠貞具軍人品格。溫彥博對於唐代北部邊防部署亦曾發表重要意見，影響了唐太宗之決策。貞觀四年，唐朝滅頡利可汗後，如何處置其部落，朝廷意見不一。一種意見認爲應將其部落全部遷於黃河以南地區，使其耕田，變其風俗，化胡爲漢；一種意見以魏徵爲代表，認爲其世寇中國，百姓仇怨，且突厥人面獸心，非我族類，應遣還其故地；溫彥博則主張置突厥部落於邊塞地區，全其部落，因其風俗，得爲捍蔽。後唐太宗採納溫彥博之建議，形成唐代北部邊塞胡漢民族雜居的過渡地帶。

初唐河東道另一位投筆從戎的著名文人是薛收。薛收亦出生於文學世家，其父薛道衡爲隋代傑出詩人，收又問學於王通，有相當的儒學根柢，是一位文儒之士。隋末聞李淵起兵南下，即避開隋朝官員之耳目，遁於首陽山，準備參加李淵部隊。後房玄齡薦之於李世民，「即日召見，問以經略，收辯對縱橫，皆合要旨」。「時太宗專任征伐，檄書露布，多出於收。言辭敏速，還同宿構。馬上即成，曾無點竄」。薛收尚具有傑出的軍事謀略，武德四年，李世民圍王世充於洛陽，竇建德率兵救之。建德兵眾甚廣，「諸將皆以爲宜且退軍，以觀賊形勢」。薛收獻策，對王世充圍而不戰，以精銳之師迎戰竇建德疲敝之軍。太宗從其謀，一戰而擒竇建德。薛收的軍國才幹爲李世民深所器重，三十三歲去世，李世民「親自臨哭，哀慟左右」。即帝位後，對房玄齡言：「薛收若在，朕當以中書令處之。」〔註4〕

〔註1〕劉昫，《舊唐書》，北京：中華書局，1975年，2359頁。
〔註2〕劉昫，《舊唐書》，北京：中華書局，1975年，2221頁。
〔註3〕劉昫，《舊唐書》，北京：中華書局，1975年，2361頁。
〔註4〕薛收事迹見劉昫，《舊唐書》，北京：中華書局，1975年，2588～2589頁。

　　入唐以後，朝廷將相中文武兼資的傑出軍事人物以河東道出身者最爲突出，代表人物有裴行儉、狄仁傑、張說、裴度，皆出將入相，名垂青史。

　　裴行儉，高宗時宰相。習文出身，「幼以門蔭補弘文生。貞觀中，舉明經，拜左屯衛倉曹參軍」。裴行儉尚爲一著名書法家，唐高宗曾命其以素絹百匹，草書《文選》一部，覽之稱善，賜帛五百段。行儉嘗謂人云：「褚遂良非精筆佳墨，未嘗則書，不擇筆墨而妍捷者，唯余及虞世南耳。」裴行儉還是一位傑出的軍事統帥，曾數次率軍出邊塞，屢立戰功。儀鳳二年，十姓可汗阿史那匐延都支和李遮匐煽動叛亂，聯合吐蕃，侵逼安西。朝廷命裴行儉爲波斯王策命使，率眾西征，行止有度，統軍有方，時人比之貳師將軍。後設計生擒都支、遮匐而還。高宗慰勞云：「孤軍深入，經途萬里。卿權略有聞，誠節夙著，兵不血刃，而凶黨殄滅。」以其「文武兼資」特拜禮部尙書、兼檢校右衛大將軍。調露元年，突厥阿史那德溫反，單于管內二十四州數十萬並叛。裴行儉爲定襄道行軍大總管，統兵三十餘萬，連亙數千里，史稱「唐世出師之盛，未之有也」。行儉連用奇謀，大破突厥而還。在裴行儉麾下成長起來的唐代軍事將帥皆一時之選，「行儉嘗所引偏裨，有程務挺、張虔勗、崔智辯、王方翼、黨金毗、劉敬同、郭待封、李多祚、黑齒常之，盡爲名將，至刺史、將軍者數十人。其所知賞，多此類也」〔註5〕。

　　狄仁傑，武則天朝名相，亦明經出身。曾數次出鎮邊塞，政績卓然。狄仁傑任隴右寧州刺史，「撫和戎夏，人得歡心，郡人勒碑頌德。御史郭翰巡察隴右，所至多所按劾，及入寧州境內，耆老歌刺史德美者盈路」。萬歲通天元年，契丹寇陷冀州，河北震動，朝廷徵狄仁傑爲魏州刺史抵禦契丹。前刺史盡驅百姓入城，繕修守具。狄仁傑皆放歸農田，云：「賊猶在遠，何必如是，萬一賊來，吾自當之，必不關百姓也」。賊聞之自退。聖曆初又爲河北道元帥，出擊突厥，安撫河朔流民，處置得宜〔註6〕。

　　張說，爲一代文宗，亦數度從戎邊塞。萬歲通天元年，以軍中管記之職隨武攸宜統兵討伐契丹，次年，王孝傑英勇戰死卻受人誣枉，張說馳還京師白其冤。後歷任邊帥，勇謀兼備。開元八年任并州大都督府長史期間，曾從容處置邊塞緊急事態。先是，八年秋，朔方節度人使王晙誅殺河曲降虜千餘人，引起代北諸部落人心震恐，張說率二十餘騎親至撫慰。「副使李憲以爲夷

〔註5〕裴行儉行迹見劉昫，《舊唐書》，北京：中華書局，1975年，2802～2805頁。
〔註6〕狄仁傑事迹見劉昫，《舊唐書》，北京：中華書局，1975年，2887～2892頁。

虜難信，不宜輕涉不測，馳狀以諫，說報書曰：『吾肉非黃羊，必不畏吃；血非野馬，必不畏刺。士見危致命，是吾效死之秋也。』於是九姓感義，其心乃安」〔註7〕。張說表現出英勇無畏的將帥豪情。

至中唐，又有裴度為一軍事英傑。裴度貞元五年進士第，亦為一著名詩人。元和年間的淮西之役充分展示了其傑出的軍事家才略。先是，元和九年，淮西節度使吳少陽死，其子吳元濟發兵威脅朝廷以圖繼位。朝廷即對之實施討伐，藩鎮派刺客殺宰相武元衡，傷裴度，迄至元和十二年，討伐四載，王師不利。關鍵之際，憲宗起用裴度為淮西宣慰招討處置使總領各路兵馬討伐吳元濟。裴度臨行云：「主憂臣辱，義在必死。賊滅，則朝天有日；賊在，則歸闕無期。」表現出視死如歸之氣概。此役軍令劃一，將士齊心，連戰皆捷，僅兩月，即平定淮西。緊接著，元和十三年，裴度再次指揮得當，討平淄青節度使李師道之亂。其削藩成功，實現了史稱的「元和中興」，諸藩伏首。《舊唐書》評價裴度云：「度始自書生以辭策中科選，數年之間，翔泳清切。逢時艱否，而能奮命決策，橫身討賊，為中興宗臣。……時威望德業，侔於郭子儀，出入中外，以身繫國之安危、時之輕重者二十年。凡命將相，無賢不肖，皆推度為首，其為士君子愛重也如此。雖江左王導、謝安坐鎮雅俗，而訏謨方略，度又過之。」〔註8〕

河東道屢出將相兼全之才，與河東道士人的人才觀念密切相關。本書第二章第二節所引裴行儉「士先器世而後文藝」論和狄仁傑「文士齷齪」論，屬於唐代河東道政治家關於經國之才和文藝之士價值衡量比較的代表性觀點，表現了他們對從事實際軍政事務能力的優先重視，頗能反映出地域文化的影響。在此地域價值觀之影響下，河東道普通士人對於武事亦持積極開放之態度。如初唐宋令文，宋之問之父，兼詩書，有勇力。《朝野僉載》卷六云：「宋令文者，有神力。禪定寺有牛觸人，莫之敢近，築圍以闌之。令文怪其故，遂袒褐而入。牛竦角向前，令文接兩角拔之，應手而倒，頸骨皆折而死。又以五指撮碓觜壁上書，得四十字詩。為太學生，以一手挾講堂柱起，以同房生衣於柱下壓之。許重設酒，乃為之出。」〔註9〕宋令文有三子，各得其一絕：「長之問，有文譽；次之遜，善書；次之悌，有勇力。之悌後左降朱鳶，會賊破驩州，以之悌為總管擊之。募壯士，得八人。之悌身長八尺，

〔註7〕劉昫，《舊唐書》，北京：中華書局，1975年，3052頁。
〔註8〕劉昫，《舊唐書》，北京：中華書局，1975年，4433頁。
〔註9〕張鷟，《朝野僉載》，北京：中華書局，1979年，139頁。

被重甲，直前大叫曰：『獠賊，動即死。』賊七百人一時俱剉，大破之。」宋令文培養教育子弟文武多向發展。中唐詩人樊宗師之父樊澤，雖爲文士，而有高超武藝，「每與諸將射獵，常出其右，人心服之」。詩人王彥威，世儒家，尤精三禮，曾撰《元和新禮》三十卷獻上，「通悉典故，宿儒碩學皆讓之」〔註10〕。其對武事持讚賞之態度，在任宣武節度使時作詩表達統軍爲將的豪情。詩云：「天兵十萬勇如貔，正是酬恩報國時。汴水波瀾喧鼓角，隋堤楊柳拂旌旗。前驅紅旆關西將，列座青蛾趙國姬。寄語長安舊冠蓋，粗官到底是男兒。」《唐詩紀事》云：「長安舊俗，以不歷臺省出領廉車節鎮者，率呼爲粗官。」中唐詩人胡證，同時是一位武術高手。《唐摭言》卷三曾記載其隻身營救裴度於禁軍無賴之中，藝驚四座，呼爲神人〔註11〕。以上樊、王、胡三人皆仕至節度使，爲一方統帥。

在河東普通士子中，也多具志在兵戎的價值觀念。呂恭，呂溫之弟，世習經術，文學傳家，而欲以武事建功立業。柳宗元《呂侍御恭墓誌》云：「（呂恭）尚氣節，有勇略，不飾小謹。讀縱橫書，理《陰符》、《握機》、《孫子》之術。曰：『我師尙父冑也。大父洎先人，咸統方岳，今天下將理平，蔡、兗、冀、幽，洎戎猶赴命。』蚤夜呼憤，以爲宜得任爪牙，畢力通天子命，作文章咸道其志云。又曰：『由吾兄而上三世，世爲進士。吾之文不墜教戒，獨武事未克纘厥緒。』」呂恭之人生理想並非個案，在河東道具有歷史現實的普遍性。據趙超主編《唐代墓誌彙編》、《續集》，在今山西出土的唐代墓誌中，有官職的墓主，武職爲文職的近五倍。其中有許多爲文儒家庭而後代從戎者。

如王義，潞州人，其家庭中「曾祖生，祖正，父叔，並昆丘蘊質。抱器含輝，毓胎光而絢彩；鴻儒碩學，播美德於一時」。王義本人「學富星墳」，「道該朱典」，卻投筆從戎，「旌功武騎，早著清閒；秘術略陳，勳庸薄賞」，授雲騎尉。王義之子嘉慶、嘉福亦從軍，「擁旌刺舉，扇黃石之玄風；仗劍橫行，運孫吳之秘略」〔註12〕。

〔註10〕劉昫，《舊唐書》，北京：中華書局，1975 年，4155 頁。

〔註11〕《唐摭言校注》，〔五代〕王定保著，姜漢椿校注，上海：上海社會科學院出版社，2003 年，58 頁。

〔註12〕見周紹良主編，《唐代墓誌彙編》長安 014，上海：上海古籍出版社，1992 年，999 頁。爲省文，墓誌名稱不具列，以年號、編號、頁碼標注，以下簡稱《彙編》；周紹良、趙超主編，《唐代墓誌彙編續集》簡稱《續集》，上海：上海古籍出版社，2006 年。

王修福，晉州人，其父王朗從文，「明經擢第，韋賢之棄簪金，桓榮俯拾地芥」。王修福則尚武，「暨乎成立之年，有敏捷之致，乃學騎射，妙絕時人。宿衛滿，授慶州永業府右果毅」。後積功至定州嶽嶺軍副使，其子景珍、景陽皆從軍。（《彙編》開元131，1274頁）

智玄，太谷人。「父燕，隱儒蓄志，廉讓兼施」。智玄「博義寬仁，二柄兼修。時當用武，雄心猛烈，召募從軍，克敵無遺，蒙授騎都尉」。（《彙編》開元356，1402頁）

薛貞，太谷人。父爲并州祭酒，薛貞從戎，因功授上護軍。（《續集》龍朔032，138頁）

崔穆，潞州人。父爲并州司士參軍，崔穆從軍，「連軍百萬，韓信訝其才辯；帷幄運籌，子房慚其謀略」。（《續集》總章001，172頁）

李仁基，潞州人。父李聆爲儒生，「播甚宣尼之教，重開北海之文」，仁基從軍授上騎都尉。（《續集》咸亨015，196頁）

馮雅，潞州人。父祖皆爲文士，馮雅從軍，爲八諫府校尉。（《續集》景龍004，429頁）

侯感，太原人。父祖爲文職，侯感「少懷餘勇，克捷凶渠，仗義鎬京，書勳會府，授昭武校尉。」（《續集》開元007，458頁）

張象山，絳州人。其父「博尋經誥，雅有天才」，山象「起家自舉，武藝超絕」，「越階授皮氏府旅帥」。（《續集》開元058，494頁）

宋嘉進，潞州人。父宋秀「讀書養志」，嘉進「孝友居家，文武濟代」，「中原叛渙，爲國輸忠，斬將搴旗，名（聲）四遠，遂別敕授節度總管，寧遠將軍，左武衛將軍」。（《續集》貞元028，752頁）

尚有許多讀書士人，自覺棄文從武，建立軍功。如：

張琮，潞州人。琮「麟德二年任國學生，德溢浮天，橫絢藻於宇內。博兼右學，抱六藝以泉飛；咸誦在懷，貫五經而盆湧。其年雄心憤發，募討三韓，設六奇以摧峰（鋒？），陳萬騎而克敵。斬獲俘馘，懷百勝以全歸，特簡殊勳，蒙授上柱國」。（《續集》儀鳳004，231頁）

李良金，晉州人。良金「弱冠忽投筆太息，仗劍獨遊」，入朔方幕，「出奇破敵，勘難計功，廿年間，累有遷拜」。（《彙編》大曆010，1766～1767頁）

董師，潞州人。「弱齡好古，壯髮勤書，王粲橫戈，俄從武術；班超入

幕，忽預兵鈐。發一矢乃駟馬齊穿，控六鈞則五犯同穴。制授從善府旅帥」。後龍朔中征高麗戰死沙場。（《續集》天授 005，309 頁）

張嘉慶，太原人。「二柄俱妙，志懷良圖；九萬將摩，心思遠略。遂赴河湟謁上將王思禮，擢居麾下焉」。「公盡節臨戎，陷堅摧敵，三鼓氣豎，七伐勳夷」，後以功授太常卿。（《續集》大曆 042，720～721 頁）

河東道更多的是軍功世家。如：

申屠行，潞州人。曾祖申屠和為雁門郡太守，「奉鎮狼山，控長城之萬里；宣威蟻穴，讋紫塞之千重」。申屠行因軍功授騎都尉。（《彙編》景龍 039，1108～1109 頁）

陶德，潞州人。「君幼挺天靈，早承家教，壯志雄勇，猛略虎賁，揮戈剪夷，握節輔主」，蒙授上輕車都尉。（《彙編》開元 108，1229 頁）

張石，潞州人。其父張茂賓，安史之亂中，「挺霜戈而為國，奮長策而經綸」，後為昭義節度副使。張石「知文非拯難之心，具武定禍亂之急，遂投軍從戎，挺劍沙漠，論功則最，累踐榮班」。（《彙編》貞元 040，1865 頁）

雲感，太原人。祖父皆從軍，雲感能「世濟其美，不殞其名」，「聞敵賈勇，乘危效節，殄彼狂寇，克成大勳」。（《續集》開元 153，558～559 頁）

柳行滿，蒲州人。「志業非存於筆硯，功名大寄於弧矢」，任良社府統軍。其子秀成、秀立皆為軍將。（《續集》久視 007，380 頁）

劉明德，石州人。為折衝都尉，子劉朝逸為奉天定難功臣，鎮軍大將軍。（《彙編》元和 009）

李忠，潞州人。父李丘為步兵校尉，李忠為昭武校尉。（《續集》開元 151，557 頁）

郭師，潞州人。「世胄英雄（闕一字）性驍果。一經皓首，懶卒於文場；三軍可奪，且標名以武騎」。（《續集》天寶 025，599 頁）

王珍，太原人。曾祖、祖父、父親皆從軍，王珍「文武兼資」，其子王安國亦為陪戎校尉。（《續集》大曆 018，704 頁）

桑金，太原人。五子全部從軍。（《續集》建中 003，724～725 頁）

龍澄，太原人。父龍潤為太原起義元從，龍澄從軍西域，「固守窮城，以一當萬，道殫援絕，執節而終」。（《續集》龍朔 003，119 頁）

《墓誌》及《續編》中山西出土之墓誌，以潞州為多，占 60% 以上，河東道四個亞區中部、南部、東南部皆有，唯乏代北資料。唐代代北，胡漢雜

居，尙武乃其主要特色。唐韋澳《諸道山河地名要略》云代北民風剽悍，「不憚攻殺，所謂袵金革，死而不厭者也」〔註13〕。《宣室志》卷七載雲中人寧勉，「年少，有剛氣，善騎射，能以力格猛獸，不用兵仗」〔註14〕。唐人墓誌中亦間涉及代北民風。張楚璋墓誌云「（定襄）土風驍駻，井邑偏卑，人無廉義，俗尙鋒鏑」〔註15〕，崔弘禮墓誌云「定襄之人，氣俗尙武」〔註16〕。生活在代北的少數民族群多以從戎騎射爲其職業，金戈鐵馬，騎射殺伐的生涯影響著一個地域的社會風習。如沙陀族首領李國昌、李克用父子代爲河東北部邊帥；回鶻族將軍何建，世代居於雲朔間，祖何慶、父何懷福先後在李克用軍中爲小校〔註17〕；粟特族石敬瑭，其四代祖石璟元和中爲河東陰山府裨校，祖石翌爲振武防禦使，父石紹雍善騎射，累立戰功〔註18〕。烏丸族丸珍，祖父丸興，隋代任會川府鷹揚，父丸通，唐尙德府左果毅，並以耀武榮班揚名〔註19〕。少數民族以外，亦有漢族家庭遷居代北，仕爲邊將者。蘇承悅，先爲河內人。棄文從武，徙居雲中爲將，永泰元年卒於太原，歸葬雲中，墓誌云承悅「守忠無家，受命無敵，施七縱七擒之謀，歸三載三北之地」〔註20〕。太原武氏家族，徙居代北，世代爲將。武青，祖父武令珣爲橫野軍使，武青則「慕班超之高志，懷白起之深謀，遠辭汾川，久遊邊郡，叨名軍旅，頻立功勳」，終於大同軍私第〔註21〕。武青之侄武言，亦爲節度散將，騎都尉，試金吾衛大將軍，「妙年雄勇，志性剛強」〔註22〕。

河東道從軍尙武之風影響及於地域婚姻觀念和藝術形態。唐世重門閥，

〔註13〕 唐耦耕、陸宏基《敦煌社會文獻眞迹釋錄》第一輯，書目文獻出版社，1986年，69頁。

〔註14〕《唐五代筆記小說大觀》，上海：上海古籍出版社，2000年，1046頁。

〔註15〕 周紹良主編，《唐代墓誌彙編》，上海：上海古籍出版社，1992年，1352頁。

〔註16〕 周紹良主編，《唐代墓誌彙編》，上海：上海古籍出版社，1992年，2123～2124頁。

〔註17〕 薛居正，《舊五代史》，北京：中華書局，1976年，1245頁。

〔註18〕 薛居正，《舊五代史》，北京：中華書局，1976年，977～978頁。

〔註19〕 見1993年朔州出土丸珍墓誌，載三晉文化研究會編，《三晉石刻總目》朔州市卷，太原：山西古籍出版社，2005年，3頁。

〔註20〕《特進蘇公墓誌並序》載胡學忠《大同出土的蘇承悅墓誌考析》，《山西大同大學學報》，2011年8月，93頁。

〔註21〕《武青墓誌》，參見馬志強、李志春，《大同出土唐代武氏墓誌略論》，《大同職業技術學院學報》，2002年9月，20頁。

〔註22〕《武言墓誌》見馬志強、李志春，《大同出土唐代武氏墓誌略論》，《大同職業技術學院學報》，2002年9月，21頁。

婚姻尤甚。然中唐太原人河東節度使李光顏擇婿卻迥異流俗。孫光憲《北夢瑣言》卷三云：「李太師光顏，以大勳康國，品位穹崇。爰女未聘，幕僚謂其必選佳婿，因從容語次，盛譽一鄭秀才詞學門閥，人韻風流異常，冀太師以子妻之。他日又言之，太師謝幕僚曰：『李光顏，一健兒也。遭遇多難，偶立微功，豈可妄求名族，以掇流言乎？某已選得佳婿，諸賢未見。』乃召一客司小將，指之曰：『此即某女之匹也。』超三五階軍職，厚與金帛而已。從事許當曰：『李太師建定難之勳，懷弓藏之慮，武寧保境，止務圖存。而欲結緣名家，非其志也。與夫必娶高國求婚王謝，何其遠哉？』」〔註23〕李光顏為回紇族，本書第四章曾論及光顏非一純粹武夫，宰相李程云其「文武全才」，楊巨源贊他「題詩壓腐儒」。其選擇女婿，擇小將而去秀才，一定程度反映了他的文武才能觀念。

　　河東音樂亦具戰爭雄風。唐自製樂有三大舞，《七德舞》、《九功舞》、《上元舞》，其中《七德舞》為武舞，源自河東。《新唐書》卷 21《禮樂志十一》云：「《七德舞》者，本名《秦王破陣樂》。太宗為秦王，破劉武周，軍中相與作《秦王破陣樂》曲。及即位，宴會必奏之，謂侍臣曰：『雖發揚蹈厲，異乎文容，然功業由之，被於樂章，示不忘本也。』」〔註24〕《舊唐書》卷 29《音樂志二》云：「《破陣樂》，太宗所造也。太宗為秦王之時，征伐四方，人間歌謠《秦王破陣樂》之曲。」〔註25〕按，唐太宗破劉武周戰場在河東道，時間在武德三年。先是武德二年，武周入侵河東連下并州、介州、晉州。同年冬李世民率軍渡河驅敵，武德三年四月，人破宋金剛於介州，劉武周奔突厥，河東平。《新唐書》謂軍中作《秦王破陣樂》，《舊唐書》謂民間傳唱，始作應在河東道。其樂舞風格，「百二十人披甲持戟，甲以銀飾之。發揚蹈厲，聲韻慷慨，享宴奏之，天子避位，坐宴者皆興」〔註26〕。其樂凡三變，「每變為四陣，象擊刺往來，歌者和曰：『秦王破陣樂』」。剛健雄渾的藝術力量頗具感染力，史載：「舞初成，觀者皆扼腕踊躍，諸將上壽，群臣稱萬歲，蠻夷在庭者請相率以舞。」〔註27〕《秦王破陣樂》既創自河東，其影響及於後世。今流傳於山西的鑼鼓樂，被譽為「中華第一鼓」，其中絳州鼓樂《秦王點兵》，太

〔註23〕孫光憲，《北夢瑣言》，上海：上海古籍出版社，1981 年，12～13 頁。
〔註24〕歐陽修、宋祁，《新唐書》，北京：中華書局，1975 年，467 頁。
〔註25〕劉昫，《舊唐書》，北京：中華書局，1975 年，1059 頁。
〔註26〕劉昫，《舊唐書》，北京：中華書局，1975 年，1060 頁。
〔註27〕歐陽修、宋祁，《新唐書》，北京：中華書局，1975 年，467～468 頁。

原鑼鼓《唐王出征》，臨汾威風鑼鼓《四面埋伏》皆相傳源自李世民征戰殺伐之事。《秦王點兵》以出征爲主題，列陣點兵，步法剛勁，鼓聲交錯，號角長鳴，其壯闊激烈的藝術效果曾經轟動京華，震撼巴黎〔註28〕。而《秦王破陣樂》正是以鼓樂爲主，《舊唐書・音樂志二》云：「自《破陣舞》以下，皆雷大鼓，雜以龜茲之樂，聲震百里，動蕩山谷。」〔註29〕

　　河東道之尙武精神，以及從戎立功的價值觀念，已經遍佈河東地域的日常生活之中，其對文學最爲直接的影響即是此一地域文學家的群體性格，進而促成了創作題材選擇的共同傾向，對於盛唐邊塞詩的興起具有先導性的貢獻。

二、河東道豪健士風與盛唐邊塞詩的興起

　　趙昌平先生劃分盛唐詩爲三期，「第一期爲先天元年至開元十年前後，爲準備期，第二期以開元十五年前後爲中心，約從十年左右至開元二十五年前後爲形成期，約於開元末天寶初以李杜高岑之成名爲標誌至天寶末爲第三期」〔註30〕。對邊塞詩亦應作如是觀。盛唐邊塞詩人，最早的王之渙、王翰、王維、王昌齡、張說、常建在開元十年前後即開始了邊塞詩的創作，王維、王昌齡的創作延續到開元中後期；高適、李頎、崔顥則從開元中期開始邊塞詩的創作；開元末至天寶年間，則李、杜、高、岑爲邊塞詩的主要代表人物。開元早期邊塞詩人群是以河東籍詩人爲主體構成的，盛唐邊塞詩的興起，他們發揮了地域詩人的先導作用。這種貢獻，與河東道軍事文化影響下的豪健士風特質有密切關係。

（一）河東道豪健士風略例

　　言盛唐豪俠詩人，研究者每以王翰爲例。王翰，太原人，兩唐書皆記其豪放個性。《舊唐書》本傳云：「少豪蕩不羈，登進士第，日以蒱酒爲事。」並說他「櫪多名馬，家有妓樂。翰發言立意，自比王侯，頤指儕類，人多嫉之」〔註31〕。《新唐書》本傳則云其「少豪健恃才」，後開元十五年出爲汝州

〔註28〕李玉明，《山西民間藝術》，太原：山西人民出版社，1991年。

〔註29〕劉昫，《舊唐書》，北京：中華書局，1975年，1060頁。

〔註30〕《開元十五年前後──論盛唐詩的形成與分期》，見《趙昌平自選集》，桂林：廣西師範大學出版社，1991年，66頁。

〔註31〕劉昫，《舊唐書》，北京：中華書局，1975年，5039頁。

長史、仙州別駕，卻不務政事，「日與才士豪俠飲樂游畋，伐鼓窮歡」〔註32〕。其狂傲氣質和縱酒窮歡的生活卻爲兩任河東籍并州長史張嘉貞、張說優容相禮。其表現出來的氣質特徵正與盛唐時代到來時，彌漫於時代的享樂氣氛和剛健的人文精神相吻合〔註33〕。王翰之狂傲和豪奢與他世家大族的出身有關。在景雲年間的一次吏部銓選中，王翰擅定海內名士高下，狂氣表現得淋漓盡致。《封氏聞見記》云：「開元初，宋璟爲尚書，李乂、盧從願爲侍郎，大革前弊，據闕留人，紀綱復振。時選人王翰頗工篇賦，而迹浮僞。乃竊定海內文士百有餘人，分作九等。高自標置，與張說、李邕並居第一，自餘皆被排斥。凌晨於吏部東街張之，甚於長名。觀者萬計，莫不切齒。從願潛察獲，欲奏處刑憲，爲勢門保持乃止。」開元初，應爲「景雲二年」之誤〔註34〕。王翰敢於冒天下之大不韙，肆意縱評天下文士，實狂傲之極，而吏部侍郎盧從願亦無可奈何。傅璇琮先生據此推測王翰應爲太原高門子弟。王翰之行爲，雖犯天下士人之怒，其風采氣質卻爲後輩詩人所仰慕。杜甫開元二十三年入洛陽應試，曾謁見王翰。天寶七載作《奉贈韋左丞相二十二韻》回憶自己當年是「李邕求識面，王翰願卜鄰」〔註35〕。雖爲杜甫自許，亦可見當代詩人對於李邕、王翰此類狂士的仰慕之情。

　　王泠然，太原人，開元五年進士第，九年任太子校書，位卑求用，向當時宰相張說上書自薦，用語大膽激烈，縱橫恣肆，充分表現了王泠然狂傲不可一世的個性氣質。《全唐文》此上書名爲《論薦書》，原載《唐摭言》卷六「公薦」條。書信開篇即以一連串反問句式表達不能得到張說推薦的遺憾：「所恨公初爲相，而僕始總角；公再爲相，僕方志學；及僕預鄉舉，公左官於巴邱；及僕參常調，而公統軍於沙朔。今公復爲相，隨駕在秦，僕適效官，分司在洛，竟未識賈誼之面，把相如之手，則堯、舜、禹、湯之正道，稷、契、夔、龍之要務，焉得與相公論之乎？昔者，公之有文章時，豈不欲文章者見之乎？公未富貴時，豈不欲富貴者用之乎？今公貴稱當朝，文稱命代，見天下未富貴、有文章之士，不知公何以用之？」進而又批評張說尸位素餐，

〔註32〕歐陽修、宋祁，《新唐書》，北京：中華書局，1975年，5759頁。

〔註33〕趙昌平先生曾例舉說明從宮廷到民間彌漫的豪侈之風，舉王翰爲文士的代表，見《開元十五年》，《趙昌平自選集》，桂林：廣西師範大學出版社，1997年，67頁。

〔註34〕傅璇琮，《王翰考》，載《唐代詩人叢考》，北京：中華書局，1980年，39～41頁。

〔註35〕仇兆鰲，《杜詩詳注》，北京：中華書局，1979年，74頁。

不能進賢致用，以致天怒人怨：「主上開張翰林，引納才子，公以傲物而富貴驕人，爲相以來，竟不能進一賢，拔一善。漢高祖云：『當今之賢士，豈獨異於古人乎？』有而不知，是彰相公之暗；知而不用，是彰相公之短。故自十月不雨，至於五月，雲才積而便散，雨垂落而復收，此欲德不用之罰也。……今人室如懸磬，野無青草，何恃而不恐！天則不雨，公將若之何？昨五月有恩，百官受賜，相公官既大，物亦多，有金銀器及錦衣等，聞公受之，面有喜色。今歲大旱，黎民阻饑，公何不固辭金銀，請賑倉廩？懷寶衣錦，於相公安乎？百姓餓欲死，公何不舉賢自代，讓位請歸？」〔註36〕書生不懼權貴之狂態儼然自現，發言的大膽和縱橫之氣爲唐代少見。王泠然現存詩以歌行居多，正與其性格相應，惜無邊塞詩留存，從寫戰爭的《詠八陣圖》殘句「陳兵劍閣山將動，飲馬珠江水不流」可以想見此類詩風格。

詩人王之渙亦豪邁不屈之士。靳能所作王之渙墓誌評其性格云：「氣高（於）時，量過於眾。異毛義捧檄之色，悲不逮探；均陶潛屈腰之恥（闕一字）於解印。會有誣人交構，公因拂衣去官，遂優遊青山，滅裂黃綬」。「惟公孝聞於家，義聞於友，慷慨有大略，倜儻有異才。嘗或歌從軍，吟出塞，皦兮極關山明月之思，蕭兮得易水寒風之聲」。《唐才子傳》說王之渙「少有俠氣，所從遊皆武陵少年，擊劍悲歌，從禽縱酒。中折節攻文，十年名譽自振」。詩人輕富貴，重人格，吟遊江湖，有俠士之風。

王維，蒲州人，其個性非飛揚跋扈之類，然其少年時亦有「百人會中身不預，五侯門前心不能」（《不遇詠》）〔註37〕的自尊與狂傲亦有從軍邊塞致軍功的熱烈理想：「盡繫名王頸，歸來報天子。」（《從軍行》）羨慕讚賞「身經大小百餘戰」的「長安少年游俠客」（《隴頭吟》）。他送從弟王蕃遠遊，云其「讀書復騎射，帶劍遊淮陰。淮陰少年輩，千里遠相尋」。仗劍遠遊是唐代詩人特有的生活方式，河東士風文武兼資的品格亦在其中。

盛唐時又有蒲州詩人吳彣之作《少年行》，讚美少年豪俠慷慨使氣，不畏權貴之概：「承恩借獵小平津，使氣常遊中貴人。一擲千金渾是膽，家無四壁不知貧。」蒲州詩人盧羽客《結客少年場行》亦寫英雄俠少的功業理想云：「幽并俠少年，金絡控連錢。竊符方救趙，擊築正懷燕。」開元詩人馮

〔註36〕〔五代〕王定保著，姜漢椿校注，《唐摭言校注》，上海社會科學院出版社，2003年，121～122頁。

〔註37〕陳鐵民，《王維集校注》，北京：中華書局，2003年。下所引王維詩均據該集，不再注明。

待徵描寫女性，亦帶英武之氣，《虞姬怨》寫虞姬追隨項羽征戰四方云：「行逢楚漢正相持，辭家上馬從君起。歲歲年年事征戰，侍君帷幕損紅顏。不惜羅衣沾馬汗，不辭紅粉著刀環。」詩人們所欣賞、所崇尚的是一種豪健勇武的精神。

詩人王昌齡在河東居住多年，其個性氣質亦受地域影響，《舊唐書》本傳云其「不護細行，屢見貶斥」〔註38〕，是對詩人不拘小節、狂放不羈個性的消極評價，他曾自許「儒有輕王侯，脫略當世務」（《鄭縣宿陶大公館》）。

趙長平先生把王翰、王昌齡、與崔顥、李頎一起歸入北地豪俠型詩人群，並分析其狂俠氣質的歷史原因云：開元中期社會繁榮，士人們的仕途充滿希望光明，這些狂俠詩人對名利的大膽追求和狂放行徑，表現了他們迫切要求登上為豪族所壟斷的政治舞臺的熱切願望。他們以模倣為超越，以比王公貴人更王公貴人的氣派，結合「幽并游俠兒」的意氣來渲染這種鬱積的情感內容〔註39〕。河東道詩人則較為集中地體現了這一歷史潮流中帶有地域特徵的部分，並進而深刻影響了邊塞詩的發展進程。

以上所舉河東詩人籍貫，唯王昌齡尚存爭議，故在具體考察這群詩人開元前期的創作實績之前，有必要就王昌齡的籍貫問題稍作辨析。王昌齡之籍貫，舊有三說，京兆（《舊唐書》）、太原（《河嶽英靈集》）、江寧（《新唐書》）。江寧之說已為研究者所不取，此處就太原與京兆做一分說。傅璇琮先生經過詳細考證，認為王昌齡籍貫應為京兆長安。其理由是：儘管王昌齡詩中有「舊居太行北，遠宦滄溟東」（《洛陽尉劉晏與府掾諸公茶集天壇寺岸道上人房》）之句，句中的「舊居」與「太行北」都是泛指，且在其詩文中只此一處，不能據此遽定其為太原人。而其居住在長安則於詩中屢有提及，應以長安為是。目前學界大多接受籍貫長安之說，但居於太原的時間則一直沒有確切定論。胡問濤《王昌齡年譜系詩》據「舊居太行北」兩句詩，定其曾短暫客居太原。

按王昌齡籍貫京兆之說無誤，而其居住河東之時間，則並非如傅、胡所言是短暫遊歷。就「舊居太行北，遠宦滄溟東」之語氣而言，應是在太行以北居住了很長一段時間，至今尚記憶尤深，如為短暫停留，詩人云「舊居」未免誇大；傅先生云地域屬「泛指」，有進一步澄清的必要。地理方位上，

〔註38〕劉昫，《舊唐書》，北京：中華書局，1975年，5050頁。

〔註39〕趙昌平，《盛唐北地士風與崔顥李頎王昌齡三家詩》，《趙昌平自選集》，桂林：廣西師範大學出版社，1997年，92頁。

太行山位於黃河以北，地跨河北、河東兩道。河北道在太行山以東，入河北不必度越太行，唯從河北平原入河東必須翻越太行山，唐代洛陽和太原之間的主要交通線就是取道懷州太行道北入河東〔註40〕。「太行北」應是確指河東，即使泛指，最多包括河北，長安在黃河以南，無論如何不在此範圍。另《別李浦之京》中云：「故園今在霸陵西，江畔逢君醉不迷。」自可作為王昌齡居住長安的證據，而詩中「今在」尤需注意，說明在居住長安之前尚有別一「故園」之存在。王昌齡詩中言北方之居所，只有長安和「太行北」兩地，則長安之前的故園應在河東道無疑。又開元十一年唐玄宗巡幸河東，王昌齡作《駕幸河東》詩云：「晉水千廬合，汾橋萬國從。開唐天業盛，入沛聖恩濃。下輦回三象，題碑任六龍。睿明懸日月，千載此時逢。」玩詩意，「千載此時逢」，應是玄宗到河東之時，寫「題碑」指玄宗在太原作《起義堂頌序》立碑乾陽門街之事，詩人時在太原。另王昌齡有《悲哉行》、《就道士問〈周易參同契〉》、《潞府客廳寄崔鳳童》三首詩皆前後同時之作。《悲哉行》中亦有「北上太行山，臨風閱吹萬」句，胡問濤認為是離家漫遊，屬推測。由「舊居太行北」和開元十一年居太原事，輔以「故園今在霸陵西」，應可以確定王昌齡早年居所在河東，然是否一直居於太原則難定，其移家至長安時間亦未知。據開元十一年詩人年過三十尚在太原，則其遷居長安的時間應在成年以後大致可以確定。其（或者遷居長安以後太原舊居尚在，詩人兩地往來亦有可能）則王昌齡早年的生活地應在河東道。

（二）盛唐前期邊塞詩創作高潮中的河東籍詩人

盛唐前期主導了邊塞詩創作的河東道詩人王維、王之渙、王翰、王昌齡、張說，每位詩人都有遠遊邊塞的親身經歷，在開元前期主要促成了邊塞詩創作的一次小高潮。

最早進行邊塞詩創作的是王維，共創作邊塞詩二十餘首（取較為寬泛的概念，玄想、送人入邊、親歷者皆計入）。王維開元二十五年始隨崔希逸入河西節度使幕府，其早年的邊塞詩創作皆為玄想之作，如《從軍行》、《隴頭吟》、《隴西行》、《李陵詠》、《燕支行》等，皆主要書寫少年人立功邊塞的理想情懷。這批詩創作時間不詳，據《李陵詠》和《燕支行》題下原注，分別為 19 歲和 20 歲。按王維生於 694 年〔註41〕，則《李陵詠》作於 712 年，《燕

〔註40〕參嚴耕望，《唐代交通圖考》第一冊，上海：上海古籍出版社，2007 年。
〔註41〕王維生年眾說紛紜，本文取王勳成《王維進士及第及出生年月考》一文之說，

支行》作於 714 年，則大致可以確定，王維諸作在開元前後的一段時期，創作時間甚早。由於非親至邊塞，一些詩作如《從軍行》、《隴西行》充滿想像，缺乏實感〔註42〕。但個別詩作抒發自我、描寫戰爭亦頗見出色。《李陵詠》悲悼古人在戰爭中的命運。詩云：「漢家李將軍，三代將門子。結髮有奇策，少年成壯士。長驅塞上兒，深入單于壘。旌旗列相向，簫鼓悲何已！日暮沙漠陲，戰聲煙塵裏。將令驕虜滅，豈獨名王侍？既失大軍援，遂嬰穹廬恥。少小蒙漢恩，何堪坐思此。深衷欲有報，投軀未能死。引領望子卿，非君誰相理？」少年王維同情在邊塞戰爭中投降的古代戰將，表達了衷心不被理解的個人悲劇命運。《燕支行》則展現了一位當代將軍形象：「漢家天將才且雄，來時謁帝明光宮。萬乘親推雙闕下，千官出餞五陵東。誓辭甲第金門裏，身作長城玉塞中。衛霍才堪一騎將，朝廷不數貳師功。趙魏燕韓多勁卒，關西俠少何咆勃。報仇只是聞嘗膽，飲酒不曾妨刮骨。畫戟雕戈白日寒，連旗大旆黃塵沒。疊鼓遙翻瀚海波，鳴笳亂動天山月。麒麟錦帶佩吳鉤，颯沓青驪躍紫騮。拔劍已斷天驕臂，歸鞍共飲月支頭。漢兵大呼一當百，虜騎相看哭且愁。教戰須令赴湯火，終知上將先伐謀！」《唐詩選脈會通評林》：「周珽曰：此當有所指，或自喻所負也。……言言汪洋自恣，魄力俱大。」〔註43〕其中「畫戟雕戈」以下六句寫得海動山搖，氣勢震撼，梁有遇評其「空中馳驟，風雨交集」，甚是。詩中暗寓作者理想中的自我形象。

　　與王維不同，張說在中年出鎮邊塞後才創作邊塞詩，有二十餘首。他在萬歲通天元年曾隨武攸宜遠至邊塞討伐契丹，未有詩作留存。後張說開元六年鎮幽州，開元八年鎮并州，邊塞詩多作於幽州時。其時張說已經歷宦海風波，爲一成熟的政治家、軍事家，其邊塞詩傳達的情感及風格皆與少年王維不同。開元七年《巡邊在河北作》云：「去年六月西河西，今年六月北河北。沙場磧路何爲爾，重氣輕生知許國。人生在世能幾時，壯年征戰髮如絲。會待安邊報明主，作頌封山也未遲。」感情深沉持重，丈夫許國的輕生之志尤爲眞實。作此詩的次年，張說在并州長史任即以輕騎數十人親自前往突厥九姓部落處理邊塞危機，並云「士見危致命，是吾效死之秋也」。張說的邊塞

　　　　詳見本書第二章第二節之討論。
〔註42〕王拾遺，《說王維的邊塞詩》，見《唐代邊塞詩論文選粹》，蘭州：甘肅教育出版社，1988 年，149～150 頁。
〔註43〕陳伯海主編，《唐詩彙評》，杭州：浙江教育出版社，1995 年，295 頁。

獻身精神表現在現實鬥爭中,而於詩中反而很少像懸想詩人那樣描寫戰爭場面,表現將士的英勇形象,而是寫身處邊塞的人生感受。《幽州新歲作》云:「去歲荊南梅似雪,今年薊北雪如梅。共知人事何常定,且喜年華去復來。邊鎮戍歌連夜動,京城燎火徹明開。遙遙西向長安日,願上南山壽一杯。」邊塞詩寫得如此豪華典雅,見政治家風度。《唐詩選脈會通評林》:周珽曰:通篇淡雅超脫,結以新歲,用上壽語恰當,且志切慕君,不失風雅正體。

　　張說在并州長史任期間,詩人王翰在幕,頗受器重。王翰景雲元年(710)進士及第,及第後並未授官,回原籍太原,為兩任并州長史張嘉貞、張說賞識。《舊唐書》本傳云:「并州長史張嘉貞奇其才,禮接甚厚,翰感之,撰樂詞以敘情,於席上自唱自舞,神氣豪邁。張說鎮并州,禮翰益至。」其邊塞詩有《涼州詞》二首,第一首最佳,詩云:「蒲萄美酒夜光杯,欲飲琵琶馬上催。醉臥沙場君莫笑,古來征戰幾人回。」應是在并州幕中所作,葡萄在唐代為太原特產,現存唐詩中具體描寫的葡萄多為河東葡萄。詩人寫邊塞戰士飲酒醉臥形象,表達了一種參透生死之後的豪氣和豁達,他表現邊塞的角度和同時代諸人直接描寫邊塞生活、描繪邊塞景物不同,只抓住飲酒的一個場面放大。蓋王翰為一享受型的豪俠詩人,最易於從飲酒形態中生發邊塞詩情。沈德潛云:「故作豪飲之詞,然悲感已極。」〔註44〕王翰在當代文名特盛,張懷瓘《文字論》云:「時有吏部蘇侍郎晉,兵部王員外翰,俱朝端英秀,詞場雄伯。」〔註45〕他對當代詩人的影響更多在士風方面。

　　與張說、王翰處於上流社會不同,王之渙為下層文士,當代富有詩名。靳能《唐故文安郡文安縣太原王府君墓誌銘並序》云其詩「傳乎樂章,佈在人口」。墓誌非虛言,白居易《故滁州刺史贈刑部尚書滎陽鄭公墓誌銘》云鄭臚「尤善五言詩,與王昌齡、王之渙、崔國輔輩聯唱疊和,名動一時」〔註46〕。然之渙位卑,至天寶時已名迹晦暗,芮挺章《國秀集》王之渙的仕履身份已闕如。但在中唐時王之渙詩名仍有流傳,薛用弱《集異記》即記載了王之渙、王昌齡、高適旗亭畫壁的故事。此故事發生於開元時期,與詩歌實際創作時間存在矛盾,王昌齡《芙蓉樓送辛漸》創作於開元二十九年以後,時作者在江寧,王之渙在河北,無聚飲之可能。傅璇琮先生據高適在開元開元二十年

〔註44〕　〔清〕沈德潛,《唐詩別裁集》,富壽蓀點校,上海:上海古籍出版社,1979年,639頁。

〔註45〕　董誥,《全唐文》,北京:中華書局,1983年,4398頁。

〔註46〕　朱金城,《白居易集箋校》,上海:上海古籍出版社,1988年,2712頁。

間遊薊門時所作《薊門不遇王之渙郭密之因以留贈》中有「羈離十年別」句，則「開元十年間，高適與王之渙即有交往，這是王昌齡也只三十餘歲，三人聚首，以至於旗亭畫壁，都是有可能發生的事情，雖然當時所唱不一定就是《集異記》所載的這幾首詩」〔註47〕。傅先生所言有理。按三人之中王之渙年齡最長，生於垂拱四年（688年），成名最早（《集異記》故事中有「之渙自以得名已久」之語）；王昌齡次之，生於690年〔註48〕；高適生於701～702年之間〔註49〕。《集異記》卷二云：「（三人）時風塵未偶，而遊處略同。」〔註50〕王昌齡開元十五年登進士第，此會應在開元十五年之前為宜。如以開元十年為三人聚會時間，則其時王之渙35歲，王昌齡33歲，高適20歲，高適屬於後輩詩人。按高適與王之渙有唱和之作留存。高適有《和王七聽玉門關吹笛》云：「胡人吹笛戍樓間，樓上蕭條海月閒。借問落梅凡幾曲，從風一夜滿關山。」岑仲勉先生《唐人行第錄》認為高適此詩壓間、山二韻，與王之渙《涼州詞》「黃河遠上白雲間」一首韻腳基本相同，認為王七即王之渙〔註51〕。傅璇琮先生據此認為《涼州詞》詩題又作《聽玉門關吹笛》，大約以《涼州》為題乃以樂曲命名，《聽玉門關吹笛》則敘作詩時情景。傅先生此推論有理。竊以為本題即《聽玉門關吹笛》，樂伎以《涼州曲》按譜演唱，始傳名為《涼州詞》。按《涼州曲》，據《樂府詩集》卷79引《樂苑》云：「《涼州》，宮調曲。開元中，西涼府都督郭知運進。」〔註52〕據《資治通鑑》開元九年條，十月，「河西隴右節度大使郭知運卒」。則此詩在開元十年左右譜曲於時間上合理。從王之渙詩題可知，在與高適唱和之前已經遠至西北邊塞，而高適在開元二十年左右才赴薊門遊邊，開元二十六年

〔註47〕傅璇琮，《靳能所作王之渙墓誌銘跋》，見《唐代詩人叢考》，北京：中華書局，1980年，65頁。

〔註48〕此取傅璇琮先生《唐代詩人叢考》中《王昌齡事迹考略》之說。王昌齡生年說法甚多，聞一多《唐詩大系》、譚優學《唐詩人行年考》主698年，蔣長棟《王昌齡評傳》主695年，傅璇琮先生後來在《王昌齡事迹新探》中也主698之說。按王維《青龍寺曇壁上人兄院集》自序有「江寧大兄」語，為各家所引據，然其參照王維的生年為701年，王維此生年現已極不可靠，據王勛成考，應生於694年，則王昌齡之生年亦應提前，傅先生早年所考較為合理。

〔註49〕此取傅先生之說，見《高適年譜中的幾個問題》，載《唐代詩人叢考》，北京：中華書局，1980年，155頁。

〔註50〕薛用弱，《集異記》，北京：中華書局，1980年，11頁。

〔註51〕岑仲勉，《唐人行第錄》，上海：上海古籍出版社，1978年，10頁。

〔註52〕〔宋〕郭茂倩，《樂府詩集》，北京：中華書局，1979年，1117頁。

才創作邊塞詩名篇《燕歌行》，在與王之渙的交遊中應受到其邊塞詩的影響。

兩詩相較，自以王詩爲上，首二句非親歷者不能道。高適和作，純爲懸想，圍繞笛聲想像，摹寫雖精，氣勢不足，高適少年之作，宜乎如此。王之渙所作，前人所評，或云「字字雄渾，可與王翰《涼州》比美」（《唐風定》），或云「深情蘊藉」（《網師園唐詩箋》），或云「含蓄深永」（《唐詩摘抄》），或云「神氣內斂，骨力全融」（《唐詩正聲》）〔註53〕，皆多方面闡發其藝術內涵。歷來所評，皆不注意其音韻方面的藝術效果。此詩首句有「黃沙」「黃河」之不同版本，鑒賞者爭論不休，此是彼非，各執其說。卞孝萱則從音節方面解釋，「沙」字不及「河」字脆響，所以「黃河」獨能傳誦人口。這首詩，在音韻的設置方面亦頗見匠心，四句之中每句皆嵌入一個入聲韻，「白」「一」「笛」「不」，與《登鸛雀樓》同一機杼。尤可注意者，入聲韻的具體位置，除第一句在第五字以傳達黃河蜿蜒的悠長之致外，後三句入聲位置依次爲第一字、第二字、第三字，入聲韻短促有力的音聲效果逐句後蕩，產生一種漸進加強的力量，如波浪般推湧，與詩歌所表達情緒的節奏是相吻合的。初始鋪墊，漸入感情的高潮。這樣，在詩意上，首二句之景與後二句之情相對分開；在音韻上，除黏對之外，在節奏方面後三句貫聯在一起，詩歌音節上的藝術效果就出來了。

王昌齡與王之渙唱和之作無存。其邊塞詩的創作時間亦集中在開元十五年之前。王昌齡年輩與王之渙相若，開元早期亦有出塞經歷，具體出塞的次數、路線、時間，研究者有不同觀點。但可以確定，其出塞總體時間在開元十五年登第之前〔註54〕。在盛唐此期的邊塞詩創作中，無論數量、質量，王昌齡成就都是最高的。存詩二十多首，五七言律絕歌行皆備，所抒寫的內容，凡報國之志，思鄉之情，戰爭之酷，皆入於筆下，邊塞風光、政治現實、戰

〔註53〕 以上評語皆引自陳伯海主編，《唐詩彙評》，浙江教育出版社，1995年，1355頁。
〔註54〕 譚優學《王昌齡行年考》、于石《王昌齡》、傅璇琮《王昌齡事迹新探》主張出塞一次，時間有異，譚說在開元十二、三年間，於說在開元十五年前後，傅說在開元十二年。李厚培《王昌齡兩次出塞路線考》、胡問濤《王昌齡年譜系詩》、蔣長棟《王昌齡評傳》主兩次出塞，第一次至河東、河北邊塞，第二次至西北邊塞，而時間稍異。李說第一次在開元九年，第二次在開元十二年；胡說第一次在開元十一年之前數年，第二次在開元十二至十三年間；蔣說第一次在開元八年至十一年間，第二次在十二至十三年間。諸說一致同意西北邊塞之遊，河北河東之遊則存在爭議。實際上，開元十一年玄宗巡幸河東時王昌齡即在太原，太原已臨近邊塞，唐人詩中亦有將太原視爲邊塞者，李白《太原早秋》即有「霜威出塞早」之句，則王昌齡居太原時遊邊之可能性極大。

士生活都在詩人廣闊的視野之中。王昌齡寫報國赴邊的英雄氣概，是「氣高輕赴難，誰顧燕然銘」（《少年行》），戰士的思鄉，是「撩亂邊愁聽不盡，高高秋月照長城」（《從軍行七首》之二），軍隊出征的氣勢是「大漠風塵日色昏，紅旗半卷出轅門」（《從軍行七首》之五），寫將士的英勇獻身精神是「黃沙百戰穿金甲，不破樓蘭終不還」（《從軍行七首》之四）。他寫邊塞的風光：「平沙萬里餘，飛鳥宿何處。虜騎獵長原，翩翩傍河去。邊聲搖白草，海氣生黃霧。」（《從軍行》）寫戰場之遺魂：「昔日長城戰，咸言意氣高。黃塵足今古，白骨亂蓬蒿。」（《塞下曲四首》之二）寫戰爭悲慘結局是「紛紛幾萬人，去著無全生」。（《塞下曲四首》之三）寫戰爭封賞的不公：「邊頭何慘慘，已葬霍將軍。部曲皆相弔，燕南代北聞。功勳多被黜，兵馬亦尋分。更遣黃龍戍，唯當哭塞雲。」（《塞下曲四首》之四）對於將非其人的不滿與期待：「但使龍城飛將在，不教胡馬度陰山。」（《出塞》）戰士的苦難人生：「十五役邊地，三回討樓蘭。連年不解甲，積日無所餐。將軍降匈奴，國使沒桑乾。去時三十萬，獨自還長安。不信沙場苦，君看刀箭瘢。鄉親悉零落，冢墓亦摧殘。仰攀輕鬆枝，慟絕傷心肝。」（《代扶風主人答》）寫邊塞戰爭的民族仇恨和邊將的殘酷壓迫，有《箜篌引》，一位吐蕃首領曾率部歸屬唐朝，「五世屬藩漢主留」，為唐王朝南征北戰，立功無數，「為君百戰如過籌，靜掃陰山無鳥投。家藏鐵券特承優，黃金千斤不稱求」。實際上依然受到邊將的歧視和壓迫，「瘡病驅來配邊州，仍披漠北羔羊裘，顏色饑枯掩面羞。眼眶淚滴深兩眸，思還本鄉食犛牛，欲語不得指咽喉。或有強壯能咿嚘，意說被他邊將讎」。詩中的邊帥「亂殺胡人積如丘」，肆意屠殺歸屬唐朝的胡族平民。這裏詩人展示的歷史細節是沉痛的。詩歌最後上陞到對戰爭行為本身的懷疑：「便令海內休戈矛，何用班超定遠侯，史臣書之得已不？」可以說，王昌齡的邊塞詩創作所反映主題的的深度和廣度都度越前人，已開啟了盛唐李杜高岑時代邊塞詩抒寫的各個方面。其藝術上貢獻最大的還是邊塞七絕的創作，前人多有闡發，此不贅述。蓋其七言體的選擇，有詩史發展趨勢的影響，趙昌平先生在論及盛唐前期北地豪俠型詩人詩風的走向時，認為他們選擇的詩體，既不同於臺閣詩人淹雅蘊藉的精麗五律和律化五古，也不同於南方文人延南朝以降散野自然的五言，「他們的詩體從王翰以降均以七言見長，又多以四傑以降宜於揮斥馳驟的駢儷化七古為發軔，甚至尤多仿傚盧駱及初唐中朝七古中的豔歌一格……既表現出初盛之際朝野二體結合後洗汰繁縟的共同走勢，又表現出其豪

俊明快的群體特點」〔註55〕。此論甚精,然重在闡發七古歌行一體,尚不全面。王昌齡、王之渙、王翰諸人所長皆以七絕爲主,七絕比之五言豪爽明快,沒有七言歌行的縱橫鋪展的大容量,而是向著凝煉精粹表意。此種詩體的選擇是否與河東道尚武俠風與尚儉尚質的思維特徵有某種內在聯繫呢,尚待進一步研究。

可以看出,河東道詩人在盛唐前期的邊塞詩創作中,無論是創作的數量還是質量,都足以代表一個時期的創作水平。同時,在以他們爲主體的邊塞詩人群的前期探索,爲後來的詩人提供了許多創作的經驗與思路,他們與稍晚的高適岑參李頎之間都有著或深或淺的交遊關係,自然形成了一個盛唐邊塞詩傳承接力的創作現實。在這個意義上,河東詩人的先導性貢獻不容忽視。

三、唐代河東道邊塞文學的地域文化分析——兼與隴右、河北比較

邊塞詩創作受地域文化的影響來自兩個方面,一是影響生活在一定地域的邊塞詩人,一是影響於在此地域創作的邊塞詩的題材和主題,其中又有此地詩人在此地的創作和彼地詩人在此地的創作兩種創作形態。在唐代,生長於邊塞進行邊塞詩創作的文學家很少,像王翰生長於太原,在太原創作邊塞詩《涼州詞》,也並非嚴格意義上的邊塞。具有親身經歷的邊塞詩創作,絕大部分屬於外地詩人遊邊而發。

上一小節討論了河東道尚武從軍的社會風氣對河東籍邊塞詩人創作的影響。然而,把此種影響置於整個唐代來看,並非河東道獨有,實際上整個北方文化中具有的尚武精神對邊塞詩的創作影響更具有普遍性。據研究統計,唐代邊塞詩人中有出塞經歷又有邊塞詩創作的詩人共 172 人,北方籍詩人 99 人,南方籍 48 人,籍貫不明 25 人,北方數量爲南方之兩倍。在史傳碑誌中的相關記載也說明北方地區存在廣泛的尚武風氣〔註56〕。即使是南方籍邊塞詩人如駱賓王、岑參也基本上在北方長大,受北方地域文化的影響〔註57〕。

〔註55〕趙昌平,《盛唐北地士風與崔顥李頎王昌齡三家詩》,見《趙昌平自選集》,桂林:廣西師範大學出版社,1997 年,92 頁。

〔註56〕參見任文京,《唐代邊塞詩的文化闡釋》之論述及相關統計結果,人民出版社,2005 年,107~119 頁。其北方範圍,主要指秦嶺淮河以北地區,京畿道、都畿道、河東道、隴右道、河北道、關內道和河南道北部一帶。

〔註57〕駱賓王十歲起至成年一直生活居住在今山東北部,岑參幼年隨父母在晉州生活了近十年,《題汾橋邊柳樹》題下注云:「曾客居平陽八九年。」

河東道自然也屬於北方文化區，其尚武精神相對於北方其他地域而言，大同小異，很難抽繹出河東道邊塞詩人之作品與其他地區詩人的差異。就與河東道較爲接近的河北、關中、隴右比較言之，尚武文化的差異表現只在細微之方面。關中爲先秦時代秦國之地，秦人重農尚武，乃歷來傳統。唐高宗云「秦雍之部，俗稱勁勇。汾晉之壤，人擅驍雄」（見《令舉猛士敕》）〔註 58〕，又有豪黠剽輕之風，五方雜處，其民豪橫，沈亞之《盩厔縣丞廳壁記》云：「奸民豪農，頗輸名買橫。」〔註 59〕北部之邠州則較爲淳樸，鄭處誨云邠州風俗「質而厚，其人樸而易理」（鄭處誨《邠州節度使廳記》）〔註 60〕。關中盩厔民風與代北「任俠爲姦」〔註 61〕相似，邠州與上黨之「重農桑，性尤樸直，蓋少輕詐」相同。河北道北部風俗與河東北部相同，《隋書‧地理志》云：「涿郡、上谷、漁陽、北平、安樂、遼西，皆連接邊郡，習尚與太原同俗，故自古言勇俠者，皆推幽并云。」〔註 62〕元稹亦連帶評價幽并燕趙之風俗云：「幽并少年，燕趙奇士，居常以紫騮自騁，失意則白刃相仇。」（《授劉悟檢校司空幽州節度使制》）〔註 63〕此與代北至「樂報仇怨，號爲仇掣，不憚攻殺」〔註 64〕同。杜牧《戰論》評價河北人眾「樸毅堅強，果於耕戰」〔註 65〕，與上黨之「人性勁悍，習於戎馬」、蒲州之「剛強」民風相近。鄭畋則山西、河北統而言之：「負山西之壯氣，因河北之威聲。」（《與張文裕及魏博軍書》）〔註 66〕種種記載表明河東與河北尚武之風大致相同。又有隴右之地，亦爲具悠久尚武精神之地域。其地人民，「人性尤質直，然尚儉約，習仁義，勤於稼穡，多畜牧」（《隋書‧地理志》）。該地有尚武從軍的歷史傳統，《漢書‧地理志》云：「六郡良家子，選給羽林、期門，以材力爲官，名將多出焉。」〔註 67〕同時「民俗修習戰備，高上勇力，鞍馬騎射」。此風至唐猶然，喻鳧詩

〔註 58〕 董誥，《全唐文》，北京：中華書局，1983 年，166 頁。
〔註 59〕 董誥，《全唐文》，北京：中華書局，1983 年，3612 頁。
〔註 60〕 董誥，《全唐文》，北京：中華書局，1983 年，7600 頁。
〔註 61〕 司馬遷，《史記‧貨殖列傳》，北京：中華書局，1959 年，3263 頁。
〔註 62〕 魏徵，《隋書》，北京：中華書局，1973 年，860 頁。
〔註 63〕 《元稹集》，冀勤點校，北京：中華書局，1982 年，471 頁。
〔註 64〕 《諸道山河地名要略第二》，見唐耕耦、陸宏基，《敦煌社會經濟文獻真迹釋錄》第一輯，北京：書目文獻出版社，1986 年。
〔註 65〕 吳在慶，《杜牧集繫年校注》，北京：中華書局，2008 年，649 頁。
〔註 66〕 董誥，《全唐文》，北京：中華書局，1983 年，7980 頁。
〔註 67〕 班固，《漢書》，北京：中華書局，1962 年，1644 頁。

云臨涇縣「居人只尚武」（《晚次臨涇》），朱慶餘說「家家壁上有弓刀」（《自蕭關望臨洮》），其質樸與尚武兼而有之的民風與上黨太原相近。

　　就以上簡要的考察可知，北方亞區之間尚武風氣的區別很小。欲在河東詩人王之渙與河北詩人高適的邊塞詩差異中感受地域文化的影響因素，難度甚大。由於詩人個性的多樣化和複雜性，影響邊塞詩的因素是多方面的，而且唐代詩人往往遊歷各地，普遍感受著時代的氣氛和精神，要在這多重的影響中抽出單個地域的影響部分，幾乎是不可能的。除非地域文化的差異極大，否則，不同地域之間詩人邊塞詩風格的地域差異性分析就沒有可操作性。

　　就北方亞區產生的有邊塞經歷的邊塞詩人數量分佈看，河東佔有較大比重，據任文京統計，隴右籍八位詩人，河北籍二十，河東籍十八，關內和河南因其地處京畿，許多外地遷入的詩人也統計在內，統計的客觀有效性不高。其中隴右八位詩人中，帝王三位，李世民、李隆基、李昂已經遠離故土，令狐楚郡望在敦煌，但從來沒有在隴右生活過，其中幼年至成年主要生活在河東，李咸用亦郡望隴西，實江南袁州人，所以隴右邊塞詩人只有三位。河東與河北較之，數量相當，但其面積遠小於河北道〔註68〕。河東邊塞詩人的生產密度遠高於隴右、河北。這可以視作地域文化對邊塞詩創作影響的一個可見因素。但如果強行將河東道詩人作為一個有特色的群體來研究解讀勢必失去地域文化影響研究的公正性和客觀性，故本文不擬對河東道邊塞詩人作過多的討論，其與其他地域詩人的比較也只是一般意義上詩人與詩人之間、時代與時代之間的差異。

　　在不同地域創作的邊塞詩所體現的差別主要在題材和內容方面。唐代北部邊塞，主要是三邊，隴右、代北和朔方、幽州，分別佔據北部邊疆的西北、正北和東北。朔方之地在關內道北部，與代北同屬於陰山以南同緯度地區，邊塞地域特點與代北基本相同。

　　河東北部為三邊之一，但在唐人的感覺中，北都太原就已經是邊塞，司空曙送友人赴太原詩云「榆落雕飛關塞秋，黃雲畫角見并州」（《送盧徹之太原謁馬尚書》），楊巨源獻詩河東節度使李光顏云「玉塞含淒見雁行，北垣新詔拜龍驤」（《述舊紀勳寄太原李光顏侍中二首》之一），周賀送僧人：「寒僧

〔註68〕按現代區劃計算，河北道包括今河北省、天津市、北京市全部和山東省黃河以北之大部，河東道則基本與現在山西省的管轄範圍重合，河北道總面積為河東道兩倍以上。

回絕塞，夕雪下窮多。」（《送省己上人歸太原》）太原以北有石嶺關，爲太原以北抵禦北方游牧民族南下的第一道關隘，唐初竇靜爲并州大總管，以突厥頻來入寇，即「請斷石嶺以爲障塞」〔註69〕。石嶺關再往北之忻、代、嵐、雲、朔、蔚等州，皆爲眞正意義上的塞北，此一行政區域終唐之世未有大的變化，直到李克用崛起於代北，依然形式上忠於唐廷，爲唐王朝一直統轄之邊塞防禦區。

　　與河東道相較，河北道之邊塞以燕山爲界，然在唐人的心目中幽州、薊北已是邊塞之地，王貞白云：「薊北連極塞，塞色晝冥冥。」（《出自薊北門行》）賈至云幽州「國之重鎮爲幽都，東威九夷北制胡」（《燕歌行》）。幽州以南之定州亦被視爲邊塞：「春色臨邊近，黃雲出塞多。」（郎士元《送李將軍赴定州》）燕山遼水是河北道地理上邊塞的象徵，如「漢地行逾遠，燕山去不窮」（駱賓王《邊夜有懷》）〔註70〕，「勒兵遼水上，風急卷旌旄。絕塞陰無草，平沙去盡天」（劉駕《塞下曲》）。河北道燕山以南的地理視野，較之河東道一個又一個的小盆地，顯得極爲開闊。崔湜《薊北春望》云：「曠然萬餘里，際海不見山。」河東之雲、朔諸州皆無此種感覺。河北道在行政上，自安史之亂以後爲藩鎮所控制，名義上尊奉朝廷，實質上形成一個個獨立的割據王國。自然作爲邊塞之地，也不爲唐廷有效控制，中晚唐詩人遊邊幽薊者，遠較盛唐爲少。在唐人的視域中，中唐以後的河北道已經淪爲胡天異域。李白說：「今自河以北爲胡所淩。」〔註71〕史孝章向皇帝進言感歎：「大河以北，地雄兵精，而天下賢士心侮之，目曰河朔間，視猶夷狄，何也？」〔註72〕（劉禹錫《唐故邠寧慶等州節度觀察處置使朝散大夫檢校戶部尚書兼御史大夫賜紫金魚袋贈右僕射史公神道碑》）司馬光則在《資治通鑒》中直視其爲「蠻貊異域」〔註73〕。詩人們同時還感覺到了河北道在文化上的退步，李商隱《行次西郊作一百韻》云「山東望河北」，是「禮數異君父，羈縻如羌零」〔註74〕。禮儀如此，教育亦落後。北部之涿郡在唐初與太原文化相當，《隋書·地理志》云：「涿

〔註69〕劉昫，《舊唐書》，北京：中華書局，1975年，2369頁。

〔註70〕陳熙晉，《駱臨海集箋注》，上海：上海古籍出版社，1985年，177頁。

〔註71〕李白，《爲宋中丞請都金陵表》，《李白集校注彙釋集評》，百花文藝出版社，1996年。

〔註72〕陶敏、陶紅雨，《劉禹錫全集編年校注》，長沙：嶽麓書社，2003年，1257頁。

〔註73〕司馬光，《資治通鑒》，北京：中華書局，1996年，7250頁。

〔註74〕劉學鍇、余恕誠，《李商隱詩歌集解》，北京：中華書局，1988年，234頁。

郡太原，自前代以來，皆多文雅之士，雖俱曰邊郡，風教不爲比也。」中唐
以後則直線下滑，韋稔《涿州新置文宣王廟碑》云：「天下郡縣，悉有文宣王
廟，而范陽郡無者何？范陽本幽州之屬，右碣石，左督亢，流水經其前後，
有林麓陂池之利，……磅礴周廣，隱然名區。大曆初，詔剖幽之范陽、歸義、
固安爲州，因涿郡之地，題爲涿，第爲上，以范陽爲治所，縣遂爲州治矣。
然此爲邑者，率以多故，未遑建置。」〔註75〕之後述建中初幽州節度使方建
廟祭祀。涿州大曆初置，爲上州，在建制的十幾年間竟然沒有孔子廟，文教
落後可知。如此教育，導致嚴重的後果，人不知有周公孔子，少年人所習無
非攻守戰鬥、騎射飲獵之事。如范陽盧霈，「生年二十，未知古有人曰周公、
孔夫子者，擊毬飲酒，策馬射走兔，語言習尙，無非攻守戰鬥之事」〔註76〕。
同屬邊塞，幽薊之文化自中唐以後已經遠遜於太原。

　　與河北道文化上的落後不同，隴右邊塞在中唐以後亦發生巨變，其所管
轄的地域範圍大大縮小。「唐代前期，唐王朝領有隴右之地，自隴山以西率
爲邊塞。疊、洮、岷以北諸州在《唐六典》中均有邊州之目。秦州杜甫有句
詠『塞雲多斷續』，成州也有『清時爲塞郡』之稱。安史之亂以後，隴右河
西盡沒於吐蕃，形勢發生急劇變化，隴阪一躍而爲軍事前線，瀕臨河隴的諸
州，『隴涇鹽靈皆列爲極塞』。這一形勢從版圖盈縮的角度看，誠爲巨變，但
若以邊塞形態言之，則不過是原先一條巨寬綿長的的邊塞帶收縮成爲一線而
已。隴山作爲塞的底線仍沒有變」〔註77〕。邊塞範圍縮小爲一條線，對於遊
邊的詩人而言，其活動範圍受到限制，此地域邊塞詩的創作自然相應發生萎
縮，詩人們再也不能如岑參般遠至安西吟唱《白雪歌送武判官歸京》了。近
百年之後，吐蕃內亂，大中元年（847），沙州首領張議潮率眾起義，收復隴
西十州，大中五年，遣使奉版圖入朝。大中十一年（857），吐蕃將領尙延心
以河湟二州降唐，隴右之地大部歸唐〔註78〕。雖然晚唐最後半個世紀隴右又
重新回屬故國，然其文化已經發生重要變化。吐蕃佔領隴右以後，實行種族
欺壓政策，唐人子孫世代爲奴隸，原來的農民退化爲農奴。在文化上逼令唐

〔註75〕董誥，《全唐文》，北京：中華書局，1983年，4905頁。
〔註76〕見杜牧《唐故范陽盧秀才墓誌》。
〔註77〕張偉然，《唐人心目中的文化區域及地理意象》，見李孝聰，《地域結構與運作
　　　　空間》，上海：上海辭書出版社，2003年，322頁。
〔註78〕范文瀾，《中國通史》第四冊，第三編《隋唐五代時期》，北京：人民出版社，
　　　　1978年，41頁。

人改換服飾，只許每年元旦著唐裝祭拜祖先，拜畢收藏〔註79〕。元稹云淪陷區百姓「眼穿東日望堯雲，腸斷正朝梳漢髮」（《縛戎人》）〔註80〕。中唐近百年的時間，隴右邊塞詩的創作基本中斷，只有少數出使吐蕃的詩人記錄下故地唐人的苦難史。

　　三邊之中，河北道北部和隴右在安史亂後非唐王朝所能左右，唯有河東道一以貫之受中央節制，保持了政治文化的相對穩定性。故唐代詩人至河東道北部邊塞遊歷入幕，由盛唐一直延續到唐末，保持了邊塞詩創作的連續性。像中晚唐詩人歐陽詹、張祐、李頻、劉皂、李賀、許渾、馬戴、許棠、薛逢、薛能、盧全、劉叉、李宣遠、楊巨源、郎士元、施肩吾、武元衡、於濆、李山甫、張賓、張喬、喻坦之、韓偓、雍陶、李洞、曹唐等，皆入太原以北之邊塞，創作了大量的邊塞詩，這是晚唐的薊北和隴右所不能相比的。作為一個獨特的邊塞，為詩人們提供了一個創作邊塞詩的空間，亦可視為河東道對於唐代文學之貢獻。

　　就邊塞詩的創作主題而言，河東北塞與幽薊、隴右同多異少。作為邊塞詩的一般性主題：戰爭和羈旅之情，是河東道邊塞詩較多抒寫的內容。如戰爭，寫軍將的軍旅生活，有馬戴《邊將》、崔顥《贈王威古》，崔顥詩云：「三十羽林將，出身常事邊。春風吹淺草，獵騎何翩翩。插羽兩相顧，鳴弓新上弦。射麋入深谷，飲馬投荒泉。馬上共傾酒，野中聊割鮮。相看未及飲，雜虜寇幽燕。烽火去不息，胡塵高際天。長驅救東北，戰解城亦全。報國行赴難，古來皆共然。」邊塞軍人平居射獵飲酒，戰時殺敵立功。描寫戰爭有李賀、張祐《雁門太守行》，二人親到雁門，千古雄關激發了詩人的創作熱情。張祐寫戰前將士的複雜心理：「燈前拭淚試香裘，長引一聲殘漏子。駝囊瀉酒酒一杯，前頭滴血心不回。」李賀則敘寫一次壯烈的失敗和將士視死如歸的氣概。最後「提攜玉龍為君死」使得詩中那位戰敗的悲壯英雄具有了報國與報知己的雙重性格。當戰爭結束，將士們或是「身逐白雲到處閒」（武元衡《單于罷戰卻歸題善陽館》），或是戰死沙場，魂魄不歸，許渾《塞下》：「夜戰桑乾北，秦兵半不歸。朝來鄉有信，猶自寄征衣。」慘重的犧牲和家人的寄念並時發生，其對生命和親情的感喟是深刻感人的。許渾寫群體的犧牲，曹唐則悲悼著以身殉國的將軍，其《哭陷邊許兵馬使》云：「北風裂地黯邊

〔註79〕范文瀾，《中國通史》第四冊，北京：人民出版社，1978 年，32～33 頁。
〔註80〕楊軍，《元稹集編年箋注》，西安：三秦出版社，2002 年，132 頁。

霜，戰敗桑乾日色黃。故國暗回殘士卒，新墳空葬舊衣裳。散牽細馬嘶青草，任去佳人弔白楊。除卻陰符與兵法，更無一物在儀床。」將軍去世，兵法之書伴隨其長眠於地下，他的軍事生涯是如此簡單純粹，令人崇敬。

身處代北的詩人們寫戰爭，對戰爭中的人寄予深切的感情，卻很少寫到戰爭的殘酷、批判邊將之殘暴享樂、賞罰之不公、邊民之痛苦、國勢之衰微，這是與隴右邊塞詩的一個差異。隴右之地，自陷吐蕃，遊邊詩人常批判戰爭之殘酷，同情邊民之疾苦，斥邊將枉殺邀功，戰爭主題較河東邊塞詩為廣泛而深刻。究其原因，在代北，雖也有與突厥（初唐）、回紇（中晚唐）之間的戰爭，但代北之地一直掌控在唐王朝的手中，回紇、突厥則不以佔領土地為目的，往往在秋來草肥之際入侵，大部分的戰鬥都是小規模的、有規律的，詩人們身處其中，其平和常態不會為其提供深銳廣闊的主題。

代北邊塞詩中日常的羈旅之情，抒發最多的是思鄉，遠望思歸是遊邊詩人常用的表達方式。武元衡《塞上春懷》：「東風河外五城喧，南客征袍滿淚痕。愁至獨登高處望，藹然雲樹重傷魂。」馬戴《邊城獨望》：「聊憑危堞望，倍起異鄉情。霜落蒹葭白，山昏霧露生。河灘胡雁下，戎壘漢鼙驚。獨樹殘秋色，狂歌淚滿纓。」一春一秋，總是逗起異鄉人的愁思，春雲春樹，秋鼓秋霜，繚亂思鄉而至於淚下，其情也難堪。思友亦人情所不免，武元衡《塞外月夜寄荊南熊侍御》：「南依劉表北劉琨，征戰年年簫鼓喧。雲雨一乖千萬里，長城秋月洞庭猿。」晉末劉琨為并州刺史，獨撐西晉北方的這一片山河十餘年；劉表漢末據守荊州，無奪取天下的大志，卻廣羅文人，成為當時文人躲避戰亂的福地。詩人把自己身處沙場與荊南友人的優遊自在相較，豔羨與思念交雜而出。馬戴又寫詩人的漂泊之感：「貧病無疏我與君，不知何事久離群。鹿裘共弊同為客，龍闕將移擬獻文。空館夕陽鴉繞樹，荒城寒色雁和雲。不堪吟斷邊笳曉，葉落東西客又分。」（《邊館逢賀秀才》）詩人如落葉漂泊在塞外，無所依歸又無可奈何。

邊塞詩創作中與地域密切相關者為自然景色和異域風情。塞，既是一條自然地理分界線，也是人文分界線。

在自然地理上，由於塞外大都處於北部高寒荒漠之地，故詩人入邊即強烈感覺到與中原風物的差異。皇甫冉《出塞》：「轉念關山長，行看風景異。」屈同仙《燕歌行》：「河塞東西萬餘里，地與京華不相似。」詩人們主要感受到的是氣候之寒冷帶來的季節差異和荒涼的自然景觀，這一點太原以北與薊

北、隴右相似。季候方面：春晚秋早是邊地的季候特徵，韓偓在并州，說「雨裏并州四月寒」（《并州》）〔註81〕，韓愈則云「春半邊城特地寒」（《夕次壽陽驛題吳郎中詩後》）〔註82〕。李白感覺著秋的早早降臨：「霜威出塞早，雲色渡河秋。」（《太原早秋》）〔註83〕隴西的季候也是「六月秋風來」（岑參《登北庭北樓，呈幕中諸公》）〔註84〕，「胡天八月即飛雪」（《白雪歌送武判官歸京》），「涼州三月半，猶未脫寒衣」（岑參《河西春暮憶秦中》）。薊北也與河東北部相同，「薊門春不豔」（姚合《寄送盧拱秘書遊魏州》）「有雪長經夏，無花空到春」（于鵠《送韋判官歸薊門》）。荒涼景色方面：施肩吾《雲中道上作》：「羊馬群中覓人道，雁門關外絕人家。昔時聞有雲中郡，今日無雲空見沙。」喻坦之《代北言懷》：「路行沙不絕，風與雪兼來。」馬戴《送和北虜使》：「長城人過少，沙磧馬難前。日入流沙際，陰生瀚海邊。」隴右之荒涼：「酒泉西望玉關道，千山萬磧皆白草。」（岑參《贈酒泉韓太守》）薊北是「遼海方漫漫，胡沙飛且深」（陳子昂《登薊丘樓送賈兵曹入都》）〔註85〕。關於邊塞奇險的山川和奇特的自然景觀，太原以北和薊北邊塞詩中都缺乏，隴右由於其地域極其廣闊，氣候惡劣，乾旱嚴寒，地形複雜，既有高原山地，又有沙漠綠洲，沼澤冰川，故其邊塞詩描寫山川奇景的詩作特多，為河東、薊北所不及。許渾寫山之奇險云「隴山高共鳥行齊，瞰險盤空甚躡梯。」（《過分水嶺》）這是塞北所沒有的。隴右尚有火山，岑參有《火山雲歌》、《經火山》，有熱海，岑參《熱海行送崔侍御還京》，有八月飛雪，《白雪歌送武判官歸京》，風吹斗石，《走馬川行奉送封大夫出師西征》。杜甫在安史亂中途經隴右至成都時亦寫下豐富多樣的自然奇景。這些都是地處華北北部的邊塞所沒有的。

　　在人文地理上，塞亦是一條象徵性的華戎分別的界限。李世民說設置邊塞就是為了「式遏寇虐，阻礙華戎」〔註86〕。李端云「并州近胡地」（《送王

〔註81〕韓偓詩皆引自陳繼龍，《韓偓詩注》，上海：學林出版社，2001年，不再注明。

〔註82〕韓愈詩皆引自錢仲聯，《韓昌黎詩繫年集釋》，上海：上海古籍出版社，1984年，以下不再注明。

〔註83〕李白詩引自詹鍈主編，《李白全集校注彙釋集評》，天津：百花文藝出版社，1996年，以下不再注明。

〔註84〕岑參詩引自劉開揚，《岑參詩集編年箋注》，成都：巴蜀書社，1995年，以下不再注明。

〔註85〕陳子昂詩皆引自彭慶生，《陳子昂詩注》，成都：四川人民出版社，1981年，以下不再注明。

〔註86〕《備北寇詔》，見吳雲、冀宇編注，《唐太宗集》，陝西人民出版社，1986年，

副使還并州》），皇甫冉云「吹角出塞門，前瞻即胡地」（《出塞》），都是詩人
主觀上的文化感覺。在農業經濟方面，塞同時是農牧的分界線，故詩人入塞
所見的人文現象之一即是農牧兼之的生產生活圖景。崔顥開元中從幕代北，
其描寫代北胡人的勞動情景云：「高山代郡東接燕，雁門胡人家近邊。解放
胡鷹逐塞鳥，能將代馬獵秋田。山頭野火寒多燒，雨裏孤峰濕作煙。聞道遼
西無鬥戰，時時醉向酒家眠。」（《雁門胡人歌》）「山頭野火寒多燒」應是農
耕燒田之舉，《結定襄郡獄效陶體》亦云：「是時三月暮，遍野農桑起。」太
原以北本為畜牧之地至唐初，行使國家軍屯政策，此地農業耕種亦漸普及。
史載振武營田和糴水運使韓重華主持開墾代北之壯舉云：「元和中，振武軍
饑，宰相李絳請開營田，可省度支漕運及絕和糴欺隱。憲宗稱善，乃以韓重
華為振武、京西營田、和糴、水運使，起代北，墾田三百頃，出贓罪吏九百
餘人，給以耒耜、耕牛，假種糧，使償所負粟，二歲大熟。因募人為十五屯，
每屯百三十人，人耕百畝，就高為堡，東起振武，西逾雲州，極於中受降城，
凡六百餘里，列柵二十，墾田三千八百餘頃，歲收粟二十萬石，省度支錢二
千餘萬緡。」〔註87〕崔顥詩歌所寫是游牧民族轉向農耕生活的畫面。隴右道
之東部亦為農牧分界線，唐前期養馬即以隴右道為主。亦行屯田之策，有 270
屯，其中郭元振為涼州都督五年，大力屯田，牛羊遍野，積軍糧可支數十年
〔註 88〕。其邊塞詩中屢寫少數民族學習耕種的奇特風俗。岑參詩云：「太守
到來山出泉，黃砂磧裏人種田。」（《敦煌太守後庭歌》）王建詩云：「蕃人舊
日不耕犂，相學如今種禾黍。」（《涼州行》）〔註 89〕薊北之地，燕山以南為
農耕區，燕山以北的營州和媯州屬於半農半牧區〔註 90〕。在唐詩中，筆者沒
有發現描寫薊北少數民族進行農業生產的詩篇。農業生產而外，異域的民俗
民風亦入詩人的筆下。崔顥《結定襄郡獄效陶體》寫代北戎風的豪橫奸狡：
「我在河東時，使往定襄裏。定襄諸小兒，爭訟紛城市。長老莫敢言，太守
不能理。謗書盈几案，文墨相填委。牽引肆中翁，追呼田家子。我來折此獄，
五聽辨疑似。小大必以情，未嘗施鞭箠。是時三月暮，遍野農桑起。里巷鳴
春鳩，田園引流水。此鄉多雜俗，戎夏殊音旨。顧問邊塞人，勞情曷云已。」

252 頁。

〔註87〕 歐陽修、宋祁，《新唐書》，北京：中華書局，1975 年，1373 頁。

〔註88〕 史念海，《論唐代前期隴右道的東部地區》，見《唐史論叢》，1988 年。

〔註89〕 王建詩引自尹占華，《王建詩集校注》，巴蜀書社，2006 年，以下不再注明。

〔註90〕 史念海，《唐代河北道北部農牧地區的分佈》載《唐史論叢》第三輯，1987 年。

其奸民逞肆，竟至於行政長官斂手無言，剽悍特甚。此當爲實寫，唐人韋澳著《諸道山河地名要略第二》云：「自代北至雲朔等州，北臨絕塞之地，封略之內，雜虜所居，戎狄之心，鳥獸不若，歉饉則剽劫，豐飽則柔從，樂抱怨仇，號爲仇掣，不憚攻殺，所謂枉金革死而不厭者也。縱有編戶，亦染戎風。比於他邦，實爲難理。」崔顥久處邊幕，少數民族尙武之風再不能引起詩人的驚奇。相反，高適初到薊北，即感受到騎射生活的濃烈氛圍。其《營州歌》云：「營州少年厭原野，狐裘蒙茸獵城下。虜酒千鍾不醉人，胡兒十歲能騎馬。」代北與薊北之異域風俗與中原的差異，遠遜於隴右，唐邊塞詩異域風情的描寫方面，隴右一地獨領風騷。舉凡樂舞、飲食、服飾、語言，都在詩中得到了淋漓盡致的展現。岑參詩歌中的表現最爲豐富全面，寫胡人擅長音樂：「涼州七城十萬家，胡人半解彈琵琶。」（《涼州館中與諸判官夜集》）寫飲食：「渾炙犁牛烹野駝，交河美酒歸叵羅。」（《酒泉太守席上醉後作》）寫居室布置：「暖屋繡簾紅地爐，織成壁衣花氍毹。」（《玉門關蓋將軍歌》）寫語言文字不同：「蕃書文字別，胡俗語音殊。」（《輪臺即事》））

　　由以上幾個方面綜括而言，河東道北部邊塞在自然風物和當代人文方面皆沒有表現出超越北方另外兩個亞區薊北、隴右之處，在某些方面甚至遠遜色於隴右。但其在邊塞歷史的輝煌悠久和歷史人文景觀的豐富性方面，則在三地之中顯得最爲突出，這也促成了代北邊塞文學創作的特色。

　　如前所述，河東道塞北在整個朝代保持了疆域政治上的完整性，隸屬於中央，爲其餘兩地所不及。另外，河東道塞北地區的歷史傳統較薊北、隴右爲深厚。如代北地區自先秦即爲著名的邊塞，歷史上許多著名的邊塞戰爭都發生在這裏。公元前 244 年趙國邊帥李牧反擊匈奴的雁門之戰，斬首十餘萬騎；公元前 306～300 年，趙武靈王胡服騎射改革之後，大破林胡（今內蒙古河套地區鄂爾多斯高原）樓煩（今山西北部至陰山一線）；漢初，公元前 200 年，漢匈白登之戰，劉邦被匈奴重重包圍於白登山，陳平設計始脫圍；公元前 133 年，馬邑之戰，漢朝伏兵三十萬於馬邑山谷，欲誘敵深入，以全殲匈奴，匈奴知情而退。漢武帝時代衛青、霍去病幾次大規模出擊匈奴皆以代北爲後方基地。554 年，北齊與柔然黃花堆（今應縣西北）之戰，破數萬騎，伏屍二十里；599 年，隋朝與突厥恒安（今大同東北）之戰，達頭可汗以十萬騎圍恒安，戰事慘烈；615 年隋與突厥雁門之戰，始畢可汗數十萬騎圍困隋煬帝於雁門關四十餘日。又代北之雲州曾爲北魏都城，公元 398 年北魏道武帝拓

跋珪遷都平城，公元494年孝文帝遷都洛陽，平城前後爲國都97年，代北兼有歷史軍事邊塞區與歷史古都文化區的雙重特徵。代北歷史上的邊塞戰爭、戰爭中的人物、戰爭遺迹成爲後世詩文中常常引用的典故。軍事遺迹如白登山、單于臺、雁門關，曾經活動於此地的軍事人物李牧、李廣、衛青、霍去病都成爲熟典。因此，對於邊塞歷史的憑弔反思成爲河東道北部邊塞文學的較有特色的主題。其中有親至邊塞的弔古詠懷，如張孝嵩、呂令問《雲中古城賦》薛奇童《雲中行》，有集中針對邊塞軍事歷史事件的文學書寫，如韋充《漢武帝勒兵登單于臺賦》、謝觀《漢以木女解平城圍賦》。此五作皆圍繞平城這座歷史軍事古都而作，展現了其深厚的歷史文化內涵。

雲州，又名雲中、平城、大同，西南至長安一千九百六十里，南至東都一千五百九十里，東至幽州七百里，爲唐代北部之軍事重鎮，亦爲歷史上歷經戰爭洗禮的城市。它的變遷史與戰爭緊密相關。雲州地，秦置雁門郡，漢末大亂，匈奴侵邊，人煙一空；曹操時又立平城縣；西晉末大亂，劉琨表封拓拔猗盧爲代王，都平城，北魏拓跋珪於此建都96年，北魏孝昌之際，戰亂中其地化爲丘墟；北齊高洋又重置恒安鎮，隋代爲劉武周所據。貞觀十四年，自朔州北移雲州於此，後爲默啜所破，又返移朔州，開元十八年又於此復置雲州及雲中縣〔註91〕。

雲州雖曾有昔日都城的輝煌，但迭經戰亂，至唐，成爲一單純軍事性質的邊城，一州一縣。文人至此，無不感歎此一歷史名城的盛衰變遷。薛奇童，河東詩人，初唐文學家薛收之曾孫，遊邊至代北，睹平城遺迹，感而歌吟《雲中行》：「雲中小兒吹金管，向晚因風一川滿。塞北雲高心已悲，城南木落腸堪斷。憶昔魏家都此方，涼風觀前朝百王。千門曉映山川色，雙闕遙連日月光。舉杯稱壽永相保，日夕歌鍾徹清昊。將軍汗馬百戰場，天子射獸五原草。寂寞金輿去不歸，陵上黃塵滿路飛。河邊不語傷流水，川上含情歎落暉。此時獨立無所見，日暮寒風吹客衣。」按拓跋珪天興元年（398年）秋七月遷都平城，之後數年之中大興土木，建造宮觀樓臺，天興四年五月，「起紫極殿、玄武樓、涼風觀、石池、鹿苑臺」〔註92〕。一時成爲北方的政治軍事文化中心。其京畿範圍，「東至上谷軍都關，西至河，南至中山隘門塞，北至五原，地方千里」（《元和志》）。薛奇童於秋日的黃昏佇立在平城遺址，天高雲淡，

〔註91〕李吉甫，《元和郡縣圖志》，北京：中華書局，1983年，409頁。
〔註92〕〔北魏〕魏收，《魏書》，北京：中華書局，1974年，38頁。

兒童們吹奏的樂聲在秋風中播蕩開來，落葉夕陽，增人悲感。昔日裏，宮觀相連，千門萬洞，雙闕衝天，一代盛朝氣象；到而今，帝王已逝，榮華不再，唯遊人獨立，河水嗚咽，對茫茫丘墟，帝都已消失在歷史的煙雲之中。

開元十四年冬，太原尹張孝嵩巡按雲州，過平城遺址，與從官呂令問同作《雲中古城賦》，憑弔此歷史古都，有異曲同工之妙。張孝嵩之作，循歷史發展的脈絡，一板一眼講述北魏平城的興衰史。作者先從晉末之戰亂寫起：「伊昔晉人失政，亡彼金鏡；海水朝飛，欃槍夕映。鵝呈而二京繼覆，馬渡而五胡交盛。」於是魏太武帝乘勢崛起，「於是魏祖發大號，鼓洪爐；天授宏略，神輸秘圖；北清獯獫，南振荊吳」。建都平城，城市規模盛極一時：「因方山以列榭，按長城以為窟；既雲和而星繁，亦邱連而嶽突。月觀霞閣，左社右鄽；元沼泓汯湧其後，白樓巑嵲興其前。開士子之詞館，列先王之藉田；靈臺山立，璧水池圓。雙闕萬仞，九衢四達；羽旄林森，堂殿轇轕。」繼而南征北戰，終成一代偉業：「始摧燕而滅夏，終服宋而平梁。故能出入百祀，聯延七主；擊魯衛之諸侯，廓秦齊之土宇。禮興樂盛，修文輝武；講六代之憲章，布三陽之風雨。」後又有孝文帝遷都洛陽：「俄而高祖受命，崇儒重才；南巡主鼎之邑，北去軒轅之臺。」平城隨即逐漸衰落：「自朝河洛，地空沙漠；代祀推移，風雲蕭索。溫室樹占，瀛洲水涸；城未哭而先崩，梁無歌而自落。」〔註 93〕詩人最後以一首七言古詩結束全篇，由都城的盛衰無常發出「人生榮耀當及時」的現實感慨。作此篇時過不久，張孝嵩即卒於太原尹之任。

同時呂令問之賦則撇開歷史細節的詳盡鋪陳，而直接以今古盛衰的兩個場景進行對比，見出作者藝術剪裁之功。作者到達古都遺址是在一個冬季，「陰閉群山，寒雕眾木，川平塞迥，冰飲霜宿」，在此凜冽的季節，荒寒之曠野，作者想像著平城輝煌的過去：「王師赫怒，爰整其旅，霧集雲屯，龍驤鳳舉，棄萬里之沙漠，傍五原之風土，肇為此都，實惟太祖。夫其規典章，辨封疆，池桑乾之水，苑秦城之牆。百堵齊矗，九衢相望，歌臺舞榭，月殿雲堂。開儒士於璧沼，貯美人於玉房。翕習沸渭，熒熒煌煌。取威定霸，於是乎在。施令作法，罔或不臧，武破六州之內，文宅三川之陽，何其壯也！」回到現實，展現在過客面前的唯有一片殘敗荒涼之景象：「危堞既覆，高墉復夷，寥落殘徑，依稀舊墀。榛棘蔓而未合，苔蘚紛乎相滋。伏熊鬥鷽，騰麏聚麜，常鳴悍鷚，乍嘯愁鴟。不可勝紀，但令人悲。」昔日的歌舞宴樂之宮殿，轉

〔註 93〕董誥，《全唐文》，北京：中華書局，1983 年，3325 頁。

眼間變爲今日野獸出沒的巢穴，其盛衰對比是強烈的。最後作者的弔古之情與思鄉之念結合在一起：「胡風起兮馬嘶急，漢月生兮雁飛入，可憐久戍人，懷歸空佇立。」〔註94〕

以上兩篇相較，一實一虛，一繁一簡，張孝嵩之作重歷史盛衰的發展，呂令問重今古盛衰之對比，塞外古都的歷史以不同形式展現在讀者面前。

圍繞著雲州城，尚有著名的漢代軍事遺迹單于臺與白登山。單于臺，據《元和志》雲州雲中縣：「在縣西北四十餘里。漢武帝元封元年，勒兵十八萬騎出長城，北登單于臺，即此也。」白登山，即劉邦被匈奴圍困故地，「在縣東北三十里」。

韋充《漢武帝勒兵登單于臺賦》借鋪寫漢武帝揚威漠北的強盛軍容，表達對於武力征服的懷疑。謝觀《漢以木女解平城圍賦》則惟妙惟肖地模擬想像了陳平以美人計智解白登之圍的一個過程，是作家以藝術手法對歷史細節的戲擬。

漢武帝巡幸塞北在元封元年（公元前 110 年），《漢書·武帝紀第六》云：「元封元年冬十月，詔曰：『南越、東甌咸伏其辜，西蠻、北夷頗未輯睦，朕將巡邊垂，擇兵振旅，躬秉武節，置十二部將軍，親帥師焉。』行自云陽，北歷上郡、西河、五原，出長城，北登單于臺，至朔方，臨北河。勒兵十八萬騎，旌旗徑千餘里，威震匈奴。遣使者告單于曰：『南越王頭已縣於漢北闕矣。單于能戰，天子自將待邊；不能，亟來臣服。何但亡匿幕北寒苦之地爲！』匈奴讋焉。」〔註95〕《史記》則載匈奴當時的反應是惱羞成怒，囚禁漢朝使者郭吉，而終不敢犯邊〔註 96〕。韋充之賦著力再現了漢武巡邊的聲威：「電耀星奔，忽東西而沸渭；蚪騰龍騁，紛左右以葳蕤。出乎關山之外，乘乎肅殺之時。始也歷涿郡之墟，涉西河之水。踐匈奴之絕域，蹂長城之故壘。洪塵坌乎三邊，白刃森乎萬里。追風躡影之騎，蔚以先登；執弓挾矢之徒，紛然四起。帝於是奮師旅，縱窺臨。雲浮層構，霜激雄心。鼙鼓之聲，自陰山而雷動；旌旗之色，從大漠以煙深。故得遠瞰龍城，旁分馬邑。俯路以周覽，窮地形之可襲。悠悠四塞，辨古戍之微茫；一一遼天，見征鴻之出入。既而虜不敢犯，兵亦言旋。」氣勢磅礴，具有威震天地的雄心魄力，顯

〔註94〕董誥，《全唐文》，北京：中華書局，1983 年，2996～2997 頁。
〔註95〕班固，《漢書》，北京：中華書局，1962 年，189 頁。
〔註96〕司馬遷，《史記》，北京：中華書局，1959 年，2912 頁。

示了漢王朝盛極一時的強大國力。作者雖在藝術上著力渲染漢武帝出師的空前聲勢，作正面的烘託，而在賦的結尾，卻對漢武帝耀武邊塞提出了批評。文云：「殊不知天下一家，不必耀威靈於億兆；域中無事，何煩誇被練之三千。況彼群胡，恣專殺。且非示一人之恩信，亦何以制九夷之桀黠。徒使五原之下，感戎馬之蕭蕭；四海之中，識兵車之軋軋。」作者最後勸諫帝王「無私爲用，不戰爲名。外設受降之壘，內懸進善之旌。俾四方之通泰，致九有之文明」。此賦寫法，似乎與漢大賦勸百諷一之特徵相通，實際上有時代心理的影子。韋充爲長慶中朝官，安史亂後，國力日漸衰弱，隴右爲吐蕃所佔領，塞北之回紇亦屢屢侵逼，唐王朝不得不常常以和親之策維持邊境的暫時安定，「不必耀威靈於億兆」，實曰不能，而作者云「不必」，是否暗示了在特定時代背景下一部分士大夫的自慰心理呢？按唐德宗時貞元三年準備與回紇和親，德宗對於前恥耿耿於懷，宰相李泌則以巧言勸諫，把曾經之屈辱美化爲平等之相待，把冤死的忠臣說成是有負君主的愚臣，考之歷史現實，韋充此作實在隱含了時代中一部分士人的迴避心態，爲國家衰弱的表徵。

謝觀《漢以木女解平城圍賦》則在史傳傳說的基礎上進一步發揮虛構了白登解圍中的一個富於戲劇性的歷史片段。公元前 200 年，漢高祖劉邦帥大軍與韓王信、匈奴聯軍戰於代北，爲匈奴四十萬騎圍困於白登山七日，後用陳平之計解圍而出〔註97〕。陳平所用計謀，歷史文獻記載不詳。《史記》云：「其計祕，世莫得聞。」〔註98〕《漢書》則云：「高帝乃使使間厚遺閼氏。」〔註99〕至東漢桓譚則臆測陳平遊說單于閼氏的具體情事，雲漢王欲獻美女於單于以求解圍，閼氏聽聞，懼失寵於單于，遂向單于進言退兵之事〔註100〕。東漢後期的應劭則在桓譚說法的基礎上，增加了以美女圖進獻閼氏輔助遊說的情節〔註101〕。謝觀此賦則進一步變美女圖爲美人木雕，變進獻於閼氏爲炫示於兵壘之上，此說法爲王先謙《漢書補注》所引，說明陳平之計本末〔註102〕。此處暫不論史實之是非眞僞，蓋後人以情理推測補充歷史細節，由桓譚至謝觀，其事愈見圓融，宛如構思精密的小說，揣摩人情物理，青出於藍。

〔註97〕班固，《漢書》，北京：中華書局，1962 年，63 頁。
〔註98〕司馬遷，《史記》，北京：中華書局，1962 年，2057 頁。
〔註99〕班固，《漢書》，北京：中華書局，1962 年，3753 頁。
〔註100〕桓譚，《新論》，上海：上海人民出版社，1977 年，59～60 頁。
〔註101〕班固，《漢書》，北京：中華書局，1962 年，63 頁。
〔註102〕〔清〕王先謙《漢書補注》，北京：中華書局，1983 年，1567 頁。

謝觀此賦之特色在對木雕美人神態形質的描寫。木雕工藝的程序，先繪美人之形於原木之上，再按圖而刻：「於時命雕木之工，狀佳人之美。假剞劂於繪事，寫嬋娟之容止。」作者從多方面表現木雕栩栩如生之狀，其神情態度：「動則流盼，靜而直指。」其氣質：「摛粉藻而標格有度，傅簪裾而樸略生姿。節操堅貞，狀劀剔之刑無懼；英華窈窕，見削成之肩不疑。」其心理：「似欲排君之難，匪憚陋容；如將報主之仇，無辭克己。」其意志：「向鋒刃之形稿高，秉松柏之心堅固。」木雕美人佇立在漢軍兵壘之上，詐爲眞人以炫示於匈奴將士：「踟躕素質，婉娩靈娥。日照顏色，風牽綺羅。睹從繩之容楚楚，混如椎之髻峨峨。有貌而自爲飾詐，無情而不轉橫波。」其絕世容姿傾動匈奴三軍將士：「果驚如劍之眸，不識運斤之鼻。觀其玉立漢壘，花生女垣。香飛大漠，名動雄蕃。」〔註103〕當此萬軍傾倒之際，陳平「乃儲仇以極諫，並懷禮而獻言」，以美人的魅力打動閼氏，重圍自解。謝觀此賦無意間展示了唐代木雕藝術的高超技藝。在情節構思方面，逐步展開，隨著雕刻流程的進展，美女之容姿亦逐步呈現，形神兼備，表裏兼容。特別是先以木美人轟動匈奴軍隊，再以甘言厚禮遊說閼氏，較桓譚之空說應劭之獻圖，更具有威脅力量。此賦場景讓人想起荷馬史詩中海倫和金庸小說中香香公主，其美豔傾倒三軍將士的情節。

河東道北部邊塞以其疆域的穩固性爲唐代邊塞詩人提供了一個長期安定的活動空間，創作了大量邊塞詩；在邊塞詩的創作主題方面，大多與隴右、薊北相同；在對邊塞歷史的憑弔敘寫中，展現了代北邊塞文學較爲獨特的一面。

第二節　三晉俠文化與晚唐豪俠傳奇

唐傳奇爲中國古代文言小說發展的第一個高峰，其中豪俠傳奇的創作使古代小說中豪俠題材成爲一個重要的敘事門類，並出現了前所未有的繁榮。唐豪俠傳奇創作高潮集中於晚唐，其代表作《無雙傳》、《紅線傳》、《聶隱娘》、《崑崙奴》、《虯髯客傳》都產生於這一時期。究其原因，晚唐藩鎮割據，互養刺客牽制威脅對方，處於苦難中的人民亦希望俠義英雄的出現〔註104〕。另晚唐都市生活的畸形發展和安史之亂後宮廷百伎藝人流落民間亦促成了

〔註103〕董誥，《全唐文》，北京：中華書局，1983年，7870～7871頁。
〔註104〕游國恩主編，《中國文學史》，北京：人民文學出版社，1963年，205頁。

豪俠傳奇的繁榮〔註105〕。具體到個別的傳奇作品，其創作行爲和情節的設置還受到地域文化因素的影響。據統計，晚唐時期（860～907）豪俠傳奇共十三篇，河東作家薛調創作一篇《無雙傳》，裴鉶創作六篇，《崑崙奴》、《聶隱娘》、《韋自東》、《陳鸞鳳》、《蔣武》、《湘媼》，傳奇故事的發生地在河東道的有兩篇，《紅線》和《虯髯客傳》。作家對於創作題材的選擇自然受到地域文化中尚武俠風的影響（俠風爲唐代普遍社會風氣之一，各個地域之傳統亦自有別，河東道尚武傳統見前論述）故事發生地的選擇亦與地域歷史和現實文化特徵密切相關。以上作品中與河東地域文化聯繫最爲緊密的是《虯髯客傳》、《紅線傳》、《無雙傳》三篇，本節即以此三篇作品爲代表，具體說明河東道地域文化與唐代豪俠傳奇之間的影響關係。

一《虯髯客傳》與大唐創業史

《虯髯客傳》是唐代豪俠傳奇中最有爭議的一篇。迄今作者和創作年代未有定論。就作者而言，有杜光庭、張說、裴鉶三說。魯迅、汪辟疆主杜光庭說。魯迅《唐宋傳奇集·稗邊小綴》云：「光庭嘗作《王氏神仙傳》一卷，以悅蜀王。而此篇以窺伺神器爲大戒，殆尙是仕唐時所爲。」〔註106〕汪辟疆《唐人小說》則認爲杜光庭《神仙感遇傳》中有《虯髯客》一條，敘述與今本不同。簡樸無文采，應爲今本之祖本，今本經宋初文士潤飾而流傳。魯迅先生之說爲主觀推測，李劍國先生亦指出其不可靠〔註107〕。汪辟疆之說已經王運熙、李劍國二先生駁其謬誤〔註108〕。

當代學者關於作者之爭主要在張說、裴鉶之間。李劍國、李宗爲主張裴鉶爲作者。其理由是，《紺珠集》、《海錄碎事》、《姬侍類偶》等類書皆節引《虯髯客傳》之內容並注明出自裴鉶《傳奇》。王運熙、程毅中、卞孝萱皆不同意此說，王運熙據唐末蘇鶚《蘇氏演義》中有「近代學者著《張虯髯傳》，

〔註105〕汪聚應，《唐代俠風與文學》，北京：中國社會科學出版社，2007年，366頁。
〔註106〕魯迅，《唐宋傳奇集》，北京：人民文學出版社，1953年，502頁。
〔註107〕李劍國，《唐五代志怪傳奇敍錄》，天津：南開大學出版社，1993年，582頁。
〔註108〕王運熙認爲唐傳奇以文采見長，宋人遠遜，今本《虯髯客傳》經宋人潤飾，難以置信。見《虯髯客傳的作者問題》載王運熙，《漢魏六朝唐代文學論叢》，上海：上海古籍出版社，1981年）李劍國先生認爲《神仙感遇傳》之簡本乃刪節今本《虯髯客傳》而成，汪辟疆本末倒置，見《唐五代志怪傳奇敍錄》，582頁。

頗行於世」的記載，且蘇鶚爲光啓（885～888）進士，認爲「唐宋所謂近代，均指比較接近的前代而非當代」，裴鉶咸通中（860～873）爲靜海軍節度掌書記，與光啓中登進士第的蘇鶚相距年代不遠，故近代學者不應指裴鉶〔註109〕。程毅中則從《虬髯客傳》的文風的角度與裴鉶《傳奇》中其他作品比較，認爲《傳奇》文辭華豔，多用駢偶，而《虬髯客傳》則文辭高古，敘事明快。《虬髯客傳》的藝術水平明顯高於《傳奇》中其他小說〔註110〕。卞孝萱明確主張張說爲《虬髯客傳》之作者，其依據同樣是小說末尾作者的一段議論。卞孝萱認爲初盛唐也有政治形勢十分險惡之時，中晚唐也有過政平人和的中興期，不能絕對化。他即從此點入手，援引歷史上李隆基登基前韋后專權、太平公主干政之例，說明在盛唐時代亦曾出現亂臣覬覦皇位的危機，而在此危機之中，張說爲唐玄宗有力的支持者，與以太平公主爲首的權勢派進行了殊死鬥爭。在此政治博弈中，雙方皆利用文學手段爲自己製造祥瑞符命，造勢宣傳。太平公主利用處士蕭時和撰《杜鵑舉傳》爲己吹噓，張說在關鍵時刻針鋒相對，撰《虬髯客傳》以宣揚李隆基爲眞命天子〔註111〕。張說爲小說作者之說，李劍國、董乃斌、程毅中、李宗爲皆持懷疑態度，依據主要是小說末尾「乃知眞人之興，非英雄所冀，況非英雄乎？人臣之謬思亂，乃螳臂之拒走輪耳」一段評論，小說應是中晚唐時代的產物，張說盛唐作家，不可能爲作者。王運熙則以爲署名張說爲中唐人所僞託，其寫作技巧之圓熟，非盛唐人所能爲。因張說一代文宗，善寫碑誌，愛好傳奇之事，故後人託其名而流傳。卞說盛世危機有理，然太平公主收買文人爲己歌功頌德及張說針鋒相對之舉皆屬主觀推測，無直接文獻證據，而且與小說中姓氏設置有矛盾，張說既作此諷亂臣覬覦皇位的小說，而把小說中試圖奪取天下的主人公虬髯客設爲「張」姓，在李隆基激烈角逐皇位的時刻，實爲大忌，就此點看，卞孝萱先生之觀點不足據信。

〔註109〕《虬髯客傳的作者問題》李劍國先生於王說有異義，古人用近代一詞，時限有長有短，裴鉶乃蘇鶚長輩，自得稱近代，《唐五代志怪傳奇敍錄》，583 頁。

〔註110〕程毅中，《唐代小說史》，北京：人民文學出版社，2003 年，265～266 頁。此說從文本內證入手，頗爲有力，卞孝萱、董乃斌與程毅中持同一觀點。見卞孝萱《論虬髯客傳的作者作年及政治背景》，《東南大學學報》，2005 年第 3 期，96 頁；董乃斌說見《唐代文學史》下冊，北京：人民文學出版社，1995 年，574 頁。

〔註111〕卞孝萱，《論虬髯客傳的作者作年及政治背景》，《東南大學學報》，2005 年第 3 期，93～95 頁。

　　綜合裴、張二說，裴說較爲合理，程毅中之懷疑雖有理，然作家創作風格之複雜性多樣性亦非簡單對比所能了，且在中外文學史上優劣作品混雜、風格多樣化的文學家所在多有，故在沒有新的堅實證據出現的情況下，以裴硎說爲是。

　　《虯髯客傳》的創作時間，卞孝萱主盛唐，王運熙主中唐，李劍國主晚唐，諸說之中，晚唐較爲合理。在唐王朝政權風雨飄搖的時代，藩鎮屢干朝政，對抗中央，作者此篇實在寄託了對王朝衰敗情勢的複雜情感。

　　《虯髯客傳》全篇故事分爲三個部分，開頭至「乃雄服乘馬，排闥而去」，爲第一部分，寫李靖在長安謁見楊素、與紅拂夜奔之事，故事發生地在長安；由「將歸太原」至「公策馬而歸」爲第二部分，寫李靖、紅拂與虯髯客相遇及太原暗會李世民事，故事發生地在河東道；「既到京，遂與張氏同往」至小說結尾爲第三部分，寫虯髯客贈金而別、海外創業之事，故事地在長安。此篇小說與河東道地域歷史文化緊密相關者有四個方面的問題，一，選擇李靖爲小說主人公；二，與虯髯客相遇地點選擇靈石；三，道士相面的情節設計；四，李世民之虯髯轉嫁於虯髯客之問題。由以上四點有關人物、地點、情節方面的精心設置，可以見出作者小說創作構思非隨意而爲，其主題寄託深遠。

（一）選擇李靖為小說主人公

　　小說主人公共三位，有歷史原型的是李靖。唐初隨李淵父子太原起義的謀臣猛將如雲，爲什麼作者單單選取了李靖爲小說主人公，值得進一步研索。劉志偉在《古今〈虯髯客傳〉研究反思》中即提出了這一疑問，小說「爲什麼不選擇杜甫《送重表姪王砅評事使南海》中所提及的王珪之類的人物，而非要以李靖作爲貫穿全傳的人物」〔註112〕？劉文沒有對此進行解答。本文以爲作者選擇李靖作小說的主人公，是因爲李靖之生平與河東道有較爲緊密的聯繫。第一，李靖在隋末即任職河東道。《舊唐書・李靖傳》敘其志向云：「姿貌瑰偉，少有文武材略，每謂所親曰：『大丈夫若遇主逢時，必當立功立事，以取富貴。』」又云：「大業末，累除馬邑郡丞。會高祖擊突厥於塞外，靖察高祖，知有四方之志，因自鎖上變，將詣江都，至長安，道塞不通而止。高祖克京城，執靖將斬之，靖大呼曰：『公起義兵，本爲天下除暴亂，不欲就大事，而以私怨斬壯士乎！』高祖壯其言，太宗又固請，遂捨之。太

宗尋召入幕府。」〔註113〕按《元和郡縣圖志》河東道三朔州條：「周武帝置朔州總管，隋開皇罷總管，大業三年罷州爲馬邑郡，皇朝改爲朔州。」李靖因在河東道任職發覺李淵之異圖而上告，終爲李世民所救，入其幕府，此爲小說中李靖先忠於隋朝謁見楊素，最終投靠李世民的歷史影像，其中李世民延攬豪傑之舉與小說中楊素不能重用人才形成一鮮明對比。第二，李靖之軍事征戰功業亦有在河東道實現者。唐初，唐朝與北部突厥的主要戰事集中在河東道北部至陰山之間廣大地區。貞觀三年，以李靖爲代州道行軍總管驅逐突厥，「率驍騎三千，自馬邑出其不意，直趨惡陽嶺以逼之。頡利可汗不虞於靖，……一日數驚」〔註114〕。其中貞觀四年滅東突厥之戰爲最大一次戰事，此役唐朝獲決定性勝利，主帥即李靖。《舊唐書·太宗紀下》云：「（貞觀）四年春正月乙亥，定襄道行軍總管李靖大破突厥，獲隋皇后蕭氏及煬帝之孫正道，送至京師。……二月……甲辰，李靖又破突厥於陰山，頡利可汗輕騎遠遁。」「三月庚辰，大同道行軍副總管張寶相生擒頡利可汗，獻於京師。……夏四月丁酉，御順天門，軍吏執頡利以獻捷。自是西北諸蕃咸請上尊號爲『天可汗』，於是降璽書冊命其君長，則兼稱之。」〔註115〕唐太宗建立不世功業，此役至爲關鍵。李靖爲統帥，且發生地在河東道，則李靖爲作者追憶太宗創業初期識拔之人才的最佳人選。第三，由於李靖在河東生活戰鬥過，在李靖去世後，河東道即開始流傳李靖的傳奇故事。李復言《續玄怪錄》載李靖於河東行雨事，此傳說在《虯髯客傳》之前。作者李復言開成五年以此作行卷於有司〔註116〕。故事講述李靖早年射獵於霍山之中，晚上借宿於龍宮之中，代龍神行雨。故事主要強調李靖的超人異稟和功名前定的宿命論。行雨事畢，龍母感謝李靖，贈二奴婢：「一奴從東廊出，儀貌和悅，怡怡然。一奴從西廊出，憤氣勃然，拗怒而立。靖曰：『我獵徒，以鬥猛士。今但取一奴，而取悅者，人以爲我怯也。』因曰：『兩人皆取則不敢。夫人既賜，欲取怒者。』」小說最後將李靖取奴與其後來之功業相聯繫云：「其後竟以兵權靖寇難，功蓋天下，而終不及於相。豈非取奴之不得乎？……向使二人皆取，即極將相矣。」〔註117〕按霍山，據《元和志》河東道二：「綿上

〔註113〕劉昫，《舊唐書》，北京：中華書局，1975 年，2475～2476 頁。
〔註114〕劉昫，《舊唐書》，北京：中華書局，1975 年，2479 頁。
〔註115〕劉昫，《舊唐書》，北京：中華書局，1975 年，39～40 頁。
〔註116〕李劍國，《唐五代志怪傳奇敘錄》，天津：南開大學出版社，1993 年，693 頁。
〔註117〕李復言，《續玄怪錄》，北京：中華書局，1982 年，189 頁。

縣霍山，在縣西南八十里。」以上故事可知，李靖後來的功業是與早年在河東道的一段傳奇經歷相聯繫的。民間如此流傳，裴硎作《虬髯客傳》自順理成章於開國功臣中選取李靖爲小說主人公。

　　另外，小說中設計虬髯客至海外創立扶餘國之事，亦非作者隨意而爲，與李靖生平事業有間接關聯。小說云：「貞觀十年，……南蠻入奏曰：『有海船千艘，甲兵十萬，入扶餘國，殺其主自立。國已定矣。』李靖歸告紅拂，「瀝酒東南祝拜之」。按扶餘國，爲我國古代東北地區的少數民族國家，公元 493 年，北部勿吉族入侵，扶餘王逃往高句麗，扶餘國滅亡，扶餘之後代又建立高句麗國家〔註 118〕。《舊唐書・東夷傳》云：「高麗者，出自扶餘之別種也。」〔註 119〕小說中的扶餘國實指唐代之高麗，而代之以古稱，本在東北而設置在東南，爲作者故作狡獪之筆。小說選東北之高麗爲虬髯客海外創業之國，而非唐朝周圍其他異域，實與李靖、唐太宗開疆拓土的功業相關。李靖一生南征北戰，爲唐王朝東征西討，建卓越功勳，然只有東部之高麗未下。史載貞觀十九年，「太宗將伐遼東，召靖入閣，賜坐御前，謂曰：『公南平吳會，北清沙漠，西定慕容，唯東有高麗未服，公意如何？』對曰：『臣往者憑藉天威，薄展微效，今殘年朽骨，唯擬此行。陛下若不棄，老臣病期瘳矣。』太宗愍其羸老，不許」〔註 120〕。《隋唐嘉話》卷上亦載貞觀十九年征遼，李靖曾隨軍，「至相州，病篤不能進」〔註 121〕。此時李靖年已七十五，未能從行。此次東征高麗，無功而返，終太宗之世。亦未能平定高麗。直到唐高宗總章元年（668）二月，李世勣帥大軍佔領扶餘城，九月破平壤，高麗國滅亡〔註 122〕。作者設計讓小說中的英雄豪俠完成李靖和唐太宗未竟之業，此爲虬髯客創立扶餘國的創作動機。巧合的是，平定高麗的元帥李世勣與虬髯客一樣，也曾經是一位縱橫江湖的少年俠客。劉餗《隋唐嘉話》卷上載李世勣自述其俠客經歷：「英公嘗言：『我年十二三爲無賴賊，逢人則殺；十四五爲難當賊，有所不快者，無不殺之；十七八時爲好賊，上陣殺人；年二十，便爲天下大將，用兵以救人死。』」〔註 123〕有意無意，虬髯客的形象

〔註 118〕顧奎相，《東北古代民族研究論綱》，北京：中國社會科學出版社，2007 年。
〔註 119〕劉昫，《舊唐書》，北京：中華書局，1975 年，5319 頁。
〔註 120〕劉昫，《舊唐書》，北京：中華書局，1975 年，2481 頁。
〔註 121〕劉餗，《隋唐嘉話》，北京：中華書局，1979 年，11 頁。
〔註 122〕司馬光，《資治通鑑》，北京：中華書局，1996 年，6355 頁。
〔註 123〕劉餗，《隋唐嘉話》，北京：中華書局，1979 年。

之中又無形中揉進了李世勣的影子，使小說的意蘊更加豐富。

（二）靈石作為背景地的地理意義

小說中三俠相會於靈石旅舍一幕是整個故事中最見人物神彩的部分，藝術描寫張弛有度，尤其是虬髯客灑落、粗獷、神異的豪俠氣概，成爲唐傳奇中的典型。先是，虬髯客「赤髯如虬，乘蹇驢而來」，與紅拂、李靖相識而共飲酒，此場面集中表現出虬髯客的氣質性格，茲引如下：「客曰：『煮者何肉？』曰：『羊肉，計已熟矣。』客曰：『饑。』公（李靖）出市胡餅。客抽腰間匕首，切肉共食。食竟，餘肉亂切送驢前食之，甚速。客曰：『觀李郎之行，貧士也。何以致斯異人？』曰：『靖雖貧，亦有心者焉。他人見問，故不言；兄之問，則不隱耳。』具言其由。曰：『然則將何之？』曰：『將避地太原。』曰：『然吾故非君所致也。』曰：『有酒乎？』曰：『主人西，則酒肆也。』公取酒一斗。既巡，客曰：『吾有少下酒物，李郎能同之乎？』曰：『不敢。』於是開革囊，取一人頭並心肝。卻頭囊中，以匕首切心肝，共食之。曰：『此人天下負心者，銜之十年，今始獲之。吾憾釋矣。」切負心者心肝下酒，詭異之中見俠者風度。在相會的場面描寫中，並無外在環境的描寫，但選擇靈石作爲故事發生地，則是作者對於小說背景環境的不寫之寫。按靈石，據《元和志》屬太原府汾州，東北距太原二百九十里。靈石爲由河東道南部河中府轄區進入太原府轄區的第一站，其境內有雀鼠谷險隘異常，北有冷泉關，南有陰地關，唐代行人至此二關多中途歇駕，流連題句〔註124〕。李靖、紅拂由長安至太原，選靈石爲中途休息之地，在唐人而言，正合情合理。另一面更重要的是靈石作爲唐初開國戰爭中兩場著名戰役的發生地。第一次戰役爲李淵太原起兵南下時的霍邑之戰，時在大業十三年七月至八月間，隋將宋老生帥精兵二萬屯於霍邑，拒李淵之師。李淵屯兵賈胡堡，兩軍相持，久攻不下。又值久雨糧盡，李淵與裴寂謀還太原，李世民諫止不聽。「太宗遂號泣於外，聲聞帳中」，李淵乃繼續進兵，攻打霍邑。八月初雨停，李世民激宋老生出城對陣，李淵與李世民南北夾擊。「太宗自南原率二騎馳下峻坂，衝斷其軍，引兵奮擊，賊眾大敗」〔註125〕。此役爲李淵起兵之初關鍵性一戰，此後一路直下長安。按李淵軍隊屯兵之賈胡堡，據《元和志》，

〔註124〕參見〔清〕陸增祥，《八瓊室金石補正》卷74《冷泉關河東節度王宰題記》，蕭琪《河東節度高壁鎮新建通濟橋記》，文物出版社，1985年。
〔註125〕劉昫，《舊唐書》，北京：中華書局，1975年，22頁。

位於靈石縣南三十五里。第二次戰役發生在武德三年初，李世民與宋金剛雀鼠谷之戰。先是，李世民與劉武周部將宋金剛相持於柏壁（絳州），後金剛糧盡，敗退而走。李世民乘勝追擊，一晝夜行二百餘里，戰數十合，至高壁嶺，劉弘基諫止追擊，世民不聽，策馬而進，將士不敢復言饑。於靈石縣雀鼠谷追及宋金剛，「一日八戰，皆破之，斬俘數萬人。夜宿於雀鼠谷西原，世民不食二日，不解甲三日矣，軍中止有一羊，世民與將士分而食之」。小說中一個主題是以虯髯客襯托唐太宗的人君之質，將三俠相會之處設置在唐太宗曾經戰鬥過的地方，與小說人物有內在關係。在唐代，靈石作為唐王朝創業之初重大戰役的發生地為人所熟知，靈石作為烘托俠義氣氛的潛在背景，為唐初血腥廝殺之地，曾經有刀光劍影，伏屍遍野，與虯髯客食人心肝下酒的俠者異行之間有某種暗合。唐人聞此故事，讀此小說，自然會了悟人物行為與所處環境的協調，於現代讀者則失去了其暗示性的潛在意義。

（三）道士為李世民相面情節之設計

小說中，虯髯客在太原邀請道士暗中為李世民相面，「道士一見慘然，下棋子曰：『此局全輸矣！於此失卻局哉！救無路矣！復奚言』。表示李世民為真命天子。前此虯髯客已經會過李世民，「見之心死」，而又復請道士觀相以確證其事。此情節之設計，與李淵在太原起兵之初，道教徒為李淵奪取天下造輿論相助有關。道士王遠知曾預言李淵受命於天，杜光庭《歷代崇道記》載：「武德三年，詔晉陽道士王遠知授朝散大夫，並賜鏤金冠子紫絲霞帔，以預言高祖受命之征也。太宗又加遠知銀青光祿大夫，並遠知預言之故也。」李淵起兵之初，道教徒大量為之編造讖語以收人心。溫大雅《大唐創業起居注》記載數例謠諺讖語。如《桃李子歌》，文云：「又有《桃李子歌》曰：『桃李子，莫浪語，黃鵠繞山飛，宛轉花園裏。』案：李為國姓，桃當作陶，若言陶唐也；配李而言，故云桃花園，宛轉屬旌幡。汾晉老幼，謳歌在耳。忽睹靈驗，不勝歡躍。帝每顧旗幡，笑而言曰：『花園可爾，不知黃鵠如何。吾當一舉千里，以符冥讖。』自爾已後，義兵日有千餘集焉。二旬之間，眾得數萬。」〔註126〕又有道上衛元嵩作詩讖云：「戌亥君臣亂，子丑破城隍，寅卯如欲定，龍蛇伏四方。十八成男子，洪水主刀傍，市朝義歸政，人寧俱不荒。人言有恒性，也複道非常。為君好思量，何□□禹湯。桃源花□□，

〔註126〕〔唐〕溫大雅，《大唐創業起居注》，上海：上海古籍出版社，1983年，11頁。

李樹起堂堂。只看寅卯歲，深水沒黃楊。」〔註127〕李淵部隊與宋老生相持
霍邑，道教徒製造神話以鼓舞士氣。《舊唐書‧高祖紀》云：「隋武牙郎將宋
老生屯霍邑以拒義師。會霖雨積旬，饋運不給，高祖命旋師，太宗切諫乃止。
有白衣老父詣軍門曰：『余為霍山神使謁唐皇帝曰：八月雨止，路出霍邑東
南，吾當濟師。』高祖曰：『此神不欺趙無恤，豈負我哉！』八月辛巳，高
祖引師趨霍邑，斬宋老生，平霍邑。」〔註128〕此事《大唐創業起居注》亦
載，其時廣為流傳，以致載入正史。武德三年，晉州道教徒吉善行再造太上
老君庇祐唐王朝的神話，唐玄宗《慶唐觀紀聖銘並序》記之甚詳：「夏臣醜
而已去，殷鼎輕而未徙，老君乃洗然華皓，白驥朱髦，見此龍角之山，示我
龍興之兆。語絳州大通堡人吉善行曰：『吾而唐帝之祖也，告吾子孫，長有
天下。』……善行以武德三年二月初奉神教，恐無明徵，未之敢泄。至四月，
老君又見，曰：『石龜出，吾言實。』於時太宗為秦王討宋金剛，總戎汾絳，
晉州長史賀若孝義以其狀上啓。遽使親信杜昂就山禮謁。俯仰之際，靈貌察
焉。昂馳還曰：『信矣！』乃遣昂、善行乘驛表上。比至長安，適會郇州獻
瑞。石龜有文曰：『天下安，千萬日。』」〔註129〕可見唐初之道教徒極力協
助李氏父子奪取天下，在輿論上證明其享有天下是順應天意。作者在小說中
兩次確認李世民為真命天子有唐初的歷史影像。另外，虬髯客會見李世民之
中介人物為劉文靜，人物的選擇也有歷史因緣。李淵為太原留守時，謀臣特
多，而屬意太宗者唯劉文靜。劉文靜隋末為晉陽令，「及高祖鎮太原，文靜
察高祖有四方之志，深自結託。又竊觀太宗，謂寂曰：『非常人也。大度類
於漢高，神武同於魏祖，其年雖少，乃天縱矣。』寂初未然之。後文靜坐與
李密連婚，煬帝令繫於郡獄。太宗以文靜可與謀議，入禁所視之。文靜大喜
曰：『天下大亂，非有湯、武、高、光之才，不能定也。』太宗曰：『卿安知
無，但恐常人不能別耳。今入禁所相看，非兒女之情相憂而已。時事如此，
故來與君圖舉大計，請善籌其事。』文靜曰：『今李密長圍洛邑，主上流播
淮南，大賊連州郡、小盜阻澤山者萬數矣，但須真主驅駕取之。……』太宗
笑曰：『君言正合人意。』於是部署賓客，潛圖起義」〔註130〕。此段記載表

〔註127〕溫大雅，《大唐創業起居注》，上海：上海古籍出版社，57 頁。
〔註128〕劉昫，《舊唐書》，北京：中華書局，1975 年，3 頁。
〔註129〕董誥，《全唐文》，北京：中華書局，1983 年，451～452 頁。
〔註130〕劉昫，《舊唐書》，北京：中華書局，1975 年，2290 頁。

現了二人的相知想得之情。小說中云「文靜素奇其人（李世民）」，又云「（虬髯客）招靖曰：『真天子也！』公以告劉（文靜），劉益喜，自負」。這些細微的情節都與李世民早期在太原時的經歷內在相關。

（四）李世民之虬髯轉嫁於虬髯客之問題

《虬髯客傳》，原篇名當爲《虬髯客》。南宋謝採伯《密齋筆記》卷二云：「《太平廣記》所載，乃李靖遇虬髯客。」《錦繡萬花谷》前集卷四十引《太平廣記》亦作虬髯客。今傳各本一律作髯。髯與須有別，頤下者曰鬚，頰旁者爲髯。古者早有虬鬚之說，而無虬髯之稱〔註131〕。唐人多以「虬鬚」形容唐太宗。杜甫形容太宗「虬鬚十八九」（《送重表侄王砅評事使南海》），又云汝陽王李璡「虬鬚似太宗」（《八哀詩贈太子太師汝陽郡王璡》）。《酉陽雜俎》前集卷一《忠志》：「太宗虬鬚，嘗戲張弓掛矢。」〔註132〕《南部新書》癸卷：「太宗文皇帝，虬鬚上可掛一弓。」〔註133〕《清異錄下・肢體》：「唐文皇虬鬚壯冠，人號髭聖。」〔註134〕本篇小說中將虬髯轉嫁於主人公身上，而以「神氣揚揚」、「精彩驚人」等虛語形容太宗。如此顛倒設置，引起研究者的疑惑。程大昌《考古編》卷九即云：「虬髯授靖以資，使佐太宗，可見其爲戲語也。」〔註135〕汪辟疆《唐人小說》認爲此舉爲「文人狡獪，或以太宗解救衛公之故，卒賴以襄助之烈，成不世之勳。以顛倒眩惑之辭，敘述異傳奇之體。」李劍國先生以爲汪說「終嫌未洽」，「裴鉶何以移太宗之虬鬚於張姓豪士，實不解」〔註136〕。卞孝萱則以爲虬鬚、虬髯在古人那裏並無嚴格區分，虬鬚在唐代亦非專指太宗。諸人之猜想皆無準的。本文認爲，太宗虬鬚轉移於虬髯客，是作者在創造人物形象時借用歷史現實人物，並反之對歷史人物進行隱喻性表達的結果。

小說中創造的虬髯客形象，具有豪俠與帝王的雙重身份。虬髯客微時爲一位嫉惡如仇的蓋世奇俠，後遠渡海外爲扶餘國主，成就非凡帝業，又是一位具有雄才大略的英君。主人公的兩重身份，與唐太宗有著驚人的相似之

〔註131〕李劍國，《唐五代志怪傳奇敘錄》，天津：南開大學出版社，1993 年，583 頁。

〔註132〕段成式，《酉陽雜俎》，方南生點校，北京．中華書局，1980 年，1 頁。

〔註133〕《宋元筆記小說大觀》，上海：上海古籍出版社，2000 年，386 頁。

〔註134〕《宋元筆記小說大觀》，上海：上海古籍出版社，2000 年，78 頁。

〔註135〕程大昌，《考古編》，上海：上海古籍出版社，1992 年，57 頁。

〔註136〕李劍國，《唐五代志怪傳奇敘錄》，天津：南開大學出版社，1993 年，586～587 頁。

處。帝王身份不必多言，即豪俠身份而言，唐太宗在太原時亦爲倜儻不羈的少年豪俠。他於貞觀十五年回憶說「朕少在太原，喜群聚博戲，暑往寒逝，將三十年矣」〔註 137〕。小說中虬髯客作爲帝王的形象是側面虛寫的，重點表現的是其豪俠本色和平天下的志略，順便還衍生出延攬豪俠之士以爲己助的小主題。隨即有一一般性疑問產生，虬髯客一江湖俠客何以能成就一代帝業？尋諸歷史，唐初的李世民正是籠絡了一大批江湖英豪而建立了大唐基業，此即虬髯轉接的內在涵義。《舊唐書·太宗紀上》云：「時隋祚已終，太宗潛圖義舉，每折節下士，推財養客，群盜大俠，莫不願效死力。」〔註 138〕《資治通鑒》卷 183 云太宗在太原時「聰明勇決，識量過人，見隋室方亂，陰有安天下之志，傾身下士，散財結客，咸得其歡心」。《大唐創業起居注》亦云李世民於晉陽「密招豪友」，「傾財賑施，卑身下士。逮乎鬻繒博徒，監門廝養，一技可稱，一藝可取，與之抗禮，未嘗云倦，故得士庶之心，無不至者」〔註 139〕。李世民之舉與小說中楊素倨見豪俠之士形成鮮明對比，虬髯客識李靖適爲李世民識英雄之暗喻。此處略舉隨李淵、李世民起義太原的亂世豪俠，以見一斑。

柴紹，晉州臨汾人。「紹幼趫捷有勇力，任俠聞於關中」〔註 140〕。

柴紹弟某。「有材力，輕趫迅捷，踴身而上，挺然若飛，十餘步乃止。太宗令取趙公長孫無忌鞍韉，仍先報無忌，令其守備。其夜，見一物如鳥飛入宅內，割雙鐙而去，追之不及。又遣取丹陽公主鏤金函枕，飛入房內，以手撼土公主面上，舉頭，即以他枕易之而去。至曉乃覺。嘗著吉莫靴走上磚城，直至女牆，手無攀引。又以足踏佛殿柱，至簷頭，撼椽覆上。越百尺樓閣，了無障礙。太宗奇之，日：『此人不可處京邑。』出爲外官。時人號爲『壁龍』」〔註 141〕。

唐儉，并州晉陽人。「落拓不拘規檢」〔註 142〕。

唐儉弟唐憲，「不治細行，好馳獵，藏亡命，所交皆博徒輕俠。高祖領太原，頗親遇之，參與大議」〔註 143〕。

〔註 137〕劉昫，《舊唐書》，北京：中華書局，1975 年，52 頁。
〔註 138〕劉昫，《舊唐書》，北京：中華書局，1975 年，22 頁。
〔註 139〕溫大雅，《大唐創業起居注》，上海：上海古籍出版社，1983 年，4～5 頁。
〔註 140〕劉昫《舊唐書》，北京：中華書局，1975 年，2314 頁。
〔註 141〕張鷟，《朝野僉載》，北京：中華書局，1979 年，138 頁。
〔註 142〕劉昫，《舊唐書》，北京：中華書局，1975 年，2305 頁。
〔註 143〕歐陽修、宋祁，《新唐書》，北京：中華書局，1975 年，3760 頁。

段志玄，「志玄姿質偉岸，少無賴，數犯法。大業末，從父客太原，以票果，諸惡少年畏之，為秦王所識」〔註144〕。

劉弘基，「弘基少落拓，交通輕俠，不事家產，以父蔭為右勳侍。大業末，嘗從煬帝征遼東，家貧不能自致，行至汾陰，度已後期當斬，計無所出，遂與同旅屠牛，潛諷吏捕之，繫於縣獄，歲餘，竟以贖論。事解亡命，盜馬以供衣食，因至太原。會高祖鎮太原，遂自結託，又察太宗有非常之度，尤委心焉。由是大蒙親禮，出則連騎，入同臥起。義兵將舉，弘基召募得二千人」〔註145〕。

以上所舉皆為唐開國功臣，盡為太原時亡命豪俠。唐王朝建國後，豪俠們即隨之遷入長安，既處於政治上層，他們的豪俠之風必然影響到京師的任俠風氣。由此點，可以說太原的豪俠之風對於唐代盛行的任俠風氣有先導之功。在《虬髯客傳》作者裴鉶的胸中，自熟悉唐初與太宗開創基業的風雲人物，在塑造虬髯客形象時，自覺以太宗為原始模特兒。在後世讀者眼中江湖俠客開疆拓土為不可思議之事，而在熟悉唐代史實的作者和當代讀者看來，則合乎情理。作者借太宗之原型幻化出另一藝術真實的俠士兼帝王虬髯客，其主旨正如小說結尾所云，是為了警告將覬覦皇位的亂臣賊子，即使與太宗雄才氣度相媲美的一代豪俠尚且甘心退出問鼎中原的事業，何況遠遜於唐太宗的藩鎮豪帥呢！

《虬髯客傳》的人物形象和歷史人物、故事背景地的選擇，都與唐初河東道的軍事歷史有著緊密的聯繫。由此可見。此為裴鉶精心結撰之作，面對晚唐政局分崩離析的現實，作者以寓言之筆回顧唐王朝的創業史，既有對創業英雄的無限嚮往，亦表達對藩鎮亂臣的警告。

二 《紅線傳》與河東道當代俠文化

《紅線傳》為唐代以藩鎮割據為背景的豪俠小說，其故事的發生地在潞州。小說故事發生地的選擇與潞州的地域特徵有密切聯繫，小說人物薛嵩與紅線的設置亦有河東尚武俠風的影響。

（一）故事發生地選擇的地域因素

小說故事敘述魏博節度使有吞併潞州之意，潞州節度使薛嵩日夜憂懼，計無所出。其府中婢女紅線自告奮勇，至魏博節度使田承嗣床頭夜盜金盒，

〔註144〕歐陽修、宋祁，《新唐書》，北京：中華書局，1975年，3762頁。
〔註145〕劉昫，《舊唐書》，北京：中華書局，1975年，2309頁。

田承嗣終不敢有異圖，一場藩鎮之間的危機化解於無形。

按小說中人物之一薛嵩，並未任潞州節度使。實際任職爲相衛六州節度使。《舊唐書‧代宗紀》云：「（廣德元年），薛嵩爲檢校刑部尙書、相州刺史、相衛等州節度使。」又云「（大曆八年正月）壬午，昭義軍節度、檢校右僕射、相州刺史薛嵩卒」〔註146〕。昭義軍管轄範圍，有新舊之別，薛嵩生前之昭義軍治所在相州，建中元年以後，昭義軍兼領澤潞二州，治所移至潞州。與田承嗣、薛嵩同時之澤潞節度使是李抱玉〔註147〕。可知小說人物設置有虛構成分。卞孝萱先生認爲這種錯誤主要是由於作者的時代與故事發生的時代相距久遠，因此致誤。按《紅線傳》作者袁郊〔註148〕，晚唐詩人，咸通九年作《甘澤謠》（868），距薛嵩任相衛節度使有近百年之久。但據此定爲作者誤記尚有可商榷之處。其一，作者袁郊在開成五年（840）已有與溫庭筠唱和之記載〔註149〕，以時年二十計，距離薛嵩任職節度使七十年。其二，袁郊之父袁滋亦於元和元年任義成軍節度使，在任職期間時時防備魏博節度使田季安之侵擾，在家中自也能常常聽到父親講述節鎮之事〔註150〕。他對於與義成軍相鄰的相衛六州節度使的變遷情況也應該熟悉，不可能出現如此嚴重的錯誤。本文以爲薛嵩任職潞州屬於小說作者有意的設置而非誤記。

作者選擇潞州作爲故事的發生地有兩個方面的原因。第一，與作者的創作意圖相關。卞孝萱云「《紅線》說薛嵩爲潞州節度使，田承嗣將遷潞州，雖不合歷史，但揭露了田承嗣的擴張野心，歌頌女俠紅線制服田承嗣，起了朝廷所不能起的作用，是有正義感的」。作者借小說表達對藩鎮不服中央的批判態度，選潞州與魏博對抗，具有軍事地理上的潛在意義。澤、潞二州在唐代的軍鎮佈局中具有非常重要的地位。元和五年，宰相李絳上言：「昭義五州（澤、潞、邢、洺、磁五州，以澤潞爲主體，治所在潞州），據山東要

〔註146〕劉昫，《舊唐書》，北京：中華書局，1975年，301頁。

〔註147〕卞孝萱，《〈紅線〉〈聶隱娘〉作者考》，見《唐傳奇新探》，南京：江蘇教育出版社，2001年，314～317頁。

〔註148〕《紅線傳》作者有三說，段成式、楊巨源、袁郊，卞孝萱、李劍國先生經過詳細考證認爲袁郊爲作者最合理，本文從之。詳見卞孝萱，《〈紅線〉〈聶隱娘〉作者考》，見《唐傳奇新探》，南京：江蘇教育出版社，2001年，314～317頁。李劍國《唐五代志怪傳奇敍錄》，南開大學出版社，1993年，798～799頁。

〔註149〕溫庭筠有《開成五年抱疾不得預計偕詩寄郊》詩，參李劍國《唐五代志怪傳奇敍錄》考證。

〔註150〕卞孝萱，《唐傳奇新探》，南京：江蘇教育出版社，2001年，319頁。

害。魏博、恒、幽諸鎮蟠結，朝廷惟恃此以制之。邢、洺、磁入其腹內，誠國之寶地，安危所繫也。」〔註151〕而且澤潞鎮在中晚唐時期基本上忠於朝廷，會昌三年澤潞節度使劉稹欲自專其政，李德裕發兵討平之。潞州軍事地位之重要和臣服於中央的政治態度，使得紅線盜金盒的行為具有了戰略上和政治上的雙重意義〔註152〕。第二，與澤潞鎮豢養刺客的傳統亦有一定關係。按澤潞節度使劉從諫（825～843）任職正與作者袁郊同時代。史稱其在鎮豢養刺客，橫征暴斂，吏民疲敝，有欲論奏者，遣客遊刺。刺客中，有名為甄戈者，「頗任俠，從諫厚給貲，坐上座，自稱荊卿。從諫與定州戍將有嫌，命戈取之，因為逆旅上謁，留飲三日，乘間斬其首。它日，又使取仇人，乃引不逞者十餘輩劫之。從諫不悅，號『偽荊卿』」。袁郊極有可能從此當代流傳的故事中受到啟發，將當時潞州與定州之間的矛盾轉換年代和人物，將非正義的藩鎮仇殺轉換為正義的警告。

（二）薛嵩人物設置的意圖

小說故事地選潞州，鎮帥選薛嵩，皆非隨意。薛嵩家世為將，驍勇一時，而為魏博鎮所侵淩威逼，幸紅線臨危以絕藝解鎮帥之憂，適更突出紅線武藝之奇詭高超。按薛嵩籍貫河東，家世從軍，忠於朝廷。嵩祖父薛仁貴，絳州龍門人，太宗、高宗兩朝名將。史書多記載其驍勇無敵之事迹。貞觀十九年征遼，「仁貴自恃驍勇，欲立奇功，乃異其服色，著白衣，握戟，腰鞬張弓，大呼先入，所向無前，賊盡披靡卻走」。顯慶二年征遼，「高麗有善射者，於石城下射殺十餘人，仁貴單騎直往衝之，其賊弓矢俱失，手不能舉，便生擒之」。龍朔三年，擊九姓突厥於天山，三矢殺三人，其餘一時請降，軍中歌「將軍三箭定天山，戰士長歌入漢關」〔註153〕。薛嵩之父薛楚玉亦為軍帥，曾任范陽、平盧節度使。薛嵩則少有膂力，善騎射，束身戎武之間，曾從安史叛軍，後歸順朝廷，忠心耿耿。《舊唐書》卷124 史臣評薛嵩云：「自安、史亂離，河朔割據，雖外尊朝旨，而內蓄奸謀。薛嵩祖父，國之名將，及身濡足賊廷，既沐國恩，尚存家法，守土奉職，終身一心，果有令人，克全餘慶。」

〔註151〕司馬光，《資治通鑑》，北京：中華書局，1996年，7675頁。
〔註152〕文中田承嗣云「我若移鎮山東，納其涼冷」，「山東」應為「山西」之誤。此誤似未有人指出。田承嗣魏博即在太行山以東，不得云潞州亦為山東，按潞州在太行山中，氣候較之魏博自然寒冷。以山西為是。
〔註153〕劉昫，《舊唐書》，北京：中華書局，1975年，2780～2781頁。

〔註154〕薛嵩子薛平亦為忠於朝廷的著名節帥。史云：「嵩卒，軍吏欲用河北故事，脅平知留後務，平僞許之，讓於叔父崿，一夕以喪歸。」後任平盧節度使，「在鎮六周歲，兵甲完利，井賦均一。至是入覲，百姓遮道乞留，數日乃得出。時人以為近日節制，罕有其比」〔註155〕。薛嵩之族子薛雄亦忠順朝廷，為衛州刺史，「魏博節度田承嗣誘為亂，雄不從，承嗣遣刺客盜殺之」〔註156〕。現實中田承嗣派刺客殺死薛嵩家族之人，小說裏作者讓薛嵩派刺客震懾了田承嗣，歷史與小說交錯在一起。薛嵩一門數代忠良，作者此篇既為擁護中央、反對藩鎮張目，則選取一直統屬於中央的澤潞鎮和忠於朝廷的薛嵩，更具有現實性的說服力量。

（三）選擇女性為俠客

小說選擇侍女紅線作隱身在薛嵩身邊的女俠，既受到前此相關人物傳說的影響，亦有當代地域文化的因素。《紅線傳》之前即流傳著關於紅線與薛嵩的故事。宋人《古今詩話》載紅線事云：「唐節度使薛嵩，有人獻小鬟十三歲，左右手俱有紋隱若紅線，因號為紅線。十九年方辭嵩去，不可留，乃餞別，請坐客冷朝陽作詩曰：『採菱歌罷木蘭舟，送客魂消百尺樓。還似洛妃乘霧去，碧雲無際水長流。』」〔註157〕《唐詩紀事》亦記載其事。兩書雖為南宋所著，唐代必有流傳，而故事中無盜金盒之異舉，如其故事的產生在袁郊《紅線傳》之後，則女性奇能俠義為文人所豔稱，《紅線傳》中的情節應該在上引二著中出現。故可以推之詩話中流傳之事應產生於袁郊《紅線傳》之前。袁郊取之前人物之間的主僕關係，而更換以新的傳奇內容。

作者賦予女性絕技與俠義，有時代與地域的因素。第一，唐代宮中伎樂有雜技表演，其中擁有絕技之人往往在政治鬥爭中為政治家所利用。崔令欽《教坊記》序云：「玄宗之在藩邸，有散樂一部，戡定妖氛，頗藉其力；及膺大位，且羈縻之。」〔註158〕玄宗即位後嚴令禁止民間之雜技演出。但安史亂後，宮廷藝人散落民間，往往為地方藩鎮接納，地方雜技興起，或用為刺客。流落民間的一些藝人成為俠盜之流，如《嘉興繩伎》、《車中女子》即

〔註154〕劉昫，《舊唐書》，北京：中華書局，1975 年，3542 頁。
〔註155〕劉昫，《舊唐書》，北京：中華書局，1975 年，3526～3527 頁。
〔註156〕劉昫，《舊唐書》，北京：中華書局，1975 年，3527 頁。
〔註157〕阮閱，《詩話總龜》，北京：人民文學出版社，1987 年，415 頁。
〔註158〕《唐五代筆記小說大觀》，上海：上海古籍出版社，2000 年，122 頁。

屬於雜技藝人爲盜的傳奇。潞州亦有宮廷藝人流落其間，貞元初，詩人劉言史在澤潞節度使李抱眞幕府作《觀繩伎》，即驚歎於其絕技之高：「重肩接立三四層，著屐背行仍應節。兩邊丸劍漸相迎，側身交步何輕盈。閃然欲落卻收得，萬人肉上寒毛生。危機險勢無不有，倒掛纖腰學垂柳。」詩末云「坐中還有沾巾者，曾見先皇初教時」。可知爲宮廷中流落藩鎭的雜技女藝人。如此則潞州出現身藏奇技的女子亦在情理之中。第二，就整個河東道而言，在唐代史傳中亦有女性之俠義者。如唐太宗時有衛孝女，絳州人。「父爲鄉人衛長則所殺，無忌甫六歲，無兄弟，母改嫁。逮長，志報父仇。會從父大延客，長則在坐，無忌抵以甓，殺之。詣吏稱父冤已報，請就刑。巡察使褚遂良以聞，太宗免其罪，給驛徙雍州，賜田宅。州縣以禮嫁之」〔註159〕此女之行徑可與《謝小娥傳》中爲父兄復仇的謝小娥並駕。又如太原王含，爲振武軍都將。「其母金氏，本胡人女，善弓馬，素以獷悍聞。常馳健馬，臂弓腰矢入深山，取熊鹿狐兔，殺獲甚多，故北人皆憚其能而推重之」〔註160〕。筆者以爲，作者選擇女性劍俠隱於潞州幕府之中，與河東道地域存在的女性尙武俠風有一定關係。

三、趙氏孤兒故事對《無雙傳》敘事模式的影響

　　河東道作家裴鉶、薛用弱、薛調等創作豪俠小說，其題材選擇之傾向應受到三晉歷史傳統中俠烈精神之影響。《史記・刺客列傳》中著名俠客荊軻、聶政、豫讓，其籍貫皆屬於先秦時三晉範圍，尤其豫讓，其矢志不渝的復仇精神成爲中國古代俠烈之士的一個象徵。春秋末，韓魏趙三家滅智伯而分晉，曾爲智伯門下士的豫讓逃遁山中伺機爲智伯報仇。他說：「士爲知己者死，女爲說己者容。今智伯知我，我必爲報讎而死，以報智伯，則吾魂魄不愧矣。」其後變名姓「爲刑人，入宮塗廁，中挾匕首，欲以刺襄子……又漆身爲厲，吞炭爲啞」，艱苦卓絕。其友勸豫讓可以曲事趙襄子以報仇，豫讓反對，曰：「既已委質臣事人，而求殺之，是懷二心以事其君也。且吾所爲者極難耳！然所以爲此者，將以愧天下後世之爲人臣懷二心以事其君者也。」後刺殺趙襄子未成，反爲其所獲，然臨死前劍擊趙襄子衣服以象徵性復仇，

〔註159〕歐陽修、宋祁，《新唐書》，北京：中華書局，1975年，5818頁。
〔註160〕張讀，《宣室志》，載《唐五代筆記小說大觀》，上海：上海古籍出版社，2000年，1048頁。

遂伏劍自刎。「趙國志士聞之，皆爲涕泣」〔註161〕。千載思之，猶驚心動魄。又有趙氏孤兒之俠義故事爲後世廣爲傳誦，其故事深刻影響了《無雙傳》的敘事模式。至唐，河東道仗義拯難之俠士亦不絕於書。王方翼，并州祁人。「友人趙持滿犯罪被誅，暴屍於城西，親戚莫敢收視。方翼歎曰：『欒布之哭彭越，大義也；周文之掩朽骼，至仁也。絕友之義，蔽主之仁，何以事君？』乃收其屍，具禮葬之」〔註162〕。張道源，并州祁人。「道源嘗與友人客遊，友人病，中宵而卒，道源恐驚擾主人，遂共屍臥，達曙方哭，親步營送，至其本鄉里」〔註163〕。河東道傳奇作家自然應受到以上俠義之風的影響，其中《無雙傳》作者薛調所受影響至爲明顯。

　　《無雙傳》爲唐代豪俠小說佳作。作者薛調，兩唐書無傳，據《新唐書·宰相世系表》三，知爲浙西觀察使薛苹之孫〔註164〕。薛苹，據《新唐書》本傳爲河東寶鼎人〔註165〕。薛調，晚唐人，美容姿，人號爲生菩薩，咸通十二年爲翰林學士，十三年卒於官。年四十三。李劍國先生據《唐語林》之相關記載，認爲薛調因貌美遭嫉被害〔註166〕。

　　《無雙傳》敘王仙客與表妹無雙自幼兩小無猜，長大後彼此鍾情。後在涇原兵變中，仙客舅父劉震將無雙許配於他。叛亂結束後，舅父因罪判極刑，無雙亦沒入宮廷。後王仙客爲長樂驛官，一次命劉家老僕塞鴻探聽得無雙下落。無雙致書王仙客，囑其託富平縣古押衙設法相救。古押衙慨然允諾，設計由婢女采蘋冒充中使賜無雙假死，仙客無雙終於團聚。古押衙則把所有參與營救行動的人全部殺死滅口，隨後亦自刎而死。小說中古押衙營救無雙的情節，採用倒敘之法，計謀成功後由古押衙講述交代。無雙服藥假死，園陵官吏處置屍體，古押衙設法得之，無雙漸漸蘇醒。隨後描寫古押衙臨死前的言行：「古生又曰：『暫借塞鴻，於舍後掘一坑。』坑稍深，抽刀斷塞鴻頭於坑中。仙客驚怕。古生曰：『郎君莫怕，今日報郎君恩足矣。比聞茅山道士有藥術，其藥服之者立死，三日卻活。某使人專求得一丸，昨令采蘋假作中

〔註161〕司馬遷，《史記》，北京：中華書局，1959 年，2519～2521 頁。
〔註162〕劉昫，《舊唐書》，北京：中華書局，1975 年，4802 頁。
〔註163〕劉昫，《舊唐書》，北京：中華書局，1975 年，4869 頁。
〔註164〕歐陽修、宋祁，《新唐書》，北京：中華書局，1975 年，3036 頁。
〔註165〕歐陽修、宋祁，《新唐書》，北京：中華書局，1975 年，5044 頁。
〔註166〕李劍國，《唐五代志怪傳奇敘錄》，天津：南開大學出版社，1993 年，574～575 頁。

使，以無雙逆黨，賜此藥令自盡。至陵下，託以親故，百縑贖其屍。凡道路郵傳，皆厚賂矣，必免漏泄。茅山使者及舁篼人，在野外處置訖。老夫爲郎君，亦自刎。……』言訖，舉刀，仙客救之，頭已落矣。」按古押衙此舉部分緣於王仙客之前「繪綵寶玉之贈，不可勝紀」之恩情，然其捨己救人之行爲，亦表現出古代烈士俠義決絕的氣概。郭豫適先生認爲古押衙人物形象可能受到古代小說《燕丹子》中荊軻、樊於期性格之影響，荊軻、樊於期爲報太子丹之恩雙雙獻出生命，古押衙亦捨命報恩〔註167〕。蓋以古代故事而言，古押衙人物形象及小說情節設計，應更多受到先秦晉國趙氏孤兒故事的影響。

　　晉景公三年，權臣屠岸賈殺趙朔宗族，趙朔之妻藏嬰兒躲避宮中，後程嬰與公孫杵臼以生命保護趙氏孤兒。《史記·趙世家》云：「趙朔客曰公孫杵臼，杵臼謂朔友人程嬰曰：『胡不死？』程嬰曰：『朔之婦有遺腹，若幸而男，吾奉之；即女也，吾徐死耳。』居無何，而朔婦免身，生男。屠岸賈聞之，索於宮中。」嬰兒脫險之後，「程嬰謂公孫杵臼曰：『今一索不得，後必且復索之，奈何？』公孫杵臼曰：『立孤與死孰難？』程嬰曰：『死易，立孤難耳。』公孫杵臼曰：『趙氏先君遇子厚，子彊爲其難者，吾爲其易者，請先死。』乃二人謀取他人嬰兒負之，衣以文葆，匿山中。程嬰出，謬謂諸將軍曰：『嬰不肖，不能立趙孤。誰能與我千金，吾告趙氏孤處。』」程嬰遂領諸將殺公孫杵臼及嬰兒，十五年後，趙氏孤兒趙武復立其宗，「及趙武冠，爲成人，程嬰乃辭諸大夫，謂趙武曰：『昔下宮之難，皆能死。我非不能死，我思立趙氏之後。今趙武既立，爲成人，復故位，我將下報趙宣孟與公孫杵臼。』……遂自殺」。〔註168〕古押衙計救無雙與程嬰救孤事相似點有：第一，捨命報恩主題；第二，以假亂真之僞裝；第三，報恩結束後俠士自刎而死；第四，殘忍犧牲無辜者爲代價；第五，被救者全家皆被朝廷所殺而獨存活一人。兩個故事的不同之處是：第一，趙氏孤兒兩位主謀者，《無雙傳》一位主謀者；第二，營救趙氏孤兒完全處在政治鬥爭中，《無雙傳》則俠義與愛情相結合；第三，僞裝計謀，一爲替換，一爲假死；第四，無辜的犧牲者，一爲嬰兒，一爲參與營救的成人；第五，程嬰之自殺爲全朋友之義，古押衙自殺爲無雙二人的安全。

　　兩個故事的基本框架如此相似，古押衙之雄忍沈謀與程嬰亦極相似（程

〔註167〕《唐傳奇鑒賞集》，北京：人民文學出版社，1983年，142頁。
〔註168〕司馬遷，《史記》，北京：中華書局，1959年，1783～1785頁。

嬰撫養趙武二十年後始自殺）。

　　薛調出身河東，對於本土歷史中流傳的俠烈故事銘記於心，創作時遂不自覺受到其強烈影響。由於模倣太甚，以致引起學者們對《無雙傳》故事合理性的懷疑。胡應麟《莊岳委談》謂《無雙傳》之事「大奇而不情，蓋潤飾之過。或烏有、無是類，不可知」〔註169〕。汪辟疆校錄《無雙傳》附記亦云「嗜奇之過，不中情理」〔註170〕。程毅中先生云：「這種人物在古代確曾出現過，但《無雙傳》對古押衙的描寫又有所誇張，幾乎是神話了，因而也脫離了現實。令人感到缺乏生活的根基。」〔註171〕這些意見說明《無雙傳》對古代俠烈故事的模倣導致了其反映當代生活眞實程度的降低。

　　薛調應是一位才華卓異的小說家，他從故鄉古代俠烈傳統中汲取創作的靈感，取其內在精神和結構方式，把政治迫害與義士營救的悲壯歷史轉換爲愛情豪俠兼容的優秀傳奇。

　　《虬髯客傳》、《紅線傳》和《無雙傳》，一篇牽繫著唐王朝在太原的創業史，一篇反映了河東道當代獨特的俠風和軍事地理，一篇則在精神上與千年之前的三晉俠魂遙遙相通。三晉豪俠尚武之地域特質在傳奇小說中得到了或隱或現的傳承和表現。

〔註169〕胡應麟，《少室山房筆叢》，北京：中華書局，1958 年。
〔註170〕汪辟疆，《唐人小說》，上海：上海古籍出版社，1978 年。
〔註171〕程毅中，《唐代小說史》，北京：人民文學出版社，2003 年，233 頁。

第七章　三晉隱逸文化與唐代文學

　　唐代隱逸文化非常發達。士的隱逸行為對文學產生兩方面的影響，一是通過影響文學家主體的精神世界進而影響到文學精神的發展走向，一是直接促成山水田園詩創作的繁榮。無論隱逸行為的真偽久暫，都在實際上對唐代文學產生了深刻而持久的影響。在對唐代隱逸文學產生重大影響的文學家中，其中的四位與河東道有著或遠或近的親緣關係。絳州龍門之王績與蒲州王官谷之司空圖以顯赫的聲名象徵著唐代文人隱逸的開始與結束，王績和王維分別代表著初唐盛唐山水田園詩創作的高峰，中唐之白居易提出了中隱的隱逸觀念，極大地影響了中唐以後封建時代隱逸文化的走向。頗有意味的是，四位詩人正好貫穿了初盛中晚四個時期，皆處在唐代隱逸思想發展的關節點，形成連貫式的影響。此四人中，王績之籍貫地、出生地、創作地都在河東；司空圖籍貫非河東，生長、創作於河東；王維籍貫河東，自幼生長於河東，少年時代離開故土後，其隱居、創作皆在異地；白居易則其祖上世居太原，自其曾祖方由太原遷居於下邽，他一生的生活創作都與河東道無直接聯繫。河東文學家對唐代隱逸文化和隱逸文學產生集體性的影響，與河東道固有的地域文化精神有著必然的關聯。三晉隱逸傳統中糅合了崇實尚儉的地域性格和俠烈貞潔的道德精神，在集體無意識的世代傳承中，或深或淺地影響了這些文學家的人生價值取向，並在一定程度上左右著他們的生活方式。當然，影響詩人精神世界的客觀因素是多方面的，複雜的，地域傳統只是其中的一個方面。揭示並梳理這一方面的影響渠道，可以說明唐代文學風貌的形成和文學精神的凝聚，應是眾多地域文化精神合力作用的結果，三晉隱逸文化精神就是其中一個強有力的因素。為保證在地域文化與唐代文學影響關係

研究中的客觀性與實效性，本章主要圍繞生長並隱居於河東的王績、司空圖進行探討，王維和白居易由於其仕履創作皆離開了故土，其隱逸精神和創作行為都相對於三晉傳統發生了變化，故只在王績與司空圖的相關論述中附帶及之。

第一節　河東道隱逸文化精神的歷史與現狀

　　河東道有著久遠而持續的隱逸文化傳統，由先秦時代的夷齊和介子推首發其端，歷代相繼產生許多著名的隱逸之士，並且形成了具有地域文化特徵的隱逸文化精神，延續至唐代，亦使這一地域的隱逸現象表現出與唐代隱逸潮流不同的文化特色。

一、先秦隱士：隱逸與節烈的雙重特徵

　　伯夷、叔齊的不食周粟和介子推的功成不受賞之故事是封建時代文人侈談之典故，其中夷齊餓死首陽山，介子推焚死綿山皆發生於河東道境內。兩例隱逸的共同之處在於其中表現出的極端的道德情操和隱逸的選擇聯繫在一起，但其中又有各自的特點。茲分別略述其隱逸的本末和後世的流傳影響。

　　夷齊隱逸事迹發生在周代初年。其事最完整的記載在《史記・伯夷叔齊列傳》，司馬遷將夷齊置於列傳之首，即存表彰寄託之意。傳云：「伯夷、叔齊，孤竹君之二子也。父欲立叔齊，及父卒，叔齊讓伯夷。伯夷曰：『父命也。』遂逃去。叔齊亦不肯立而逃之。國人立其中子。於是伯夷、叔齊聞西伯昌善養老，盍往歸焉。及至，西伯卒，武王載木主，號為文王，東伐紂。伯夷、叔齊叩馬而諫曰：『父死不葬，爰及干戈，可謂孝乎？以臣弒君，可謂仁乎？』左右欲兵之。太公曰：『此義人也。』扶而去之。武王已平殷亂，天下宗周，而伯夷、叔齊恥之，義不食周粟，隱於首陽山，采薇而食之。及餓且死，作歌。其辭曰：『登彼西山兮，采其薇矣。以暴易暴兮，不知其非矣。神農、虞、夏忽焉沒兮，我安適歸矣？於嗟徂兮，命之衰矣！』遂餓死於首陽山。」〔註 1〕夷齊之節操，一為讓國辭榮，一為不事二主，與隱逸結合在一起的是不食周粟的忠節之概。後世學者多懷疑夷齊叩馬而諫和餓死首陽之事。由唐代劉知幾開始，一直到清代崔述、梁玉繩集其大成〔註 2〕。學

〔註 1〕司馬遷，《史記》，北京：中華書局，1959 年，2123 頁。
〔註 2〕歐陽健，《伯夷事迹之考述》，《廈門教育學院學報》，2004 年第 2 期，1～3 頁。

者們懷疑事實真偽的動機，主要在夷齊激烈的隱逸行爲觸犯了他們心中的君臣大義。王安石《寓言》之六云：「讀書疑夷齊，古豈有此人？其才一莛芒，所欲勢萬鈞。」王安石此處道出了封建時代一部分學者的隱衷，作爲平民臣子而欲與萬乘之君分庭抗禮，以至於不食而死，有要挾君主的嫌疑，故力辨司馬遷之非。在《史記》之後有學者增飾彌縫夷齊餓死首陽的情節，以降低夷齊隱逸的精神價值。大致謂夷齊隱於首陽山，采薇而食。有人見之，責難夷齊云不食周粟，而食周之草木，夷齊遂餓而死〔註3〕。然而學者對歷史真實雖有非議，夷齊的道德精神之實在性卻爲稍後時代的賢達所認同。先秦諸子皆盛稱夷齊隱逸的節操。孔子《論語‧季氏》云：「伯夷、叔齊餓於首陽之下，民到於今稱之。」〔註4〕《論語‧述而》：「（子貢）曰：『伯夷、叔齊何人也？』曰：『古之賢人也。』」〔註5〕《論語‧微子》：「逸民：伯夷、叔齊、虞仲、夷逸、朱張、柳下惠、少連。子曰：『不降其志，不辱其身，伯夷、叔齊與！』謂：『柳下惠、少連，降志辱身矣。言中倫，行中慮，其斯而已矣。』」〔註6〕在孔子對隱逸之士的評價中，以夷齊爲最高。孟子未提及夷齊餓死首陽之事，但亦推崇夷齊值昏主亂世隱居求志的高行。《孟子‧萬章下》：「孟子曰：『伯夷，目不視惡色，耳不聽惡聲。非其君不事；非其民不使。治則進，亂則退。橫政之所出，橫民之所止，不忍居也。思與鄉人處，如以朝衣朝冠，坐於塗炭也。當紂之時，居北海之濱，以待天下之清也。故聞伯夷之風者，頑夫廉，懦夫有立志。』」〔註7〕莊子雖以爲夷齊不得稱「自適其適」之「眞人」，而對夷齊餓死首陽，評價頗高。《莊子‧讓王》云：「若伯夷叔齊者，其於富貴也，苟可得已，則必不賴，高節戾行，獨樂其志，不事於世，此二士之節也。」〔註8〕韓非子則從帝王的角度評價夷齊爲「無益之臣」，但卻肯定他們餓死首陽具有「不畏重誅，不利重賞，不可以罰禁也，不可以賞使也」的獨立貞介品格。屈原則在《楚辭》中將夷齊亂世歸隱的行爲與自己孤忠流放的遭遇作

〔註3〕 皇侃《論語義疏》、譙周《古史考》皆述其事，稍異者，質難者性別不同，《論語義疏》爲男性，《古史考》爲婦人。參見俞正燮，《癸巳存稿》卷七《讀〈史記伯夷列傳〉書後》，《俞正燮全集》第二冊，合肥：黃山書社，2005年，268～271頁。

〔註4〕 程樹德，《論語集釋》，北京：中華書局，1990年，1162頁。

〔註5〕 程樹德，《論語集釋》，北京：中華書局，1990年，462頁。

〔註6〕 程樹德，《論語集釋》，北京：中華書局，1990年，1279～1284頁。

〔註7〕 焦循，《孟子正義》，石家莊：河北人民出版社，1986年，395頁。

〔註8〕 王叔岷，《莊子校詮》，北京：中華書局，2007年，1163頁。

暗示性的關聯：「求介子之所存兮，見伯夷之放迹。心調度而弗去兮，刻著志之無適。」〔註9〕（《九章·悲回風》）堅貞之屈原在徘徊之際，引夷齊為同志。無論後世文人如何質疑夷齊之行止道德，在中國思想產生的軸心時代，已經對夷齊之行為做出了最為基本的評價。漢代司馬遷更是夷齊的曠代知音，說他們是「舉世混濁，清士乃見」，「嗟彼素士，不附青雲」。從此，夷齊隱逸的貞操品格遂定型，成為影響後世的隱逸典範。

夷齊隱逸實為古代士人共同尊崇之典型，而與河東道有密切關係。河東道南部蒲州之首陽山相傳為夷齊隱居之所。然首陽之地名頗多，尚需一辨。古史記載中並未明言首陽山的具體方位，致使後人異說叢生。據《史記》三家注，首陽地共有六種說法：蒲州、隴西、偃師、遼西、清源、北海。蒲州，《史記集解》馬融曰：「首陽山在河東蒲阪華山之北，河曲之中。」隴西，《史記正義》引曹大家注《幽通賦》云：「夷齊餓於首陽山，在隴西首。」偃師，《史記正義》引戴延之《西征記》云：「洛陽東北首陽山有夷齊祠。」北海，《史記正義》引《孟子》云：「夷、齊避紂，居北海之濱。」遼西，《史記正義》引《說文》云：「首陽山在遼西。」清源，《史記正義》云：「史傳及諸書，夷、齊餓於首陽凡五所，各有案據，先後不詳。莊子云伯夷、叔齊西岐陽見周武王伐殷，曰：『吾聞古之士，遭治世不避其任，遇亂世不為苟存。今天下闇，周德衰，其並乎周以塗吾身也，不若避之以絜吾行。』二子北至於首陽之山，遂飢餓而死。又下詩『登彼西山』，是今清源首陽山，在岐陽西北，明即夷、齊餓死處也。」以上諸說之中，以偃師與蒲州說最為盛行。有學者具引漢魏文人詩賦碑刻中有關夷齊祭祀之地多在洛陽之首陽山之記載，故確證夷齊所隱居之首陽應在洛陽之首陽而非他處。東漢杜篤《首陽山賦》：「嗟首陽之孤嶺，形勢窟其縈曲。面河源而抗岩隴，堆隈而相屬。」〔註10〕蔡邕《伯夷叔齊碑》亦在洛陽。王粲《弔夷齊文》：「濟河津而長驅，逾芒阜之崢嶸。覽首陽於東隅，見孤竹之遺靈。」〔註11〕阮瑀《弔伯夷文》：「余以王事，適彼洛師。瞻望首陽，敬弔伯夷。」〔註12〕阮籍《首陽山賦》序云：「正元元年秋，余尚為中郎，在大將軍府；獨往南牆下，北首陽山。」〔註13〕賦中有「遙

〔註9〕 洪興祖，《楚辭補注》，北京：中華書局，1981年，161頁。
〔註10〕 龔克昌主編，《全漢賦評注·後漢上》，石家莊：花山文藝出版社，2003年，105頁。
〔註11〕 《建安七子集》俞紹初輯校，北京：中華書局，1989年，136頁
〔註12〕 《建安七子集》俞紹初輯校，北京：中華書局，1989年，164頁。
〔註13〕 《阮籍集》，上海：上海古籍出版社，1978年，8頁。

逝而遠去兮，二老窮而來歸。實囚軋而處斯兮，焉暇豫而敢誹。嘉粟屏而不存兮，故甘死而采薇」之句。以上洛陽之首陽山均指爲夷齊采薇之所〔註14〕。實際的歷史傳播中，位於蒲州的首陽山，在很長時期亦傳說爲夷齊的隱居之地。就上引《莊子》中「二子北至於首陽之山」，張守節冒定爲清源縣首陽山，鄭慧生已指出其繆誤：唐代岐陽距離清源八百餘里，途程太遠，夷齊遠至，難以理解，所疑甚是。此首陽既非清源，在諸說之中，蒲州首陽山在岐陽北偏東方向，在地理方位上最爲切近。故至遲在莊子時代，蒲州首陽即傳爲夷齊隱居之處。然而漢魏之間相傳未見有河東首陽之記載。至北魏時期，《水經注》即載蒲州首陽山與夷齊之間的關係，《水經注》卷四河水云：「水出河北縣雷首山。縣北與蒲阪分山，山有夷齊廟。闞駰《十三州志》曰：『山一名獨頭山，夷齊所隱。山南有古冢，陵柏蔚然，攢茂邱阜，俗謂之夷齊墓也。』」〔註15〕酈道元同書卷五亦載洛陽首陽山夷齊廟，可見當時兩地夷齊傳說同時存在。又魏收《魏書‧地形志下》河北郡亦載夷齊之墓：「有芮城、立城、嬀水、首陽山、伯夷叔齊墓。」〔註16〕唐代《元和郡縣圖志》卷12河東道一河中府河東縣：「伯夷墓，在縣南三十五里雷首山。貞觀十一年詔致祭，禁樵採。」蒲州首陽作爲夷齊之紀念地得到統治者承認。另唐代詩人直接吟詠首陽山或直接憑弔夷齊的篇章均指河東首陽山，有李頎《登首陽山謁夷齊廟》、吳融《首陽山》、盧綸《題伯夷廟》。首陽山屬中條山脈，由於地近長安，在唐代此處夷齊遺迹更爲人所熟知。隱居於河東南部的詩人王績、司空圖與伯夷、叔齊有著精神上的相通。王績《北山賦》云：「余自此而浩蕩，又逢時之不仁。天地遂閉，雲雷漸屯。與沮溺而同趣，共夷齊而隱身。」《山家夏日九首》之五云：「不特嫌周粟，時時須采薇。」908年，司空圖絕食而死，有人作詩憑弔即以司空圖比夷齊：「夫君歿去何人葬，合取夷齊隱處埋。」（徐夤《聞司空侍郎卦音》）首陽山與王官谷同屬中條山脈，殉節的司空圖與夷齊精神上千載相通。可以說，由於河東道首陽山夷齊隱居傳說的長期流傳，在一定程度上影響著該地域隱逸之士的表現類型。

　　介子推之辭祿隱居事迹，最早記載於《左傳》。後經文人學者增飾，至

〔註14〕鄭慧生《首陽山考》據此認定首陽應在洛陽，載《人文雜誌》，1992年第5期，83～90頁。
〔註15〕《水經注疏》，酈道元著，楊守敬、熊會貞疏，南京：江蘇古籍出版社，1989年，309頁。
〔註16〕魏收，《魏書》，北京：中華書局，1974年，2632頁。

漢代，其功成不受賞的隱士兼烈士形象完全樹立。《左傳・僖公二十四年》
云晉文公流亡歸國後：「晉侯賞從亡者，介之推不言祿，祿亦弗及。推曰『獻
公之子九人，唯君在矣。惠、懷無親，外內棄之。天未絕晉，必將有主。
主晉祀者，非君而誰？天實置之，而二三子以爲己力，不亦誣乎？竊人之
財，猶謂之盜，況貪天之功以爲己力乎？下義其罪，上賞其奸，上下相蒙，
難與處矣！』其母曰：『盍亦求之，以死誰懟？』對曰：『尤而傚之，罪又
甚焉，且出怨言，不食其食。』其母曰：『亦使知之若何？』對曰：『言，
身之文也。身將隱，焉用文之？是求顯也。』其母曰：『能如是乎？與女偕
隱。』遂隱而死。晉侯求之，不獲，以綿上爲之田，曰：『以志吾過，且旌
善人。』」〔註17〕介子推不滿於當初追隨晉文公的家臣邀功之舉，憤而隱居，
其耿介之性迥異庸流。至莊子則增加割股焚死的情節，《莊子・盜跖》云：「介
子推至忠也，自割其股以食文公，文公後背之，子推怒而去，抱木而燔死。」
〔註18〕莊子這裏所記介子推隱居是晉文公背盟之結果，降低了介子推隱居的
道德價值。但由莊子可知，在他所處的時代，介子推與夷齊一樣，都是當代
稱揚的賢士。韓非子則從人君的角度讚賞介子推的隱居行爲，《韓非子・用
人》云：「昔者介子推無爵祿而義隨文公，不忍口腹而仁割其肌，故人主結
其德，書圖著其名。」〔註19〕屈原亦在《楚辭》中表彰介子推的忠節之志：
「介子忠而立枯兮，文君寤而追求。封介山而爲之禁兮，報大德之優遊。」
〔註20〕（《惜往日》）《呂氏春秋》則以介子推辭榮見志與世俗之奔競逐利相
較，突出其特立之品行：「今世之逐利者，早朝晏退，焦唇乾嗌，日夜思之，
猶未之能得；今得之而務疾逃之，介子推之離俗遠矣。」〔註21〕至司馬遷《史
記》，則將「二三子以爲己力」之二三子具體實指爲晉文公之母舅狐偃。文
公返國，與子犯盟誓於黃河邊，當共享富貴。「是時介子推從，在船中，乃
笑曰：『天實開公子，而子犯以爲己功而要市於君，固足羞也。吾不忍與同
位。』乃自隱渡河」〔註22〕。

　　西漢末劉向《新序》則以文公追悔之情反襯介子推矢志隱居的節操：

〔註17〕楊伯峻，《春秋左傳注》，北京：中華書局，1981 年，417～419 頁。
〔註18〕王叔岷，《莊子校詮》，中華書局，2007 年，1184 頁。
〔註19〕張覺，《韓非子校注》，長沙：嶽麓書社，2006 年，291 頁。
〔註20〕洪興祖，《楚辭補注》，北京：中華書局，1980 年，151 頁。
〔註21〕《呂氏春秋・季冬紀第十二・介立》，陳奇猷，《呂氏春秋新校釋》，上海：上
　　　　海古籍出版社，634～635 頁。
〔註22〕司馬遷，《史記》，北京：中華書局，1959 年，1660～1661 頁。

「（介子推）遂去而之介山之上。文公使人求之不得，爲之避寢三月，號呼期年。詩曰：『逝將去汝，適彼樂郊，誰之永號。』此之謂也。文公待之不肯出，求之不能得，以謂焚其山宜出，及焚其山，遂不出而焚死。」〔註23〕西晉末十六國時期前秦之王嘉《拾遺記》更想像出仁鳥保護介子推的情節：「僖公十四年，晉文公焚林以求介之推。有白鴉繞煙而噪，或集之推之側，火不能焚。晉人嘉之，起一高臺，名曰『思煙臺』。」此故事的潛在意義是介子推之操行感動天地，動物亦助之。

　　在漫長的歷史時期，介子推的故事愈趨豐富，其烈士兼隱士的性格更爲突出。從誕生起，其精神即成爲中國古代隱逸傳統中最重要的資源，其影響及於後世者，爲全中國範圍，而以河東道最甚。原因有二。第一，介子推之故事發生地在河東道範圍之內，其隱居之介山亦屬河東。第二，從漢代到唐前的歷史時期，介子推民間信仰主要集中於河東道一地。以下分別詳述。

　　關於介子推在河東的隱居之處，說法不一。顧炎武《日知錄》卷 31 綿上條以《左傳》杜預注、酈道元《水經注》、袁崧《郡國志》之說法爲代表，一般世人皆認爲河東道中部介休縣之介山爲介子推隱居之所。顧炎武則認爲其地應在河東道南部，理由有三，第一，據《左傳·襄公十三年》，晉悼公蒐於綿上以治兵，使士匄將中軍，士匄讓於荀偃。綿上應臨近國都，國都絳在南部。第二，《左傳·定公六年》：趙簡子逆宋樂祁，飲之於綿上。由宋國至晉國，不可能經過河東中部之介休，其時霍山以北皆夷狄之地。第三，今翼城縣西也有綿山，當爲趙簡子迎接樂祁之處。（按翼城縣爲先秦晉國國都絳之所在地）萬泉縣南二里有介山，《漢書·地理志》及《漢書·武帝紀》中皆有記載。顧炎武沒有明確介子推隱居之地是在翼城縣之綿山還是萬泉縣之介山，但基本否定了今中部介休之說。另錢穆先生亦主介山在河東之南部，而具體方位與顧炎武之說又不相同。他認爲介山應是絳州之稷山。理由是：第一，據《左傳·昭公二十九年》之記載：「有烈山氏之子曰柱爲稷，自夏以上祀之。周棄亦爲稷，自商以來祀之。」故此烈山與稷山應爲一地。第二，屬與烈，界與屬，皆聲轉相通，介休之界山應爲屬山、烈山。第三，古人種田，先在山坡燒草木火種，故神農氏又稱烈山氏。後來人既以烈山爲屬山、界山，乃誤及於介子推，因以炎帝之「烈山」誤傳爲介子推之「焚山」

〔註23〕劉向，《新序·節士第七》，見《新序校釋》，石光瑛校釋，北京：中華書局，2009 年。

〔註 24〕。顧說較爲合理，錢說之證據鏈尙非充分，二人皆主介山應在河東南部，則大致可以確定介子推故事的早期傳播，與夷齊同，皆處於河東南部地區。

關於唐前河東道一地介子推的民間信仰，以《後漢書·周舉傳》之記載最早，傳云：「太原一郡，舊俗以介子推焚骸，有龍忌之禁。至其亡月，咸言神靈不樂舉火，由是士民每多中輟一月寒食，莫敢煙爨。老小不堪，歲多死者。」〔註 25〕周舉時爲并州刺史，龐樸推測應在公元 120 年前後，則之前很長時期該地即有介子推信仰的流行。又蔡邕《琴操》亦載當時「五月五日不得舉火」之禁忌，同時應劭《風俗通義》則闕如，可知信仰之風並不普遍〔註 26〕。至曹操時代，其俗尙主要集中於河東，曹操《禁絕火令》云：「聞太原、上黨、西河、雁門多至後百五日皆絕火寒食，云爲介子推。」後趙石勒建平年間曾禁絕并州紀念介子推之寒食活動，第二年即有雹災，隨即恢復舊俗〔註 27〕。北魏時期曾兩次禁斷河東於寒食節紀念介子推的活動，其中太和二十年之詔令，只允許介山一地禁火以紀念介子推。而在同一歷史時期的北方其他地區，均未有禁斷之記載。南朝時宗懍《荊楚歲時記》亦記載了有關寒食節的風俗，卻隻字未提介子推。由此可以確定，介子推的傳說雖然在文人學者的記錄中日漸複雜完善，但就介子推的信仰崇拜，卻主要局限於河東地區。由介子推故事的發生地和信仰範圍，基本可以認爲介子推之傳說及其隱逸人格，在河東道得到了最有力的傳承發散，對於本地域之人文精神的影響遠遠大於全國其他地域。更進一步，對唐代河東道士人的隱逸精神存在直接性的影響。

二、唐前夷齊與介子推影響下重氣節的隱逸傳統之延續

由夷齊與介子推隱逸原型的規塑，河東道秦漢以後的隱逸之士，除求仙學道者外，多爲重視氣節的特立獨行之士。例舉如下：

周黨。周黨字伯況，太原廣武人。東漢初隱士。束身修志，州里稱其高。及王莽竊位，託疾杜門。建武中，徵爲議郎，以病去職，遂將妻子居黽池。

〔註 24〕錢穆，《周初地理考》二姜氏篇三，《古史地理論叢》，臺灣東大圖書公司，1982年，7～8 頁。
〔註 25〕范曄，《後漢書》，北京：中華書局，1965 年，2025 頁。
〔註 26〕龐樸，《寒食考》，《民俗研究》，1990 年第 4 期，33 頁。
〔註 27〕房玄齡，《晉書》，北京：中華書局，1974 年，2749～2750 頁。

復被徵，不得已，乃著短布單衣，谷皮綃頭，待見尚書。及光武引見，黨伏而不謁，自陳願守所志，帝乃許焉。博士范升奏毀周黨伏而不謁，偃蹇驕悍，光武帝不聽，詔曰：「自古明王聖主必有不賓之士。伯夷、叔齊不食周粟，太原周黨不受朕祿，亦各有志焉。其賜帛四十匹。」〔註28〕

閔貢。閔貢字仲叔，太原人，與周黨同時隱士。雖周黨之潔清自以弗及也。黨見仲叔食無菜，遣以生蒜，仲叔曰：「我欲省煩耳，今更作煩邪！」受而不食。建武中，應司徒侯霸之辟，既至，霸不及政事，徒勞苦而已。仲叔恨曰：「以仲叔為不足問邪？不當辟也。辟而不問，是失人也。」遂辭出，投檄而去。復以博士徵，不至。客居安邑，老病家貧，不能得肉，日買豬肝一片，屠者或不肯與。其令聞，敕吏常給焉。仲叔怪，問知之。乃歎曰：「閔仲叔豈以口腹累安邑邪？」遂去，客沛，以壽終〔註29〕。

王霸。王霸字儒仲，太原廣武人，與周黨同時。少有清節。及王莽篡位，棄冠帶，絕交宦。建武中，徵到尚書，拜稱名，不稱臣。有司問其故。霸曰：「天子有所不臣，諸侯有所不友。」司徒侯霸讓位於霸。閻陽毀之曰：「太原俗黨，儒仲頗有其風。」遂止。以病歸，隱居守志，茅屋蓬戶。連徵不至，以壽終〔註30〕。

王霸之妻亦是一位富有隱逸節操的女性。起初，王霸與同郡令狐子伯為友，後子伯為楚相，而其子為郡功曹。子伯乃令子奉書於霸，車馬服從，雍容如也。霸子時方耕於野，見令狐子，自卑不能仰視。王霸心內不平，語妻云：「吾與子伯素不相若，向見其子容服甚光，舉措有適，而我兒曹蓬髮歷齒，未知禮則，見客而有慚色。父子恩深，不覺自失耳。」妻曰：「君少修清節，不顧榮祿。今子伯之貴孰與君之高？奈何忘宿志而慚兒女子乎！」霸屈起而笑曰：「有是哉！」遂共終身隱遁〔註31〕。

周黨同郡譚賢、雁門殷謨，俱守節不仕王莽。建武中徵詔，並不到。前引王霸傳有「太原俗黨」之時論，雖為譏謗之辭，卻無意中道出了一個事實，即在兩漢之交，在太原有以周黨為中心集中了一批講求氣節的隱逸之士，他們承繼夷齊不食周粟的忠貞，恥事王莽，並具有介子推辭榮守志的高尚情操。

周黨之後又有馮胄，胄字世威，上黨人。常慕周伯況、閔仲叔之為人，隱

〔註28〕范曄，《後漢書》，北京：中華書局，1965 年，2761～2762 頁。

〔註29〕皇甫謐《高士傳》。

〔註30〕范曄，《後漢書》，北京：中華書局，1965 年，2762 頁。

〔註31〕范曄，《後漢書》，北京：中華書局，1965 年，2782～2783 頁。

處山澤，不應徵辟。爲司徒李郃門人，郃卒，獨制服心喪三年，時人異之〔註32〕。

郝子廉，太原隱士。饑不得食，寒不得衣，一介不取諸人。曾過姊飯，留十五錢，默置席下去。每行飲水，常投一錢井中〔註33〕。

三國魏晉時期，河東又產生一著名當時的怪異隱士焦先。焦先生於漢末，在戰亂中遷徙流離，與家人失散，歲獨居於大陽縣（唐河北縣，今山西平陸，位於中條山以南，黃河北岸）。《三國志》裴注引《高士傳》紀其生平行止云：「世莫知先所出。或言生乎漢末，自陝居大陽，無父母兄弟妻子。見漢室衰，乃自絕不言。及魏受禪，常結草爲廬於河之湄，獨止其中。冬夏恒不着衣，臥不設席，又無草蓐，以身親土，其體垢污皆如泥漆，五形盡露，不行人間。或數日一食，欲食則爲人賃作，人以衣衣之，乃使限功受直，足得一食輒去，人欲多與，終不肯取，亦有數日不食時。行不由邪徑，目不與女子逆視。口未嘗言，雖有驚急，不與人語。遺以食物皆不受。」焦先的隱居自潔自律近於自苦，河東太守杜畿和曾爲故人的安定太守董經先後拜訪，而焦先不與交談。皇甫謐盛讚焦先「行人所不能行，堪人所不能堪，犯寒暑不以傷其性，居曠野不以恐其形，遭驚急不以迫其慮，離榮愛不以累其心，損視聽不以汙其耳目，舍足於不損之地，居身於獨立之處，延年歷百，壽越期頤，雖上識不能尚也。自羲皇已來，一人而已矣！」〔註34〕皇甫謐屬於晉代崇尚隱逸的傑出之士，他的評價可見焦先在魏晉時代士人心中的地位。

到晉代，又有太原郭琦、代郡魯勝。

郭琦，字公偉，太原晉陽人。少方直，有雅量，博學，善五行，作《天文志》、《五行傳》，注《穀梁》、《京氏易》百卷。鄉人王游等皆就琦學。武帝以琦爲佐著作郎，及趙王倫篡位，又欲用琦，琦曰：「我已爲武帝吏，不容復爲今世吏。」終身處於家〔註35〕。其不事二主的行爲接續夷齊之傳統。

魯勝，字叔時，代郡人。少有才操，爲佐著作郎。元康初，遷建康令。嘗歲日望氣，知將來多故，便稱疾去官。中書令張華遣子勸其更仕，再徵博士，舉中書郎，皆不就〔註36〕。

〔註32〕范曄，《後漢書》，北京：中華書局，1965 年，2718 頁。

〔註33〕《風俗通義校注》，〔東漢〕應劭著，王利器校注，北京：中華書局，1981 年，152 頁。

〔註34〕陳壽，《三國志·魏書》，北京：中華書局，1959 年，364～365 頁。

〔註35〕房玄齡，《晉書》，北京：中華書局，1974 年，2436 頁。

〔註36〕房玄齡，《晉書》，北京：中華書局，1974 年，2433 頁。

　　北魏時代有肆州薛雲、河東關朗。

　　薛雲，隱於肆州西南之繫舟山，性嗜學，不樂仕進，讀書自適，以終其身。後人名其谷曰薛雲谷〔註37〕。

　　關朗，有經濟大器，不求宦達，曾經爲王通之祖王虬所器重，後與王虬之子王彥共隱臨汾山，講授《春秋》《易經》。（《中說》附錄《錄關子明事》）

　　隋代河東隱居之士以王通、張文詡爲代表。

　　王通，絳州人，早年具濟蒼生之志，西遊長安而上陳《太平策》十二道，不爲時用，遂決意歸鄉隱居，作《東征之歌》云：「作《東征之歌》而歸，曰：『我思國家兮，遠遊京畿。忽逢帝王兮，降禮布衣。遂懷古人之心乎，將興太平之基。時異事變兮，志乖願違。吁嗟！道之不行兮，垂翅東歸。皇之不斷兮，勞身西飛。』」（《文中子世家》）

　　與王通同時又有蒲州張文詡。文詡博覽文籍，特精《三禮》，其《周易》、《詩》、《書》及《春秋三傳》，並皆通習。文詡時遊太學，高祖所引致天下名儒碩學之士房暉遠、張仲讓、孔籠等莫不推伏之，學內翕然，咸共宗仰。右僕射蘇威聞其名而召之，與語，大悅，勸令從官。文詡意不在仕，固辭焉。仁壽末，策杖而歸，灌園爲業。州郡頻舉，皆不應命。州縣以其貧素，將加振恤，輒辭不受。每閒居無事，從容長歎曰：「老冉冉而將至，恐修名之不立！」以如意擊几，皆有處所，時人方之閔子騫、原憲焉。終於家，年四十。鄉人爲立碑頌，號曰「張先生」〔註38〕。

　　由漢至隋，河東道隱逸之士基本延續著夷齊、介子推所開創的傳統，保持了氣節與隱逸結合的行爲特徵，至唐代，使得河東道的隱逸士人群在一定程度上表現出與整個時代潮流有別的文化特徵。

三、唐代河東道隱逸文化與時代潮流的同異

　　在唐代，根據隱逸之動機。隱逸之士可以分爲絕意仕進、讀書山林、修道求仙、仕隱兼得、以隱求仕、五種類型，河東道隱逸之士分屬前三種類型。需補充一點的是，在河東道內部，唐代隱逸活動記載較多的是南部地區。以下就三種隱逸類型分別略述，以見其概。

〔註37〕王軒等纂，（光緒）《山西通志》，北京：中華書局，1990 年，10876 頁。
〔註38〕魏徵，《隋書》，北京：中華書局，1973 年，1760～1761 頁。

（一）修道求仙

唐代道教特為發達。河東道南部的姑射山、五老峰為北朝以來道教徒活動的中心地區，隋末唐初河東道教徒助李唐王朝製造符讖謠諺奪取天下，其功非小。統治者在河東建祠立廟，屢加褒賞，推波助瀾，道教徒的活動盛極一時。在承平時代，其影響於士人者，即隱居修道。

唐代河東道南部幾位道士的隱居求仙活動在當代產生了巨大影響。張果，後為八仙之一。唐初道士，兩當人（今山西侯馬）。武則天時，隱於中條山，往來汾、晉間，時人傳其有長年秘術，自云年數百歲矣。太宗、高宗屢徵不起，則天遣使召之，果佯死於妒女廟前。後玄宗召之入宮，現種種仙異之事，玄宗竟至欲以公主嫁張果，張果懇辭還山，玄宗賜號「通玄先生」〔註39〕。後「天寶末，有人於汾晉間古墓穴中，得所賜張果老敕書手詔衣服。進之，乃知其異」〔註40〕。張果事迹盛傳一時，其主要活動地域在河東，即可見河東當時風氣。至清代乾隆時期，尚有民間傳說的張果墓在浮山縣西南之任張村，丘隴宛然，多有異象〔註41〕。可見其在河東傳說影響的久遠。

張盍，武則天時道士，晉州神山人。曾隱居神山洞中修道十五年，武則天、唐玄宗屢召不赴。張說有《送張先生還姑射山序》，即為贈張盍而作，中有云：「姑射之巉岩兮，曲有龍蚳於其中。迹不違喧，竭來朝市之遊；心不忘寂，復歸林壑之幽。」〔註42〕

侯道華，芮城人，於中條山中修道，晚唐時傳說成仙之道士，其人其事一時為文人所豔傳。高元謨《侯真人降生臺記》云：「大唐大中五年五月二十日，河中府永樂縣中條山陽道靜院有道士姓侯名道華修道升仙，時年三十四。」〔註43〕文中歷述侯道華器貌內敏外鈍，甘於賤役，修道煉丹的種種異迹，成仙羽化後，時人「瞻禮稱歎，焚香供養，日有千眾，歲餘不絕」。《宣室志》卷九云侯道華仙去後，院中道士相率白節度使鄭光，按視蹤迹不誣，即以其事奏聞，詔齋絹五百匹，賜御衣，修殿宇，賜名「升仙院」〔註44〕。一個道士的所謂成仙事迹竟然轟動朝野士眾，可見其影響之大。河東道此類成仙傳

〔註39〕 劉昫，《舊唐書》，北京：中華書局，1975年，5106～5107頁。
〔註40〕 李肇，《唐國史補》，上海：上海古籍出版社，1979年，18頁。
〔註41〕 李燧，《晉遊日記》，太原：山西人民出版社，1989年，68頁。
〔註42〕 董誥，《全唐文》，北京：中華書局，1983年，2274頁。
〔註43〕 董誥，《全唐文》，北京：中華書局，1983年，8276頁。
〔註44〕 《唐五代筆記小說大觀》，上海：上海古籍出版社，2000年，1056頁。

說頗多，絳州稷山有驛吏王全，隱居修道之士，李商隱贈詩云：「絳臺驛吏老風塵，耽酒成仙幾十春。過客不勞詢甲子，惟書亥字與時人。」（《戲題贈稷山驛吏王全》）五代時道士呂洞賓亦傳說爲晚唐呂讓之後代，呂讓河東人，中唐詩人呂溫之弟。

在濃厚的求仙學道風氣中河東道多有隱居求道之士人。李通敏，金代翰林承旨李宴六世祖。棄科舉，學辟穀，去妻子，隱於西山，不入城市，年逾百歲，無疾而終〔註45〕。景成先生，生而清奇，早契道眞，隱居姑射洞。功成升擧，遺蛻臥石上，至今如生。歲季春望日，士庶攀岩涉險，拜謁者不啻數萬人〔註46〕。按姑射山，即《莊子》所云「有神人居焉」的姑射之山，其神仙傳說久遠。據《元和志》卷12河東道晉州臨汾縣：「姑射神祠，在縣北三十里姑射山東，武德元年敕置。」又有閻采，貞觀十四年爲河東太守。後隱於中條山，羅通微事之。今王官谷上方，有閻使君宅〔註47〕。

又有士人嚮往山人道士的方外生活，短期內效法而行。中唐時王龜，字大年。河東人。性簡淡瀟灑，不樂仕進。少以詩酒琴書自適，不從科試。父王起在河中府爲官，王龜從之，於中條山谷中起草堂，與山人道士遊，朔望一還府第，後人目爲「郎君谷」〔註48〕。道士們的修道求仙活動對於此地域的隱逸風氣起一推波助瀾之作用。

（二）讀書山林

嚴耕望先生在《唐人讀書山林寺院的社會風尙》中曾泛論整個唐代讀書山林的社會風氣，其中云北方之太行、中條爲一大讀書中心。蓋文人寄居山林學習可視作短期的隱居，河東道此風與時代同步。隋末之王通，已開唐代隱居讀書的風氣。河東以中條山隱居讀書者爲最盛，且多集中於中晚唐時代。

中唐宰相徐商，「幼隱中條山」。（《新唐書·徐商傳》）《唐摭言》卷七起自寒苦條云：「徐商相公常於中條山萬固寺泉入院讀書。家廟碑云：『隨僧洗鉢。』」〔註49〕尹縱之，元和四年八月肄業中條山西峰。月朗風清，必吟嘯鼓琴以怡中

〔註45〕王軒等，（光緒）《山西通志》，北京：中華書局，1990年，10883頁。

〔註46〕王軒等，（光緒）《山西通志》，北京：中華書局，1990年，10883頁。

〔註47〕王軒等，（光緒）《山西通志》，北京：中華書局，1990年，10883頁。

〔註48〕劉昫，《舊唐書》，北京：中華書局，1975年，4281頁。

〔註49〕《唐摭言校注》，王定保著，姜漢椿校注，上海：上海社會科學院出版社，2003年，138頁。

〔註50〕。段維，「年及強仕，殊不知書；一旦自悟其非，聞中條山書生淵藪，因往請益。眾以年長猶未發蒙，不與授經。或曰，以律詩百餘篇，俾其諷誦。翌日維悉能強記，諸生異之。復受八韻一軸，維誦之如初，因授之《孝經》。自是未半載，維博覽經籍，下筆成文，於是請下山求書糧。至蒲陜間，遇一前資郡牧即世，請維誌其墓。維立成數百言，有燕許風骨，厚獲濡潤」〔註51〕。

中唐崔從，長期刻苦隱居讀書，「少孤貧。寓居太原，與仲兄能同隱山林，苦心力學。屬歲兵荒，至於絕食，弟兄採梠拾橡實，飲水棲衡，而講誦不輟，怡然終日，不出山岩，如是者十年」〔註52〕。

陽城，中唐著名奇節之士，以彈劾裴延齡援救陸贄而聞名。原籍北平，後徙居夏縣，隱居中條山教授，在當時影響甚大。《舊唐書》列入《隱逸傳》，《新唐書》入《卓行列傳》，新舊唐書各取其品行之一端。《新唐書》本傳雲陽城「及進士第，乃去隱中條山，與弟墤、域常易衣出。年長，不肯娶，謂弟曰：『吾與若孤煢相育，既娶則間外姓，雖共處而益疏，我不忍。』弟義之，亦不娶，遂終身。城謙恭簡素，遇人長幼如一。遠近慕其行，來學者跡接於道。閭里有爭訟，不詣官而詣城決之。有盜其樹者，城過之，慮其恥，退自匿。嘗絕糧，遣奴求米，奴以米易酒，醉臥於路。城怪其故，與弟迎之，奴未醒，乃負以歸。及覺，痛咎謝，城曰：『寒而飲，何責焉？』寡妹依城居，其子四十餘，癡不知人，城常負以出入。始，妹之夫客死遠方，城與弟行千里，負其柩歸葬。歲饑，屏迹不過鄰里，屑榆為粥，講論不輟。」〔註53〕陽城隱逸的情操與前述閔仲叔、焦先相似。

（三）絕意仕進

求仙與讀書外，辭榮隱居的類型是唐代河東道隱逸文化的獨特之處。如果說學道求仙和讀書山林表現出河東道與整個時代相一致的傾向，絕意仕進則是與唐代主流隱逸文化走向不同的選擇。並非說其他地域不存在絕意仕進的隱居之士，河東道隱逸的獨特性在於，絕意仕進成為此一地域隱居現象中除求仙與讀書之外的唯一純粹方式。筆者沒有在文獻中發現河東道地域以隱

〔註50〕 牛僧孺，《玄怪錄》，北京：中華書局，1982年，111頁。
〔註51〕 《唐摭言校注》，王定保著，姜漢椿校注，上海：上海社會科學院出版社，2003年，207～208頁。
〔註52〕 劉昫，《舊唐書》，北京：中華書局，1975年，4577頁。
〔註53〕 歐陽修、宋祁，《新唐書》，北京：中華書局，1975年，5569頁。

求仕和仕隱兼得的隱逸類型，此一現象主要應歸於夷齊和介子推以來氣節與隱逸兼融的地域文化傳統的影響。當然其中亦有現實政治地緣的因素，在唐代北都和東都、西京三個都城周圍，有三個隱居中心，終南山、嵩山、中條山，相對於終南山和嵩山，中條距離二京的距離較遠，不利於上述兩種隱居方式的實現，終南山和嵩山則利於文人便宜行事。

以隱求仕雖在道德上不無可議之處，唐人則公開行之，是唐代詩人積極進取精神的一種特殊表達方式。以隱求仕最典型的代表如盧藏用，史稱其「始隱山中時，有意當世，人目爲『隨駕隱士』。……司馬承禎嘗召至闕下，將還山，藏用指終南曰：『此中大有嘉處。』承禎徐曰：『以僕視之，仕宦之捷徑耳。』」〔註54〕又如中唐宰相李泌、房琯，早年皆隱居嵩山，待機求仕。房琯先隱於陸渾伊陽山十餘年，開元十二年，玄宗將行封禪大典，房琯乘機撰《封禪書》以獻，得仕秘書省校書郎〔註55〕。李泌隱居嵩山、華山、終南山之間，慕神仙之術。天寶中自嵩山上書論當世務，玄宗隨即召見，令待詔翰林〔註56〕。更有李渤之流，其表現又次於盧藏用，表面甘於寂寞，內心熱衷仕祿，以隱要官。

仕隱兼得是唐代文人追求的理想隱居方式。寧稼雨教授認爲「初盛唐時期隱逸文化的主流是仕隱兼通」〔註57〕。實際上這種兼得的形態一直持續到中晚唐時代。盛唐的王維隱居於終南山輞川別業，宋之問隱居於陸渾別業，屬於在仕宦中間追求隱逸的代表，他們都是河東人，離開河東道其隱居的類型與河東本土有別。白居易主張的「中隱」觀念也是仕隱兼通的另一表現形態。實際上，「唐代少有棄世絕俗、高蹈遠引的逸民，眞正代表唐代隱逸精神的是那些遊移於仕宦和隱逸間的士人。他們或身居廊廟而心存山河，或身在江湖而眷懷魏闕。不僅不以頻繁出處進退爲忤，而且普遍推贊兼吏隱齊出處的生活境界」〔註58〕。

河東道既無便利的地緣優勢，又受到地域隱逸傳統的潛在影響，其地隱逸者多爲高尚不仕的貞潔之士。初唐時代，王績之隱逸即爲不樂仕進的典型，後文詳論。又有宋舉，字思進，太原西河人。唐初起義爲都尉，立功授儀同

〔註54〕歐陽修、宋祁，《新唐書》，北京：中華書局，1975 年，4375 頁。

〔註55〕劉昫，《舊唐書》，北京：中華書局，1975 年，3320 頁。

〔註56〕歐陽修、宋祁，《新唐書》，北京：中華書局，1975 年，4632 頁。

〔註57〕寧稼雨，《中國隱士文化的產生與源流》，《社會科學戰線》，1995 年第 4 期，80 頁。

〔註58〕李紅霞，《論唐代隱逸的特質及其文學表現》，《江西社會科學》，2010 年 8 月，108 頁。

三司，非其志也。歸隱上黨，晦迹山林〔註59〕。盛唐時，有蒲州解人衛大經，卓然高行，篤學善《易》，口無二言。武則天降詔徵之，辭疾不赴。開元初，畢構為刺史，謂解令孔慎言曰：「衛生德厚，宜有旌異。古人式干木之閭，禮賢故也。」慎言造門就謁，時大經已年老，辭疾不見。嘗預筮死日，鑿墓自為誌文，果如筮而終。」其預卜死日、自為墓誌的行為與王績一般無二。大經既甘於隱居，亦有奇節可表。史云衛大經與魏州人夏侯乾童有舊，聞乾童母卒，徒步往弔之。鄉人止之曰：「當夏溽暑，豈可步涉千里，致書可也。」大經曰：「尺書無能盡意。」遂行〔註60〕。由步行千里可知，大經與陽城同，亦一貧寒之隱者。玄宗時代尚有李純夫，臨晉人，隱居不仕，構了了庵於王官谷，玄宗召之不起，號孤雲子〔註61〕。郝洽，字元津，上黨人。洽隱居不仕。唐玄宗為潞州別駕，出獵與語，奇之，因造其第。後玄宗即位，授以官不拜，終身稱處士〔註62〕。中唐時又有田佐時，潞州處士。建中三年，黜陟使裴伯言薦之，詔除右拾遺、集賢院直學士。宰相張鎰以為禮輕，恐士不勸，復詔州縣吏以絹百匹、粟百石就家致聘，佐時卒不至〔註63〕。韋況，澤州人。少隱王屋山。孔述睿知其賢，薦為拾遺，不拜。未幾，以起居郎召，居半載，輒棄官歸。徙家龍門，累徵不起。元和初，強起為諫議大夫，未幾，復乞致仕。況貴冑，勵志沖遠，不為聲利所奪，當世重其風操〔註64〕。

　　晚唐時代，有司空圖為河東道唐代隱逸史作一光榮結束。與司空圖同時之張昉，亦為一守節不屈之隱士。張昉，河中萬泉人。咸通末進士登第。知天下已亂，遂隱居不出。後朱全忠屯兵河中，聞張昉之才，使人召為判官，佯以風疾堅謝。謂其子曰：「吾故不欲仕此世，且亡唐者此人，可使辱我乎？」後將避難峨眉，遂棄家而去，不知所終〔註65〕。

　　河東地域隱逸文化中，重氣節的傳統特徵為唐代河東士人所繼承並在河東道形成了一個有別於時代主潮的隱逸氛圍，孕育了唐代詩史上兩位最著名的隱逸詩人。

〔註59〕王軒等，（光緒）《山西通志》，北京：中華書局，1990年，10882頁。
〔註60〕劉昫，《舊唐書》，北京：中華書局，1975年，5122頁。
〔註61〕王軒等，（光緒）《山西通志》，北京：中華書局，1990年，10881頁。
〔註62〕王軒等，（光緒）《山西通志》，北京：中華書局，1990年，10882頁。
〔註63〕歐陽修、宋祁，《新唐書》，北京：中華書局，1975年，4830頁。
〔註64〕王軒等，（光緒）《山西通志》，北京：中華書局，1990年，10883頁。
〔註65〕王軒等，（光緒）《山西通志》，北京：中華書局，1990年，10882頁。

第二節　王績隱逸的地域文化分析

　　王績開唐代隱逸之風，而於後來仕隱兼通的主流時代特徵迥然不同，他屬於淡薄仕祿、矢志田園的一位眞隱。關於王績之隱逸，前此研究者多從魏晉名士的風度中，從阮籍、嵇康、劉伶、陶淵明那裏追尋王績隱逸的歷史文化資源，這自然不錯，而王績所生活的地域傳統和時代現實環境則少有提及或一掠而過，此點未能引起研究者的重視。實質上，除從士人隱逸的精神史中尋求王績追摩的偶像外，河東道地域傳統的文化氛圍，家族精神和現實的生存環境則更爲切近的規範著他的人生行爲，很大程度上促成了他的隱居形態，形成了與陶淵明不同的隱逸特點。

　　地域隱逸之歷史傳統，如上節所言，形成了一個氣節兼隱逸的文化特徵，此點作爲潛在影響因素不容忽視。王績對河東隱逸傳統的開創者夷齊、介子推的態度可以窺見其中的信息。王績之隱居理想，是要「與沮溺而同趣，共夷齊而隱身」。（《北山賦》）《山家夏日九首》之五云：「不特嫌周粟，時時須采薇。」他還作贊評價介子推，對之崇敬有加：「晉侯棄舊，功臣永吟。情隨地遠，怨逐山深。追兵斷谷，烈火焚林。抱木而死，誰明此心。」千載之下，王績慨歎介子推的異行不爲世俗逐祿之徒所理解。

一、家族傳統之影響因素

　　在王績之家族中，亦有辭官不仕隱居的節概傳統。前述東漢王霸即王績之遠祖，隱居不仕的傳統可以追溯至漢代。《文中子世家》云：「其先漢徵君霸，潔身不仕。」王績四世祖王虬與三世祖王彥皆有辭官歸隱之舉，其《北山賦序》云：「地實儒素，人多高烈。穆公銜建元之恥，歸於洛陽。同州悲永安之事，退居河曲。」穆公即王虬，同州即王彥。《文中子世家》云：「虬始北仕魏，太和中至并州刺史，創家臨河汾，惟曰晉陽穆公。穆公生同州刺史彥，惟曰同州府君。」建元之恥，指南朝蕭道成代宋立齊，改朝換代之事，事在建元元年（479）。據《文中子世家》，王績家族從九代祖王寓隨晉室南遷，歷仕南朝。王虬時處宋末，義不仕篡朝。王福時《錄關子明事》敘其事較詳：「先是穆公之在江左也，不平袁粲之死，恥食齊粟，故蕭氏受禪而穆公北奔，即齊建元元年，魏太和三年也，時穆公春秋五十二矣。」在河東隱居五年，不爲人知，太和八年以後入仕北魏。按袁粲，於宋昇明元年因反對蕭道成意圖篡位被殺，史稱「時齊王功高德重，天命有歸，粲自以身受顧託，

不欲仕二姓，密有異圖」〔註66〕。王虬同情袁粲之舉，恥事二姓的精神與夷齊通。「永安之事」指北齊永安三年（730年）孝莊帝誅權臣尒朱榮，尒朱兆作亂，同年十二月，尒朱兆襲京城，帝出雲龍門。逼迫皇帝至永寧佛寺，後遷孝莊於晉陽，於城內三級寺被害〔註67〕。王彥痛於權臣弒逆，隱居歸鄉。按據《錄關子明事》，王彥少時亦曾與關朗同隱居於臨汾山學習《春秋》及《易》，記載有關朗占筮預測永安之亂云：「君臣相殘，繼踵屠地。」王彥辭官，有忠節與避亂的雙重動機。後王績之父王隆繼承先人之業，以教授為職，不汲汲於仕祿，幾任卑官之後，即退而不仕。王績之兄王通亦屢徵不起，矢志隱居，著述講學。在王績的數代先人中，皆無躁進祿利之士，而是淡泊名利，堅守氣節，勇於隱退，此家風對於王績隱逸之路的選擇必有影響。

二、絳州隱逸氛圍的影響因素

再就王績生活的地域言之。在他出生、成長並隱居的絳州龍門，具有濃厚的隱逸氣氛，其周邊散佈著許多無名的隱士。

以大業十年王績出仕為界，之前可視作其早年生涯〔註68〕。《舊唐書・王績傳》謂「隋大業中，應孝悌廉潔舉，授揚州六合縣丞」〔註69〕，韓理洲《王績生平求是》認為「大業中」應為611年左右較為穩妥，韓氏此說欠妥，單據《舊唐書》而未採呂才《王無功文集序》及王度《古鏡記》之相關記載，較為薄弱。傅璇琮先生《唐代詩人考略》主張王績入仕在大業十年（614），其理由是：一，《王無功文集序》云：「大業末，應孝悌廉潔舉，射策高第。」呂才為其同時好友，所記時間可信從。二，據《隋書・煬帝紀》，大業十年「五月庚子，詔舉郡孝悌廉潔各十人」。王績應為此次入仕。傅先生此說可從。〔註70〕王錫厚《王績年譜》舉證與傅先生同〔註71〕，而主張王績大業九年出仕。其所依據是王度《古鏡記》載，王績大業十年自揚州六合丞棄官歸鄉，王氏遽斷應為九年出仕。此推理頗為牽強，王績應舉登第在十年五月，

〔註66〕沈約，《宋書》，北京：中華書局，1974年，2232頁。
〔註67〕魏收，《魏書》，北京：中華書局，1974年，265～268頁。
〔註68〕王績一生三仕三隱，每次仕隱的時間皆難確指。其在隋代出仕時間，有三說，大業七年、大業九年、大業十年。韓理洲主大業六年，其《王績生平求是》載《文史》第18輯。
〔註69〕劉昫，《舊唐書》，北京：中華書局，1975年，5116頁。
〔註70〕傅璇琮，《唐代詩人考略》載《文史》第8輯。
〔註71〕張錫厚《王績年譜》見《王績研究》，臺灣新文豐出版公司，1995年。

則半年之內歷任秘書省正字、六合縣丞不是沒有可能。據呂《序》，王績任秘書省正字不耐煩「端簪理笏」之儀態而乞署外職，其時間不會太長。在六合縣丞任上因嗜酒誤事，屢被勘劾，遂輕舟夜遁，時亦未久。故應以大業十年爲是，當於年末辭官歸鄉，入仕時王績年二十四〔註72〕。

王績早年，龍門一地即有許多隱逸之士居止其間。據王通《中說》、《王無功文集》記載有此期龍門隱士八人。按王通講學龍門，始於大業九年，終於大業十三年。《中說》所載多爲此期間之言行事迹，所載隱士大業九年之前即已存在。列舉如下：

1·北山丈人。《中說·事君篇》云：北山丈人謂文中子曰：「何謂遑遑者，無急歟？」子曰：「非敢急，傷時怠也。」

2·河上丈人。《中說·事君篇》：子游河間之渚。河上丈人曰：「何居乎斯人也？心若醉《六經》，目若營四海，何居乎斯人也？」文中子去之。薛收曰：「何人也？」子曰：「隱者也。」收曰：「盍從之乎？」子曰：「吾與彼不相從久矣。」「至人相從乎？」子曰：「否也。」

3·釣者。《中說·禮樂篇》：子游汾亭，坐鼓琴，有舟而釣者過，曰：「美哉，琴意！傷而和，怨而靜。在山澤而有廊廟之志。非太公之都磻溪，則仲尼之宅泗濱也。」子驟而鼓《南風》。釣者曰：「嘻！非今日事也。道能利生民，功足濟天下，其有虞氏之心乎？不如舜自鼓也。聲存而操變矣。」子遽捨琴，謂門人曰：「情之變聲也，如是乎？」起將延之，釣者搖竿鼓枻而逝。門人追之，子曰：「無追也。播鼗武入於河，擊磬襄入於海，固有之也。」遂志其事，作《汾亭操》焉。

〔註72〕 王績之生年，有四種說法，585，589，590，585 年以後數年。聞一多《唐詩大系》據《四部叢刊續編》影印明抄本三卷本《東皋子集》中《遊北山賦》自注中衍文之誤，將王通生年誤植於王績，定 585 年生，誤。傅璇琮先生《唐代詩人考略》認爲其生年應在 585 年以後的數年間。韓理洲《王績生平求是》主 589 年，理由是呂《序》云王績年十五，謁楊素應在楊素仁壽中執掌朝政之時，定爲仁壽三年，逆推十四年，則爲 589 年產生，設定仁壽中爲仁壽三年較爲突兀。鄭振鐸《插圖本中國文學史》主 590 年出生，而未作考證說明，見《鄭振鐸全集》第八卷，花山文藝出版社，1998 年，264 頁。張錫厚《王績年譜》則在韓理洲基礎上進一步論證，據呂《序》中記載王績年十五謁楊素時，追敘之前王通事迹云「初君第三兄徵君通，嘗以仁壽三年因上十二策，大爲文帝所賞」，知王績十五入長安應在仁壽三年之後，又楊素卒於大業二年，其在「仁壽之末，不復通判省事」，則定於仁壽四年入長安較爲合理，逆推，王績生於 590 年。張說可從。

4．放牧者。《中說·禮樂篇》：子之夏城，薛收、姚義後，遇牧豕者問塗焉。牧者曰：「從誰歟？」薛收曰：「從王先生也。」牧者曰：「有鳥有鳥，則飛於天。有魚有魚，則潛於淵。知道者蓋默默焉。」子聞之，謂薛收曰：「獨善可矣。不有言者，誰明道乎？」

5．北山黃公。《中說·魏相篇》：子謂北山黃公善醫，先寢食而後針藥；汾陰侯生善筮，先人事而後說卦。

6．負苓者。王績《負苓者傳》載：薛收聽王通講《周易》而罷，讚歎伏羲畫八卦勝周易之繁瑣，有負苓者路過，以道家之旨反駁薛收云：「自伏羲氏泄道之密，漏神之機，分張太和，礫裂元氣，使天下智詭之道迸出。曰：我善言象，而識物情。遠近相取，作爲剛柔異同之說，以駭人志。於是智者不知，而大樸散矣。則伏羲氏始兆亂者也……」語罷，負苓而行，追而問之居與姓名，不答。文中子聞之曰：「隱者也。」

7．汾陰侯生。隱居河東的一位奇士。《古鏡記》云：「王度常以師禮事之。」大業七年，王度自御史罷歸河東，同年侯生去世，死前贈王度古鏡。《中說·魏相篇》云「汾陰侯生善筮，先人事而後說卦」。王績《仲長先生傳》云仲長先生善《易》，汾陰侯生以筮著名，因遊河渚，一睹而伏。可知汾陰侯生是當時河東一位著名隱士，爲王氏兄弟所欽仰熟知。

8．仲長子光。仲長子光爲當時龍門最著名之隱者。王通《中說》五次提及仲長子光，皆極力稱揚其隱逸之德。據王績《仲長先生傳》，可知其爲洛陽人，開皇末隱居龍門，文中子比之爲虞仲、夷逸。王績之隱居受仲長子光影響巨大，後文專論。

9．薛收。薛收爲王績少年時好友，曾同隱居相知。王績詩《薛記室收過莊見尋率題古意以贈》記其事云：「追道宿昔事，切切心相於。憶我少年時，攜手遊東渠。梅李夾兩岸，花枝何扶疏。同志亦不多，西莊有姚徐。嘗愛陶淵明，酌醴焚枯魚。嘗學公孫弘，策杖牧群豬。」王績少年時的同遊隱居者尚有姚姓、徐姓少年。按薛收爲王通弟子，《文中子世家》云王通大業九年始授徒講學，其時王績年已二十四，如此則在薛收於大業九年受業之前，即與王績共隱交遊。

王績少年時期生活環境中的以上隱者，除薛收外，皆應爲績之前輩。其中北山丈人、牧豕者皆對於王通惶惶救世之情表示了異路而趨的態度，釣者則深賞王通奏樂之志，而不與交接。負苓者則代表了隱士們反對制禮作樂、

回歸道家散樸自然生活的思想傾向。北山黃公、汾陰侯生、仲長子光則各懷奇藝，優遊隱居。王績早年生活中這種隱者雲集的文化氛圍，必對其後來的人生選擇產生潛在影響。從大業十年出仕，至大業十三年這段時間，王績大部分遊歷外地，只回鄉暫居一小段時間，而此期正爲王通講學河汾的興盛之期，故王績與王通弟子交遊不會很多，且王通儒家教師，其子弟思想傾向與王績異趣，故而王通講學河汾並未對王績的隱逸產生直接影響。

　　王績入唐後兩仕兩隱，此爲後期之隱居。隱居時間，據韓理洲《王績生平求是》，從貞觀初至貞觀十八年去世，王績大部分時間皆隱居於龍門。據呂才《王無功文集序》，貞觀中因家貧二次赴選，求爲太樂丞，數月之後，善釀酒之太樂府史焦革去世，歲餘，焦革妻又死，無人送酒，遂辭官歸。此次出仕時間亦頗短暫。此期隱居中，在王績周圍亦有不少山人道士隱居於龍門，彼此交遊往來。道士屬於特殊種類的隱者，他們的山林生活與王績有相通之處。如：苗道士，詩人尋訪其居處環境：「抱琴欲隱去，杖策訪幽潛。青溪無限曲，丹障幾重簾。水聲全繞砌，樹影半橫簷。甑塵炊暫拂，爐香盡更添。短茅新縛薦，細藋始編簷。寫咒桃爲板，題經竹作籤。紫文千歲蝠，丹書五月蟾。三山今近遠，飛路幸相兼。」（《尋苗道士山居》）黃道士，詩人說他「動息都無隔，浮沉最可憐。嵇山《高士傳》，莊叟《讓王篇》」（《贈山居黃道士》）。程道士，在人生哲學上勸王績與世俯仰，遊處其間。王績答書云「足下欲使吾適人之適，而吾於自適其適」，表示了潔身獨處的人生態度（《答程道士書》）。鄭處士，詩人描述其隱居生活：「鑿溪南浦曲，栽援北岩阿。野膳調藜莄，山依絹薜蘿。釣潭因舊迹，樵路起新歌。欲知幽賞處，青青松桂多。」（《過鄭處士山莊二首》之一）「僻處開三徑，幽居無四鄰。橫文彪子褥，碎點鹿胎巾。斷籬棲夜雉，荒砌起朝麇。薄暮東溪上，猶言在渭濱。」（《過鄭處士山莊二首》之二）翟處士，名正師。王績與翟處士相處甚洽，曾於春夜相會飲酒，云「樽酒泛流霞，相將臨歲華。酣歌吹樹葉，醉舞拂燈花。對飲情何已，思歸月漸斜。明朝解醒處，爲道向誰家？」（《春夜過翟處士正師飲酒醉後自問答二首》其一）王績晚年向翟處士吐露一生的志向行藏，作《晚年敘志示翟處士正師》。馮子華，王績有《答馮子華處士書》。馮子華與詩人乖別十餘載，王績在信中有「黃頰之聚，何可暫忘」語，可知他們曾經同遊龍門黃頰山。馮子華隱居地在青溪，地點不詳，王績作詩寄贈馮子華，囑其「可與青溪諸賢共詳之」，知青溪亦文人隱居之所。李徵士，

辭官隱居龍門者。王績《贈李徵士大壽》云李徵士「前年辭厚幣，今歲返家鄉」，並述李徵士歸鄉以後的生活是「編蓬還作室，績草便爲裳」。贊李徵士歸隱之節「澗寒松轉直，秋來菊自香」。裴子明，亦一素心之士。《答馮子華處士書》中云裴子明「風月之際，有高人體氣」，裴作素琴一張贈王績，王績彈奏《汾亭操》，有聲器想得之歡。

在龍門與王績相處最久，對其影響最大的是仲長子光。王績《仲長子光傳》敘其生平云：「先生諱子光，字不曜，自云洛陽人也。往來河東，傭力自給，無室廬，絕妻子。開皇末，始結庵河渚間，以息身焉。十餘年賣藥爲業，人莫知之也。汾陰侯生以筮著，因遊河渚，一睹而伏，曰：『東方朔、管輅不如也。』由是顯重。守令至者皆親謁，先生辭以瘖疾，未嘗交語。著《獨遊頌》及《河渚先生傳》以自喻，識者有以知其懸解也。人有請道者，則書『老』、『易』二字示之。彈琴餌藥，以終其世。文中子比之虞仲、夷逸。」《答馮子華處士書》中又云子光「結庵獨處三十載，非其力不食，傍無侍者，雖患瘖疾，不得交語，風神肅肅無俗氣，攜酒對飲，尚有典刑」。由此可知，仲長子光是一位身患瘖啞之疾的隱者，通老莊之道，精於卜筮，自食其力，不事婚娶，絕交權貴，獨處河渚，著書自娛。仲長子光在龍門隱者中爲最著名者。王通《中說》六次提及仲長子光，備致稱許。具引如下：

1・薛收問仲長子光何人也。子曰：「天人也。」收曰：「何謂天人？」子曰：「眇然小乎！所以屬於人；曠哉大乎！獨能成其天。」——《中說・天地篇》

2・子謂仲長子光曰：「山林可居乎？」曰：「會逢其適也，焉知其可？」子曰：「達人哉，隱居放言也！」子光退謂董、薛曰：「子之師，其至人乎？死生一矣，不得與之變。」——《中說・周公篇》

或問嚴光、樊英名隱。子曰：「古之避言人也。」問東方朔。子曰：「人隱者也。」子曰：「自太伯、虞仲已來，天下鮮避地者也。仲長子光，天隱者也，無往而不適矣。」——《中說・禮樂篇》〔註73〕

4・仲長子光曰：「在險而運奇，不若宅平而無爲。」文中子以爲知言。文中子曰：「其名彌消，其德彌長；其身彌退，其道彌進，此人其知之矣。」——《中說・禮樂篇》

〔註73〕王通稱仲長子光爲天隱者，評價至高。《中說・周公篇》曾云：薛收問隱。子曰：「至人天隱，其次地隱，其次名隱。」

5・仲長子光字不曜，董常字履常。子曰：「稱德矣。」——《中說・禮樂篇》

6・薛收問政於仲長子光。子光曰：「舉一綱，眾目張；弛一機，萬事墮。不知其政也。」收告文中子。子曰：「子光得之矣。」——《中說・關朗篇》

王通給予仲長子光至高評價，許爲「天人」「天隱」。仲長子光形殘神全，儼然《莊子》中所描述的那些肢體殘缺的至人眞人形象。他安於貧賤，傭人自給，賣藥爲生。「無往而不適」，追求精神上的自由與適意，外在物質條件對於他的精神世界已失去了意義。王通問他山林是否可居，他回答「會逢其適」，以精神上的適意滿足爲第一需求。其隱名退身、平居無爲的處世之道爲儒家老師所贊許，因爲他的隱逸道德上的精進與聲名的顯赫適成反對之路徑。仲長子光對於爲政之道亦能發表原則性的見解，爲王通服膺。蓋王通一純正儒家學者，而能對仲長子光一區區隱居修道者有如許高的評價，可見子光作爲隱者在龍門士人心中的地位。於是，仲長子光成爲王績現實生活中的隱逸偶像，王績在隱逸的行爲方式上處處模倣仲長子光。細繹之，有如下數端：

1・命　字

仲長子光字不曜，王績字無功，意義皆來自道家典籍。仲長子光取自《老子》第五十八章：「聖人方而不割，廉而不劌，直而不肆，光而不耀。」〔註74〕王績取自《莊子・逍遙遊》：「至人無己，神人無功，聖人無名。」〔註75〕按，仲長子光開皇末年隱居龍門，假定爲 600 年，此後一直隱居其地，直至逝世。王績生於 590 年，爲仲長子光晚輩，其成年後仲長子光已經在龍門隱居十年之久，其名應已播於鄉里。又王績之字爲自取，《自撰墓誌銘並序》云：「王績者，有父母，無朋友，自爲之字曰無功焉。人或問之，箕踞不對。蓋以有道於己，無功於時也。」前文引《中說・禮樂篇》王通評價仲長子光之取字頗稱其德，而對王績取字頗爲不滿：「子之叔弟績，字無功。子曰：『字，朋友之職也。神人無功，非爾所宜也。』常名之。」王通此處把仲長子光與王績對比評價，顯然有警誡王績的意味。王通非常清楚，王績取字來自老莊之道，模倣仲長子光而取。取字爲朋友之職，而王績自取，顯示了其獨立不羈的個性，亦說明他對於仲長子光的追慕嚮往之情。至於晚

〔註74〕朱謙之，《老子校釋》，北京：中華書局，1984 年，237 頁。
〔註75〕王叔岷，《莊子校詮》，北京：中華書局，2007 年，18 頁。

年所寫「無功於時」，應爲總結一生時的解釋，與少年取字時嚮往莊子神人的狂傲應屬於兩個時期的差異。

2・讀書思想

仲長子光崇尙道家應無疑義，其所讀之書在文獻中未明言，但王績在《仲長先生傳》中云「人有請道，則書『老』、『易』二字示之」。由此可知他所看重的是道家的《老子》與儒家的《易》。王績所讀之書，早年受儒家經典教育，隱居以後則轉向魏晉三玄《老子》、《莊子》、《周易》。《答馮子華處士書》自云「床頭素書三帙，《老》、《莊》及《易》而已，過此以往，罕嘗或批」。王績也表示了對於王通遺著的敬佩之情，但並未精研學習。《答程道士書》敘其經過云：「昔者吾家三兄，命世特起，先宅一德，續明六經。吾嘗好其遺文，以爲匡扶之要略盡矣。然嶧陽之桐，以俟伯牙，烏號之弓，必資由基，苟非其人，道不虛行。吾自揆審矣，必不能自致臺輔，恭宣大道。夫不涉江漢，何用方舟？不思雲霄，何用羽翮？故頃以來，都復散棄，雖周孔制述，未嘗復窺，何況百家悠悠者哉？」他放棄儒家經典的閱讀而保留對《易》的偏好，既有家學傳承之關係，亦有仲長子光之影響。王績在隱居生活中以創作表達隱居的高情勝氣，亦刻意模傚仲長子光。《答馮子華處士書》云：「先生又著《獨遊頌》及《河渚先生傳》，開物寄道，懸解之作也。時取玩讀，便復江湖相忘。吾往見薛收《白牛溪賦》，韻趣高奇，詞義曠遠，嵯峨蕭瑟，眞不可言。壯哉邈乎，揚班之儔也。高人姚義嘗語吾曰：『薛生此文，不可多得，登太行，俯滄海，高深極矣。』吾近作《河渚獨居賦》，爲仲長先生所見，以爲可與《白牛》連類，今亦寫一本以相示，可與清溪諸賢共詳之也。」仲長子光撰《獨遊頌》、《河渚先生傳》二文寄託隱居之志，王績仰慕不已，於是模傚作《河渚獨居賦》，得到仲長子光的高評，興奮不已，立刻抄寫一份送給多年不見的好友馮子華，與群賢共賞。

3・隱居方式

第一，隱居地點的選擇，王績緊鄰仲長子光。仲長子光開皇末結庵河渚隱居，王績《答馮子華處士書》云：吾所居南渚有仲長先生，結庵獨處三十載，非其力不食。呂才《王無功文集序》則直接點明了王績選擇與仲長子光緊鄰的動機，序云：「鄰渚又有隱士仲長子光，服食養性，君重其貞素，顧與相近，遂結廬河渚，縱意琴酒，慶弔禮絕，十有餘年。」王績有詩描寫仲長子光的隱居之所云：「居人姓仲長，端坐悅年光。地形疑谷口，川勢似河陽。

傍山移草石，橫渠種稻梁。滋蘭依舊畹，接果著新行。自持茅作屋，無用杏
為梁。蓬埋張仲徑，藜破管寧床。浴蠶溫織室，分蜂暖蜜房。竹密連階暗，
花飛滿宅香。坐棠思邵伯，看柳憶嵇康。自得終焉趣，無論懷故鄉。」（《春
日還莊》）此自給自足的隱居田園生活正是王績所嚮往的。

　　第二，家庭觀念。仲長子光沒有家庭生活。王績說他早年「無室廬，絕
妻子」（《仲長先生傳》）祭文中云「老萊不婚，梁鴻難偶。筵無饋奠，室無箕
帚。嗟嗟夫子，豈圖其後」（《祭處士仲長子光文》）。仲長子光眞正棄絕人世
間的夫妻之情和親子之愛，「不忮不求，無憎無愛」，這種獨身隱居方式也影
響了王績的家庭觀念。在擇偶上，年輕時的王績希冀得到一位能夠相伴隱居
的妻子，《未婚山中敘志》云：「物外知何事，山中無所有。風鳴靜夜琴，月
照芳春酒。直置百年內，誰論千載後。張奉娉賢妻，老萊藉嘉偶。孟光倘未
嫁，梁鴻正須婦。」「誰論千載後」與仲長子光「豈圖其後」精神相近。在實
踐中王績雖未能像仲長先生那樣保持獨身，但詩中屢屢提及妻子與其共度隱
居生涯，如「老妻能勸酒，少子解彈琴」（《春晚園林》），「遙呼竈前妾，卻報
機中婦」（《春日》）。韓愈有《送王秀才序》即贈給王績後代王含的臨別之言。
在王績的所有詩文中，沒有專門描寫妻子兒女家庭生活的篇章，可見家庭生
活在他的世界中不佔有重要位置。

　　4．隱居情趣
　　仲長子光隱居生活中有四項重要內容：彈琴、服藥、飲酒、卜筮，表現
了他隱居生活的情趣，這種精神生活上的追求也恰恰與王績一致。文獻中關
於仲長子光日常好尚的記載頗為簡略。如彈琴，《仲長先生傳》云「彈琴餌藥，
以終其世」，《祭處士仲長子光文》云「素琴猶在，黃經尚留」；服藥，呂才《序》
云：「鄰渚又有隱士仲長子光，服食養性。」《仲長先生傳》云其「十餘年間
以賣藥為業」；飲酒，《答馮子華處士書》謂與仲長子光「攜酒對飲，尚有典
刑」；卜筮，《仲長先生傳》云「汾陰侯生以筮著，因遊河渚，一睹而伏，曰：
『東方朔、管輅不如也。』」《中說》稱汾陰侯生善筮，而仲長子光又過之，
可見其卜筮水平。

　　上述四個方面的好尚之事亦為王績精神生活中的主要內容。
　　彈琴。王績具有較高的音樂修養。呂才《王無功文集序》云：「君雅善
鼓琴，加減舊弄，作山水操，為知音者所賞。高情勝氣，獨步當時。」其《答
馮子華處士書》自敘彈琴之雅趣，云其好友裴孔明「自作素琴一張，云其材

是嶧陽孤桐也。近攜以相過，安軫立柱，龍脣鳳翮，實與常琴不同，發音吐韻，非常和朗。吾家三兄，生於隋末，傷世攖亂，有道無位，作汾亭操，蓋孔子龜山之流也。吾嘗親受其調，頗為曲盡。近得裴生琴，更習其操，洋洋乎覺聲器相得，今便留之，恨不得使足下為鍾期，良用耿耿」。在詩文中，「琴」出現頻率較高，如「幽蘭獨夜之琴曲」（《北山賦》），「風鳴靜夜琴」（《未婚山中敘志》），「琴伴前庭月」（《田家之二》），「月下橫寶琴」（《古意六首之一》）等。可見琴在他日常生活中之地位。

　　服藥。王績隱居中亦追求養生之術，在田園中廣種藥材以供服食，自云常種「黃精白朮，枸杞薯蕷，朝夕採掇，以供服餌」，又有人贈以「五加地黃酒方，及種薯蕷、枸杞等法，用之有效，力省功倍」（《答馮子華處士書》）。在詩中，王績也屢提及服食養性之事，如「酒中添藥氣，琴裏作松聲。石爐煎玉髓，土釜出金精。水碧連年服，雲丹計日成」（《山中獨望》）。《採藥》說自己「野情貪藥餌」，並道其採藥過程：「腰鐮戊己月，負鍤庚辛日。時時斷嶂遮，往往孤峰出。行披葛仙經，坐檢神農帙。龜蛇採二苓，赤白尋雙術。地凍根難盡，叢枯苗易失。從容肉作名，薯蕷膏成質。家豐松葉酒，器貯參花蜜。且復歸去來，刀圭輔衰疾。」

　　飲酒。飲酒是王績隱居生活中最為突出的行為特徵，幾乎成為他隱逸生活的獨特標籤。他寫《酒經》，祭酒神，觀釀酒，放浪縱飲，實為一典型酒徒，遠遠超越了仲長子光。由於受到地域文化的強烈影響，使他的飲酒詩文也表現出與陶淵明截然不同的風格內涵。

　　卜筮。王績善筮，著名於時。呂才《序》表彰王績才藝，重點突出其善於陰陽曆算之才能，並舉四件預測靈驗事以說明。一，王績好友淩敬，隋末依附竇建德，王績往訪，言關中為福地，勸淩敬歸唐。二，王績與裴寂玩射覆之戲，王績布卦，連射皆中。三，呂才得寶龜，不識，求教王績備言其來歷。四，預言呂才著述陰陽書須二十年乃成，後果如其言。按呂才為唐初著名的陰陽曆數家，而對王績推崇如此，足見其卜技高明。王績此項才藝，一面受家族影響，一面受仲長子光、汾陰侯生等人之影響。陰陽術數之學是南北朝時期北朝儒學承繼漢代傳統所具有的一個特點，主要是用陰陽卜筮來預測現實和政治生活中的禍福消息，鮮明地表現了北方儒學注重現實運用的地域特徵。王績家族從北魏王虬以來，數代傳承易學卜筮預測的實用傳統。其家庭中，善筮之人甚多。《錄關子明事》載王彥隨從關朗學習利用周易預測

盛衰吉凶之技能。《文中子世家》載王通初生，其父王隆即以易筮之，遇《坤》之《師》，祖父王一即依據卦義命名爲王通。王通亦重視《易》預測人事的實用價值（《中說・魏相篇》）。《中說・禮樂篇》說他「不卜非義」，說明他也精通卜筮之術，並對汾陰侯生先人事而後說卦的卜筮方法持贊同態度。王績之兄王度亦好陰陽曆數，從汾陰侯生學習其術，並著充滿陰陽曆數色彩的《古鏡記》。

　　進一步，陰陽卜筮之學所導致的特定思維和行爲方式，對於隋末唐初王績人生道路的選擇產生了重要影響，並促使他最終走向了隱居之路。陰陽術數對於占卜者的要求，除豐繁複雜的卦象知識外，還需要有敏銳的洞察和判斷人事變化之能力，即王通所言「先人事而後說卦」。王績自云「往往賣卜」（《自撰墓誌銘並序》），在一種常常需要結合現實事物發展迹象爲人占卜的行爲中，容易養成一種特殊的思維定勢，即在現實生活中以穩妥周全的方式觀察判斷事件發展走向的習慣，往往經過反覆權衡之後再作出行動的抉擇。由此，可以做出一個推斷，王績在隋末唐初的兩次人生選擇受到他這種深思熟慮甚至是患得患失思維習慣的影響，決定了他在唐初政治仕途上的命運，最終走向了隱居的道路。大業十三年，李淵起兵太原，王績沒有投身李淵之部隊。據王度《古鏡記》，王績持古鏡出遊「至大業十三年六月，始歸長安」，停留數月，王績還河東。據《資治通鑒》卷 183，李淵同年五月起兵太原，十一月攻拔長安。此處無法確定王績在長安數月之久的具體時限，所以無法判定李淵攻下長安時王績是否還在西京。依王績之慣於觀察時事，六月歸長安時，李淵已於太原起兵，爲避亂計，不會在長安逗留很長時間。事實上，王績的好友陳叔達、薛收皆投奔了李淵隊伍。同年八月，義師至絳郡，絳郡通守陳叔達歸款，授丞相府主簿，封漢東郡公，與記室溫大雅同掌機密。薛收爲房玄齡推薦，主動投奔李世民，授秦王府主簿，屢獻奇謀。其時無論王績是否在絳郡，不久肯定會得知友人的去向。但他在當時或稍後也沒有匆忙參加李淵隊伍，應有觀望形勢的心理原因。李淵初起兵，成敗難料，王績靜觀局勢發展。李淵 618 年於長安稱帝後，王績還至河北竇建德處觀察形勢。呂才《王無功文集序》云：「隋季板蕩，客遊河北。時竇建德始稱夏王，其下中書侍郎淩敬，學行之士也，與君有舊，依之數月。敬知君妙於曆象，訪以當時休咎。君曰：『人事觀之足可，不俟終日，何遽問此？』敬曰：『王生要當贈我一言。』君曰：『以星道推之，關中福地也。』敬曰：『我亦以爲然。』

君遂去還龍門。」後淩敬在長安與王績重逢，道其神驗事。按戰亂之中，何來客遊河北之舉，應是王績親自赴河北觀察形勢。據《舊唐書》卷 54《竇建德傳》，其稱夏王的時間在武德元年冬至日。王績既定關中為福地，而此後數年繼續隱居觀望。直至武德四年竇建德勢力被消滅後，始入長安。王績有《建德破後入長安詠秋蓬示辛學士》，「辛」字，據陶敏先生考證，當為「薛」之殘文，指薛收〔註76〕。詩中有云：「遇坎聊知止，逢風或未歸。孤根何處斷，輕葉強能飛。」其中希望薛收援引之意甚明，前兩句暗示自己因故未能及早投靠唐王朝。同時稍後的《薛記室收過莊見尋率題古意以贈》云「爾為背風鳥，我為涸轍魚」，亦含有欣羨之情。從大業十三年至武德四年之間，薛收在李世民的麾下備受器重，王績早有機會通過薛收的引薦投奔李氏政權，卻直到竇建德破後才入長安尋求仕途之路，只能有一種解釋，王績一直對時事持觀望態度。王績在武德五年方應徵待詔門下省，至貞觀中再隱再仕，歷官太樂丞而已。王績仕途之偃蹇固然主要是他個性疏散之故，但在隋末的政治角逐中，他未能及早投入李淵隊伍，使他失去了進入唐王朝政治高層的機會，未始不為促成王績最終走向隱逸的一個間接因素。

王績對待權貴的態度與仲長子光也有一致之處。《仲長先生傳》云「守令至者皆親謁，先生辭以瘖疾，未嘗交語」。呂才《王無功文集序》亦云王績隱居龍門時，「京兆杜松之、清河崔公善繼為本州刺史，皆請與君相見。君曰：『奈何悉欲坐召嚴君平？』竟不見」。當然此點尚有陶淵明的影響。在精神修養方面，王績在《祭處士仲長子光文》中歷敘仲長子光的人生價值和處世觀念云「明道若昧，進道若退。鳥飛知還，龍亢必悔」，「不忮不求，無憎無愛」，「藏用以密，養正以蒙」，「蕩蕩心迹，悠悠默語」，「其生若浮」，「其死若休」，亦皆是王績夫子自道。究竟其中哪些因素直接得自老莊，何者間接得自仲長子光，難作區分。

關於王績的服藥、飲酒、彈琴，前此的研究者往往歸結為對魏晉名士風度的模倣〔註77〕。自然不錯，但只是其中模倣的一個方面，王績對當代現實生活環境中隱逸行為的模倣也是其中的影響因素。王績的隱居，除自身個性的原因外，他主要從隱逸的歷史和現實兩個層面追求田園隱逸模式的。

〔註76〕陶敏，《全唐詩人名考證》，西安：陝西人民教育出版社，1996年，16頁。
〔註77〕如賈晉華《王績與魏晉風度》，載《唐代文學研究》，1990年；許總《王績詩歌的時代類型特徵新議》，載《齊魯學刊》，1994年第 3 期。

三、王績與陶淵明隱逸精神之比較

王績的隱逸，在一定程度上是以陶淵明爲軌範的。兩個人有著相似的性情氣質，其中眞率質樸的性格，簡傲孤高的氣質和對世俗禮法束縛的反感是他們最相似之處。不樂仕進的價值趨向直接導致了他們的隱居生涯，王績在《答馮子華處士書》中引用陶淵明「富貴非吾願，帝鄉不可期」之詩句，並云「雅會吾意」，二人價值取徑相通。王陶二人都有過積極入仕的人生理想，幾隱幾仕，性格與現實的矛盾促使他們最終走向隱逸。兩人都企圖通過歸隱，追尋並確認自我價值的實現。但在實際的隱逸生活中，在隱逸文學作品中所展現出來隱士形象，王績與陶淵明大相徑庭。陶淵明是一位與現實人生大自然和諧共融的哲人高士，而王績是一位放曠不羈、孤傲醉吟的狂士酒徒，二者之間有著本質性的差別。一個趨向於精神上的深廣渾融，一個注重外在行爲上的絕世獨立。葛曉音先生云：「王績看破世事和人生，似乎比陶阮更接近老莊的本意，但因爲缺乏深刻的思考和追求，在實際生活中卻表現得相當世俗，與他對社會人事的徹底否定自相矛盾。」又云「王績對陶淵明的繼承僅限於精神的淺表和部分形迹，他的田園詩也就必然缺乏陶詩的深層意蘊」〔註78〕。賈晉華亦指出王績的詩歌「雖然極力模倣陶阮，但他的詩歌觀念實際上與陶阮大不相同。對於陶詩來說，詩歌主要是抒寫性情的工具；對於王績來說，詩歌卻是塑造自我形象，獲取當代及後世聲名的工具」〔註79〕。她們對於王績的批評，云其世俗化，獵取名聲，雖尚有可商榷之處，但指出了王績與陶淵明之間精神性和現實化（兼有物質性、世俗性）的差異，應是基本事實。二人這種境界的差異是他們隱居因素中一系列差異綜合作用的結果，其中最主要的是源於王績重實踐輕理論思辨的地域性格。

王績與陶淵明一樣都崇尚道家的自然與自由。陶淵明的主體價值卻是以儒家爲主，融合佛道之成分。羅宗強先生《魏晉玄學與士人心態》云：「陶的思想實質，屬儒家。他信守的是儒家的道德準則，最主要的是一片仁心與安於貧窮。」〔註80〕王績則不然，他雖然也是三教兼容，早年主要是儒家教育影響，在隱居生活中卻是以道家的「自適其適」爲主導，與陶淵明有質的差異。他在《答程道士書》中引用三教言論，爲自己任性而行的行爲方式辯護。

〔註78〕葛曉音，《山水田園詩派研究》，大連：遼寧大學出版社，1993 年，94 頁。
〔註79〕賈晉華，《王績與魏晉風度》載《唐代文學研究》，1990 年。
〔註80〕羅宗強，《玄學與魏晉士人心態》，天津：南開大學出版社，2004 年，280 頁。

對程道士云:「足下欲使吾適人之適,而吾欲自適其適。非敢非足下之義也,
且欲明吾之心,一爲足下陳之。昔孔子曰:『無可無不可。』而欲居九夷。老
子曰:『同謂之元。』而乘關西出。釋迦曰:『色即是空。』而建立諸法。此
皆聖人通方之玄致,宏濟之秘藏。實寄沖鑒,君子相期於事外,豈可以言行
詰之哉?」他認爲既然聖人都不能做到「適人之適」,尚需避世,我輩自然更
不可能居於現實的世俗社會中逍遙自適,所以只有選擇山林絕世隱居。他還
無法做到陶淵明的委運乘化、與世和諧而處的境界。羅宗強先生云:「物我一
體,心與大自然溟一,這正是老莊的最高境界,也是玄學所追求的最高境界。
陶淵明是第一位達到這一境界的人。陶淵明之所以能達到這一人生境界,就
在於他真正持一種委運乘化的態度,並且真正做到了委運乘化。」〔註81〕陶
淵明蔑棄世俗的禮法,主要針對著濁惡的官場,退居田園農村,他與普通之
鄉民依然生活在一起。「他對人生,充滿著一種純真的仁民愛物的胸懷,存在
著一種人心相愛的幻想」〔註82〕。王績之粃糠禮義、錙銖周孔,在行爲上較
之陶淵明更爲激端,他甚至避開群居的村落在河渚結廬,謝絕鄉族慶弔、閨
門婚冠之禮節往來,以致「兄弟以俗外相期,鄉閭以狂生見待」(《答刺史杜
之松書》)。他不能與田夫野老和樂共處,「同方者不過一二人,時相往來,並
棄禮數」(《答程道士書》)。王績的這種選擇,並非故作矯情,也非沽名釣譽,
而是陶淵明式的玄學人生觀,本不具有實踐性的品格。羅宗強先生指出即使
是陶淵明自己,其玄學人生觀的實現也是有限度的,並不能貫徹一生。其原
因在於:「在中國的文化傳統裏,玄學人生觀沒有具備實踐性的品格。玄學人
生觀最主要之點,委運乘化的人生態度和物我溟一的人生境界,不解決好個
人與群體的關係就不能實現。只強調自我,強調性之自然,一到面對矛盾糾
結的實人生,便寸步難行了。玄學思潮起來之後,從嵇康、阮籍到西晉名士
到東晉名士,他們都在尋找玄學人生觀的種種實現方式,但是他們都失敗了。
失敗的原因何在呢?最根本的一點,便是他們沒有能找到化解世俗情結的力
量。」〔註83〕王績正是「只強調自我」,欲「自適其適」,故他不能如陶淵明
般委運乘化,而又要仿傚陶淵明,又企羨莊子高度自由的人生境界,於是只
能選擇離群索居,以實現生活中的我行我素,不拘禮法。既無社會人群,個

〔註81〕 羅宗強,《玄學與魏晉士人心態》,天津:南開大學出版社,2004年,275頁。
〔註82〕 羅宗強,《玄學與魏晉士人心態》,天津:南開大學出版社,2004年,280頁。
〔註83〕 羅宗強,《玄學與魏晉士人心態》,天津:南開大學出版社,2004年,282頁。

人與群體之間的關係自不成為問題，而隱逸詩中也就只剩下了詩人自我。

王績與陶淵明，一個生活在世界之中，一個逍遙於現世之外；一個作充滿人間熱度的《桃花源記》，一個是冷冰冰抽去了性情的《醉鄉記》；一個是淳樸的與大自然溟一的哲學沉思者，一個是狂傲的追求莊子逍遙境界的行動者；一個對於現實人生保持著儒家精神的仁愛與幻想，一個是單純對隱居行為本身近乎病態的執著與表現。王績之所以沒有陶淵明思想的深和境界的高，是因為他對隱逸境界的追求始終停留在現實化的鑿實層面，陶淵明卻是追求一種哲理的心境。陶淵明處在玄學思潮鼎盛的時代，他是無數士人在對玄學人生觀理論思索的激烈碰撞和互相啟發下，經過反覆實踐的挫敗後凝成的結晶，具有很深的時代精神背景。陶淵明的隱居，是時代的結果。

王績則生活在一個承平盛世，他缺乏陶淵明所具有的時代的精神資源，他的隱居的選擇，可謂是逆時代潮流而動，相對於陶阮諸人，更多主動的成分。在他隱居的主要時期，正是史稱的貞觀之治，士人們對於功業理想的追求風氣遠遠大於避世隱居，王績的人生道路，很大程度上屬於個人的選擇。而且，他在隱逸抉擇的過程中也並沒有理論性的思索，現存詩文中不見有關老莊哲學研討的篇章，他純粹把老莊作為人生實踐的工具。他沒有象陶阮時代的士人那樣關心玄學的種種命題，他所要實現的就是做一名老莊哲學中描述的世外真人。《醉鄉記》云：「醉之鄉，去中國不知其幾千里也。其土曠然無涯，無邱陵阪險；其氣和平一揆，無晦明寒暑。其俗大同，無邑居聚落；其人甚精，無愛憎喜怒。吸風飲露，不食五穀，其寢於於，其行徐徐。與鳥獸魚鱉雜處，不知有舟車器械之用。」這與老莊的理想境界相去不遠。

王績本質上是一位勇敢的實踐者，在一個太平盛世，以老莊哲學中的真人隱士為標的，從歷史中尋求模倣的榜樣，同時又受到現實中生存的狹小環境中隱逸風氣之鼓勵，親自實踐了一種與世隔絕、逍遙自適的隱居生活。這，來自於北方文化中實用主義的地域特徵。

實用主義為中國國民性格之普遍性特徵，而尤以北方為重。先秦時代，屬於我國古代思想的軸心時代，儒、墨、道、法四大家，入世功利的儒、墨、法皆誕生於北方。劉師培認為北方「山國之地，土地墝瘠，阻於交通，故民生其間者，崇尚實際，修身力行，有堅韌不拔之風」。又云：「修身力行則近於儒，堅忍不拔則近於墨。此北方之學所由發源於山國之地也。」〔註84〕王

〔註84〕《南北學派不同論・南北諸子學不同論》載《劉師培儒學論集》，成都：四川

國維亦認爲「南方之人，長於思辨，短於實行，故知實踐之不可能，而即於其理想中求其安慰之地」，北方之人則相反〔註85〕。以儒家爲主的思想代表了中國傳統文化中實用主義的理性特徵。「這種理性具有極端重視現實實用的特點。即它不再理論上去探求討論、爭辯難以解決的哲學命題，並認爲不必要去進行這種純思辨的抽象。重要的是，在現實生活中如何妥善處理它」〔註86〕。王績生活的河東正是先秦崇尙實用的法家誕生地。侯外廬認爲先秦時代各學派的分佈有其地域特點，法家主要源於三晉，與三晉適宜的自然和社會環境有關。法家一般重視實際功效，輕視理論，重物質利益而不追求玄思誇飾，這一特徵在其發源地的河東道，應有所延續。

王績不像魏晉玄學名士那樣探求老莊哲學之奧義，而是企圖在實際生活中實現書中所描述的理想隱逸境界。蓋北方之人對於一種理論，往往不採取探求的態度，而以利用爲目的。相對而言，南方上玄虛重義理。劉師培云：「北儒學崇實際，喜以訓詁章句說經；南人尙誇誇，喜以義理說經。」〔註87〕在南北朝時代，北方文化中重視實踐的品格在與南方的對比中表現的依然明顯。北方儒學秉承漢代儒學的傳統，夾雜陰陽術數占筮孤虛之術，緊密地與現實政治的興衰與軍事戰爭的成敗聯繫在一起，現實的應用性與南方儒學重視理論探討有明顯的區別。在佛學方面，北方亦表現出重視實踐，輕視理論的特徵。湯用彤先生云：「北方佛教重行爲、修行、坐禪、造像……北方人不相信佛教者，其態度也不同，多是直接反對，在行爲上表現出來……南方佛教即不如此，著重它的玄理，表現在清談上，中心勢力在士大夫中，其反對佛學不過是理論上的探討，不像北方的殺和尙、毀廟宇那樣的激烈。」〔註88〕再縮小地域範圍，就王績生活的河東而言，其崇尙實際的地域性格在地方志中多有記載，如「信實純厚」，「務實勤業」，「重實輕名」，「敦厚質實」，「性質信實」等等，雖爲唐代以後地方文獻所載，按照地域民性的延續性，對於

大學出版社，2010年，91頁。

〔註85〕王國維《屈子文學的精神》，見周錫山編校，《王國維集》，北京：中國社會科學出版社，2008年。

〔註86〕李澤厚，《中國古代思想史論》，北京：生活・讀書・新知三聯書店，2009年，26頁。

〔註87〕《南北學派不同論・南北經學不同論》載《劉師培儒學論集》，成都：四川大學出版社，2010年，92頁。

〔註88〕湯用彤，《隋唐佛學之特點》，載《湯用彤集》，127頁，黃夏年主編，《近現代著名學者佛學文集》北京：中國社會科學出版社，1995年。

說明唐代及之前的地域性格亦有一定意義。

　　王績深受北方學術文化趨向的影響，是在攝取道家思想爲安頓人生之依據時，不限於人生觀念方面的滿足，而是親自實現其中描寫的逍遙自由的人生。既無理論上沉思的態度，只在行爲上表現出隱士的狂傲風度，自然不及陶淵明之深厚。但同時也是他的一個特點，在表現隱士的自由個性精神方面，在唐代絕無僅有。他在眞正的隱士精神如淡泊功名、淳樸眞率、個性自由等方面，與陶淵明又是相通的。

第三節　王績飲酒文學與河東道酒文化傳統

　　王績醉飲，在當代著名。他的一生三仕三隱，都與飲酒密不可分。第一次出仕，大業十年由揚州六合縣丞任辭官歸隱，即因飲酒之故。呂才《王無功文集序》云：「君篤於酒德，頗妨職務，時天下亂，藩部法嚴，屢被勘劾。君歎曰：『羅網高懸，去將安所？』遂出所受俸錢，積於縣城門前，託以風疾，輕舟夜遁。」第二次出仕在武德中，「以前揚州六合縣丞待詔門下省。時省官例日給良醞三升，君第七弟靜，爲武皇千牛。謂曰：『待詔可樂否？』君曰：『吾待詔祿俸，殊爲蕭瑟，但良醞三升，差可戀爾！』待詔江國公，君之故人也。聞之曰：『三升良醞，未足以絆王先生，判日給王待詔一斗。』時人號爲『斗酒學士』」。第三次入仕，「貞觀中以家貧赴選。時太樂有府史焦革，家善醞酒，冠絕當時。君苦求爲太樂丞，選司以非士職不授。君再三請曰：『此中有深意，且士庶清濁，天下所安。不聞莊周避漆園，老聃恥杜下？』卒授焉。數月而焦革死，妻袁氏，時送美酒，歲餘袁又死。君歎曰：『天乃不令吾飽美酒！』遂掛冠歸」。此後一直隱居而終。飲酒成爲王績漫長隱居生活的一個主要特徵。

　　在後世文人眼中，王績是醉飲的化身。韓愈《送王秀才序》云：「吾少時讀《醉鄉記》，私怪隱居者無所累於世而猶有是言，豈誠旨於味邪？」〔註89〕白居易《九日醉吟》云：「無過學王績，唯以醉爲鄉。」〔註90〕孫光憲《北夢瑣言》云：「東皋子干績，字無功，有《杜康廟碑》、《醉鄉記》，備言酒德。」蘇軾更在詩歌中表達對王績飲酒的酣醉境界企慕之情，如「醉鄉我欲訪無功」

〔註89〕馬其昶，《韓昌黎文集校注》，馬茂元整理，上海：上海古籍出版社，1984 年，257 頁。

〔註90〕朱金城，《白居易集箋校》，上海：上海古籍出版社，1988 年，1113 頁。

（《次韻朱光庭初夏》）〔註91〕，「誤入無功鄉，掉臂嵇阮間」（《和陶連雨獨飲
二首》之二），「醉鄉杳杳誰同夢」（《庚辰歲正月十二日天門冬酒熟予自漉之，
且漉且嘗卒以大醉二首》之二），王績不僅善飲，而且創作了大量飲酒詩，據
筆者統計，有近四十首中直接或間接涉及飲酒行為。他的飲酒及其創作，歷
史的影響主要來自於魏晉名士及陶淵明。

一、王績飲酒及飲酒詩與魏晉名士異同

　　王績與陶淵明創作之間的親緣關係，前人多有指出。明黃汝亨《黃刻東
皋子集序》云：「東皋子放逸物表，遊息道內，師老莊，友劉阮，其酒德詩妙，
魏晉以來，罕有儔匹。行藏生死之際，淡遠真素，絕類陶徵君。」賀裳《載
酒園詩話又編》：「詩之亂頭粗服而好者，千載一淵明耳。樂天傚之，便傷俚
淺，惟王無功差得其彷彿。陶、王之稱，余嘗欲以東皋代輞川。輞川誠佳，
太秀，多以綺思掩其樸趣。東皋瀟灑落穆，不衫不履。」〔註92〕聞一多認為：
「陶淵明死後，他那種詩的風格幾乎斷絕，到王績才算有了適當的繼承人。」
〔註93〕劉中文《唐代陶淵明接受研究》、李劍鋒《元前陶淵明接受史》、葛曉
音《山水田園詩派研究》、賈晉華《王績與魏晉風度》、尚定《走向盛唐》、許
總《唐詩史》都較為詳細地論述了王績與陶淵明之間創作上的繼承關係。劉、
李二人多言其同，葛、賈諸人重在其異。劉中文認為，王績「自覺地把陶淵
明作為自己的人生偶像和精神導師，學陶效陶是他人生的重要內容，他從陶
詩的啟示中找到了隱居的詩情」，他進一步斷言：「以陶淵明為榜樣，自覺地
進入人生與審美兩種境界，王績是第一人。」〔註94〕李劍鋒則認為「王績幾
乎全方位地接受了陶淵明的隱逸生活方式和思想情趣，於酒德文心上盡得陶
淵明風流。當然，他主要還是把陶淵明看作一位隱逸高士」〔註95〕，並統計
出王績現存詩文中，有八分之一的作品與陶淵明相關為例證。劉、李二人從
總體上概述其繼承關係，許總、賈晉華則具體到飲酒詩的比較。許總《王績

〔註91〕《蘇軾詩集》，北京：中華書局，1982年，1446頁，以下所引蘇詩皆自該書，
　　　　不再注明。
〔註92〕郭紹虞主編，《清詩話續編》，富壽蓀校點，上海：上海古籍出版社，1983年，
　　　　296頁。
〔註93〕鄭臨川，《聞一多論古典文學》，重慶：重慶出版社，1984年，88頁。
〔註94〕劉中文，《唐代陶淵明接受研究》，北京：中國社會科學出版社，2006年，72頁。
〔註95〕李劍鋒，《元前陶淵明接受史》，濟南：齊魯書社，2002年，123頁。

詩歌的時代類型特徵芻議》認為王績飲酒詩同時包容著「以悠然自得為標誌的陶潛模式與以避世遠害為標誌的阮籍模式」〔註96〕。賈晉華則指出王績的酒德正是魏晉名士風流的特徵之一，他從飲酒、服藥、彈琴各個方面仿傚著魏晉時代的陶、阮諸名士，而又由於時代的不同，他的自然放曠較少對抗現實的悲劇因素，較多追求個性自由，實現個人價值的積極因素。他缺乏阮籍的深刻，陶潛的真淳，卻有著一種陶阮所缺乏的樂觀明朗〔註97〕。賈說較之許說為優。王瑤《中古文學史論》中認為陶、阮諸人縱情飲酒有兩個目的，一是逃避現實，保全性命，一是為了求得老莊哲學形神相一的人生境界〔註98〕。王績所模傚者，應是後一方面，遠害全身在王績的隱逸行為和隱逸創作中找不到切實的證據。葛、尚二人則對陶王二人飲酒詩的層次作了明確的區分。葛曉音認為，王績的田園詩有一些明顯的缺陷，「最突出的是飲酒的世俗化。陶詩中篇篇有酒，但酒中有深意，詩中無酒氣。這是因為陶淵明只是表現飲酒的心境，從不涉及酒給人的感官刺激。而王績雖自稱『野杯浮鄭酌，山酒漉陶巾』，卻只能模傚陶淵明飲酒的風度，而不能得其真意」。又說王績「總是帶著一種做給俗人看的清高，『從來山水韻，不許俗人聞』。縱情琴酒，本來意在追求『真』的境界，然而他的張致反而使雅事變得俗了」〔註99〕。

尚定《走向盛唐》則認為「陶詩的飲酒詩所抒發的是一種平淡而悠遠的旨趣，一種隨遇而安、委運大化的人生境界；而王績的詩往往顯露出一種遠比陶詩要頹廢得多的末世情緒」〔註100〕。過分貶低王績飲酒詩所體現的精神價值，有欠客觀，王績在詩文中並未有矯揉造作的迹象，其詩中也根本沒有所謂的「末世情緒」。

研究者們認識王績的飲酒行為及飲酒詩，皆從模傚魏晉的角度立論，給人的感覺似乎王績缺乏屬於自己的東西，文學創作上只是在模傚別人，缺乏自身的特點和個性。如果換一個角度，不以藝術水平的高低排等次，從飲酒詩所表現的不同生活內涵考察，則可以發現，王績的「世俗化」正是他飲酒詩的一個主要特點，他從較為廣闊而豐富的範圍徹底地表現了隱士的飲酒行為。在王績那裏，飲酒帶有生活本質化的特徵，他從現實欲望的層次出發，

〔註96〕 許總，《王績詩歌的時代類型特徵芻議》，《齊魯學刊》，1994 年，16 頁。
〔註97〕 賈晉華，《王績與魏晉風度》，《唐代文學研究》，1990 年，6 頁。
〔註98〕 王瑤，《中古文學史論》，北京：北京大學出版社，1998 年，172～181 頁。
〔註99〕 葛曉音，《山水田園詩派研究》，大連：遼寧大學出版社，1993 年，100 頁。
〔註100〕尚定，《走向盛唐》，北京：中國社會科學出版社，1994 年，45 頁。

展示了飲酒生活中追求個性自由的另類隱士形象。

首先，他所嚮往的是魏晉士人狂縱不羈、任性適意的飲酒風度，出現在他詩文中的魏晉名士皆是縱飲之徒。如「酒甕多於步兵，黍田廣於彭澤」(《遊北山賦並序》)；「阮籍醒時少，陶潛醉日多」(《醉後》)；「野杯浮鄭酌，山酒漉陶巾」(《嘗春酒》)；「嘗愛陶淵明，酌醴焚枯魚」(《薛記室收過莊見尋率題古意以贈》)；「夢中逢櫟社，醉裏覓桃源」(《春莊走筆》)；「且逐劉伶去，宵隨畢卓眠」(《戲題卜鋪壁》)；「浮生知幾日，無狀逐空名。不如多釀酒，時向竹林傾」(《獨酌》)；「散腰追阮籍，招手喚劉伶」(《春園興後》)；「阮籍生涯懶，嵇康意氣疏。相逢一醉飽，獨坐數行書」(《田家三首》)。錢鍾書先生說：「泛覽有唐一代詩家，初唐則王無功，道淵明處最多；喜其飲酒，與己有同好，非賞其詩也。」〔註101〕但他的飲酒詩就「飲酒行態與田園生活、隱逸趨尚的結合」而言，則「體現了陶潛式的心理類型和藝術範式」〔註102〕。飲酒風度方面，王績與陶淵明還是存在差別，陶淵明「飲酒酣暢但從不放誕伴狂，『逾多不亂，任懷自得，融然遠寄』，便是他酒中的佳境」〔註103〕。王績則不同，雖也「醒不亂行，醉不干物」(《答馮子華處士書》)，但與一二同志交往則「並棄禮數，箕踞散髮，玄譚虛論，兀然同醉」(《答程道士書》)。表現出蔑棄禮法的放縱態度，而與狂傲放誕的阮籍、劉伶輩裸身轟飲、驚世駭俗以對抗禮教相較，王績又遜之。他的放誕簡傲的飲酒行為僅僅限定在他近乎與世隔絕的隱居環境中，有個性自由的意義，而無對抗現實的意圖。因此，王績的飲酒風度處於阮籍與陶淵明之間，其飲酒專注在飲酒行為本身，與陶淵明心境的抒寫迥然有別。葉嘉瑩先生說，陶淵明的每一首飲酒詩，「都足以證明陶淵明是把身體的生活與心靈的生活結合在一起的。有很多人只有身體的生活沒有心靈的生活；還有的人雖然有心靈的生活卻沒有能力把它們像陶詩這麼好地表現出來」〔註104〕。王績正屬於只表現了飲酒外在形態的一類詩人。

二、王績文學創作中體現的飲酒哲學

王績飲酒模倣魏晉名士，注重其中的表現形式，那是入唐以後的事。在

〔註101〕錢鍾書，《談藝錄》，北京：生活‧讀書‧新知三聯書店，2008年，218頁。

〔註102〕許總，《王績詩歌的時代類型特徵芻議》，《齊魯學刊》，1994年，16頁。

〔註103〕戴建業，《澄明之境──陶淵明新論》，武漢：華中師範大學出版社，1998年，242頁。

〔註104〕葉嘉瑩，《葉嘉瑩說陶淵明飲酒及擬古詩》，北京：中華書局，2007年，118頁。

他關於飲酒創作的早期，有著鮮明的批判現實的因素。《五斗先生傳》、《無心子傳並序》、《醉鄉記》、《祭杜康新廟文》四篇早期關於飲酒之作，是作者在隋末社會秩序崩潰前夕，寄託人格和社會理想的憂憤之作。此四篇寓言性作品的創作緣起，呂才《王無功文集序》有著較爲明確的說明。「大業末應孝悌廉潔舉，射高第，除秘書正字。君性簡放，飲酒至數斗不醉，常云：『恨不逢劉伶，與閉戶轟飲。』因著《醉鄉記》及《五斗先生傳》，以類《酒德頌》云。雅善鼓琴，加減舊弄，作山水操，爲知音者所賞。高情勝氣，獨步當時。及爲正字，端簪理笏，非其好也，以疾罷，乞署外職，除揚州六合縣丞」。「君歷職皆以好酒，鄉人或哈之，因著《無心子》以喻志」。隱居之地「河渚東南隅有連沙盤石，地頗顯敞，君於其側遂爲杜康立廟，歲時致祭，以焦革配饗焉」。寫作具體時間語焉不詳。張錫厚《王績年譜》，韓理洲《王績詩文繫年考》，康金聲、夏連寶《王績年譜》所繫時間互有異同，以下逐篇辨析。

據呂才《序》，《醉鄉記》與《五斗先生傳》當作於同一時期。張譜繫於貞觀十五年，韓《考》繫於貞觀中掛冠歸田後作，康《譜》繫於貞觀十六年。按：王績此二文創作時間，文獻中有三種記載，最早是《中說·事君篇》，文云：「無功作《五斗先生傳》。子曰：『汝忘天下乎？縱心敗矩，吾不與也。』」王通大業十三年卒，此文創作當在隋末。呂才《序》，觀文意，王績創作二文應在除秘書省正字前後，王績出仕任秘書省正字在大業十年，則此二文之創作時間在大業十年前後。《新唐書》本傳定二文創作在第三次歸隱之後，傳云：「高祖武德初，以前官待詔門下省。……貞觀初，以疾罷。複調有司，時太樂署史焦革家善釀，績求爲丞，……革死，妻送酒不絕，歲餘又死。……棄官去。……著《醉鄉記》以次劉伶《酒德頌》。其飲至五斗不亂，人有以酒邀者，無貴賤輒往，著《五斗先生傳》。」〔註105〕以上所引二《譜》一《考》所定創作時間皆據《新唐書》之說法。所據理由大致相同，第一，《中說》之記載並不可靠。因爲《中說》並非王通所撰，是他的門人弟子在他去世後結集而成，書中所記有許多與史實乖違之處。第二，從《五斗先生傳》、《自撰墓誌銘》和《王無功文集序》中所載綜合比勘應屬於晚年之作。《五斗先生傳》云：「有五斗先生者，以酒德遊於人間。有以酒請者，無貴賤皆往，往必醉，醉則不擇地斯寢矣。」《自撰墓誌銘》云晚年退隱後「以酒德遊於人間」，《王無功文集序》云「晚歲醉無節」，《五斗先生傳》中所敘與晚年情形相合，應

〔註105〕歐陽修、宋祁，《新唐書》，北京：中華書局，1975年，5595頁。

爲晚年之作。第三，其《晚年敘志示翟處士正師》云少年時「明經思待詔，學劍覓封侯」，積極用世是其主導方面，不至於濫飲如是〔註106〕。按以上論證尚有可議之處。第一，依據時代越近證據越可靠的原則，應取《中說》之記載。《新唐書》敘事亦綜合排比各文獻而成，創作時間亦屬於推測。第二，《中說》儘管有若干增飾僞造之處，然據學者的研究，其僞造主要在於增加唐初許多名臣將相爲王通弟子〔註107〕，大部分記載還是可信的。尤其是王通之家人瑣事，並不能增加王通分毫名譽，無僞造的必然動機。且在《中說》裏記載王通批評王績非止此一處，《中說・禮樂篇》亦載王通對王績取字的批評。第三，王績少年時代並不全是積極入仕的理想，亦企慕隱逸之風。《薛記室收過莊見尋率題古意以贈》回憶少年時與薛收同遊隱居「嘗愛陶淵明，酌醴焚枯魚」；《未婚山中敘志》爲未婚時作，中有「風鳴靜夜琴，月照芳春酒」之句，並希望娶一個如孟光的女子共同隱居。又據呂《序》，王績在揚州六合縣丞任上已經是「篤於酒德，頗妨職務」，可見他的豪飲並非晚年時才有。第四，據呂《序》，《五斗先生傳》與《醉鄉記》作於同一時期，確定了一篇的創作時間，即可作爲另一篇的繫年證據。按《醉鄉記》之內容分爲前後兩個部分，前半敘醉鄉爲世界大同的理想之境，後半部分則突然接入堯舜以來政治清明與昏怠的交叉敘述，把醉鄉能否實現與王朝的治亂相聯繫，其趨勢是每下愈況，越到近世距離醉鄉越遙遠。這種寫法應屬作者有爲而發，主要是針對隋末政治昏亂、民不聊生的社會現實，借《醉鄉記》以表寄寓。是否有可能爲入唐以後所作呢？可能性極小。王績對初唐的政治現實基本持滿意態度，《薛記室收過莊見尋率題古意以贈》中有「逮承雲雷後，欣逢天地初。東川聊下釣，南畝試揮鋤。資稅幸不及，伏臘常有儲」的評價，與隋末「豺狼塞衢路，桑梓成丘墟」屬迥然不同的景象。又《答馮子華處士書》云：「亂極則治，王途漸亨，天災不行，年穀豐熟，賢人充其朝，農夫滿於野。吾徒江海之士，擊壤鼓腹，輸太平之稅耳，帝何力於我哉？」在此心境下創作《醉鄉記》，表達秦漢以下治道日下、醉鄉日遠的宗旨，是不可能的。綜合以上幾點，《醉鄉記》、《五斗先生傳》應繫於隋末爲宜。

《無心子傳並序》。韓《考》、張《譜》繫於大業十一年第一次辭官歸隱

〔註106〕三種説法大同小異，此取韓理洲之説爲代表。
〔註107〕尹協理、魏明，《王通論》，北京：中國社會科學出版社，1984 年，20～30頁。

之後不久，康《譜》繫於武德元年。序云：「東皋子始仕，以醉懦罷。鄉人或誚之，東皋子不屑也。退著《無心子》，以見趣焉。」《古鏡記》載「大業十年，度弟績自六合丞棄官歸」。則可知此文應作於大業十年後不久，康《譜》無據。

《祭杜康新廟文》。韓《考》繫於貞觀中退隱後，張《譜》繫於貞觀十四年，康《譜》繫於貞觀十六年前後。三說皆依據呂才《王無功文集序》，序文敘述完王績三仕三隱之後，接著云其隱居地「河渚東南隅有連沙盤石，地頗顯敞，君於其側遂為杜康立廟，歲時致祭，以焦革配焉」。《新唐書》本傳記載同，應取自呂《序》。主要理由有二：第一，依呂才《序》的行文順序，在太樂丞罷歸之後才接著敘述建造杜康廟之事，時間上存在先後關係。第二，焦革是王績任太樂丞時府史，既然配享杜康廟，則建廟應在焦革去世，王績第三次退隱之後。兩條理由皆非確證。首先，呂才序文中所敘事件並非嚴格按照編年順序展開。譬如在敘述貞觀中退隱之後，又追敘武德中賀襄之事，此為有明確時間記載者。另有未署明時間而前後交錯含混者，比如敘詩人第三次隱居後，云「君歷職皆以好酒，鄉人或咍之，因著《無心子》以喻志」。《無心子》作於大業十年後不久，而呂才於此補敘。又如：在第三次隱居後敘述與仲長子光交往之迹，亦屬於補敘。據前文考察，仲長子光開皇末即在龍門隱居，王績與之交往不可能遲至貞觀中徹底隱居之後。王績《答馮子華處士書》即載「吾所居南渚有仲長先生，結庵獨處三十載」，並敘述與仲長子光飲酒交往事。按《答馮子華處士書》創作時間，韓《考》、張《譜》、康《譜》皆繫於第二次隱居之後至第三次出仕之間。由此知，呂才《序》敘事往往前後統合而言之，未嚴格遵循時間順序，故確定王績建杜康廟時間不應依據呂《序》。其次，焦革配享與杜康廟始建，在時間上可能是建廟在前，焦革去世在後。事實上，研究者忽略了《祭杜康新廟文》的文本內證。作者在文中敘述杜康造酒有功於禮樂祭祀，之後有一段關於政治昏暗的敘述頗重要：「降及中世，昏主作式。刑罰不中，讒淫罔極。吁嗟世道，一至於此。」語氣中有明顯的現實針對性，應指隋末而言。再聯繫後文中「眷茲酒德，可以全身。杜明塞智，蒙垢受塵。阮籍遂性，劉伶保真。以此避世，於今幾人」以酒避禍之敘說，與呂《序》中引王績在隋末辭官六合縣丞時所云「羅網高懸，去將安所」吻合，所以《祭杜康新廟文》應作於隋末辭官歸隱之時。

由以上幾點考證可以確定，上述四篇關於酒的文章皆創作於唐前，屬於

王績前期隱居之作，集中表達了他的飲酒哲學。王績創作此四篇文章，皆有針對隋末昏暗險惡政治現實而發的潛在意旨。可以說，王績眞正對飲酒行為產生全面深刻的認識並以飲酒為立身處世之道，源於他隋末逃避或對抗醜惡現實的動因。他在飲酒詩中表達的與俗世隔絕的人生狀態，是他在入唐以後的後期隱居中所具有的特點，不能代表王績飲酒哲學的全部。全面解讀王績早期的飲酒哲學，將更全面認識他作為隱士的形象。王績在後期對魏晉飲酒風度的明顯模倣，某種程度上遮蔽了人們對他早期飲酒行為中與陶阮諸人對抗現實相通的隱逸精神的認知。

王績在上述四篇文章中表現的飲酒哲學可以分為彼此相通的三個層次：工具、本體、社會理想。

首先，飲酒是詩人自污避世的工具。《無心子傳並序》集中表達了詩人的這一觀念。這是一篇關於亂世自全的寓言。無心子是一位功利不縈於懷，唯以保眞全身為務的隱士。越王授以官不喜，黜之亦不愠。機士嘲笑無心子以罪失官，無心子以駿馬勞死、劣馬得全寓示急功近利終遭禍患，以「君子不苟潔以罹患，聖人不避穢而養生」為其生存哲學之總結。文前之序及無心子越地為官的設計，均使本篇充滿了自傳色彩。這是王績以「醉懦」從揚州六合縣丞棄官歸鄉後所寫，所以文章的另一層意思是：我王績「篤於酒德」正是自污自全的一種手段。呂《序》云其在六合縣丞任上因酒妨務正是「不苟潔以罹患，不避穢而養生」的現實注腳。在其他文章中同樣表達了以飲酒自全的實用主義思想。《醉鄉記》中云秦漢以來，中國喪亂，遂與醉鄉隔絕，「而臣下之愛道者，亦往往竊至焉。阮嗣宗、陶淵明等十數人，並遊於醉鄉，沒身不返，死葬其壤，中國以為酒仙云」。嵇阮諸人亂世中飲酒自全，為王績所效法。《祭杜康新廟文》中亦云：「眷茲酒德，可以全身。杜明塞智，蒙垢受塵。阮籍遂性，劉伶保眞。以此避世，於今幾人。」更明言酒德作為生存工具的效用。進入唐代，政治相對清明，王績隱居以後之飲酒，全身遠害的工具意義便淡化了，因此很少在他的飲酒詩中見出憂生的滋味。

其次，飲酒，是詩人所嚮往的逸士眞人的本體特徵。《五斗先生傳》、《醉鄉記》中即描述了飲酒高士的越世風神。《醉鄉記》云身處醉鄉之中，「其人甚精，無愛憎喜怒。吸風飲露，不食五穀，其寢於於，其行徐徐。」此醉酒之人神乎其神，令人嚮往。《五斗先生傳》雖仿《五柳先生傳》而作，而以酒為一篇之骨。五斗先生雖為作者自況，亦有理想化的成分在內。「以酒德遊於

人間」是理想中隱逸之士的基本處世特徵。五斗先生「絕思慮，寡言語，不知天下之有仁義厚薄也。忽焉而去，倏然而來。其動也天，其靜也地。故萬物不能縈心焉」。五斗先生與《莊子》中「與天地精神獨往來」的至人有相通之處。王績的這個理想貫穿了他整個的隱居生涯，他一直以這樣的理想標準實踐著。他為達到獨來獨往的隱逸生存方式，離家獨居河渚，甚至斷絕世俗的慶弔婚嫁之禮。這一點，如前所言，他與陶淵明有著巨大的差別，為自己選擇的隱居環境注定了王績只能單純追求個體價值的高度自由。在追求的過程中，王績又試圖超越嵇阮，《五斗先生傳》中五斗先生曾云：「天下大抵可見矣。生何足養？而嵇康著論；途何為窮？而阮籍慟哭。故昏昏默默，聖人之所居也。」表達了對人生追求肉體永生和現世精神執著的懷疑態度，詩人希望徹底擺脫世俗物質和精神需求的羈絆，在此點上，他的飲酒高士的摒棄人欲，與陶、阮多有不同。

再次，在飲酒的沉醉世界中，王績彷彿找到了他的理想國。呂《序》云《五斗先生傳》、《醉鄉記》仿劉伶《酒德頌》而作。核之實際內容，亦有有別於《酒德頌》的精神內涵。《醉鄉記》與《酒德頌》相通者，兩篇同寫酣醉之徒的內心感覺。《酒德頌》主要寫以酒徒為中心的自我感覺世界的極度放大，並表現了與世俗禮法的截然對抗形態。《醉鄉記》中酒徒雖亦有如大人先生之無利欲、棄人情的特徵，但作者本質上是為了描寫一個理想的國度。在此點上，與《桃花源記》更有宏觀旨意上的相通。劉中文云：「王績的《醉鄉記》描繪了一個飄蕩著酒香的世外桃源——醉鄉，文章的精神、筆法如《桃花源記》，王績描繪的境界既是酒的桃源，也是詩人心靈的桃源。」〔註108〕如此，《醉鄉記》實際上受到《酒德頌》和《桃花源記》的混合影響。同為寫理想的國度，與《桃花源記》內涵、風格的差異性很大。陶屬儒家，王屬道家.《桃花源記》主要從《禮記・禮運篇》中大同世界的模式中尋求精神資源，文中充滿現實生活的熱度；《醉鄉記》則從《老子》和《莊子》那裏混合攝取，既無《桃花源記》之「純」，亦無其「情」。文云：「醉之鄉，去中國不知其幾千里也。其土曠然無涯，無邱陵阪險；其氣和平一揆，無晦明寒暑。其俗大同，無邑居聚落；其人甚精，無愛憎喜怒。吸風飲露，不食五穀，其寢於於，其行徐徐。與鳥獸魚鱉雜處，不知有舟車器械之用。」王績的醉鄉國度是一個雜糅體，醉鄉之人「吸風飲露，不食五穀」取自《莊

〔註108〕劉中文，《唐代陶淵明接受研究》，中國社會科學出版社，2007 年。

子・逍遙遊》中姑射真人的形象;「其寢於於,其行徐徐」取自《莊子・應帝王》「泰氏,其臥徐徐,其覺於於」〔註109〕;「不知有舟車器械之用」取自《老子》第八十章「小國寡民,使民有什佰之器而不用」〔註110〕。而醉鄉「無邑居聚落」,則將《老子》中的「小國」亦擯去不取。《桃花源記》唯無朝代之統治,而有村落,有老少兒童,有農業勞作,有山水花草,有喜悅幸福;《醉鄉記》則消泯了自然和社會的一切差別性存在,使他的醉鄉成爲《莊子》中至人生存的世界,失去了人類生存的意義。實質上,王績是以酣醉中的精神感覺來構思醉鄉國的。如此理解,則在沉醉之人的感覺中,寒暑晦明,平坦坎坷都是一樣的,在渾沌中,茫茫然感覺著一個永遠不會存在的理想國。《醉鄉記》較《桃花源記》深刻之處在於文章後半部分,作者將是否能夠到達醉鄉與歷史上政治的治亂聯繫在一起,在精微的比喻中,勾勒了先秦以前社會政治發展的興衰軌迹。文中云:「昔者黃帝氏嘗獲遊其都,歸而杳然喪其天下,以爲結繩之政已薄矣。」堯舜時代只能至醉鄉之邊鄙,終身太平;禹湯立法,禮繁樂雜,數十代與醉鄉隔;桀、紂離醉鄉愈遠,登高而不得見;武王、周公之時剛剛到達醉鄉;自幽厲迄乎秦漢,中國喪亂,遂與醉鄉絕。在這裏王績復古主義的情結與王道政治的理想交融在一起,賦予了他的醉鄉以政治晴雨表的功能。說明了在王績的內心並未能真正忘情於現實人生。

王績在他的早期隱居中思考了飲酒人生哲學的諸多意義,到入唐以後的主要隱逸時期,則在大量的飲酒詩中多方面表現了他物質化、外在化的飲酒人生。

三、王績飲酒詩中飲酒表現形態類型

在整個唐代,沒有一位詩人如王績全面展現了飲酒生活豐富的物質世界。不嚴格統計,王績飲酒詩近四十首,占全部存詩的三分之一強,其比重在唐代詩人中首屈一指。他的飲酒詩表現的生活形態異常豐富,在飲酒之於生活的價值方面,包括獨處的精神寄託、交友的相知媒介、田園旨趣的催化劑;在飲酒的主體方面,表現了酒徒對酒的渴望、飲酒的態度、飲酒境界的追求;在飲酒的客體方面,展現了飲酒的場面、描寫了釀酒技術、感知著酒

〔註109〕王叔岷,《莊子校詮》,北京:中華書局,2007 年,273 頁。
〔註110〕朱謙之,《老子校釋》,北京:中華書局,1984 年,307 頁。

的色澤；在飲酒與社會存在的關係方面，沉思著及時行樂與光陰短暫的對應、酣醉自潔與世事紛濁的對立。

（一）飲酒體現的生活價值

飲酒，與吃飯相較，一般而言，是非常態的。或喜慶或消愁，總有它的儀式性或專門性條件。但在王績的隱居生活中，飲酒已經成為他標誌性的生活內容。

當一人獨處時，即以飲酒寄託某種情思，傳達某種情趣。《北山》一首寫孤獨隱居生活中的琴酒之思。「舊知山裏絕塵埃，登高日暮心悠哉。子平一去何時返？仲叔長遊遂不來。幽蘭獨夜清琴曲，桂樹凌雲濁酒杯。槁項同枯木，丹心等死灰」。詩人渴盼著隱逸之友的相聚，那位未知的友人比詩人的隱居之地更加僻遠，久無通問，該不會如向子平般一去不返了吧！末句說心如死灰，實在是勉強之語，滿首詩洋溢的思念之情正標示了詩人的不能忘情。日暮登高，彈琴佐酒，情致是孤獨而高傲的。「幽蘭」二句寫自我形象，為一篇之佳句。「幽蘭」暗示了隱士謙退的節操，「桂樹凌雲」又顯示出人格氣象的高遠，彷彿告訴讀者與世無爭的隱士藏著一顆傲岸之心。《新園旦坐》則是詩人與大自然相親想得的寫照：「林宅資餘構，園亭今創營。接梨過半箸，從此近全生。鑿沼三泉湧，為山九仞成。草香羅戶穴，茅茹結簷楹。松栽一當伴，柳種五為名。獨對三春酌，無人來共傾。」小園新建，獨坐飲酒，五柳一松，與人相伴。加以樸陋之茅屋，草香盈戶，小溪與小山，舉目在前。這是詩人獨有的世界，在自得的醉飲中，又盼望著有人來分享他的小園幽趣。

酒，在王績的生活裏，還是他交遊相知的媒介。《山中別李處士》、《過程處士飲率爾成詠》、《冬夜載酒於鄉館尋崔使君善為》、《春夜過翟處士正師飲酒醉後自問答二首》、《題酒店壁八首之八》，都記錄了他與友對飲的快意經歷。王績酒伴，多為隱士。他對官場的態度是敬而遠之，呂才《序》云：「貞觀中，京兆杜松之、清河崔公善繼為本州刺史，皆請與君相見。君曰：『奈何悉欲坐召嚴君平？』竟不見。」然而當州郡長官巡行鄉野時，王績卻主動攜酒相訪，率性相交。《冬夜載酒於鄉館尋崔使君善為》：「思君夜漸闌，載酒一相看。野館含煙冷，山衣犯雪寒。停車聊捧袂，倒屣共臨盤。今夕山陰賞，誰知逢道安。」風雪冬夜，思友心切，即冒寒命駕，載酒相尋，與魏晉時雪夜訪戴有近似的風流韻味。王績交遊待客，以酒為尊。他說：「有客須教飲，無錢可別沽。來時長道貰，慚愧酒家胡。」（《題酒店樓壁絕句八首》之七）

即使無錢，賒欠亦在所不惜，「長道貰」，詩人賒酒名聞酒家。或者賣掉書卷，占卜湊資，亦可與友朋一醉：「仲任書卷盡，平君卜數充。相逢何以慰？細酌對春風。」(《題酒店樓壁絕句八首》之八) 王績自云「時時賣卜，往往著書」，他的賣卜大半為著酒資吧。與友暢飲，不擇時地，或鄉館，或酒店，或赴友人家。王績出山去會友人程處士，程處士抱怨世路險惡，羨慕王績的隱居之樂。王績勸慰友人云：「莫道山中泉石好，莫畏人間行路難。蜀郡爐家何必鬧，宜城酒店舊來寬。杯至定知懸怪晚，飲盡祇應速唱看。但使百年相續醉，何愁萬里客衣單。」(《過程處士飲率爾成詠》) 程處士客居龍門，王績勸之一醉解鄉愁。他寫飲酒，真是鑿實簡樸，沒有酒之外的玄思意緒。陶淵明也飲酒，但「真正的意思卻並不在於喝酒，他不過是把喝酒作為思考的線索罷了」﹝註111﹞。相較而言，王績之飲酒更具有形而下的特點，其意境遠遜陶淵明，但其中個別的飲酒詩也表現出與陶淵明相似的田園風味。

王績並不總在四處酣飲招搖，飲酒更是他田園生活的點綴。《田家三首》、《食後》、《郊園》、《被徵謝病》從各方面表現了他飽含酒趣的田園生活。

琴酒相得的隱居生活是王績少年時的夢想，《未婚山中敘志》希望娶一個與孟光一樣的妻子，與自己共度「風鳴靜夜琴，月照芳樽酒」的放逸生涯。在詩人後來的隱逸中，早年的理想實現了：「家住箕山下，門枕穎川濱。不知今有漢，唯言昔避秦。琴伴前庭月，酒勸後園春。自得中林士，何忝上皇人。」(《田家三首》之二) 詩人誇示自己隱居之樂，自可上追許由，下比陶淵明。

在詩人較為清貧簡樸的日常生活中，酒是必需之物。《食後》云：「田家無所有，晚食遂為常。菜剪三秋綠，飧炊百日黃。胡麻山麨樣，楚豆野醬方。始暴松皮脯，新添杜若漿。葛花消酒毒，萸蒂發羹香。鼓腹聊乘興，寧知逢世昌。」古人有晚食當饑之說，本詩當為紀實。胡麻楚豆，綠菜乾脯，簡樸的生活亦不減詩人的酒興，醉飽之際，世外的盛衰皆不關於己。詩人醉後縈繞於懷的是自己小家庭的田園之樂，《田家三首》其一云：「阮籍生涯懶，嵇康意氣疏。相逢一醉飽，獨坐數行書。小池聊養鶴，閑田且牧豬。草生元亮徑，花暗子雲居。倚床看婦織，登壟課兒鋤。回頭尋仙事，並是一空虛。」這首詩深得陶詩風味，是一幅封建時代典型的自給自足的經濟形態下隱士仙居圖。《被徵謝病》一詩，詩人將隱逸空間範圍擴大了，在他的飲酒行為中注

﹝註111﹞葉嘉瑩，《葉嘉瑩說陶淵明飲酒及擬古詩》，北京：中華書局，2007 年，57頁。

入了儒家思想中安貧樂道的成分。詩人面對徵召，稱病不出，從容自述隱居之種種。飲酒在這首詩裏，不是展開，而是點綴，在廣闊的生活背景上映襯著詩人隱逸的風神。詩云：「漢朝徵隱士，唐年訪逸人。還言北山曲，更坐東河濱。枌榆三晉地，煙火四家鄉。白豕祠鄉社，青羊祭宅神。拓畦侵院角，蠡水上渠漘。臥病劉公幹，躬耕鄭子真。橫裁桑節杖，豎窮竹皮巾。鶴警琴亭夜，鶯啼酒甕春。顏回惟樂道，原憲豈傷貧？藉草邀新友，班荊接故人。市門逢賣藥，山圃值肩薪。相將共無事，何處犯囂塵！」濃郁的鄉村生活圖景使人感覺不到那位任性簡傲、遁世隱居的酒徒的存在，儼然是一位隱於山林的儒家高士。於此也可以看出，王績也不單純是一位道家隱逸的信徒。他的另一首四言詩《郊園》則表現出與《被徵謝病》迥異的情趣。「汾川勝地，姑射名辰。月照山客，風吹俗人。琴聲送冷，酒氣迎春。閉門常樂，何須四鄰」。與上詩較，一儒一道，一熱一冷，上詩近淵明，此首是王績本色。

（二）酒徒形象

王績被視為純粹的酒徒，因於他對於酒的物質性迷戀，對飲酒的世俗境界的追求。他在飲酒詩中反覆展現了自己的這一獨特個性。

王績好酒，時時處處透露著他對酒的迷戀與渴望。春天到來，水流花開，詩人馬上想到，春酒熟了：「春來日漸長，醉客喜年光。稍覺池亭好，偏宜酒甕香。」（《春初》）季節的變換與詩人對酒的感知聯繫在一起，《初春》云：「前旦出園遊，林華都未有。今朝下堂來，池冰開已久。雪被南軒梅，風催北庭柳。遙呼竈前妾，卻報機中婦。年光恰恰來，滿甕營春酒。」春景的變化並不能引起詩人的驚喜，他所惦念著的是摯愛的春酒。到秋天重九之日，又熱切等待州郡長官贈送菊花酒，久等不至，寄詩催之：「野人迷節候，端坐隔塵埃。忽見黃花吐，方知素節回。映岩千段發，臨浦萬株開。香氣徒盈把，無人送酒來。」（《九月九日贈崔使君善為》）重陽時節，秋菊綻放，臨水漫山，千株萬朵，美不勝收，詩人逢美景，順勢想起美酒。

王績在《田家三首》之三中，宣示了他酣醉痛飲的秉性和態度。「平生唯酒樂，作性不能無。朝朝訪鄉里，夜夜遣人酤。家貧留客久，不暇道精粗。抽簾持益炬，拔簀更燃爐。恒聞飲不足，何見有殘壺」。陶淵明的《歸園田居五首》之五寫乘夜飲酒云：「漉我新熟酒，隻雞招近局。日入室中暗，荊薪代明燭。歡來苦夕短，已復至天旭。」與鄉鄰徹夜縱飲之情，筆法含蓄而有節制，飲酒氛圍側面烘託而已。王績此篇則為赤裸裸的酒徒宣言，沒有詩情詩

意，口吻直白粗放，較之陶淵明變本加厲，誇飾備至。陶詩只云「苦夕短」，
「至天旭」，暗示宴飲晝夜相續，王詩則云「朝朝訪鄉里，夜夜遣人酤」；陶
詩云「荊薪代明燭」，王詩竟至云「抽簾」「拔簣」以舉火。觀此詩，王績無
愧酒徒稱號。

詩人心中酒徒的偶像，是裸形痛飲死便埋我的劉伶和乘夜盜酒而飲的畢
卓：「且逐劉伶去，宵隨畢卓眠。不應長賣卜，須得杖頭錢。」（《戲題卜鋪壁》）
呂才《序》盛稱王績占卜之術，此術非致青雲之具，卻是置酒之方。詩人嚮
往著的最終境界是長醉不醒：「野觴浮鄭酌，山酒漉陶巾。但令千日醉，何惜
兩三春。」（《嘗春酒》）按「千日醉」典出張華《博物志》：「昔劉玄石於中山
酒家酤酒，酒家與千日酒，忘言其節度。歸至家當醉，而家人不知，以爲死
也，權葬之。酒家計千日滿，乃憶玄石前來酤酒，醉向醒耳。往視之，云玄
石亡來三年，已葬。於是開棺，醉始醒，俗云：『玄石飲酒，一醉千日。』」〔註
112〕此故事有詭異而無詩意，而王績心嚮往之，其醉酒的理想令人驚異。

甚至是在夢中，詩人亦惦念著沉醉痛飲的快樂：「昨夜瓶始盡，今朝甕即
開。夢中占夢罷，還向酒家來。」（《題酒店壁》）酒癮之深，乃詩人中的極則。

《春園興後》寫詩人酣醉後的情態云：「比日尋常醉，經年獨未醒。回瞻
後園柳，忽值數行青。定是春來意，低頭更好聽。歌鶯遼亂動，蓮葉繞池生。
散腰追阮籍，招手喚劉伶。隔架窺前空，未餘幾小瓶。風光須用卻，留此待
誰傾。」平日連飲，尋常舉杯都無事，過新年歡飲，卻沉醉了。醒來漫步後
園，柳青鶯啼，蓮葉初生，本富於生命的詩意，詩中卻陡然轉入對酒的物質
性迷戀，眞有些大煞風景呢。酒架上此時已經所剩無幾，詩人準備乘勢一掃
而光，酌酒對春光了。

王績不僅表現著自我的飲酒感覺，有時也站在局外，觀察感受著關於飲
酒的客觀現實。

（三）關於酒的客體現象的藝術描寫

王績飲酒詩的內容非常廣泛，於酒相關的物象多進入他的藝術視野。如
寫酒：「竹葉連糟翠，蒲萄帶麴紅。」（《題酒店樓壁絕句八首》）竹葉、葡萄
皆酒名，其色澤紅綠分明，盈盈可愛。寫酒具：「竹瘤還作杓，樹癭即成杯。」
就地取材，簡樸自然。寫釀酒：「六月調神麴，正朝汲美泉。從來作春酒，未

〔註112〕張華，《博物志》卷十雜說下，范甯，《博物志校證》，北京：中華書局，1980 年。

省不經年。」(《看釀酒》)詩人這裏沒有展開對釀酒過程的具體描寫，而是在觀釀酒時聯想到春酒的釀造特點，是六月製造酒麴，次年春天才勾兌釀造。詩人隨目所及，關注著和酒有關的物事。但縈繞於懷的還是飲酒《春莊酒後》、《春夜過翟處士正師飲酒醉後自問答二首》、《春莊走筆》藝術再現了飲酒場面。

　　《春莊酒後》寫王績赴宴醉酒之事：「郊扉乘曉闢，山醞及年開。柏葉投新釀，松花潑舊醅。野妻臨甕倚，村豎捧瓶來。竹瘤還作杓，樹癭即成杯。北潭因醉往，南畝帶星回。田家多酒伴，誰怪玉山頹？」山野之家準備了柏葉酒、松花酒，招詩人赴宴，主人陪飲，由晝及夜，野趣良多。《春莊走筆》則寫王績待客：「野客元圖靜，田家本惡諠。枕山通篿閣，臨澗創茅軒。約略栽新柳，隨宜作小園。草依三徑合，花接四鄰繁。野婦調中饋，山朋促上樽。曉羹猶未糝，春酒不須溫。賣藥開東鋪，租田向北村。夢中逢樂社，醉裏覓桃源。」詩人在臨澗的茅軒中款待酒友，在大自然中酣醉，尋覓夢中的桃源。《春夜過翟處士正師飲酒醉後自問答二首》寫詩人在翟處士那裏醉飲歌舞的熱鬧場面。其一：「樽酒泛流霞，相將臨歲華。酣歌吹樹葉，醉舞拂燈花。對飲情何已，思歸月漸斜。明朝解醒處，為道向誰家？」其二：「春來物候妍，夜飲但留連。晚鎗交鬢側，殘樽倚膝前。縱橫抱琴舞，狼籍枕書眠。解醒須及曙，路遠莫言旋。」葡萄酒傾倒頻頻，如美豔的流霞。大醉之際，彈琴放歌，長袖漫舞。相知對飲，情不能已。宴席上酒具縱橫交錯，凌亂不堪，此時不覺月上柳梢，詩人於是不拘禮俗，枕書而眠。此二首詩為王績抒寫飲酒情懷最富詩意的篇章。

（四）酒後的沉思

　　王績飲酒重在形態本身的鑿實化展示，很少在飲酒詩中催生哲理、思考人生，與陶淵明反差極大，一在飲酒的物質層面迷戀欣賞，一在超越飲酒的精神世界中徜徉。但王績也有少數飲酒詩摻入了關於人生和現實關係的淡淡的思緒。其中一點是對人生短暫的感知。光陰飛逝，莫如及時行樂：「阮籍醒時少，陶潛醉日多。百年何足度，乘興且長歌。」(《醉後口號》)「在生知幾日，無狀逐空名。不如多釀酒，時向竹林傾」。(《獨酌》)另一點是對塵世擾攘，仕途混沌的理性認知，促使詩人走向飲酒歸隱之路。大業十年，自揚州六合丞歸隱龍門，即作《解六合丞還》寄意：「我家滄海白雲邊，還將別業對林泉，不用功名喧一世，直取煙霞送百年。彭澤有田唯種黍，步兵從宦豈論錢？但使百年相續醉，何辭夜夜甕間眠。」功名非詩人所迷戀，禮樂繁文亦束縛著他的個性，《贈程處士》云：「百年長擾擾，萬事悉悠悠。日光隨意落，

河水任情流。禮樂囚姬旦，詩書縛孔丘。不如高枕臥，時取醉消愁。」圍繞著飲酒，詩人還對長生求仙持矛盾之態度，一面他說「採藥層城遠，尋師海路賒」，所以「相逢寧可醉，定不學丹砂」（《贈學仙者》）。一面又說飲藥酒、煉丹可致長生：「酒中添藥氣，琴裏作松聲。石爐煎玉髓，土釜出金精。水碧連年服，雲丹計日成。」總之，王績飲酒詩表現的人生哲理零散而充滿矛盾，飲酒行爲才是他主要的追求，一點人生的批評與牢騷只是飲酒中偶而產生的瞬間思緒。

王績如此樂此不疲地在詩中描寫了飲酒的各種形態，在唐代飲酒詩中是罕見的，稱其爲酒徒實至名歸。究其原因，有個人生理、性情方面的因素，亦有河東地域酒文化傳統薰陶之影響。

四、王績飲酒人生的地域文化淵源

王績嗜好飲酒，創作了大量的飲酒詩文，且爲酒神立廟祭祀，並編撰了《酒經》、《酒譜》。呂才《序》云：「君後追述焦革酒法，爲《酒經》一卷，其術精悉。兼採杜康、儀狄已來善爲酒人，爲《酒譜》一卷。太史令李淳風見而悅之，曰：『王生可爲酒家之南、董。』」王績的飲酒，已經變成了一種獨特的文化現象。他的出現，與河東道酒文化傳統有不可分割的關係。

河東道爲中國古代釀酒業最爲發達的地區之一，其悠久歷史可追溯至新石器時代。1982 年，山西省考古研究所與吉林大學考古系聯合對山西汾陽杏花村遺址進行考古發掘。其出土器物中，有一件屬於 6000 年前仰韶文化晚期的小口尖帝甕，其形制小口尖底，鼓腹，短頸，腹側有短耳，腹部飾線紋，整體呈流線型。釀酒專家包啓安研究後認爲，小口尖底甕實際上是用來釀酒的發酵容器。「原始先民在同一個小口尖底甕中利用穀物發酵成酒，然後澄清飲用」。包啓安還認爲「酒」字是釀酒容器的象徵，甲骨文和鍾鼎文中的「酒」字幾乎都是小口尖底甕，這一點可以作爲小口尖底甕是最早釀酒容器的有力證明〔註 113〕。山西是迄今爲止國內考古發現中最早的釀酒地區之一。

在歷史文獻的記載中，最早是儀狄釀酒之說。《戰國策·魏策二》云：「昔者帝女令儀狄作酒而美，進之禹。禹飲而甘之，遂疏儀狄，絕旨酒，曰：『後世必有以酒亡其國者。』」〔註 114〕前引呂才《序》云王績爲《酒譜》，其中名

〔註 113〕包啓安，《從新石器出土文物看我國酒的起源》，《中國酒》，1996 年第 1 期。
〔註 114〕范祥雍，《戰國策箋證》，上海：上海古籍出版社，2006 年，1353 頁。

列儀狄。本書第一章曾論證晉西南地區是夏禹活動的主要區域，則儀狄造酒亦應在河東。

　　先秦時期，河東之地即盛行飲酒享樂之風。《詩經·唐風·山有樞》是我國古代詩歌中最早描寫飲酒的詩篇之一。詩中有云：「山有漆，隰有栗。子有酒食，何不日鼓瑟，且以喜樂，且以永日。宛其死矣，他人入室。」〔註115〕表現了及時行樂的生活觀念。

　　魏晉南北朝時期，河東成為北方釀酒業的中心。北魏賈思勰撰《齊民要術》卷七記載了著名的「河東神麴方」和河東桑落酒的釀造工藝。據該書記載，北魏遷都洛陽後，尚從河東徵調許多酒工至京師洛陽，提高其釀造工藝水平。唐代河東有名的桑落酒、汾清酒、竹葉酒皆產生於這一時期。其中桑落酒的發明者河東人劉白墮是南北朝時期著名的釀酒師。《水經注》記其名為劉墮，卷四河水條云蒲阪縣，「魏秦州刺史治。太和遷都，罷州，置河東郡。郡多流雜，謂之徙民。民有姓劉名墮者，宿擅工釀，採挹河流，醞成芳酎，懸食同枯枝之年，排於桑落之辰，故酒得其名矣。然香醑之色，清白若滫漿焉。別調氛氳，不與他同，蘭薰麝越，自成馨逸。方土之貢選，最佳酌矣。自王公庶友，牽拂相招者，每云：『索郎有顧，思同旅語。』索郎，反語為桑落也。更為籍徵之雋句，中書之英談。」〔註116〕後劉白墮至京師經營酒業，其名更盛。《洛陽伽藍記》云：「河東人劉白墮善能釀酒。季夏六月，時暑赫晞，以罌貯酒，暴於日中，經一旬其酒不動，飲之香美，而醉經月不醒。京師朝貴多出郡登藩，遠相餉饋，踰於千里。以其遠至。號曰『鶴觴』，亦名騎驢酒。永熙年中，南青州刺史毛鴻賓齎酒之蕃，逢路賊，盜飲之即醉，皆被擒獲，因覆命『擒奸酒』。游俠語曰：『不畏張弓拔刀，唯畏白墮春醪』。」更有以河東桑落酒賄賂陞官者，《魏書》卷22《汝南王悅傳》載：「及清河王懌（元悅之兄）為元叉所害，悅了無仇恨之意，乃以桑落酒候伺之，盡其私佞。叉大喜，以悅為侍中、太尉。」〔註117〕河東之酒在北朝為王公貴族普遍喜好，北齊時，高孝瑜與武成帝同年友善。《北齊書》卷11《文襄六王傳》云：「帝在晉陽，手敕之曰：『吾飲汾清二杯，勸汝於鄴酌兩杯。』其親愛如此。」〔註118〕北周時，周明帝以河東美酒賞賜臣下，

〔註115〕高亨，《詩經今注》，上海：上海古籍出版社，1980年，152頁。
〔註116〕《水經注》記為劉墮，《洛陽伽藍記》為劉白墮，當為一人。
〔註117〕魏收，《魏書》，北京：中華書局，1974年，593頁。
〔註118〕李百藥，《北齊書》，北京：中華書局，1972年，144頁。

《周書》卷 31《韋敻傳》載，韋敻養高不仕，周明帝命有司「日給河東酒一斗，號之曰『逍遙公』」〔註119〕。

北朝時代，河東不僅釀酒業發達，酗酒之風亦甚烈，連由南入北的詩人庾信亦浸染此風。庾信有詩向蒲州刺史索要美酒：「蒲城桑葉落，灞岸菊花秋。願持河朔飲，分勸東陵侯。」（《就蒲州使君乞酒詩》）〔註120〕北魏時期，國家常制：國家供應百官日常飲用之酒。《魏書》卷110《食貨志》記載：「正光後，四方多事，加以水旱，國用不足，預折天下六年租調而徵之。百姓怨苦，民不堪命。有司奏斷百官常給之酒。」〔註121〕由此可知正光之前北魏以平城為首都的前期國家釀酒以供朝廷官員消費，可見其飲酒習慣的普遍。後高歡請開酒禁，私釀之風盛行，滿足了飲酒的大量需求。東魏、北齊時以晉陽為霸府、別都，縱飲之風彌漫晉陽城。如韓晉明，「有俠氣，……好酒誕縱，招引賓客，一席之費，動至萬錢，猶恨儉率」〔註122〕。薛孤延，代人也。「少驍果，有武力」，「性好酒，率多昏醉」，曾在戰爭中負責監造土山，「以酒醉為敵所襲據」〔註123〕。伏護，「性嗜酒，每多醉失，末路逾劇，乃至連日不食，專事酗酒，神識恍惚，遂以卒」〔註124〕。高孝瑜，性嗜酒，一次觸怒武成帝，「武成大怒，頓飲其酒三十七杯」〔註125〕，此為以飲酒懲罰臣子的措施。顏之推在北朝亦嗜酒，致以飲酒而失官。《北齊書》卷45本傳云：「天保末，從至天池，以為中書舍人，令中書郎段孝信將敕書出示之推。之推營外飲酒，孝信還以狀言，顯祖乃曰：『且停。』由是遂寢。」〔註126〕宰相高歸彥「在家縱酒，經宿不知」，為人奪其宰相之權〔註127〕。另縱酒致斃者亦常有之。如齊文宣帝高洋晚年「不能進食，唯數飲酒，麴糵成災，因而致斃」〔註128〕。孫搴因友人招飲而醉死，「司馬子如與高季式召搴飲酒，醉甚而卒」〔註129〕。隴西王

〔註119〕令狐德棻，《周書》，北京：中華書局，1971年，545頁。

〔註120〕倪璠，《庾子山集注》，北京：中華書局，345頁。

〔註121〕魏收，《魏書》，北京：中華書局，1974年，2860～2861頁。

〔註122〕李百藥，《北齊書》，北京：中華書局，1972年，200頁。

〔註123〕李百藥，《北齊書》，北京：中華書局，1972年，255～256頁。

〔註124〕李百藥，《北齊書》，北京：中華書局，1972年，189頁。

〔註125〕李百藥，《北齊書》，北京：中華書局，1972年，144頁。

〔註126〕李百藥，《北齊書》，北京：中華書局，1972年，617頁。

〔註127〕李百藥，《北齊書》，北京：中華書局，1972年，187頁。

〔註128〕李百藥，《北齊書》，北京：中華書局，1972年，68頁。

〔註129〕李百藥，《北齊書》，北京：中華書局，1972年，342頁。

高紹廉，「能飲酒，一舉數升，終以此薨」〔註130〕。北齊軍隊亦染酗酒之風，甚至在戰爭中因飲酒致敗。公元576年，北周攻晉陽，後主臨陣脫逃。安德王高延宗率軍苦戰，大敗周武帝。史云「齊人既勝，入坊飲酒，盡醉臥，延宗不復能整」〔註131〕。晉陽失陷。

至唐，承北朝傳統，河東道釀酒業和飲酒之風依然甚盛。

唐代河東道最著名的酒類是葡萄酒和桑落酒。李肇《國史補》中列唐代名酒，有「河東之乾和葡萄」〔註132〕。在唐代，河東道為全國葡萄酒釀造的主要基地之一。王賽時云：「自唐初開始，原產西域的葡萄良種，在河東境地大面積落戶，使得河東、太原、汾州之間碩果累累，從而為葡萄釀酒提供了物質基礎。」〔註133〕唐代詩人所專門吟詠之葡萄幾乎全部為河東出產。從中唐詩歌描寫中可以窺見其種植盛況，劉禹錫有《和令狐相公謝太原李侍中寄蒲桃》云「珍果出西域，移根到北方」。又有《蒲桃歌》形容河東葡萄「馬乳帶輕霜，龍鱗曜初旭」，客人「自言我晉人，種此如種玉。釀之成美酒，令人飲不足」。姚合《謝汾州田大夫寄茸氈葡萄》感謝汾州地方長官寄贈葡萄，云「筐封紫葡萄，筒卷白茸毛」。白居易《寄獻北都留守裴令公》中有「羌管吹楊柳，燕姬酌蒲萄」之句，自注：葡萄酒出太原。盛唐詩人王翰在太原作《涼州詞》中有「葡萄美酒夜光杯」的佳句，此葡萄酒即太原所釀。

桑落酒為北魏時劉白墮所創製，至唐代依然為宮廷和士庶階層所喜好。唐代於蒲州專設芳醞監專司桑落酒的釀造，為宮廷御用。《舊唐書・職官志三》載，光祿寺良醞署掌供奉邦國祭祀、五齊三酒之事。其中應進者即包括「桑落酒」。桑落酒常常作為朝廷的貢品賞賜給功勳之臣。《酉陽雜俎》卷一載唐玄宗賜安祿山物品，第一即桑落酒。唐詩人亦多吟詠桑落酒，杜甫，「坐開桑落酒，來把菊花枝」（《九日楊奉先會白水崔明府》）；白居易，「桑落氣薰珠翠暖」（《房家夜宴喜雪戲贈主人》）；「銀榼攜桑落，金爐上麗譙」（《西樓喜雪命宴》）；劉禹錫，「不知桑落酒，今歲與誰傾」（《秋日書懷寄河南王尹》）；薛能，「頻應泛桑落，摘處近前楹」（《詠夾徑菊》）；韋莊，「感多聊自遣，桑落且閒斟」（《三用韻》）。此外，汾清酒、竹葉酒亦馳名於世。

〔註130〕李百藥，《北齊書》，北京：中華書局，1972年，157頁。
〔註131〕李百藥，《北齊書》，北京：中華書局，1972年，150頁。
〔註132〕《唐五代筆記小說大觀》，上海：上海古籍出版社，2000年，197頁。
〔註133〕王賽時，《唐代酒品考說》，載《中國烹飪研究》，1996年，22頁。

就王績詩中所寫，亦可窺見當時釀酒之風。王績飲酒之所，有在酒店，有在私人居所，有買酒而飲，亦有自家釀造。春天一到，他告訴妻子「滿甕營春酒」（《春初》）；去友人家赴宴，云「野妻臨甕倚」（《春莊酒後》），亦屬自釀。詩中出現的酒類亦非常之多，有竹葉酒、葡萄酒，「竹葉連漕翠，葡萄帶麴紅」（《題酒店樓壁絕句八首》）；杜若酒，「新添杜若漿」（《食後》）；松葉酒，菊花酒，「春釀煎松葉，秋杯浸菊花」《贈學仙者》；柏葉酒，「柏葉投新釀」（《春莊酒後》）。

在北朝以來的飲酒之風的影響下，河東道唐代嗜酒之士甚多，可以說明此地域的飲酒風氣。例舉如下，以見一斑。與王績同時的唐儉，太原人，為唐開國功臣。史載「儉在官每盛修肴饌，與親賓縱酒為樂，未嘗以職務留意」〔註134〕。盛唐王翰，「登進士第，日以蒲酒為事」〔註135〕；楊國忠，蒲州永樂人，「能飲酒，蒲博無行」〔註136〕；薛廷老，河東人，「性放逸嗜酒，不持檢操，終日酣醉」〔註137〕；中唐詩人胡證，河中人，酒力絕人，《唐摭言》載裴度為軍中無賴所困，胡證前往解圍，其飲酒「一舉三鍾，不啻數升，杯盤無餘瀝」，緊接著又是「一舉三鍾」，軍中諸力士為之失色。按唐代一升相當於今之二百毫升，一口氣飲數升即在一斤以上，胡證連飲六鍾，二斤以上，酒量之大，兩軍力士亦甘拜下風。另在唐代小說中，有一最著名的酒徒形象——姜修，即出自河東道太原。《太平廣記》卷370引《瀟湘錄》記其異事云：「姜修者，并州酒家也。性不拘檢，嗜酒，少有醒時，常喜與人對飲。并州人皆懼其淫於酒，或揖命，多避之，故修罕有交友。忽有一客。皂衣烏帽，身才三尺，腰闊數圍，造修求酒。修飲之甚喜，乃與促席酌。客笑而言曰：『我平生好酒，然每恨腹內酒不常滿。若腹滿，則既安且樂。若其不滿，我則甚無謂矣。君能容我久託跡乎？我嘗慕君高義，幸吾人有以待之。』修曰：『子能與我同好，真吾徒也，當無間耳。』遂相與席地飲酒。客飲近三石，不醉。修甚訝之，又且意其異人，起拜之，以問其鄉閭姓氏焉，復問何道能多飲邪。客曰：『吾姓成，名德器。其先多止郊野，偶造化之垂恩，使我效用於時耳。我今既老，復自得道，能飲酒。若滿腹，可五石也。滿則稍

〔註134〕劉昫，《舊唐書》，北京：中華書局，1975年，2307頁。
〔註135〕劉昫，《舊唐書》，北京：中華書局，1975年，5039頁。
〔註136〕劉昫，《舊唐書》，北京：中華書局，1975年，3241頁。
〔註137〕劉昫，《舊唐書》，北京：中華書局，1975年，4091頁。

安。』修聞此語，覆命酒飲之。俄至五石，客方酣醉，狂歌狂舞。自歎曰：『樂哉樂哉！』遂僕於地。修認極醉，令家僮扶於室內。至室客忽躍起，驚走而出。家人遂因逐之，見客誤抵一石，劃然有聲，尋不見。至曉睹之，乃一多年酒甕，已破矣。」〔註138〕故事的寓意非常明顯，姜修酒量之大，唯有酒甕可以與之比拼。且酒甕之精擬名「成德器」，「成」者，盛也；「德」者，酒德也。姜修爲一篤於酒德之士，與王績「以酒德遊於鄉里」，分處於河東道南北，有力說明了該地域飲酒之風氣。

再縮小範圍，在王績生活的周圍，亦有濃烈的飲酒之風。王績之前，龍門亦有一酣酒之士賀襄，名揚一時。呂才《王無功文集序》云賀襄隨兄任官在龍門，「歲餘，襄文學見貴於時，而亦溺於酒德，自方陶潛故叟，龍門人至今傳之。故號君爲『小賀襄』」。賀襄籍貫不詳，但其在龍門縱飲不羈，對王績有一定影響。王績之兄王通，雖爲儒謹禮法之士，然家中亦蓄酒，終年不絕。《中說・天地篇》云：「子之室，酒不絕。」龍門著名隱士仲長子光亦善飲酒，王績說他「攜酒對飲，尚有典刑」（《答馮子華處士書》）。

綜合以上考察，可以見出河東道唐前酒文化之盛，唐代飲酒風尚之烈。王績的飲酒個性與飲酒詩文創作與此傳統密切相關。可以說，他是這一地域酒文化孕育的一位飲酒詩人。當然，此處並非指稱河東道酒文化在唐代的唯一性，它只是處在唐代飲酒文化圈中的一個頗爲獨特的地域，而王績正出生、成長、隱居於此地域之中，自然，在地域酒文化的無形薰染之下，促成其飲酒及飲酒詩的特殊個性。

筆者搜檢《新舊唐書》中縱飲之士，三十餘名。北方人士占百分之八十以上，由此可以得出一大概結論：唐代飲酒之風，北方較南方爲盛。而河東道酒文化爲北方酒文化圈的一個具有代表性的地域。正如茶聖陸羽爲南方茶文化所孕育，王績在北方酒文化氛圍中誕生，正巧和地表現出南北文化性格的差異。

第四節　晚唐政局之變與司空圖隱逸心態

司空圖是唐代最後一位隱逸詩人，以不仕二朝絕食而死的烈舉名彪史冊。司空圖約八歲時隨父定居於蒲州虞鄉縣，並在王官谷度過了一生大部分隱逸生涯，王官谷成爲後世文人嚮往的隱居聖地。司空圖忠節與隱逸兼融的行爲特徵，

〔註138〕李昉，《太平廣記》，北京：中華書局，1962年，2943～2944頁。

與河東道先秦時代夷齊、介子推崇尚氣節的隱逸風範有內在相通之處。當他剛剛去世，即有詩人把他與夷齊作比：「園綺生雖逢漢室，巢由死不謁堯階。夫君歿去何人葬，合取夷齊隱處埋。」（徐夤《聞司空侍郎訃音》）宋代俞充、江休復亦指出了司空圖在精神上與夷齊之間的相通。俞充《貽溪懷古十首序》云：「予近得表聖《一鳴》全集觀之，至於一歌一詠，一亭一樹，意皆有謂，非若世之隱者，自棄於山林之中，無心於及物也。信乎！全出處之大節，躡夷齊之高風矣。」江休復《王官谷司空侍郎故居》云：「首陽采薇士，商代緬以遐。唐季有夫子，遁世肥且嘉。拔迹離污險，抗志淩雲霞。」司空圖之隱逸精神亦受到河東詩人白居易的影響。《休休亭》中借僧人之口云：「宜以耐辱自警，庶保其終始。與靖節醉吟第其品級於千載之下，復何求哉？」又云「因為《耐辱居士歌》，題於亭之東北楹。自開成丁巳歲七月，距今以是歲是月作是歌，亦樂天作傳之年，六十七矣」。按樂天作傳指《醉吟先生傳》，作於開成三年（838），即司空圖出生的次年。司空圖將自己作《休休亭記》與白居易表達隱居情懷的《醉吟先生傳》相提並論，表達徹底歸隱的人生選擇，有隱逸精神追慕的意義。再考察《醉吟先生傳》模倣《五斗先生傳》，白居易自覺承續王績飲酒的隱居風範，將王績視為飲酒放曠之楷模。白居易文中自云飲酒過甚，家人譏勸不聽，作者反以好利、好賭、好藥與好酒相比：「今吾幸不好彼，而自適於杯觴諷詠之間。放則放矣，庸何傷乎！不猶愈於好彼三者乎！此劉伯倫所以聞婦言而不聽，王無功所以遊醉鄉而不還也。」從王績到白居易再到司空圖，形成了地域傳統中隱逸傳承的一個鏈條，雖每人具體隱逸類型不同，其中淡薄利祿的追求，實現人生的自由隱逸則是相通的。

到明代葉盛在《水東日記》中將司空圖列入三晉名賢的統序中，並與三晉地域的水土風俗相聯繫，指出了地域文化對孕育人才的影響。文中云：「晉當變風變雅之餘，有憂深思遠之意，俗美且厚，人生其間……有足以任斯道之寄者。……陽亢宗、司空表聖之節操……其行足以範世。」陽亢宗即陽城，中唐時代曾隱居於中條山的節操之士，名盛一時。

司空圖隱逸的曠代知己是陶淵明，他在詩歌中屢屢表達對陶淵明的仰慕之情。如「五柳先生自識微，無言共笑手空揮」（《歌者十二首》之六），「夕陽似照陶家菊，黃蝶無窮壓故枝」（《歌者十二首》之十二），「陶家五柳簇衡門，還有高情愛此君」（《楊柳枝二首》之一）。司空圖還以隱居的高致自比陶淵明和王維，《雨中》云：「維摩居士陶居士，盡說高情未足誇。簷外蓮峰階

下菊，碧蓮黃菊是吾家。」這裏強調自己隱逸生活與陶王相似甚至超越的情調，給人的感覺，似乎他就是這樣一個追求高雅超逸的隱士。然而，無論是陶淵明、王維、白居易，還是夷齊、介子推，司空圖生存的時代和他的人生選擇，與他們都有很大的不同。夷齊二人的行為單純地表現了忠貞之臣矢志不渝的極端道德，他們的行為中，無論是對於武王的叩馬而諫，還是不食周粟、逃隱首陽，都有性格中的迂執成分，而司空圖根本不推崇這種只求道德無愧，不計實際後果的做法。他對於現實政治持一貫理性的態度，在他的一生中除最後的死亡，並沒有其他任何震聳一時的個人道德行為發生。他的每一步人生選擇，都是理性判斷的結果，最後的絕食而亡，是他對現實進行一系列理性抉擇之後的必然結果。當然，他更不會如介子推，以負氣的態度與統治者分庭抗禮，他所追求的是人身和節操的兩全。其次與陶王諸人相較，也有很大不同。陶淵明與司空圖都經歷了易代的痛苦，但陶的生活基本是平靜安全的，他的隱居地基本沒有遭受戰亂的騷擾，而司空圖則在隱居中幾次流離避難，王官谷亦遭到戰爭的蹂躪。可以說，他生活在一個動蕩的時代。就這一點而言，王維、白居易與他的差別更大，王維的終南山衣食無憂，白居易的「中隱」亦精神物質兼得，如何在亂世中求得人身和良心的平安是司空圖隱居所要解決的根本問題。再次，司空圖與他同時代的士人相較，他的隱逸人生，只是唐代末期士人們眾多人生道路中的一條。既與敬翔、李振等身為唐朝舊臣而甘仕朱梁之士有本質的不同，亦有別於崔胤、柳璨等佔據高位，圍繞在帝王周圍傾害異己的利欲之士，與吳融、韓偓、羅隱等同樣忠於唐王朝的節士也有著表現形態上的差異。總之，他是獨特的這一個，在唐王朝風雨飄搖的末世，選擇了一條獨特的隱逸之路。

一、司空圖作為隱士的接受史略說

在封建時代，司空圖的忠節之操和隱逸之風範成為歷代士人稱羨表彰的楷模。瞭解他們在接受中對於司空圖形象的塑造，有利於進一步研討司空圖複雜的隱逸心態。

（一）不仕二朝的忠貞之質

司空圖同時代的徐夤在聽聞其絕食的義舉後，即作詩一首，讚美其不仕二朝的品格。詩云：「園綺生雖逢漢室，巢由死不謁堯階。夫君歿去何人葬，

合取夷齊隱處埋。」(《聞司空侍郎訃音》)即使篡位的朱全忠亦表示了對司空圖節義行為的認可與尊重。葉夢得《石林詩話》載:「司空圖,朱全忠篡立,召為禮部尚書,不起,遂卒。宋次道為河南通判時,嘗於御史臺案牘中,得開平中為圖薨輟朝敕。乃知雖亂亡之極,禮文尚不盡費。至如表聖,蓋義不仕全忠者,然亦不以是簡之也。」宋初之王禹偁將司空圖與同時代的貳臣相比,「梁室大臣,如敬翔、李杜曉、湯涉等,皆唐朝舊族,本以忠義立身,重侯累將,三百餘年,一旦委質朱梁,其甚者贊成弒逆。唯圖以清直避世,終身不仕梁祖」〔註139〕。歐陽修撰《新唐書》,將司空圖從《舊唐書·文苑傳》放入《卓行傳》,與元德秀、陽城並列,傳後贊云:「節誼為天下之大閑,士不可不勉。」又云:「德秀以德,城以鯁峭,圖知命,其志凜凜與秋霜爭嚴,真丈夫哉!」〔註140〕值得注意的是,此處對司空圖的評價以「知命」,乃是一種豁達理性的人生態度,與對元陽二人的道德評價是有差異的,這說明著史者敏銳地注意到了司空圖隱逸殉節背後的價值觀因素。北宋之俞充和南宋之劉克莊更將司空圖置於唐代貞潔獨一無二之地位。俞充熙寧中任虞鄉縣令,其《貽溪懷古十首序》云:「唐衰,全忠僭竊,士之有忠義之心者皆沈嫉之,而能蕭然脫去不污其身,得全其節者,表聖一人而已。」俞充此處點到了司空圖隱逸全身全節的根本特徵。劉克莊《雜詠一百首十傑司空圖》云:「唐臣不負國,唯有一尚書。」

元初王惲則親謁王官谷祠堂,稱其「明月不濁黃浪濁,清風高並首陽芳」。由宋入元之理學家黃震對司空圖推崇備至,其《古今紀要》卷 15《卓行》列司空圖為第一人,並詳細列出其在黃巢之亂後的行節,可見他的認識已經跳出不仕二朝的簡單思維,從他一生中重要的行誼進行綜合評價,超出前人的認識。所列司空圖卓行之事跡有:奔避黃巢,其奴陷賊,招致不肯;奔從僖宗,拜官多不受;佯墮笏避柳璨;歸隱中條山王官谷,圖唐代節士自勉;不受王重榮饋贈;自目為耐辱居士;寇盜獨不入王官谷,士人依之避難;全忠召不往,哀帝被弒不食而卒。所列事跡雖較為凌亂,但基本囊括了司空圖在晚唐之出處大節。

明初王禕則將司空圖的人品與文章相比較,其《書鄭子美文集後》云:「唐司空圖、韓致堯所為辭章凡近纖靡,有足多者,而其出處進退存亡,能

〔註139〕王禹偁《舊五代史闕文》。
〔註140〕歐陽修、宋祁,《新唐書》,北京:中華書局,1975 年,5574 頁。

不失其正，節義所在，君子蓋深許之，其所爲不朽者，有在彼而不在此也。」
重其氣節甚於詩文。晚明復社文人徐樹丕推賞司空圖，在晚明士風滑落的時
代，具有現實的針對性：「唐詩人司空圖以氣節自高，畫烈士於壁以見志，
終不仕篡朝。」

　　司空圖之氣節，往往在易代之際更易引起士人的共鳴。清初志士紛紛盛
讚司空圖。顧炎武晚年遊歷山西，入王官谷憑弔，作詩《王官谷》寄託他對
司空圖亂世全節的讚賞和嚮往。詩云：「士有負盛名，卒以虧大節。咎在見事
遲，不能自引決。所以貴知己，介石稱貞潔。唐至昭宗時，干戈滿天闕。賢
人雖發憤，無計匡杌隉。邈矣司空君，保身類明哲。墜笏洛陽墀，歸來臥積
雪。視彼六臣流，恥與冠裳列。遺像在山崖，清風動巖穴。堂茅一畝深，壁
樹千尋絕。不復見斯人，有懷徒鬱切。」〔註 141〕顧炎武此詩，雖寫司空圖，
實寫清初士人，借題發揮而已。如何能夠在易代之際，既忠於舊朝又保全生
命是那一代遺民面臨的難題。司空圖則是他們的前代軌範。錢謙益明末詩壇
盟主，名滿天下，而降清失節，詩歌首四句，用在他身上最爲貼切。「墜笏洛
陽墀」，爲司空圖避禍佯狂之舉，清初的許多遺民正是以此爲法，或稱疾不仕，
或落髮爲僧，或出家爲道，以消極的方式達到全節與全身的目的。最爲著名
者爲太原傅山，康熙十七年開博學宏詞科以籠絡前朝遺民，朝中大臣薦傅山
出試，傅山稱病謝絕，地方官奉命強行將傅山擡往北京，清廷大員多次勸誘，
傅以病堅拒。後康熙准免試授官，仍然以病體之故不叩頭謝恩，後方歸山西。
傅山避世自全的方式是否受到了司空圖這位鄉賢的影響呢！另清初遺民的自
全名節也只是保證一己而已。他們的家庭子孫還要在新朝生存下去，故而他
們採取折衷之法，以是否在前朝獲得功名爲標準決定是否隱居不仕，故黃宗
羲、王夫之之子都入仕清朝。這一點與司空圖亦有相似處，司空圖無子，一
女嫁姚顗。唐亡後，姚顗即出仕朱梁爲官。從幾個方面看，司空圖都是清初
遺民的曠代知音。王夫之《宋論》：「夷考自唐僖、懿以後，迄於宋初，……
其辭榮引去、自愛其身者，韓偓、司空圖而止。」〔註 142〕李調元編選《全五
代詩》以司空圖爲上限，《雨村詩話》卷下云：「晚唐人品最高傑，以司空圖
爲第一。唐室陵夷，不食而卒，忠烈之義，千載如生。吳融亦不事異姓，大
義凜然。故余編《全五代詩》，以二公以上爲斷，不採入也。」〔註 143〕洪亮吉

〔註 141〕王遽常，《顧亭林詩集彙注》，上海：上海古籍出版社，1983 年，840～841 頁。
〔註 142〕王夫之，《宋論》，北京：中華書局，1964 年，6 頁。
〔註 143〕郭紹虞，《清詩話續編》，上海：上海古籍出版社，1983 年，1532 頁。

《唐豐溪居士呂從慶詩序》云：「夫唐末詩人之能以忠義著者，不過司空表聖、羅昭諫等數人。」〔註144〕

從上可見，由宋至清的歷史時期，在士人的心目中，司空圖屬於唐末少數幾個能夠以忠節立身的楷模，他這一方面的隱逸品格，在士大夫的評價中佔有主要地位。

（二）不慕榮利的隱逸風範

對司空圖之隱逸，詩人們一面稱讚其辭榮不仕的節操，一面又嚮往其王官谷自適的隱居生活。在封建時代的現實生活中，這兩點往往是很難做到的。司空圖號稱「八徵不起」，其聲譽足以為好名的封建文人豔羨不已。有相當一部分士人所羨慕司空圖者，即徵而不起，流譽當時，走向逍遙的山林隱居。詩人們反覆表彰他的淡泊名利，如「耐辱幽人不願名，一丘一壑遂高情」（北宋王幹《遊王官谷》）；「表聖於文尚未高，善將名利比秋毫」（王欽臣《遊王官谷》）；「勢利煎人漫白頭，休休休去是良謀」（北宋蔣之奇《遊休休亭》）；「伊昔耐辱人，誅茅此山谷」（宋趙鼎《陪王毅伯遊柏梯寺次毅伯韻》）；「後人空飲貽溪水，不學先生便掛冠」（金陳庚《為師岩卿賦蒲中八詠》）；「仕路奔馳兩鬢華，誰能來此老煙霞」（金李楫《望天柱峰三絕》其一）。至元代，甚至有人追步司空圖辭榮不仕隱居王官谷，如麻革，別號「貽溪子」，有先人業在王官谷，樂道不仕，教授生徒，隱居以詩文自娛〔註145〕。李純夫，燕山人，弱冠舉進士，不樂仕進，棄官為道士，卜隱王官谷，構了了庵於貽溪之上，庵後建白雲洞，自號「孤雲子」〔註146〕。

嚮往司空圖的隱逸人生是後代文人心中永恆的情結。北宋俞充任虞鄉縣令，描述遊人拜謁王官谷的盛況云：「王官谷山水之盛甲於關右，由司空表聖所嘗居，名尤著於天下，好事者道出虞，必枉轡以遊之，灑滌塵慮，想慕清風，隨其人所得，皆有以為樂。題名滿山岩屋壁。」對於久處官場混迹仕途的讀書人而言，王官谷成為他們理想中的世外桃源。王安石《寄題睡軒》云：「王官有空谷，隱者常棲遲。拂榻夢其人，亦足慰所思。」王欽臣《遊王官谷》云：「鍾鼎山林出處明，中間不合枉高情。有錢須買王官谷，流水聲中過一生。」元代士人也深深嚮往司空圖隱居生涯。王惲遊王官谷云：「恨我不遇

〔註144〕《洪亮吉集》，北京：中華書局，2001年，1144頁。
〔註145〕〔清〕覺羅石麟，（雍正）《山西通志》卷134，雍正12年刻本。
〔註146〕〔清〕覺羅石麟，（雍正）《山西通志》卷164，雍正12年刻本。

貽溪老，一笑山間說化機。」元人題畫詩，往往以王官谷比擬隱居的畫境。馬臻《畫意》：「有客騎驢入林麓，山深疑是王官谷。平生輸與釣魚翁，獨木橋邊結茅屋。」余闕《題周伯寧畫》：「舉目壚里間，但見蒿與蓬。唯有王官谷，於今似畫中。」明代，司空圖同鄉，著名理學家薛瑄亦充滿了對他隱居的嚮往之情。《題休休亭》云：「中條山下王官谷，草木煙霞景物幽。仙李固知時靡靡，野亭從此號休休。座中爽氣長飄灑，天際浮雲任去留。墜笏已超塵網外，高名千古鎮悠悠。」

在歷代詩人的筆下，王官谷沒有了唐末政局紛亂、仕途險惡的影子，他們願意把此地塑造成理想隱居的世外桃源。

（三）對生死的曠達態度

中國古代隱士對於生死的曠達，陶淵明啓之於前，王績仿之於後，盛唐時有河東衛大經亦自卜死日，自爲墓誌自掘墳墓，至司空圖更變本加厲，於墓中飲酒賦詩。《舊唐書》本傳云：「圖既脫柳璨之禍還山，乃預爲壽藏終制。故人來者，引之壙中，賦詩對酌。人或難色，圖規之曰：『達人大觀，幽顯一致，非止暫遊此中。公何不廣哉！』」〔註147〕古代士人自爲墓誌之記載最早見《後漢書·趙岐傳》，傳云趙岐「先自爲壽藏，圖季札、子產、晏嬰、叔向四像居賓位，又自畫其像居主位，皆爲讚頌。敕其子曰：『我死之日，墓中聚沙爲床，布簟白衣，散髮其上，覆以單被，即日便下，下訖便掩。』」〔註148〕趙岐表現出的對於生死的豁達是一位九十餘歲老人的穎悟，司空圖則是在亂世中的徹底豁達與泰然。南宋周必大《眉壽堂記》云：「予嘗愛司空表聖棄官隱王官谷，布衣鳩杖，日從野老遊。預卜壽藏，遇勝日，引客坐壙中，賦詩飲酒，史氏以爲知命。」元好問則以爲司空圖之曠達語既「載之史冊，作範來裔，其視漢魯相孔耽之神祠、趙岐之墓誌、晉陶徵士自祭、唐王無功、杜牧之墓銘，宋朱元璋坐棺木黃堂上，表聖之言尤爲殷重」〔註149〕。明清時代至有模倣司空圖行爲預先爲墓葬者。明鄭介庵云：「嘗於史氏所記得趙太僕之寓荊州，陶徵君之居栗里，司空表聖之處王官谷，皆預爲之所，而完名高潔，擅美白世，吾將辭逆旅之舍以圖舊於此，與三子者遊。」錢謙

〔註147〕劉昫，《舊唐書》，北京：中華書局，1975年，5084頁。
〔註148〕范曄，《後漢書》，北京：中華書局，1965年，2124頁。
〔註149〕見《尚藥吳辨夫壽冢記》，載狄寶心《元好問文編年校注》，北京：中華書局，2012年。

益《天河公生壙誌》云：「公自爲壽藏，穿壙於先人之墓側，……公殆古人所謂達生者，將與趙邠卿、司空表聖同遊於千載之上。」〔註150〕

司空圖之忠節、隱逸、曠達成爲後世文人矚目之方面，其思想行爲中的其他方面往往被忽略掉了，彷彿在司空圖的精神世界中只剩下了三項內容，實際上，司空圖尚有不爲人所關注的若干層面，正是導致他忠節、隱逸、曠達的原因。

二、司空圖生平仕履與晚唐政局

在深入探討司空圖隱逸心態之前，有必要就司空圖生活的時代和他的仕隱經歷略作簡述。

司空圖生於 837 年，卒於 908 年。他的一生正處於唐王朝的最後七十年，中間經歷文宗、武宗、宣宗、懿宗、僖宗、昭宗、哀帝七代帝王，外加梁太祖共八朝。這是唐王朝日薄西山的最後七十年，雖也出現過像武宗、宣宗、昭宗這樣較爲英明的帝王和李德裕這樣的幹臣，仍然阻止不了其衰亡的趨勢。在這段歷史時期，藩鎮割據、宦官干政、朋黨之爭交錯在一起，消耗著政權的有生力量。司空圖咸通十年（869）登進士第，開始進入仕途。廣明元年（880）黃巢農民軍攻入長安以後，他即開始隱仕交替的生命歷程，所以懿宗、僖宗、昭宗三朝的政局對於司空圖的隱逸心態有直接性的影響。故此處重點介紹三朝的政局概況。唐懿宗是唐宣宗長子，唐代有名的荒淫君主。秉承宣宗時期較爲繁盛的中興國勢，不思進取，一味驕奢淫逸，在他統治期內，唐王朝急速衰落。《舊唐書·懿宗紀》的史臣評論很有代表性：

「史臣曰：臣常接咸通耆老，言恭惠皇帝故事。當大中時，四海承平，百職修舉，中外無秕政，府庫有餘貲，年穀屢登，封疆無擾。恭惠始承丕構，頗亦勵精，延納讜言，尊崇耆德，數稔之內，洋洋頌聲。然器本中庸，流於近習，所親者巷伯，所昵者桑門。以蠱惑之侈言，亂驕淫之方寸，欲無怠忽，其可得乎！及釁結蠻陬，奸生戍卒。發五嶺之轉輸，寰海動搖；徵二蜀之捍防，蒸人蕩覆。徐寇雖殄，河南幾空。然猶削軍賦而飾伽藍，困民財而修淨業，以諛佞爲愛己，謂忠諫爲妖言。爭趨險詖之途，罕勵貞方之節。見犲負塗之愛豎，非次寵升；燋頭爛額之輔臣，無辜竄逐。是以干戈布野，蟲旱彌

〔註150〕《錢牧齋全集》，上海：上海古籍出版社，2003 年，1406 頁。

年，佛骨才入於應門，龍輴已泣於蒼野，報應無必，斯其驗歟！土德凌夷，禍階於此。」〔註151〕史臣之評論非虛言增飾，即以司空圖登第之次年咸通十一年，就發生了懿宗任情濫殺無辜之事，導致京兆尹憤而自殺。《舊唐書‧懿宗紀》云：「八月辛巳朔。己酉，同昌公主薨，……上尤鍾念，悲惜異常。以待詔韓宗紹等醫藥不效，殺之，收捕其親族三百餘人，繫京兆府。宰相劉瞻、京兆尹溫璋上疏論諫行法太過，上怒，叱出之。」〔註152〕《舊唐書‧溫璋傳》亦云：「會同昌公主薨，懿宗怒，殺醫官，其家屬宗枝下獄者三百人。璋上疏切諫，以為刑法太深。帝怒，貶璋振州司馬。制出，璋歎曰：『生不逢時，死何足惜？』是夜自縊而卒。」〔註153〕懿宗又用伶官製樂曲，紀念同昌公主。史載：「（伶官李可及）善音律，尤能轉喉為新聲，音辭曲折，聽者忘倦。京師屠沽傚之，呼為『拍彈』。同昌公主除喪後，帝與淑妃思念不已。可及乃為《歎百年舞曲》，舞人珠翠盛飾者數百人，畫魚龍地衣，用官騑五千匹。曲終樂闋，珠璣覆地，詞語淒惻，聞者涕流，帝故寵之。」遂濫封李可及為「威衛將軍」，宰相曹確諫奏不聽。此二事件發生於司空圖登第後不久，應為其熟知。

司空圖登第已經在懿宗末年，咸通十四年懿宗卒，僖宗立。僖宗十二歲即位，唯以遊嬉為樂，政事一倚宦官田令孜。《新唐書‧宦者下‧田令孜傳》云：「帝沖騃，喜鬥鵝走馬，數幸六王宅、興慶池與諸王斗鵝，一鵝至五十萬錢。與內園小兒尤昵狎，倚寵暴橫。始，帝為工時，與令孜同臥起，至是以其知書能處事，又帝資狂昏，故政事一委之，呼為『父』。而荒酣無檢，發左藏、齊天諸庫金幣，賜伎子歌兒者日巨萬，國用耗盡。令孜語內園小兒尹希復、王士成等，勸帝籍京師兩市蕃旅、華商寶貨舉送內庫，使者監閱櫃坊茶閣，有來訴者皆杖死京兆府。令孜知帝不足憚，則販鬻官爵，除拜不待旨，假賜緋紫不以聞。百度崩弛，內外垢玩。既所在盜起，上下相掩匿，帝不及知。是時賢人無在者，惟佞諛沓貪相與備員，偷安嗼默而已。左拾遺侯昌蒙不勝憤，指言豎尹用權亂天下，疏入，賜死內侍省。」〔註154〕帝王如此，朝政可知。

廣明元年十月，司空圖入朝為禮部員外郎，十二月黃巢軍破長安，僖宗

〔註151〕劉昫，《舊唐書》，北京：中華書局，1975年，684～685頁。
〔註152〕劉昫，《舊唐書》，北京：中華書局，1975年，675頁。
〔註153〕劉昫，《舊唐書》，北京：中華書局，1975年，4319頁。
〔註154〕歐陽修、宋祁，《新唐書》，北京：中華書局，1975年，5884～5885頁。

不通知朝官先行逃奔成都，司空圖亦因之滯留京城，京中官員多數被殺。僖宗在成都，政事爲田令孜掌控。扈從諸軍士有功，而封賞不公，「黃頭軍」發言怨望，田令孜欲以毒酒鴆殺其首領，事未成而黃頭軍爲亂。「帝聞變，與令孜保東城自守，群臣不得見。左拾遺孟昭圖請對，不召，因上疏極陳：『君與臣一體相成，安則同寧，危則共難。昔日西幸，不告南司，故宰相、御史中丞、京兆尹悉碎於賊，唯兩軍中尉以扈乘輿得全。今百官之在者，率冒重險出百死者也。昨昔黃頭亂，火照前殿，陛下惟與令孜閉城自守，不召宰相，不謀群臣，欲入不得，求對不許。且天下者，高祖、太宗之天下，非北司之天下；陛下固九州天子，非北司之天子。北司豈悉忠於南司？廷臣豈無用於敕使？文宗時，宮中災，左右巡使不到，皆被顯責，安有天子播越，而宰相無所豫，群司百官棄若路人？已事誠不足諫，而來者冀可追也。』疏入，令孜匿不奏，矯詔貶昭圖嘉州司戶參軍，使人沈於蟆頤津。初，昭圖知正言必見害，謂家隸曰：『大盜未殄，宦豎離間君臣，吾以諫爲官，不可坐觀覆亡，疏入必死，而能收吾骸乎？』隸許諾，卒葬其尸。朝廷痛之。」〔註155〕僖宗爲宦官控制，視朝臣爲路人，士大夫之離心力遂大於向心力，像孟昭圖勇於犯難的儒家諫諍精神在當時殊少見，與司空圖明哲保身的處事原則形成差異。

885 年 3 月，僖宗由成都還京，田令孜欲奪河中節度使王重榮鹽池之利，引發宦官和藩鎮之間的矛盾，戰爭又起。李克用支持王重榮反對以田令孜爲首的宦官勢力，十二月，克用逼近京師，僖宗再次出逃，至 888 年再回京，同年 3 月即死去。從司空圖 880 年入朝爲官，至僖宗去世，這個朝廷一直處於流亡狀態。886 年，邠寧節度使朱玫曾立嗣襄王李熅爲帝，在朝京官多數相從。後李熅敗，僖宗下詔殺所有投奔李熅者，宰相杜讓能力爭，方免大屠殺。於此可見，士大夫對於唐王朝中央的忠誠度在不斷下降。

繼僖宗即皇帝位的唐昭宗李曄是一個欲有所作爲的末代帝王。《新唐書·昭宗紀》評價云：「自古亡國，未必皆愚庸暴虐之君也。其禍亂之來有漸積，及其大勢已去，適丁斯時，故雖有智勇，有不能爲者矣，可謂眞不幸也，昭宗是已。昭宗爲人明儁，初亦有志於興復，而外患已成，內無賢佐，頗亦慨然思得非常之材，而用匪其人，徒以益亂。」〔註156〕昭宗始立，志欲剪除宦官勢力，得到一部分士大夫的擁戴，先後剷除了楊復恭、西門君遂等宦官勢

〔註155〕歐陽修、宋祁，《新唐書》，北京：中華書局，1975 年，5886 頁。
〔註156〕歐陽修、宋祁，《新唐書》，北京：中華書局，1975 年，305 頁。

力，但緊接著又陷入了朝臣與朝臣互相傾軋的漩渦之中。昭宗基本上處於孤立地位，實際上成爲藩鎮與藩鎮之間爭鬥的一顆棋子。893 年，鳳翔節度使李茂貞以討伐宦官楊復恭爲名，要求兼任山南西道節度使，昭宗不許，茂貞上書辱罵昭宗。昭宗發兵討之，反爲茂貞所敗，茂貞逼近京師。奸相崔昭緯暗通李茂貞，認爲主用兵者爲宰相杜讓能，遂逼迫昭宗殺杜讓能，讓能自殺。崔昭緯借藩鎮勢力除去政敵，而從此唐昭宗便完全由臨近京師的三個節度使控制，失去了帝王應有的權力。此三個節度使是鳳翔節度使李茂貞、邠寧（同州）節度使王行瑜、鎮國軍（華州）節度使韓建。

895 年，昭宗欲起用李谿爲相。崔昭緯忌之，通知王行瑜，李谿爲力主向藩鎮用兵一派，王行瑜即上書昭宗，李谿罷相。同年，王珂與王珙、王瑤爭爲河中節度使，李茂貞等三鎮表請以王珙爲河中節度使，朝廷拒絕。五月，三鎮兵入京師，殺宰相崔昭度、李谿，昭宗逃奔終南山。史稱「士民追從車駕者數十萬人，比至谷口，暍死者三之一，夜，復爲盜所略，哭聲震山谷」〔註157〕。

896 年，李茂貞藉口朝廷對鳳翔用兵，再次進逼京城。昭宗欲出奔太原，半路爲鎮國軍節度使韓建截留控制。從本年至 898 年 8 月還京，兩年時間裏，昭宗成爲韓建的傀儡。韓建誅殺宗室諸王，遣散禁軍，昭宗完全孤立。《新五代史‧韓建傳》云：「建已得昭宗幸其鎮，遂欲制之，因請罷諸王將兵，散去殿後諸軍，累表不報。昭宗登齊雲樓，西北顧望京師，作《菩薩蠻辭》三章以思歸，其卒章曰：『野煙生碧樹，陌上行人去。安得有英雄，迎歸大內中？』酒酣，與從臣悲歌泣下，建與諸王皆屬和之。建心尤不悅，因遣人告諸王謀殺建、劫天子幸他鎮。昭宗召建，將辨之，建稱疾不出，乃遣諸王自詣，建不見，請送諸王十六宅，昭宗難之。建乃率精兵數千圍行宮，請誅李筠。昭宗大懼，遽詔斬筠，悉散殿後及三都衛兵，幽諸王於十六宅。昭宗益悔幸華，遣延王戒丕使於晉，以謀興復。戒丕還，建與中尉劉季述誣諸王謀反，以兵圍十六宅，諸王皆登屋叫呼，遂見殺。」〔註158〕後韓建亦有廢立之意，因忌憚其他藩鎮而未敢行之。此兩年時間，司空圖正居住華州。朝廷之暗弱，藩鎮之跋扈，帝王之屈辱，必耳目接之。

898 年昭宗回京，崔昭緯之黨羽崔胤又倚恃朱全忠的勢力排擠其他朝臣。昭宗因此兩次罷免崔胤相位，朱全忠兩次奏請復相，並殺崔胤政敵王摶。900

〔註157〕司馬光，《資治通鑑》，北京：中華書局，1996 年，8472 頁。
〔註158〕歐陽修，《新五代史》，北京：中華書局，1974 年，434～435 頁。

年，劉季述欲廢昭宗立太子，向朱全忠通款。朱全忠協助崔胤滅劉季述。在朝臣與宦官的反覆爭鬥中，901 年，昭宗爲宦官韓全誨劫至鳳翔，903 年，朱全忠破鳳翔，昭宗落入朱全忠之手。904 年，妄圖徵兵與朱全忠對抗之崔胤被殺，朱全忠劫昭宗至洛陽，後殺昭宗立李柷爲帝。在昭宗後期，皇帝已經成爲藩鎭砧板上的羔羊，唐朝已名存實亡。從 905 至 907 年朱全忠受禪，基本上是唐朝士大夫之間你死我活的爭鬥，天祐二年的「白馬之禍」算是唐代朋黨之爭的最後悲劇性結果。司空圖就生活於這樣一個時代。

爲便於考察司空圖心態之變化，茲將其生平簡略述之，中進士之前略作交代，中進士之後較詳細一些〔註 159〕。司空圖祖籍臨淮（今江蘇盱眙縣），大約八歲時（會昌四年 844）其父司空輿任河東道鹽鐵處巡院，隨父遷居於河中虞鄉。司空圖父系，祖上幾代皆爲中下層官吏，《舊唐書》本傳云：「曾祖遂，密令。祖象，水部郎中。父輿，精吏術。大中初，戶部侍郎盧弘正領鹽鐵，奏輿爲安邑兩池榷鹽使、檢校司封郎中。先是，鹽法條例疏闊，吏多犯禁；輿乃特定新法十條奏之，至今以爲便。」〔註 160〕其母系較爲著名，司空圖之母爲中唐理財家劉晏之曾孫女。司空圖的父母兩系皆有精於經濟實物的人才，他在《華夷圖記》中云「愚中外家世究天人之際，而不肖者更文文自喜，不能屈己以救時」，自豪於家族經世致用的優良傳統。

在司空圖登進士之前的歷史時期，唐王朝已經在內外矛盾夾攻中呈衰落之勢。先有大和九年的甘露事變，宦官與朝臣之間的劇烈衝突，後有持續近四十年的牛李黨爭，外有強藩時時叛亂，內憂外患，朝野不寧。

司空圖一生兩次參加科舉考試。第一次在咸通七年，時年三十，落第回鄉拜謁同州防禦使王凝，深得王凝賞識。咸通十年，王凝知貢舉，司空圖第四名及第。圖感知遇之恩，自咸通十二年起，先後隨王凝任商州、潭州刺史，追隨左右。乾符四年，王凝爲宣歙觀察使，圖又隨之。《新唐書》本傳云：「凝起拜宣歙觀察使，乃辟置幕府。召爲殿中侍御史，不忍去凝府，臺劾，左遷光祿寺主簿，分司東都。」〔註 161〕廣明元年十月入朝爲禮部員外郎，尋遷本司郎中。任京官不足兩月，黃巢軍破長安，僖宗撇下朝臣逃往成都。司空圖

〔註 159〕本文司空圖仕隱行迹參據陶禮天，《司空圖年譜彙考》，北京：華文出版社，
2002 年。
〔註 160〕劉昫，《舊唐書》，北京：中華書局，1975 年，5082 頁。
〔註 161〕歐陽修、宋祁，《新唐書》，北京：中華書局，1975 年，5573 頁。

陷賊中，幸得舊僕段章援救，輾轉逃歸中條山王官谷。自此，司空圖開始了第一次長達四年的隱居生活。直到光啓元年僖宗回京（885），司空圖再度入仕。按王官谷，司空圖《山居記》敘得名之由云「谷之名，本以王官廢壘在其側」。據《元和志》，「王官故城，在縣南二里。」可知司空圖隱居地緊接縣城。司空輿因會昌中武宗滅佛而買下王官別業。

司空圖 885 年入仕任中書舍人，同年秋欲辭職，未果。十二月僖宗再次出幸鳳翔，司空圖滯留京師。次年朱玫擁戴嗣襄王爲帝，司空圖亦身處事變之中，而行迹不詳。次年作詩有「匹馬偷歸」之句（《丁未歲歸王官谷有作》），可推測司空圖未追隨新朝。此爲司空圖二次隱居，隱居時間兩年。此兩次入仕爲官，時間甚短，且兩次經歷生死關頭，於其心態影響頗巨。

唐昭宗龍紀元年（889），司空圖復拜中書舍人，時間未久，以疾辭官，退居華陰。此後的十年間除中間避亂外出，大部分時間隱居於此，屬於司空圖第二個隱居地。景福元年（892），徵圖爲諫議大夫，稱病不出。景福二年，徵拜戶部侍郎，數日即辭歸。乾寧四年（897），昭宗在華州，徵拜兵部侍郎，稱足疾不任趨拜，致章謝之。天復二年（902），京師周圍大亂，離華州赴淅川避難。天復三年（903），秋七月，歸王官谷，直至去世，本年自號「耐辱居士」。天祐二年（905），八月，柳璨推薦，至洛陽謁哀帝，墮笏失儀，放歸。梁開平元年（907），朱全忠召爲禮部尚書，不起。開平二年（908）二月，哀帝被弒，隨後不食而卒。

從司空圖後期屢徵不起的情形看，他是在與朝廷保持了一定距離的狀態下守忠明志的，與同時期亦被古人評爲唐末忠臣的吳融、韓偓的政治取向不同。吳融入仕，一直受到宰相韋昭度的信任與提攜。龍紀元年登進士第後，其職位穩步陞遷，乾寧元年左右遷侍御史。然次年鳳翔等三鎮兵入長安，韋昭度被殺，對他的仕途是一個沉重打擊。但經過一段時間的心理調適，乾寧三年再度入朝爲官，此後一直追隨在昭宗左右，先後任禮部郎中、中書舍人、戶部侍郎、翰林學士、翰林學士承旨。他在入仕早期的詩歌中表達較多憂時念患的主題，乾寧二年韋昭度被殺後這類主題急劇減少。他的忠貞只是表現在形式上一直追隨於昭宗左右，作爲唐王朝的臣子從一而終而在政治上沒有多少建樹。天復三年（903）卒於任。吳融表現忠誠和亂世自全的道路與司空圖不同，在經歷了韋昭度被殺事件後，依然能夠在兇險的政治環境中爲官，一直處在朝廷的上層，而非隱居避禍。另一位節士韓偓也處在朝廷上層，其取向與吳融又有不同。在唐

末政局危亂之際，緊緊追隨於昭宗左右，為唐王朝復興的一線生機竭忠盡智。他的人生選擇與司空圖處於兩個極端，吳融處於中間狀態。韓偓小司空圖五歲，龍紀元年登第時已年近半百。仕途一直不順，直到光化四年（901）入為翰林學士，成為昭宗倚重的親信。自此後至天復三年被貶的三年間，韓偓以一種感戴君主知遇之恩的心態為昭宗維持殘局奉獻一己之全部。《資治通鑑》卷 262 天復元年六月：「上之返正也，中書舍人令狐渙、給事中韓偓皆預其謀，故擢為翰林學士，數召對，訪以機密。」〔註162〕他屢在詩中表其感戴之衷心，如「長卿只為長門賦，未識君臣際會難」（《中秋禁直》），「孜孜莫患勞心力，富國安民理道長」（《朝退書懷》），天復元年扈從昭宗至鳳翔，作詩明志，表達為唐王朝殉身之決心：「雨露涵濡三百載，不知誰擬殺身酬。」（《辛酉歲冬十一月隨駕幸岐下作》）高步瀛《唐宋詩舉要》引吳北江云：「晚唐唯韓致堯為一大家，其忠亮大節，亡國悲憤，具在篇章，蓋能於杜公外自樹一幟。」〔註163〕天復三年，韓偓因推薦趙崇為相得罪朱全忠，被貶濮州司馬，反因此保全了性命，在閩南度過了餘生。行前對昭宗云：「是人（指朱全忠）非復前來之比，臣得遠貶及死乃幸耳，不忍見篡弑之辱！」〔註164〕可見，他對於唐末的政治現實也有著清醒的認識，卻以不可為而為之的態度報效君主的知遇之恩。

司空圖與吳、韓二人不同的是，晚唐的政局變幻似乎從來沒有在他的內心世界掀起巨大的波瀾，即使他曾經歷兩次生死劫難，而在詩歌中的表現主題卻與現實保持了一定距離。他對晚唐政權採取了一種疏離的態度，隨著王朝衰亡的進程，有一個逐漸深化的過程。這一點，與龍紀元年始登進士第的吳、韓二人不同，他主要是在亡國亡君的關鍵時刻，保持了士大夫的忠貞氣節。司空圖這種特殊的心態與他成熟老道的處世觀念和對於現實政治的深刻洞察密切相關，對於儒家忠義節操的一貫崇敬與堅守更是他能於唐王朝疏而不棄、以死殉國的主要因素。

三、司空圖隱逸心態諸因素分析

司空圖特殊隱逸心態的形成來源於他對於唐末政治現實的理性認知，以儒家精神為主體的道德觀念和以道家精神為主體的的處世原則。

〔註162〕司馬光，《資治通鑑》，北京：中華書局，1996 年，8553～8554 頁。
〔註163〕高步瀛，《唐宋詩舉要》，上海：上海古籍出版社，1978 年，631 頁。
〔註164〕司馬光，《資治通鑑》，北京：中華書局，1996 年，8604 頁。

（一）對政治現實的理性認知

在晚唐時代的七八十年間，政治中的主要矛盾是「朝廷內部南司（朝官）與北司（宦官）之爭和朝官間朋黨之爭」〔註165〕。朝廷與藩鎮之矛盾雖退居次要地位，但藩鎮勢力的強大和中央權力的暗弱導致地方軍閥時時對皇帝形成威逼，玩君主於股掌之中，實在是令士大夫痛心之現實。司空圖對於晚唐政治的三個弊端，皆有深刻而獨到的理解。

1·朝官與宦官的關係認知

司空圖在《題東漢傳後》、《與惠生書》、《議華夷》、《華夷圖記》、《答孫郃書》等作品中，以或隱喻或自白的方式表達了他對於處理二者關係的認識和自我選擇。

《題東漢傳後》和《與惠生書》借對東漢末年身受黨錮之禍的士大夫行為的評價，表達了他對現實政治中朝臣與宦官採取一味對抗舉措的不滿。《題東漢傳後》云：「君子救時雖切，亦必相時度力，以致其用，不可則靜而鎮之，以道訓服。苟厲鋒氣，果於擊搏，道不能化，力不能制，是將濟時重困。故元禮之徒，終致鉤黨之禍。至於張儉，又不能引決區區之身。雖殘壞天下，何裨於吾道哉？陳太邱之容眾，郭有道之誘人，其意未嘗沮物，而彼亦不厚其毒，利害可見矣。且猛摯不革其暴，麟不足以為仁也。惡鳥不息其鳴，鳳不足以為瑞也。況彼二三子，甘逞於權豪呶呶，以至大亂。惟據正而能屈已者，庶可與權。」李膺與張儉是東漢末對抗宦官黑暗勢力的士大夫代表人物，其高風名節垂千古而不朽。司空圖在此文中卻反其道而行之，批評李膺、張儉圖逞一時之快，在與宦官的對抗中徹底失敗，從而導致了震動天下的黨錮之禍，禁錮天下士人七百餘人，是漢末士大夫一次空前的災難，也是正義力量的巨大損失。司空圖在此處評價李張二人並非完全符合歷史實際。如李膺，曾為司隸校尉，中常侍張讓之弟張朔為野王令，兇殘無道，至殺孕婦，懼罪藏於張讓家合柱之中，李膺率將吏破柱取朔，依法殺之〔註166〕。此種不畏強權的勇氣非逞一時之快。張儉，曾任督郵之職。「時中常侍侯覽家在防東，殘暴百姓，所為不軌。儉舉劾覽及其母罪惡，請誅之。覽遏絕章表，並不得通，由是結仇」〔註167〕。此亦勇於執法，抗衡霸惡勢力之士。《後漢書·黨錮列傳》

〔註165〕范文瀾，《中國通史》第三冊，北京：人民出版社，1978年，206頁。
〔註166〕范曄，《後漢書》，北京：中華書局，1965年，2194頁。
〔註167〕范曄，《後漢書》，北京：中華書局，1965年，2210頁。

前有一段客觀之描述，云黨事「成於李膺、張儉，海內塗炭，二十餘年，諸所蔓衍，皆天下善士」〔註168〕。司空圖文中所指即此後果。史書云荀爽恐李膺名高致禍，作書勸其屈節以全亂世，而李膺不聽，卒致禍。與李、張相反，司空圖高度稱揚同時代陳寔、郭泰對待宦官之態度。陳寔是一位既能保持士大夫基本道德，又能屈身自全的人物。《後漢書》本傳云：「時中常侍張讓權傾天下。讓父死，歸葬潁川，雖一郡畢至，而名士無往者，讓甚恥之，寔乃獨弔焉。及後復誅黨人，讓感寔，故多所全宥。」到逮捕黨人之時，陳寔毫不避難，主動就獄。陳寔在官清直有教，聲聞天下。「三公每缺，議者歸之，累見徵命，遂不起，閉門懸車，棲遲養老」。當其卒，「海內赴者三萬餘人，制衰麻者以百數」〔註169〕。蓋陳寔弔祭張讓之父，行鄉人之禮，非諂媚張讓，亦不走名士的極端，謝絕與張讓之間的一切禮節往來。《後漢書》卷六十二《荀韓鍾陳列傳》後論曰：「漢自中世以下，閹豎擅恣，故俗遂以遁身矯潔放言為高。士有不談此者，則芸夫牧豎已叫呼之矣。故時政彌昏，而其風愈往。唯陳先生進退之節，必可度也。據於德故物不犯，安於仁故不離群，行成乎身而道訓天下，故凶邪不能以權奪，王公不能以貴驕，所以聲教廢於上，而風俗清乎下也。」〔註170〕陳寔正是司空圖所稱許的能「據正而屈己」的前代典範。天下不能治，則相時度力教化一郡。較之李膺、張儉之舉，為既能保全名節又能自全有補於世的人生選擇。司空圖評價李張的是非暫且不論，這裏的觀點表明他是一位穩健持重的效果論者，而不是以風節相尚的極端道德論者。在晚唐時代，宦官與朝士之間的矛盾劇烈，如何處理這樣的政治關係是每一位從政的士大夫都要面臨的難題。司空圖於三十三歲剛登第時給友人寫信表達自己「量可為而為之」的救世原則時，再次對漢末士人以矯激之風節罹禍表達了自己不敢苟同的態度：「矯之而不和，滯之而不顧。始以類聚相扇，終以浮黨見嫉，而至家國皆瘁而不瘳也。」

司空圖之議論，完全對唐代的政治現實而發，蓋中晚唐時，宦官專權已經成為政治統治中的一個痼疾。士大夫與宦官之間的鬥爭亦持續到唐代滅亡。兩者之間的矛盾發展到極端，即不問是非，只要與宦官有關聯的士大夫即遭到極度鄙棄。如元稹，因依附宦官晉陞官職，便為朝士所不齒。《舊唐

〔註168〕范曄，《後漢書》，北京：中華書局，1965年，2189頁。
〔註169〕范曄，《後漢書》，北京：中華書局，1965年，206～2067頁。
〔註170〕范曄，《後漢書》，北京：中華書局，1965年，2069頁。

書‧元稹傳》載其與宦官譚峻、魏弘簡交接事云：「荊南監軍崔潭峻甚禮接稹，不以掾吏遇之，常徵其詩什諷誦之。長慶初，潭峻歸朝，出稹《連昌宮辭》等百餘篇奏御，穆宗大悅，問稹安在，對曰：『今爲南宮散郎。』即日轉祠部郎中、知制誥。朝廷以書命不由相府，甚鄙之。」又「中人以潭峻之故，爭與稹交，而知樞密魏弘簡尤與稹相善，穆宗愈深知重。河東節度使裴度三上疏，言稹與弘簡爲刎頸之交，謀亂朝政，言甚激訐。穆宗顧中外人情，乃罷稹內職，授工部侍郎。上恩顧未衰。長慶二年，拜平章事。詔下之日，朝野無不輕笑之。」〔註 171〕元稹非不學無術之輩，尚且群議如此。更有武儒衡以過激態度對待元稹，《舊唐書‧武儒衡傳》云：「時元稹依倚內官，得知制誥，儒衡深鄙之。會食瓜閣下，蠅集於上，儒衡以扇揮之曰：『適從何處來，而遽集於此？』同僚失色，儒衡意氣自若。」〔註 172〕此爲稍早於司空圖時代，晚唐時亦然。《資治通鑒》卷 250 咸通二年條載：「是時士大夫深疾宦官，事有小相涉，則眾共棄之。建州進士葉京嘗預宣武軍宴，識監軍之面。既而及第，在長安與同年出遊，遇之於途，馬上相揖；因之謗議喧然，遂沈廢終身。其不相悅如此。」〔註 173〕士大夫與宦官採取如此尖銳對立的態度，自然極大消耗了唐朝內部的統治力量。嚴重者，則導致如文宗大和九年（835）之甘露之變，朝臣欲盡誅宦官不成，反爲宦官誅殺，宰相以下士大夫死者無數，朝堂爲之一空，甚至有宦官揚言殺死所有士人。范文瀾先生認爲文宗此舉把宦官視作單純個人，無視背後一個社會勢力的存在，主觀上要消滅它，必然失敗〔註 174〕。

　　然縱觀唐代，能夠如司空圖理想要求的，既妥善處理與宦官之間的關係又能在實際政務上有所作爲的政治家，只有李德裕一人而已。《幽閒鼓吹》載其與宦官楊欽義之間的關係云：「朱崖（指李德裕）在維揚，監軍使楊欽義追入，必爲樞近，而朱崖致禮皆不越尋常，欽義心銜之。一日邀中堂飲，更無餘賓，而陳設寶器圖畫數床皆殊絕，一席祗奉亦竭情禮，起後皆以贈之。欽義大喜過望，旬日行至汴州，有詔，令監淮南軍。欽義至即具前時所獲歸之。朱崖笑曰：『此無所直，奈何相拒？』一時卻與，欽義感悅數倍。後竟作樞密使。武皇一朝之柄用，皆自欽義也。」〔註 175〕李德裕不因楊欽義作樞密使而

〔註 171〕劉昫，《舊唐書》，北京：中華書局，1975 年，4333〜4334 頁。

〔註 172〕劉昫，《舊唐書》，北京：中華書局，1975 年，4162〜4163 頁。

〔註 173〕司馬光，《資治通鑒》，北京：中華書局，1996 年，8093〜8094 頁。

〔註 174〕范文瀾，《中國通史》第三冊，人民出版社，1978 年，216 頁。

〔註 175〕《唐五代筆記小說大觀》，上海：上海古籍出版社，2000 年，1452 頁。

特加禮貌，也不因不作樞密使而收回禮物，這樣對待宦官，在唐朝後期，應該是較爲適當的態度〔註 176〕。這種不卑不亢的態度爲李德裕贏得了宦官的支持。在武宗一朝做出了不凡的政績，對唐王朝貢獻甚大。此亦可謂司空圖「據正而能屈己者」之典範，然而在唐代絕大多數朝臣都是做不到的。

但司空圖自謂其個性「不能屈己以救時」，「苟危機而變，當寄之後生者」（《華夷圖記》）。陳寬、李德裕之處政方式爲司空圖欣羨而不能行；而果於風節，抗聲諫諍，與宦官作直接公開的鬥爭，亦不屑爲之。景福三年，朝廷召爲諫議大夫，以疾辭。進士孫郃致書司空圖，以道義相期。司空圖作書答覆，云自己「雖進亦不足以救時」，並再三強調自己不能徒以道德冒進之意：「愚雖不佞，亦爲士夫獨任其恥者久矣，其可老而冒之耶？韓吏部激李桂州之不行，責陽道州無勇，雖致二賢適自困，亦何救於大患哉？其所爲者，或奮而不顧，匹夫匹婦，亦可爲之，孟子所謂非不能也。」由司空圖對待政治的理性態度而言，此處應非自怯託辭，實爲不爲。面對宦官專權的政治現實，一不能爲，一不屑爲，最後的選擇只能是疏離，以隱逸的方式保持個人的生命和節操。

2·中央和藩鎮關係的認知

如前文所述，唐末的皇帝幾於成爲藩鎮手中的玩物，已經失去了中央對地方行政的控制能力。就佔有的地盤而言，唐王朝亦如同一割據政權。司空圖於此現狀有著清醒的認識。他作《疑經》和《疑經後述》，借懷疑儒家經典表示自己對於政治現實的無奈之情。《疑經後述》作於光化二年（900），《疑經》亦應作於同時稍前，爲唐亡之前夕。《春秋》裏有周天子向諸侯「求金」、「求車」的記載，司空圖對此表示懷疑，「溥天之下，莫非王土；率土之濱，莫非王臣」，天子向諸侯索取貢物，理所當然，何用「求」哉！文中云：「經曰『天王使來求金』，又曰『求車』。豈天王之使，私有求於魯耶？不然，傳聞之誤耳。若諸侯之使來求金，則謂求可矣。若致天子之命，徵於諸侯，其可謂之求耶？」按《左傳·桓公十五年》：「春，天王使家父來求車，非禮也。」〔註 177〕司空圖認爲，如果是奉王命行事，則應書曰「天王使某責貢金」或「天王使某來征貢金」，孔子既然記載「天王使來求金」，則應該是使者私自向諸侯求取賄金，孔子微言以批評。司空圖在此處反覆強調諸侯的貢賦之義務，明顯是針對晚唐強藩林立，中央暗弱的現實而發。《疑經後述》中

〔註 176〕范文瀾，《中國通史》第三冊，人民出版社，1978 年，218 頁。
〔註 177〕楊伯峻，《春秋左傳注》，北京：中華書局，1981 年，143 頁。

則坦白自己是「急於時病而發」。當時有後進青年陳用拙給司空圖寫信辯難《疑
經》之是非眞僞，司空圖回信解釋說：「足下所復云云，非不知也，且夫謂之
求，皆固當偕受其譏矣。雖然，舅姑之疾且餒，苟力不能制其悍婦，則必羸
其聲哀求於一飯，豈忍誚之乎？吾本朝之臣耳，豈敢誨其苞茅不貢之漸耶？
千載之下，必有知言者。」司空圖此處承認孔子作《春秋》「天王使來求金」，
應是譏刺周王朝勢衰，諸侯不貢之違禮行爲。但作者身處唐代，不願接受孔
子譏刺之旨，寧可解釋爲批評使者之旨。因爲贊同孔子之說，則有爲當代藩
鎮不臣行爲提供歷史依據的可能性，云「誨其苞茅不貢之漸」，正是司空圖《疑
經》用心良苦處。在文中至以婆媳關係比擬中央與藩鎮之間的關係，實在還
是強調名分之尊卑，純爲無奈之舉。由司空圖上兩篇文章可以看出，他對於
藩鎮跋扈強大有著清醒的認識，他對唐王朝保持基本的忠誠。

3‧朝臣之間的關係認知

范文瀾先生在《中國通史》中論述晚唐朝廷中朋黨之爭時說：「大抵宦官
侵奪官位愈多，朝官剩下的官位愈少，朋黨之爭也就愈益猛烈，科場出身與
非科場出身的互相排斥，不過是爭奪時若干藉口中的一個，事實上首領出身
門蔭的朋黨也容納進士，首領出身科場的各個朋黨，互相間也同樣仇視，並
不因出身相同有所減輕。唐後期朋黨之爭，一直延續到亡國，原因無非是這
一批人和那一批人爭奪官位，這批那批的形成卻常常與科場有關係。及第的
人驕傲輕薄，不及第的人失意怨恨，這兩種人也結成深仇。失意人找出路，
很多投奔藩鎮作謀士，如李振屢舉進士不第，後來，幫著朱全忠覆滅唐朝，
教朱全忠殺唐殘餘朝官三十餘人，投屍黃河。」〔註178〕所述黨爭之原因雖簡
單，但其鬥爭的頻繁和殘酷卻是事實。身處時代風雲中的司空圖受到這種士
大夫內耗鬥爭的強烈震動。他的《共命鳥賦》以寓言的形式對此現象作了全
面的否定。茲全錄如下：

> 西方之鳥，有名共命者，連腹異者，而愛憎同。一伺其寐，得
> 毒卉，乃餌之。既而藥作，果皆斃。吾痛其愚，因爲之賦，且以自
> 警。賦曰：

> 彼翼而飛，罔憎其類。彼蟲而螫，罔害於己。惟斯鳥者，宜橐
> 乎義。首尾雖殊，腹背匪異。均休共患，寧忿寧己。致彼無猜，銜

〔註178〕范文瀾，《中國通史》第三冊，人民出版社，1978 年，210 頁。

董以餌。厥謀雖良，厥禍孰避。梟鴟競笑，鳳凰愕視。躬雖俱斃，我則忘類。

人固有之，是尤可畏。或兢或否，情狀靡窮，我同而異。鈎挐其外，膠致其中。癰囊已潰，赤舌靡縫。緩如（闕二字），迅如駁蜂。附強迎意，掩醜自容。忌其不校，寢以頑凶。

若茲黨類，彼實孔多。一勝一負，終嬰禍羅。乘危逞怨，積世不磨。孰救其殆，藥以至和。怪雖屬鳥，勿伐庭柯。爾不此病，國如之何。

祖保泉先生認為此賦主旨是暗指「當時的宦官與藩鎮，均共命於衰朽的唐朝廷。宦官、藩鎮，一勝一負地相互爭權，爭到亡國，雙方歸於滅亡」〔註179〕，恐不確。賦中有「梟鴟競笑，鳳凰愕視」，「若茲黨類，彼實孔多」，應當指為朝臣與朝臣之間的內鬥。相對於王朝構成瓦解力量的宦官藩鎮，朝官屬於維護唐王朝統治的中堅力量，其彼此間的仇恨，消耗的是王朝的有生力量，國家滅亡，黨爭者亦隨之滅亡。

司空圖此篇賦作的針對性非常鮮明，在他人生的後期，朝臣之間的爭鬥日趨激烈，導致的死亡連續不斷。如崔昭緯，昭宗時宰相，先後兩次借助藩鎮勢力殺害政治對手。景福二年，鳳翔節度使李茂貞上書辱罵昭宗。昭宗討之，朝廷兵敗，李茂貞逼近京師。危急中，崔昭緯暗通李茂貞，諉過於宰相杜讓能，逼迫杜讓能自殺。乾寧二年，又倚靠邠寧節度使王行瑜構陷宰相韋昭度、李谿，二相被殺。《新唐書·姦臣下·崔昭緯傳》云其「性險刻，密結中人，外連彊諸侯，內制天子以固其權。令族人鋌事王行瑜邠寧幕府。每它宰相建議，或詔令有不便於己，必使鋌密告行瑜，使上書訾訐，己則陰阿助之」〔註180〕。後朝廷為韋昭度、李谿昭雪，制文中有「以朋黨之間，擠於死地」語，可見當時朝野的認識。司空圖作有《李公谿行狀》中有云：「為時輩妒忌，罷於非橫。」熟知其事，感受頗深。又如稍後的崔胤，崔昭緯黨羽，昭宗宰相，朱全忠在朝廷的代理人，昭宗兩罷之，朱全忠兩次奏請重新起用。史稱崔胤「胤恃全忠之勢，專權自恣，天子動靜皆稟之。朝臣從上幸鳳翔者，凡貶逐三十餘人。刑賞繫其愛憎，中外畏之，重足一迹」〔註181〕。如柳璨，

〔註179〕祖保泉，《司空表聖詩文集箋校》，合肥：安徽大學出版社，2002年，287頁。
〔註180〕歐陽修、宋祁，《新唐書》，北京：中華書局，1975年，6358～6359頁。
〔註181〕司馬光，《資治通鑒》，北京：中華書局，1996年，8603頁。

主構白馬之禍，士大夫死三十餘人。柳璨對以宰相裴樞爲首的清流士族極度嫉恨，於天祐二年借天象異常之故建議朱全忠誅殺朝臣以禳災。史云：「柳璨恃朱全忠之勢，姿爲威福。會有星變，占者曰：『君臣俱災，宜誅殺以應之。』璨因疏其素所不快者於全忠曰：『此曹皆聚徒橫議，怨望腹誹，宜以之塞災異。』」〔註182〕《舊唐書・柳璨傳》史臣論曰：「嗚呼！李氏之失馭也，孛沴之氣紛如，仁義之徒殆盡。……邀功射利，陷族喪邦。濬、緯養虎於前，胤、璨剝廬於後。」〔註183〕崔柳諸人之行爲，與《共命鳥賦》所寫何其相似。司空圖尚有雜文《說燕》表達賢不肖之辨別有關天下之利害的見解，與此賦所指相同。

　　從以上三個方面的分析可以說明，司空圖對於政治現實有著理性而清醒的認識，在這樣一個總前提之下，其選擇隱居實在是必然的道路。

（二）以儒家精神爲主體的道德觀念

　　在司空圖的詩文著作中，他最推崇的是儒家忠貞俠義的品格。在現實生活中，司空圖時剋實踐著自己的道德主張。他的帶有日常性和持久性的忠義言行，最終指示他走向忠貞守志的政治道德抉擇。

　　司空圖《馮燕歌》、《段章傳》、《竇烈婦傳》三篇作品表彰了普通小人物的可貴品格。《馮燕歌》因沈下賢《馮燕傳》而作。馮燕爲一少年游俠，與一有夫之婦款昵通情。一次，正偷歡之際，值其夫歸，少婦慫恿馮燕殺夫，以便二人長相廝守。馮燕怒其背夫，抽刃殺之。後少婦之夫被誤作兇手而逮，馮燕不忍，又挺身而出，自首就刑。朝廷嘉其義氣，赦而出之。《馮燕歌》中有對負心不忠的譴責和對馮燕俠義之舉的稱揚：「憑君撫劍即遲疑，自顧平生心不欺。爾能負彼必相負，假手他人復在誰？窗間紅豔猶可掬，熟視花鈿情不足。唯將大義斷胸襟，粉頸初回如切玉。」

　　《竇烈婦傳》記朝邑縣令畢某爲仇家所刃，其妻竇氏以身蔽之，重傷猶不棄，最終夫妻獲全。按朝邑縣屬同州，與蒲州隔河相望，是司空圖寓居華州聞之而作。作者在故事結尾兩次表達了對忠節之志的提倡。先是借里中梁生之口曰：「操史牘者，苟當和平日，紀王庭探瑞之美，誠幸矣。然傑異之操，化導宗祖閭里，俾男必爲貞夫，女必爲烈婦，是有國有家皆賴之，豈徒炫於視聽哉！」末尾又贊曰：「且婦人女子，扣盎足以駭之，而白刃之下獨不顧死，

〔註182〕司馬光，《資治通鑒》，北京：中華書局，1996年，8642頁。
〔註183〕劉昫，《舊唐書》，北京：中華書局，1975年，4671頁。

以免其夫，是果能一於所從而不悔者也，豈化漸之有自也？吾知爲臣爲妾者，必繼有其人，免貽史事之愧矣。」所謂臣妾之道，從一而終。此文作於乾寧四年或稍後，乾寧四年二月鎮國軍節度使韓建剛剛殺八王，散禁軍，昭宗孤立。聯繫此事，可以進一步理解司空圖此文的現實意義。

《段章傳》約作於中和元年（881）稍後，紀作者廣明元年十二月陷京城，遇舊僕段章援救而逃出，司空圖感而爲之作傳。傳文中，段章云「顧懷憂養之仁」而報答司空圖。作者在傳後作讚語發感慨，明己志：「時方治平，士君子足以相濟。而禍亂之作，必廝役者乃能脫事患，古人所以安不易危耳。且章之服役，吾待以常傭耳；及濱於死，竟賴其義而獲免。安知他日吾屬報及其所奉，果致不愧於爾曹耶？乃誌於篇，期以自警云。」司空圖晚年之忠烈正回應了段章對他的知恩報答之情。

司空圖在日常生活中之親身履踐亦昭示著他最終守節殉國的必然性。以下數事可見一斑。其一，有恩必報。司空圖受知於王凝。咸通七年，司空圖以時文拜謁王凝，爲凝所賞識。王凝咸通十年知貢舉，擢其第四名及第。因王凝之關係，司空圖及第曾經引起舉子們的質疑，認爲其「名姓甚暗，成事太速，有鄙薄者號爲『司徒空』」。王凝爲平謗，特召一榜門生爲之揄揚云「今年榜貼全爲司空先輩一人而已」〔註184〕。司空圖因此一生感戴王凝知遇之恩。進士及第後一直追隨王凝於左右，至乾符五年（878）授殿中侍御史，因不忍離開王凝幕府而遭彈劾。《新唐書》本傳云：「咸通末擢進士，禮部侍郎王凝所獎待，俄而凝坐法貶商州，圖感知己，往從之。凝起拜宣歙觀察使，乃辟置幕府。召爲殿中侍御史，不忍去凝府，臺劾，左遷光祿寺主簿，分司東都。」司空圖還在王凝去世後爲其作文多篇寄託知遇之情，有《故宣州觀察使檢校禮部王公行狀》、《紀恩門王公宣城遺事》、《上考功》、《兵部恩門王貞公贊》。其二，重義輕利。河中節度使王重榮請司空圖撰寫碑文，得潤筆而散之於眾。王禹偁《五代史闕文》云：「河中節度使王重榮請圖撰碑，得絹數千匹，圖置於虞鄉市中，恣鄉人所取，一日而盡。」司空圖在戰亂中拯難救人，《五代史闕文》云：「是時盜賊充斥，獨不入王官谷，河中士人，依圖避之，獲全者甚眾。」又捨齋讓僧人居止，《山居記》云：「其上方之亭曰『覽昭』，懸瀑之亭曰『瑩心』，皆歸於釋氏，以樓其徒。」其三，急公好義。王官谷瀑布之泉水爲鄉民灌溉之利，爭訟不絕。司空圖爲立東西二渠以分水立約，至宋不改。

〔註184〕孫光憲，《北夢瑣言》，上海：上海古籍出版社，1981年。

俞充《東渠臺》詩云：「二渠日夜流，利厚爭所起。先生坐東亭，立法書在紙。老農到今探，後來誰敢毀。斯人不可見，空聽竹澗水。」

最為顯明者，司空圖在他的詩文和實踐中直接表達了對唐王朝的忠貞之志。廣明元年，黃巢軍入長安，僖宗奔蜀。司空圖扈從不及，歸王官谷。次年作詩表其憂國之情：「喪亂家難保，艱虞病懶醫。空將憂國淚，猶擬灑丹墀。」（《亂後三首》之一）乾寧二年（895），李茂貞等三節鎮入京師殺宰相韋昭度，昭宗逃出長安，兵亂中，司空圖亦自華州逃難在外，途中作詩明志：「自有池荷作扇搖，不關風動愛芭蕉。只憐直上抽紅蕊，似我丹心向本朝。」（《偶書五首》之二）乾寧五年作《狂題十八首》之十一云：「三十年來辭病表，今朝臥病感皇恩。」天復三年（903），昭宗已經完全被朱全忠控制，詩人表其一矢忠心：「亦知世路薄忠貞，不忍殘年負聖明。」（《寓居有感三首》之一）

司空圖還在隱居之所構建亭堂，命名以明志。光啟三年（887），作《山居記》，其中描述其居所的設置中有云：「西南之亭曰『濯纓』，濯纓之窗且鳴，皆有所警。堂曰『三詔之堂』，室曰『九龠之室』，皓其壁以模玉川於其間，備列國朝至行清節文學英特之士，庶存聳激耳。」他以唐代道德楷模以自勵許。天復三年，六十歲的詩人回到殘破的王官谷，更「濯纓」為「休休」，明徹底隱居之志。《休休亭記》集中表達了作者的隱居情懷，文中最後尚強調不負朝廷之夙志：「且又歿而可以自任者，不增愧負於家國矣。」

司空圖之操行履踐貫穿著他的忠君之節。廣明元年十二月，黃巢陷長安，司空圖遭遇農民軍，段章勸其歸順，圖誓死不從。《段章傳》載章勸司空圖云：「某所主張將軍喜下士，且幸偕往通他，不且僕藉於溝轍中矣。」司空圖「誓不以辱，章惘然泣下，導至通衢，即別去」。

天祐二年（905），八月，柳璨薦司空圖至洛陽，圖佯墮笏失儀，許放歸山。此事《新舊唐書》、《五代史闕文》、《資治通鑑》皆有記載，以《舊唐書》本傳為詳，傳云：「昭宗遷洛，鼎欲歸梁，柳璨希賊旨，陷害舊族，詔圖入朝。圖懼見誅，力疾至洛陽，謁見之口，墮笏失儀，旨趣極野。璨知不可屈，詔曰：『司空圖俊造登科，朱紫丹籍，既養高以傲代，類移山以釣名，心惟樂於漱流，仕非專於祿食。匪夷匪惠，難居公正之朝；載省載思，當徇棲衡之志。可放還山。』」〔註185〕《資治通鑑》亦載此詔書，其中「難居公正之朝」下胡三省注云：「柳璨言司空圖既非伯夷之清，又非柳下惠之和。且朝

〔註185〕劉昫，《舊唐書》，北京：中華書局，1975年，5083頁。

政如彼,而自謂公正。《通鑑》直敘其辭而微惡自見。」〔註186〕同年六月剛剛發生白馬驛之禍,三十餘名朝士被殺,給士人們心理上的陰影是巨大的。此時見召,司空圖不得不往,而以墮笏失儀之舉全身全節,苦衷可鑒。同年底,柳璨被五馬分屍,臨刑自呼「負國賊柳璨,死其宜矣」。

梁開平元年,朱全忠代唐爲梁,詔司空圖爲禮部尙書,不至。《五代史闕文》云:「梁祖受禪,以禮部尙書召,辭以老病。」《新唐書》本傳云:「朱全忠已篡,召爲禮部尙書,不起。」《新唐書》書法突出其節操,應以《五代史闕文》爲是。

梁開平二年（908）濟陰王被弒,司空圖隨之數日而卒。《新舊唐書》和《唐才子傳》所載皆有異。《舊唐書》本傳云:「唐祚亡之明年,聞輝王遇弒於濟陰,不懌而疾,數日卒。」《新唐書》本傳云:「哀帝弒,圖聞,不食而卒。」《唐才子傳》卷八云:「後聞哀帝被弒,不食扼腕,嘔血數升而卒。」記錄的時代愈後,表述中司空圖忠節之形象愈益鮮明。蓋七十餘歲之老人,聞末帝被弒,心情抑鬱不食而卒亦自然合理。

總之,儒家的忠義思想是司空圖保持名節、忠於故朝的主要因素。

（三）以道家為主體的處世自全原則

司空圖在亂世中隱逸自全,其中大部分思想來自道家,少數來自儒家,還有他自己身處亂世中尙「通」的交際思路。

司空圖《自誡》詩表明,道家的修身處世原則是司空圖的家訓。詩云:「我祖銘座右,嘉謀貽厥孫。勤此苟不怠,令名日可存。媒衒士所恥,慈儉道所尊。松柏豈不茂,桃李亦自繁。眾人皆察察,而我獨昏昏。取訓於老氏,大辯欲訥言。」其中關鍵是「媒衒士所恥」和「眾人皆察察,而我獨昏昏」。前一句出自《老子二十四章》:「自矜不長」〔註187〕;後一句出自《老子二十章》:「俗人昭昭,我獨昏昏;俗人察察,我獨悶悶。」〔註188〕自炫招禍,昏默保身,詩人正是以此作爲人生處世的信條。《障車文》云:「不學呂望竿頭,釣他將相。不作李膺船子,詐道神仙。」隱居既非如盧藏用之終南捷徑,也不是東漢名士的矯飾相高。《題山賦》云:「笑殊道以殉強兮,喜誇鵬而屈蠖。雖穴處而志揚兮,邈軒肆於宏廓。借家國之未忘兮,鄙榮伸而陋約。俾

〔註186〕司馬光,《資治通鑑》,北京:中華書局,1996年,8646頁。
〔註187〕朱謙之,《老子校譯》,北京:中華書局,1984年,98頁。
〔註188〕陳鼓應,《老子注譯及評介》,北京:中華書局,1984年,140頁。

貞明而自勖兮，行與息而靡怍。」與俗世張揚顯耀的名利追求不同，謙退守節隱居持志為詩人之理想。晚年之司空圖已經名滿天下，而其隱居生活卻是隨性適分，與民同樂。《舊唐書》本傳云：「圖布衣鳩杖，出則以女家人鸞臺自隨。歲時村社雩祭祠禱，鼓舞會集，圖必造之，與野老同席，曾無傲色。」正是其不自矜伐的寫照。

　　道家超功利的思想觀念亦影響司空圖，其詩中多有表述。《攜仙籙》云：「迹不趨時分不侯，功名身外最悠悠。」《澗戶》云：「數竿新竹當軒上，不羨侯家立戟門。」《力疾山下吳村看杏花十九首》之六云：「浮世榮枯總不知，且憂花陣被風欺。農家自有麒麟閣，第一功名只賞詩。」

　　道家遠禍全身觀念。司空圖《說魚》一文集中表達了道家退隱自全的處世哲學。文中云，王官谷之禎貽溪本無魚類生存，因詩人愛育之心，感其物類，而忽然有魚遊於其中。司空圖借機生發云：「集於故山之泉，彼能達吾之心，宅幽而遠害，是有物致之。且惑愚之妄進，姑欲全吾道而退保安耳。敢不自警也哉？」此文作於龍紀元年（891），作者時年五十五。之前作於 887 年的《山居記》中也有「處於鄉里，不侵不侮；處於山林。物無夭伐」的生存哲學表述。特別是天復二年（903）詩人回歸王官谷後作《休休亭記》表達了其徹底歸隱的志願。詩人歸鄉重修濯纓亭，更名為休休亭，自述其更名之由云：「蓋量其材，一宜休也。揣其分，二宜休也。且耄而聵，三宜休也。而又少而惰，長而率，老而迂，是三者，皆非救時之用，又宜休也。」作者雖欲隱居而「尚慮多難，不能自信」，對於自己是否能免禍自全心存疑慮。故白日夢中有僧人激勵：「且汝雖退，亦嘗為匪人之所嫉，宜以耐辱自警，庶保其終始。與靖節醉吟第其品級於千載之下，復何求哉？」司空圖在現實中確曾為人嫉妒。《貽王進士書》中曾云：「今吾守道固窮，且竊文學之譽，是邪競沽虛者之所仇嫉也。」可見詩人除憂慮政治上的危殆，文學之聲名亦為其帶來不安。《休休亭記》後文云因夢而作耐辱居十歌，題於亭之東北楹以自警。值得注意的是，耐辱為佛教六度論之一種，佛徒以此贈司空圖，可見其亦受到佛教忍辱不報思想的影響。

　　司空圖避禍自全處世思想的實踐，在乾寧四年辭謝兵部侍郎的事件中得到了充分體現。《舊唐書》本傳云：「昭宗在華，徵拜兵部侍郎，稱足疾不任趨拜，致章謝之而已。」此事《司空圖年譜彙考》繫於乾寧四年。此年在華州發生了節度使韓建與昭宗劇烈衝突的重大事件。按如前文所述，乾寧三年

昭宗出逃京城，依鎮國軍節度使韓建。《新五代史》云昭宗至華州，韓建欲控制皇帝，請罷諸王兵馬，解散禁軍，昭宗反對。於是韓建兵圍行宮，散禁軍，幽囚諸王。此時昭宗派遣「延王戒丕使於晉，以謀興復」〔註189〕。結果韓建先行下手，殘殺諸王，昭宗孤立。很明顯，昭宗此時詔徵司空圖爲兵部侍郎，應是準備與韓建兵戎相見的一個舉措。司空圖其時身在華州，心中對形勢強弱很清楚，中央與藩鎮實力懸殊，事必不成。如赴詔，必爲韓建所忌，有性命之憂。因此司空圖辭謝任命，而且託以足疾，未赴昭宗行宮，可謂愼之又愼。全身遠害思想在此時占其精神之主導地位。

另外儒家之明哲保身觀念也在一定程度上影響了司空圖之人生道路的選擇。他的寓言《容成侯傳》集中闡發了明哲保身之觀念。《容成侯傳》是一篇關於銅鏡的寓言。借容成侯兩仕兩隱的經歷，表達士君子在亂世中明哲保身以自全的艱難。容成侯金炯是一枚銅鏡。第一次入仕，因其毫髮無隱的品質深得帝王之器重，「挾姦邪以事上者，見之膽栗，輒自披露」。金炯遂遭人嫉恨：「其察察如此。是雖造物無私，圓方不礙，然疵陋者終惡忌。積毀於上，以爲背面不相副，炯亦自病於狹中，不能以塵垢混其迹也，竟被擯斥。」容成侯因照鑒無私，不能昏默自處，終被棄。第二次入仕，因月食之變而復被任用。但後來流入非人之手，再遭噩運：「宗人派別於廣陵者，炫飾求售，陷爲輕薄。於權戚中或嫵然自喜，則狎玩不厭，至或被以組繡。蓋便其俯仰取容，雖穿鼻服役，亦無恥耳。既稍進，炯又鄙其爲人，乃復以讒廢，歸老於家。」第二次入仕以後，容成侯採取與世俯仰之態度求生存，依然遭人羨嫉，終讒廢歸家。作者最後借太史公言發慨歎云：「觀炯雖任用，兢兢惟恐失墜，不善晦匿，果爲邪醜所嫉，幾不能免。嘻！大雅君子，既明且哲，以保其身，難矣哉！」司空圖以文名見嫉於人，寫此文有自我喻託之意。他在詩中亦有「須知世亂身難保，莫喜天晴菊並開」之感歎。(《狂題二首》之二)《容成侯傳》以儒家明哲保身觀念爲主，摻雜道家思想，以保身爲宗旨。

司空圖在晚唐混亂危殆的政局中，以實用理性的態度審視當代的各種政治關係，批評以純粹道德主義與宦官對抗而不計實際政治成效的做法；對士大夫之間無原則的朋黨之爭更予以全面否定，認爲在風雨飄搖的王朝政局內，這種做法最終導致的結局是同歸於盡；對中央朝廷威權的衰弱難行與藩鎮的囂張跋扈態勢，他有著清醒的認識，在無奈中於感情上保持了

〔註189〕歐陽修，《新五代史》，北京：中華書局，1974年，435頁。

對中央的同情和忠誠。對於現實的理性認知促使司空圖很早就走向歸隱之路。然雖身不在魏闕，而儒家的忠義思想在他的精神世界中依然佔據主導地位，司空圖時時以詩文或表白、或自省、或表彰的方式傳達他對這種道德精神的堅守；在現實中則始終履踐著人生的基本信仰，最終作了唐王朝的不貳之臣。在亂世中，道家的圓通處世哲學，加儒家的明哲保身觀念、佛教忍辱修道的方法，都成為他廣泛攝取的思想資源；而前代士人積纍下的處世自全的智慧也被他有效地吸收利用，都使他在險惡的政治環境中走向隱居，獲忠節盛譽而自全。

第八章　三晉其它文化因素與唐代文學的關係

　　三晉文化與唐代文學的關係，在文學實踐中多層次、多角度體現出來，除政治文化、軍事文化、隱逸文化之影響最爲顯著外，尚有物質層面的科技文化、民俗層面的地域信仰等因素，亦以不同的形式與唐代文學發生種種的關聯。

第一節　三晉科技文化對唐代文學題材的貢獻

　　唐代河東道在手工業、農業、畜牧業等領域，皆有領先全國之科技行業，如製鹽業、冶鐵業、葡萄種植業、牧馬業，都聞名一代。相關行業科學技術的發達，給文學創作帶來了具有地方特色的文學描寫對象，文人們在創作中或表現科技成果，或描述科技生產過程，豐富了唐代文學的表現領域。

一、鹽池和鹽池神的文學書寫

　　中國古代文學中與鹽有關的文學作品並不多，許多關於鹽的描寫都是零詞散句，集中表現鹽池的文學作品以東晉河東籍文學家郭璞《鹽池賦》爲最早，到唐代，圍繞蒲州鹽池又產生了數量可觀的作品，展現了科學技術與文學藝術的雙重魅力。

　　唐代食鹽生產主要有海鹽、井鹽、池鹽三種方式，其中池鹽生產主要分佈於關內、河東、隴右地區，而以河東蒲州鹽池最爲著名。《新唐書·食貨

志四》云：「唐有鹽池十八，……蒲州安邑、解縣有池五，總曰『兩池』，歲得鹽萬斛，以供京師。」〔註1〕大曆初，全國鹽業總收入600萬緡，蒲州鹽池收入150萬緡，占全部收入的25%，在工業經濟中佔有重要地位。由於蒲州鹽池地位重要，且地近京師，又有獨特的「墾畦澆曬」生產工藝，唐代即產生了描寫蒲州鹽池的文學作品，如柳宗元《晉問》、梁肅《鹽池記》、閻伯璵《鹽池賦》、張濯《唐寶應靈慶池神廟記》、崔敖《大唐河東鹽池靈慶公神祠碑》。可以說，在唐代文學家專注於展現食鹽生產場面的作品主要集中於蒲州鹽池。

蒲州鹽池南靠中條山，北接姚暹渠，處在封閉式內流盆地之中，主要靠大氣降水和地下水補給。鹽池湖盆為新生代山前構造斷陷盆地，盆地內第四紀沖積、風積、湖積粉細沙、粉砂黏土和化學鹽類沉積，形成特厚含鹽岩系，是為鹽池生產的主要物質基礎。蒲州鹽池集中於安邑、解縣二縣，分為東、西二場進行生產，主要有大鹽池、女鹽池、六小池，面積廣大，一望無際。大鹽池總稱「兩池」，地跨兩縣，《元和郡縣志》卷6河南道·陝州·安邑縣條：「鹽池，在縣南五里，即《左傳》『郇瑕氏之地，沃饒近鹽』是也。今按：池東西四十里，南北七里，西入解縣界。」（安邑地理方位上在黃河以北，其行政歸屬屢有變更，雖屬陝州，文化上自古與河東道為一體）《元和郡縣志》卷12河中府解縣條：「鹽池，在縣東五里。」又有「女鹽池，在（解）縣西北三里。東西二十五里，南北二十里，鹽味少苦，不及縣東大鹽池」。六小池，位於女鹽池西北三里，地屬解縣。據清代《河東鹽法備覽·鹽池門》，指永小、金井、賈瓦、夾凹、蘇老、熨斗六池，唐開元以後總稱西池。

河東鹽池採用墾畦澆曬技術進行生產，即人工墾地為畦，將經過調配的鹵水灌入畦內，利用日光、風力等自然力蒸發鹵水，曬製池鹽。它改變了傳統的完全依靠自然力的「天然印成」的製鹽方法。主要經過三道工藝流程：治畦、引水養鹵、曬製成鹽。治畦即在54平方公里的平面範圍，將鹽池劃分為整齊的小塊進行生產，《大唐河東鹽池靈慶公神祠碑》云：「五夫為塍，塍有渠；十井為溝，溝有路。臬之為畦，釃之為門。」〔註2〕每戶分占一塊鹽田，五塊為一塍，塍與塍之間土壟隔開，塍上有水渠，按要求開閉水口引

〔註1〕歐陽修、宋祁，《新唐書》，北京：中華書局，1975年，1377頁。
〔註2〕董誥，《全唐文》，北京：中華書局，1983年，6202頁。

鹵水灌畦生產，整個鹽池呈「田」狀〔註3〕。引水養鹵即通過水利工程在畦內調配淡水和鹵水的比例，通過自然蒸發析出結晶。曬製成鹽，即借助陽光的暴曬、風力的吹拂使經過調配的鹵水蒸發快速成鹽，其中「鹽南風」是河東鹽池的重要自然力，沈括《夢溪筆談》云：「解州鹽澤之南，秋夏間多大風，謂之『鹽南風』。……解鹽不得此風不冰，蓋大鹵之氣相感，莫知其然也。」生產出的鹽名「畦鹽」，張守節《史記正義》云：「河東鹽是畦鹽。作『畦』，若種韭一畦。天雨下，池中鹹淡得均。即畎池中水上畦中，深一尺許坑，日暴之，五、六日則成，鹽若白礬石，大小如雙陸及棋，則呼為畦鹽。」

　　鹽的生產是一個純粹的科學技術過程，柳宗元以文學家的靈心妙手，把單調的生產場景化為一幅充滿動感的藝術畫面。柳宗元七體賦作《晉問》借與吳武陵對答的形式盛讚河東道之山川物產，蒲州鹽池即其中之一。他以鄉梓情懷盛讚鹽為晉國大寶，而其產生則神妙莫測：「猗氏之鹽，晉寶之大也，人之賴之與穀同，化若神造，非人力之功也。」遠遠望去，鹽池似農田稼圃，田壟分際交錯，又視野開闊，一望無際，無黍離之搖搖，而有輕波之蕩漾，文云：「但至其所，則見溝塍畦畹之交錯輪囷，若稼若圃，敞兮勻勻，渙兮鱗鱗，邐灑紛屬，不知其垠。」引水灌畦養鹵的景象是：「俄然決源醨流，父灌互澍，若枝若股，委屈延布，脈寫膏浸，集濕滑汩，彌高掩卑，漫壟冒塊，決決沒沒，遠近混會，抵值堤防，瀴瀛霈瀎，優然成淵，沛然成川。觀之者徒見浩浩之水，而莫知其所以然。」水流通過田塍之間溝渠，蜿蜒流向星星點點的鹽畦，千彙萬狀，漫過畦壟，或急或緩，若枝若股，最終成汪洋一片。面對此景，遊觀者一片茫然，不知在浩浩之水下，正在發生神秘的變化：「神液陰漉，甘鹵密起，孕靈富媼，不愛其美。無聲無形，嫖結迅詭，回眸一瞬，積雪百里。」唐代池鹽的生產周期近一周，柳宗元這裏略用誇張之筆，表現池鹽產出的神奇迅速，他把鹽池比喻為一位孕育胎兒的母親，為了將要出生的寶貝，不再顧惜自己的窈窕身姿，實在是奇異的想像。新出的池鹽，如冬日的積雪，「晶晶幕幕，奮價離析，鍛圭椎璧，眩轉的際。乍似隕星及地，明滅相射，冰裂電碎，嵯峨增益。大者印累，小者珠剖，湧者如坻，坳者如缶，日晶熠煜，螢駭電走，互步盈車，方尺數斗。於是哀斂合集，舉而堆之，皓皓乎懸圃之巍巍，嗷乎漾乎狂山太白之淋漓。駭化變之神奇，卒不可推也」。這裏作者用了一連串的博喻，人身飾物之圭、璧、珠、印，

〔註3〕郭正忠，《古代的解池和池鹽生產》，《鹽業史研究》，1988年第2期，8頁。

天際之隕星、太陽、閃電、冰、雹，大地之崇山、坻坳、螢火蟲，皆揮灑於筆下。或狀其形，或寫其色，萬態彙聚，傾眩心魄，物質的生產場面，有如斯之美者。梁肅《鹽池記》則以簡要筆觸描寫鹽池的宏觀景象云：「北浴陵阜，南瀕山麓。湛湛煙碧，浩無春冬。蒸騰雲霓，出入日月。」鹽池與天地相融爲一體，其生產過程是「廣岸砥平而可礪，修畦綺分以如織。是時也，春光奪，炎氣興，洪溝濬，白波騰，或潏或汩，以泙以㳽。狀雲泄而雨駭，或花明而雪凝」〔註4〕。修畦引水，晶鹽如雪，宛然在目。

閻伯璵《鹽池賦》以另一風格展現了河東鹽池的大美，與柳宗元之文可稱爲唐代描寫鹽池的雙璧。賦云：「坤之美兮，焉可以測？鹽之池潏沈兮，劃開於郇瑕之側。廓平陸而無際，浸長天之一色。前對條山，照峰巒之截嶨；卻鄰安邑，對城樓之巉岌。其出形鹽也，狀雄虎之蹲於長野，攫拏兮布濩；其吐精光也，如白日之升暘谷，照爛兮燦艷。既似乎鏡湖之不遠，又似乎渤澥之在即。是以我良牧宣風千里，褰帷憑軾；睹茲池兮荷上天之報，睹茲鹽兮恤下人之食。意者以爲季布鎮乎股肱，黃霸蘊其輔翊。不爾，何魚鹽川澤之用饒，土潤鹹䴴之利飭？天人之縶列，則有典有孚；百姓之攸迷，而不知不識。粲矣郊甸，丕哉庾億。且觀其皎晶池濱，皚峨嶙峋；彷彿圭璧，依稀砳瑑。入澤逶窺，喜晴天之速曙；隔林斜望，訝瓊樹之驚春。餌之者若茹膏之客，捧之者疑獻玉之人。況生殊播植，動必合時；爲諸侯之賞愛，入嘉賓之賦詩。嗟乎！其皎皎兮於川之湄，其郁郁於川之坻。有美玉之價，沈之而不污；有君子之德，涅之而不緇。利入桓公之論，名留謝氏之詩；充郡國之珍產，實亭育之攸資。永言沉鬱，必由光拂；可取於人，況鑒於物。懿夫天不秘寶，地不藏靈。可以和梅羹之調鼎，致君於堯舜；可以偶胹鱐之入薦，效祉於勳名爾。河汾之寶，信同天造。豈若分溝塍之綺錯，則萬頃花明；帀井田之周環，則千里雪皓。由斯言旃，有美自天；幸無委於泥淖，將以報於陶甄。」〔註5〕閻伯璵此賦寫鹽，有遠景之浩茫，近景之鮮亮，有駭人的形狀，有萬丈的光芒，與柳作近似。與柳宗元不同的兩點，一是少客觀形態的描摹，多從觀者主觀感受的角度敘寫池鹽的種種情態和功能，如從「入澤逶窺」至「入嘉賓之賦詩」一段寫近觀、遠望的不同感覺，寫捧者、食者的敬畏矜貴，寫貴族文士的賞愛賦詩，傳達出天地至寶在眾生心中之地位。另一點是擬人

〔註4〕董誥，《全唐文》，北京：中華書局，1983年，5277頁。
〔註5〕董誥，《全唐文》，北京：中華書局，1983年，4025～4026頁。

化手法之運用。在他的筆下，鹽具有了人格化的內涵，如「其皎皎兮於川之湄，其鬱鬱兮於川之坻。有美玉之價，沈之而不見；有君子之德，涅之而不緇」一段，作者所展示的似乎是一位謙謙君子的形象，「皎皎」是其純潔之道德，「鬱鬱」是其充實之內蘊。後又云「可以和梅羹之調鼎，致君於堯舜；可以偶胹鱐之入薦，效祉於勳名」，鹽彷彿又成為一位輔佐帝王統治天下的柱石勳臣，中國古代文化中以物比德的傳統影響了閻伯璵對鹽的形象塑造。此賦的結尾亦頗具巧思，以設問的方式表達池鹽應當回報造物者的恩賜。此種寫法既不同於柳宗元專注於表現池鹽生產過程，也有別於郭璞《鹽池賦》純客觀的詠物，而是使鹽與天地、生人緊緊地聯繫在一起，讀來頗覺親切。

　　池鹽關乎國計民生，因而產生鹽池神的崇拜。河東鹽池神的獨特之處在於上陞到了國家祀典的規格。大曆十二年秋，陰雨連綿，嚴重影響了河東池鹽的生產，時為監察御史的崔陲通過戶部侍郎韓滉向朝廷稱解池出產紅鹽為祥瑞之兆。代宗下詔，賜鹽池為「寶應靈慶池」，池神為「寶應靈慶公」，並於次年建廟祭祀，列入國家祀典。鹽池神廟今存，為國內唯一鹽池神廟，國家級文物保護單位。池神廟位於鹽池之北的臥龍崗之上，有池神、風神、日神三大殿。鹽池神崇拜受到統治者的支持，與其重要的經濟貢獻密不可分，與一般的民間信仰截然有別。

　　實質上，大曆十二年因出產瑞鹽而賜號建廟的行為，是統治集團為保證鹽業經濟收入而採取的一項愚民之策。張濯《唐寶應靈慶池神廟記》一文，即記錄了池神廟建立的全部經過，張文云：「頃大曆丁巳，秋雨成災，凡厥井疆，漫為塗潦。今京東和糴使兼知河東租庸鹽鐵侍御史清河崔公陲，時以監察，權領是邦。憂國恤人，籲天有禱。乃徵畚鍤，集役徒，修堤防，導溪潤。積溜鴻湧，白波如山。西迤北匯，散於沒（闕）監斯池町畦不沒，廬室獲全，繄公是賴矣。粵翌日，亦既開霽，紅鹽自生。盈掬傾筐，或璽或栗。形攢伏虎，色澈丹砂。靈貺休徵，古未之有。公乃獻狀於戶部侍郎韓公滉，韓公伏奏於代宗，代宗俾諫議大夫蔣鎮覆之，則編於史冊，薦於郊廟矣。與夫白麟赤雁之應，野蠶稔穀之祥，何以異乎？冬十月，詔賜池名曰寶應靈慶，兼置祠焉。」〔註6〕張文對於製造祥瑞的崔陲讚賞有加，認為瑞鹽可與古之祥瑞媲美，而崔陲亦因此事而由監察御史升職為京東和糴使兼知河東租庸鹽鐵侍御史。觀此廟記，彷彿真是瑞鹽獻兆，嘉惠蒼生之舉。核之史書，實為

〔註6〕董誥，《全唐文》，北京：中華書局，1983年，4550頁。

以韓滉為中心的部分官僚導演的一場騙局。《舊唐書·代宗紀》載，大曆十二年，「冬十月丁亥，戶部待郎、判度支韓滉言解縣兩池生瑞鹽，乃置祠，號寶應靈慶池」〔註7〕。張濯文中所言覆核之蔣鎮，即附和韓滉欺瞞朝野之士。《舊唐書·蔣鎮傳》云：「天寶末舉賢良，累授左拾遺、司封員外郎，轉諫議大夫。時戶部侍郎、判度支韓滉上言：『河中鹽池生瑞鹽，實土德之上瑞。』上以秋霖稍多，水潦為患，不宜生瑞，命鎮馳驛檢行之。鎮奏與滉同，仍上表賀，請宣付史館，並請置神祠，錫其嘉號寶應靈慶池。地霖潦彌月，壞居人廬舍非一，鹽池為潦水所入，其味多苦。韓滉慮鹽戶減稅，詐奏雨不壞池，池生瑞鹽，鎮庇之飾詐，識者醜之。」〔註8〕韓滉時為戶部侍郎，懼潦災影響稅收，故造作瑞鹽之兆，將自然災害帶來的損失轉嫁到普通鹽戶身上，蔣鎮、崔陲皆在其授意下欺君妄民，但其做法為有識之士窺破。此事當為可信，史書記載，同年水災使農業欠收，韓滉故計重演，為正直官員揭露。《舊唐書·代宗紀》大曆十二年條云：「京兆尹黎幹奏水損田三萬一千頃。度支使韓滉奏所損不多。兼渭南令劉藻曲附滉，亦云部內田不損。差御史趙計檢渭南田，亦附滉云不損。上曰：『水旱咸均，不宜渭南獨免。』覆命御史朱敖檢之，渭南損田三千頃。上歎息曰：『縣令職在字人，不損亦宜稱損，損而不聞，豈有恤隱之意耶！』劉藻、趙計皆貶官。」〔註9〕歷代統治者為保證統治集團利益，損民自肥的奸謀屢見不鮮，奇異者，因此奸謀而產生了一流傳千古的池神廟。因此，張濯之文基本上屬諛頌不實之應制創作，文中「色澈丹砂」的紅鹽實際上是洪水中的泥土摻入鹽中之故，而云瑞鹽，落紙欺人，為金石碑刻虛飾不實之一顯例。

　　稍後於張濯的崔敖，貞元十三年作《大唐河東鹽池靈慶公神祠碑》，遠離那一場經濟騙局，以較為客觀的態度敘寫了河東鹽池的歷史和現狀。鹽池所處的地理：「地絡之紀，莫宗於河；陰潛之功，光啓於匯。既略太華，浸淫中條，嶽瀆宣精，融為巨浸，肇有元命，元珪告成。惟其潤下，乃生焉鹵。鹽池之數有九，七在幽朔，二陂河東。皇穹陰騭兆人，眷祐中土，因飲食以致其味，節和齊以調其心。溟溟天池，實曰鹽澤。幅員百里，澄澈萬頃。元極積數，太鹹為䴲。其墟實沈，其宿畢昂，其漕砥柱，其關巔軨。」回顧鹽池唐前之生產歷史：「帝乙建社而臨之，王豹遷都而據之，執其重輕，以曜富有。

〔註7〕劉昫，《舊唐書》，北京：中華書局，1975年，313頁。

〔註8〕劉昫，《舊唐書》，北京：中華書局，1975年，3578頁。

〔註9〕劉昫，《舊唐書》，北京：中華書局，1975年，313頁。

在昔山澤，委於虞衡，周制無徵，漢方盡幹。務其尊稱，蓋用抑商。少府所
尸，均其權量。群族自占，築廬環之。業傳祖考，田有上下。旱理其埤，水
營其高。五夫爲塍，塍有渠；十井爲溝，溝有路。臬之爲畦，醮之爲門。瀆
以渾流，灌以殊源。陰陽相蒸，清濁相孕。動物潛爲，蠢爲陶工。溜孚而凝，
莫見其眹。雪野霜地，積如連山。羨漫區域，歸於塗潦。泉貨之廣，沒於齊
人。皇家不賦，百三十載。」河東鹽池在唐代爲國家所做的巨大貢獻：「玄宗
御國，四十三年，奸（闕）薊邱，燧火通鎬。嗣聖受命，以兵靜之。擊鼓崤
洛，封屍燕趙。卻獫狁於絕漠，走昆夷於窮荒，亶其宸威，風動八極。調發
之費，仰於有司。雖田征益加，而軍實不足，遂收鹽鐵之算，置榷酤之官。
以權合經，以貨聚眾。畫野摽禁，塹川爲壕。西籠解梁，左繚安邑。乃滌場
圃，乃完廥倉，畢其場功，以謹秋備。度土定食，止於中州。濟於橫汾，爰
距隴阪。東下京鄭，而抵於宛。艘連其檣，輦擊其轂，終歲所入，二百千萬。
供塞垣盡敵之賞，減天下大半之租。」朝廷和民眾對鹽池的重視：「然後傳於
甸人，納於醯人。有形有散，以宴以祀。每仲夏初吉，爲墠而饗之。懿夫明
徵，厥有前誌。中宗反政，崇朝而復鹹，大曆窮霖，巨漲而不淡。誠宜命秩，
視彼封君。先皇帝薦靈慶以號神，索氤氳而建廟。拖諸侯之法服，鏘泮懸之
清樂。籍二郡之版六百，隸於司池。故得浮榮光，結顥氣，沖其德，正其味。
粒重英以表稔，花四出而呈瑞，陳陳相因，非秭載可能計矣。」〔註10〕崔敖
所記爲鹽池一簡略歷史。

　　關於鹽池，柳宗元展示了工業生產中蘊含的藝術美，閻伯璵發掘出池鹽
奉養眾生的君子之德，張濯以文學掩飾了行政官僚謀取鹽業之利的愚民意
圖，製造了瑞鹽靈慶的謊言，崔敖則在中唐時代以歷史理性的眼光概述了有
關河東鹽池的過去和現實。

二、鐵製品的藝術描寫

　　唐代河東道鐵的冶煉製造特爲著名。隋唐時期，黃河流域之冶鐵地點大
多集中於河東道，其冶煉分佈點占全國之32%〔註11〕，其中翼城、交城、五
臺、秀容、昌寧、綿上等十餘縣皆有冶鐵點的分佈〔註12〕。河東道冶鑄產品

〔註10〕董誥，《全唐文》，北京：中華書局，1983年，6201～6202頁。
〔註11〕郭聲波，《歷代黃河流域鐵冶點的佈局及其演變》，《陝西師大學報》，1984
　　　　年第3期，48～56頁。
〔註12〕喬志強《山西製鐵史》，太原：山西人民出版社，1978年，7頁。

很多，其中并刀、并剪、鐵鏡皆聞名一時，先後在山西出土了唐代鐵犁、鐵鑿、鐵釜等各種鐵製用具，特別是現存臨汾鐵佛寺之巨型鐵佛頭像和黃河大鐵牛，可見其鑄造技術的極高水平。臨汾鐵佛寺之巨型鐵佛頭像，直徑 4 米，高 6 米。頭像中空，壁厚 6～10 釐米不等，需生鐵 20 餘噸，鐵佛頭用傳統的陶範法分段整鑄而成，技藝精湛〔註 13〕。黃河大鐵牛爲蒲津橋鐵錨，1991 年在蒲津關附近挖出，鐵牛身長 3 米，高 1.9 米，經實測重 50 到 70 噸不等。每一鐵牛有一鐵人牽之，鐵人身高均在 1.9 米以上。「鐵牛是將鑄鐵塊疊置範腔中，然後再將融化的鐵水澆灌在其中，使之與鐵塊融爲一體，巧妙而科學的解決了巨型實體鑄件的冶鑄技術，爲中國冶鑄技術的歷史增添了光輝的一頁。」〔註 14〕

河東道鐵冶發達，鐵製品聞名全國，許多鐵製物產進入文學創作的領域。在文學中有兩種表現方式，一是作爲特定意象出現在詩歌中，如杜甫《戲題王宰畫山水圖歌》中「焉得并州快剪刀，剪取吳淞半江水」，任華《懷素上人草書歌》中「鋒利其如歐冶劍，勁直渾似并州鐵」之句，并州刀剪成爲鋒利的代稱。一是鐵製物品成爲文學直接表現的對象，如柳宗元《晉問》、張說《蒲津橋贊》、胡伯成《鐵元始像贊》、林諤《太原府交城縣石壁寺鐵彌勒像頌》、盧綸《難綰刀子歌》、喬琳《太原進鐵鏡賦》等，其中包括鐵錨、鐵像、鐵刀、鐵鏡，如此數量的地方鐵製物產進入文學表現領域，在貞觀十道中以河東道爲最多。

柳宗元在《晉問》中淋漓盡致地表現了河東鐵製兵器的鋒銳無敵。文云：「大鹵之金，棠之工，火化水淬，器備以充。爲棘爲矛，爲鎩爲鈎，爲鏑爲鏃。爲槊爲鋋。出太白，徵蓐收，召招搖，伏蚩尤，肅肅，合眾靈而成之。博者狹者，曲者直者，歧者勁者，長者短者，攢之如星，奮之如霆，運之如縈，浩浩奕奕，淋淋滌滌，熒熒的的，若雪山冰谷之積。觀者膽掉，目出寒液。當空發耀，英精互繞，晃蕩洞射，天氣盡白，日規爲小，鑠雲破霄，ㄢ墜飛鳥。弓人之弓，函人之甲，膠角百選，犀兕七屬。乃使跟超掖夾之倫，服而持之，南瞰諸華，北讋群夷，技擊節制，聞於天下，是爲善師。延目而望之，固以拳拘喘汗，免冑肉袒，進不敢降，退不敢竄。」

〔註 13〕王福諄，《古代大鐵佛像》，載《鑄造設備研究》，2006 年第 4 期。
〔註 14〕溫澤先、郭貴春主編，山西大學科學技術研究中心編，《山西科技史》（上），山西科學技術出版社，2002 年。

　　文學中還描寫了鐵冶鑄造的景象，如《鐵元始像贊並序》描寫爲道教神仙鑄造鐵像是「銳精足巧，範鐵庄金，煙霏霞裳，鏡寫河目」〔註15〕，《太原府交城縣石壁寺鐵彌勒像頌》寫開元二十六年交城縣石壁寺鐵佛像的冶造：「良冶攻橐，神物助銅，回錄蒸雲而噴練，飛廉噫風而沸液，焰湧鈞外，乃澈金光。」〔註16〕《蒲津橋贊》寫開元十二年玄宗下令冶造鐵索鐵牛以爲蒲津橋永久之固：「於是大匠蔵事，百工獻藝，賦晉國之一鼓，法周官之六齊，飛廉煽炭，祝融理爐，是煉是烹，亦錯亦鍛，結而爲連鎖，鎔而爲伏牛，偶立於兩岸，襟束於中潬，鎖以持航，牛以縶纜，亦將厭水物，奠浮梁。又疏其舟閒，畫其鷁首，必使奔湍不突，積淩不溢。新法既成，永代作則。」〔註17〕

　　喬琳《太原進鐵鏡賦》、盧綸《難綰刀子歌》則以藝術筆墨集中表現了鐵冶工藝的高超水平。

　　《太原進鐵鏡賦》全文云：「晉人用鐵兮從革無方，其或五金同鑄，百鍊爲鋼。雕鐫而雲龍動色，磨瑩而冰雪生光。爛成形於寶鏡，期將達於明王。故有徹侯居守，方物厎貢。擇使而天驥共飛，登車而海月相送。妍嬙之鑒已久，肝膽願呈者眾。鏡之既明，星衢是亨。列照而三光共霽，凝輝而四海俱清。應人無疲，知道不虛受；處己不厚，見心乎砥平。若乃宇宙清朗，提攜偃仰。旁窺而山澤入懷，俯視而雲霄在掌。雖因時而委照，不偏物以呈象。圓規可轉，處順之物攸先；勁質無虧，持盈之道彌張。墨客因進而歌曰：金之精兮眾寶所參，鏡之明兮群象所舍。清至瑩兮氛埃不雜，明至察兮鬼類相慚。幸忝秦臺之一鑒，與飛鵲而圖南。」〔註18〕太原鐵鏡爲朝廷貢品，喬琳爲太原人，或在太原創作此賦。此賦先盛讚太原鐵鏡鑄造之精美，首句云河東道之冶工之技藝縱橫無方，已達隨心所欲之地步。寶鏡鑄成，其形蛟龍動色，其質冰雪生光。後文即鋪寫鐵鏡之種種惠人的美德，鏡之功德也大矣，其明照之能可以使天地清明，「列照而三光共霽，凝輝而四海俱清」；山川萬類，隨物賦形，「旁窺而山澤入懷，俯視而雲霄在掌」；「應人無疲」，有涵容眾生的氣度；「處己不厚」，有卑謙自礪的品格；公正無私，鑒照一切，「雖因時而委照，不偏物以呈象」；既能圓融處世，又保內質無虧，「圓規可轉，處

〔註15〕董誥，《全唐文》，北京：中華書局，1983年，11268頁。

〔註16〕董誥，《全唐文》，北京：中華書局，1983年，3683頁。

〔註17〕董誥，《全唐文》，北京：中華書局，1983年，2277頁。

〔註18〕董誥，《全唐文》，北京：中華書局，1983年，3612頁。

順之物攸先；勁質無虧，持盈之道彌張」。鐵鏡種種美德，已經超越地方物產的限制。此篇成為唐代鐵鏡賦的代表作。

盧綸《難縮刀子歌》讚美并刀的輕薄鋒銳。詩云：「黃金鞘裏青蘆葉，麗若剪成銛且翠。輕冰薄玉狀不分，一尺寒光堪決雲。吹毛可試不可觸，似有蟲搜闞裂文。淬之幾墮前池水，焉知不是蛟龍子。割雞刺虎皆若空，願應君心逐君指。并州難縮竟何人，每成此物如有神。」刀上刻有工匠之名，名為「難縮」，詩人賞愛寶刀，進而對鍛刀人起驚佩之情。首二句寫詩人的第一感覺，「黃金鞘裏青蘆葉，麗若剪成銛且翠」，寶刀從黃金鞘裏抽出，乍看之下猶如青青之蘆葦葉，修長而輕薄，柔麗之狀又彷彿是用剪刀裁成，持在手中似傾動的羽扇，并剪裁并刀，真是奇妙的聯想。次二句寫寶刀之寒刃，「輕冰薄玉狀不分，一尺寒光堪決雲」，如冰似玉，莫名其狀，寒刃白光直衝雲霄，有斬天裂地之勢，同樣由視覺引動詩思，而與首句的陰柔之觀感截然相反。五六句寫觸覺上的若即若離之感，「吹毛可試不可觸，似有蟲搜闞裂文」，鋒刃吹毛可斷，遂逗起以手觸摸之念，然終未相接，不是懼利刃傷身，而是看見刀上的細微斑點，彷彿檢查寶刀是否存在裂紋的小蟲，不忍打擾它們。此句另一層意思說明此刀完美無缺，那些從鑄刀成功之日起即搜檢裂紋的小蟲還在不停地尋找。七八句是詩人聽聞他人講述寶刀的故事，「淬之幾墮前池水，焉知不是蛟龍子」，持刀人告訴詩人，鑄造此刀淬火時曾經差點掉進池水之中，詩人遽起疑問，也許這把刀的前身就是蛟龍之子吧！九十句寫寶刀與持刀人的親密關係，「割雞刺虎皆若空，願應君心逐君指」，既然是吹毛利刃，則任君所指，無不披靡，寶刀似乎變成一位衝鋒陷陣的猛士。盧綸此篇，實在是唐代文學中描寫寶刀的名作，是并州名匠難縮的高超技藝成就了此詩，難縮亦因此詩而流傳千載。

三、唐代葡萄詩

今存唐詩中專題吟詠葡萄的有六篇，其中五篇所詠與河東葡萄相關。姚合《謝汾州田大夫寄茸氍葡萄》，劉禹錫《葡萄歌》、《和令狐相公謝太原李侍中寄蒲桃》，唐彥謙《葡萄》、《詠葡萄》，是為河東道之葡萄種植業為唐詩題材的獨有貢獻。

唐代河東道在葡萄種植地理分佈中佔有重要地位〔註 19〕。王賽時先生在

〔註 19〕陳習剛，《唐代葡萄種植分佈》，載《湖北大學學報》，2001 年第 1 期。

梳理山西釀酒歷史時認為，唐代西域與內地的往來非常密切，其中葡萄良種遠行千里率先在河東道境內生根結果。經過一段時間的培育，河東葡萄生長旺盛，品質優良，逐漸推廣了種植面積，為葡萄釀酒業提供了豐富的原料，河東也因此率先掀起了葡萄釀酒業的高潮〔註20〕。河東葡萄又以太原最為有名，按諸史籍文獻，葡萄及葡萄酒多列入太原特產。《元和郡縣圖志》卷十三河東道二太原府開元貢賦中有「葡萄」，《通典・食貨六・賦稅下》載太原府貢品有「葡萄粉屑」〔註21〕。按「葡萄粉屑」殊不可解，疑《通典》此處有脫文。據《新唐書・地理志》太原府土貢有「蒲萄酒及煎玉粉屑」〔註22〕，《通典》所載當與《新唐書》相類。《新唐書・地理志》太原府土貢有「葡萄酒」，《諸道山河地名要略第二》太原土產有「葡萄」。《冊府元龜》卷168《帝王部》載開成元年十二月唐文宗下詔停止河東道進貢葡萄酒，可知從盛唐至晚唐河東葡萄及葡萄酒一直為朝廷貢品。

葡萄既為河東特產，遂成為官僚朋友間傳遞情意的佳禮。河東節度使李光顏給令狐楚寄贈太原葡萄，令狐楚作詩《謝太原李侍中寄蒲桃》答謝，劉禹錫又和之《和令狐相公謝太原李侍中寄蒲桃》，楚詩已佚，劉詩今存。汾州田大夫寄給姚合葡萄和茸氈，姚合作詩《謝汾州田大夫寄茸氈葡萄》謝之。這兩首詩把葡萄的讚美與友人的情誼結合起來，使得葡萄在自然美之外增加了動人的情味。姚合詩云：「筐封紫葡萄，筒卷白茸毛。臥暖身應健，含消齒免勞。衾衣疏不稱，梨栗鄙難高。曉起題詩報，寒澌滿筆毫。」因田大夫所贈為兩種特產，此首五律之前三聯兩兩分承寫葡萄和茸氈，筆致淳樸，用語直白。田大夫，陶敏《全唐詩人名彙考》疑為田牟，田牟會昌元年任天德軍使，陶敏先生疑田牟此前為汾州刺史，時姚合年近六十，已入老年，如此則詩中「含消齒免勞」實為表達田大夫寄贈葡萄對老年人的體恤之情。「梨栗鄙難高」則在與其它水果的對比中突出葡萄的高雅品位。相較之下，劉禹錫《和令狐相公謝太原李侍中寄蒲桃》的表現更充滿動人的詩意，詩云：「珍果出西域，移根到北方。晉年隨漢使，今日寄梁王。上相芳緘至，行臺綺席張。魚鱗含宿潤，馬乳帶殘霜。染指鉛粉膩，滿喉甘露香。醞成十日酒，味敵五雲漿。咀嚼停金盞，稱嗟響畫堂。慚非末至客，不得一枝嘗。」詩歌以藝術的

〔註20〕王賽時，《山西釀酒史略》，《晉陽學刊》，1994年6期，93頁。

〔註21〕杜佑，《通典》，北京：中華書局，1988年，113頁。

〔註22〕歐陽修、宋祁，《新唐書》，北京：中華書局，1975年，1003頁。

方式描述了葡萄作為禮品被傳遞食用的過程。原產西域的珍果當年跟隨漢使移植河東，今日寄給坐鎮的封疆大吏。剛剛接到寄贈的書信，馬上鋪開綺席，端上遠來的禮品。鮮美的葡萄看去似「魚鱗含宿潤，馬乳帶殘霜」，輕拈的手感如「染指鉛粉膩」，入口則滿是大自然的芬芳，「滿喉甘露香」。眾賓客停下杯中之酒，紛紛品嘗，畫堂之上，讚美之聲不絕。很遺憾啊，這樣精美的水果，我卻錯過了享用的機會。

劉禹錫另一首《蒲桃歌》亦以敘事的方式展現了葡萄的栽種和生長過程。詩人在野外發現了一株葡萄樹，移到庭院之中，「野田生葡萄，纏繞一枝高。移來碧墀下，張王日日高」；仔細修理那屈曲淩亂的藤蔓，葡萄枝葉舒展開來，「分岐浩繁縟，修蔓蟠詰曲。揚翹向庭柯，意思如有屬」；立起高高的支架，藤蔓四布蔓延，在廊軒之前垂枝灑綠，「為之立長架，布濩當軒綠」；用米汁灌溉增加它的養分，精心地梳理根部的泥土，看著汁液靜靜地滲入，「米液漑其根，理疏看滲瀝」；白葡萄終於長成，滿架的珍珠串串，似輕霜拂乳，龍鱗曜日，「繁葩組綬結，懸實珠璣纍。馬乳帶輕霜，龍鱗曜初旭」，真是視覺的享受。詩歌最後以一位河東客人的對話傳達葡萄的無限價值，「有客汾陰至，臨堂瞪雙目。自言我晉人，種此如種玉。釀之成美酒，令人飲不足。為君持一斗，往取涼州牧」。葡萄如美玉，釀成葡萄美酒亦醉人心魄，持取美酒獻給達官顯貴，即能博取當世的功名。

晚唐太原詩人唐彥謙亦有詠葡萄之作，與劉禹錫注重實用功能，從敘事角度正面描寫的表現方式不同，唐彥謙從側面渲染，展現了葡萄自然的美麗。《葡萄》與《詠葡萄》皆以美人和葡萄相映相襯，一以簡淨空靈，一以繁複飽滿，風格迥異。

《葡萄》詩云：「金谷風露涼，綠珠醉初醒。珠帳夜不收，月明墮清影。」金谷園中，經過了一場酣飲，美麗的姬妾醉倒在葡萄架下。夜半時分醒來，清風細細，露點輕寒。美麗的葡萄架正是華貴的床帳呢，顆顆葡萄如亮麗的珍珠裝飾了美人的夜，明月當空，灑下了簇簇的清姿，與美人的身影交織在一起，再也分不清何者是美人，何者是葡萄，簡直可以說，葡萄在那時節就化作了美人。詩人寫葡萄，詩中卻不見一句對葡萄的描摹，從葡萄之下的醉美人寫起，又以醉美人結束，空靈極了，暗喻、雙關修辭的運用，把主題表達得撲朔迷離。詩人明言寫葡萄，不見葡萄之形，卻傳達出了葡萄的靈魂。

《詠葡萄》一首則在與《葡萄》相似的背景上，增加了繁複的意象，增

強了畫面的明晰性，把葡萄與人、與天地自然的關係表達得飽滿淋漓。詩云：「西園晚霽浮嫩涼，開尊漫摘葡萄嘗。滿架高撐紫絡索，一枝斜軃金琅璫。天風颼颼葉栩栩，蝴蝶聲乾作晴雨。神蛟清夜蟄寒潭，萬片濕雲飛不起。石家美人金谷遊，羅幃翠幕珊瑚鈎。玉盤新薦入華屋，珠帳高懸夜不收。勝遊記得當年景，清氣逼人毛骨冷。笑呼明鏡上遙天，醉倚銀床弄秋影。」詩歌層疊間呈現了兩個時間段的葡萄畫面：詩人當下飲美酒，品葡萄；歷史中金谷美人的葡萄園之遊。

詩歌前八句敘寫詩人在西園裏的夜飲，以葡萄開篇，漸進把筆墨推向葡萄之外的大自然。首二句直寫雨後天晴之傍晚，乘著絲絲涼意，詩人往西園開樽飲酒，漫嘗葡萄；三四句轉入眼中所見的葡萄架，紫藤滿架，如日常佩戴的纓絡，串串果實，似美人頭飾的琅璫；五六句訴諸聽覺，叢繞著葡萄，青葉在晚風吹拂下簌簌作響，蝴蝶聲聲預告著晚晴的天氣；七八句將視線推向天地自然，西園寒潭中的蛟龍已經沉睡，天空中破碎的濕雲飛不動了，靜靜停留在夜空之上。葡萄與品嘗葡萄之人都被包裹在靜謐的宇宙之中，彷彿互不相關，又恰切地融為一體。

後八句為詩歌的第二層次，西園飲酒的此情此景把詩人的思緒帶入歷史，想像當年石崇的姬妾夜遊金谷園之風流韻事。此段描寫與《葡萄》筆致相近，而略微鋪展，少自然空靈，多華貴質實。羅幃、翠幕、珊瑚鈎、玉盤、華屋、珠帳、銀床等意象增加了貴族生活的豪奢氣息，較之《葡萄》意象之簡約，稍顯繁複，然而亦非劣筆，翠、玉、珠、銀等色彩的運用素淡清雅，與清新自然的葡萄色調協調一致。然而最後兩句「笑呼明鏡上遙天，醉倚銀床弄秋影」把葡萄美人相映朦朧的意境打破了，成為美人的獨舞，詩人也在這裏把葡萄定格在歷史的回憶中。

《詠葡萄》前後兩部分在現實和歷史之間產生了一種審美的張力，美麗清潤的葡萄使詩人與古代的美人相接相遇，這源於他們對葡萄的一種共同感覺。此種感覺超越於口腹之欲，上陞到美的層次。歷史中的美人與葡萄、與自然融合，夜飲西園的詩人再次感受到了這一境界，既是美的今古相通，也是大自然的恩賜，而當歷史中的美人和葡萄進入詩人心靈的那一刻，葡萄這種珍果，就同時蘊含了一層濃厚的人文色彩。

太原的葡萄，不僅進入詩人的視野，也成為小說描寫的對象。晚唐志怪小說集《宣室志》中即記載了唐代唯一的一則葡萄成精的故事。小說云：「晉

陽西有童子寺，在郊牧之外。貞元中，有鄧珪者寓居於寺。是歲秋，與朋友數輩會宿，既闔扉後，忽見一手自牖間入。其手色黃而瘦甚，眾視之，懼栗然，獨珪無所懼。及聞牖間有吟嘯之聲，珪知其怪耳，訊之曰：『汝爲誰？』對曰：『吾隱居山谷有年矣。今夕從風月之遊，聞先生在此，故來奉謁；誠不當列先生之席，願得坐牖下，聽先生與客談，足矣。』珪許之。既坐，與諸客談笑極歡。久之告去，將行，謂珪曰：『明夕當再來，願先生勿擯。』既去，珪與諸客議曰：『此必鬼也，不窮其迹，且將爲患。』於是緝絲爲緝數百尋，候其再來，必縛之。明夕果來，又以手出於牖間，珪即以緝繫其臂，牢不可解。聞牖間問：『何罪而見縛，其義安在？得無悔邪？』遂引緝而去。至明日，珪與諸客俱窮其迹，至寺北百餘步，有蒲萄一株甚蕃茂，而緝繫其枝，有葉類人手，果牖間所見者。遂命掘其根而焚之。怪遂絕矣。」〔註23〕故事發生在北都晉陽，自與此地發達的葡萄種植業相關。可惜此篇小說純爲記異，無寓託，且讀書士人焚毀嚮慕風雅的葡萄樹精，實在大煞風景。

四、太原駿馬的藝術形象

　　太原以北在唐代屬於國家重要的牧馬基地。代北、晉西北地區氣候寒冷，多山地、丘陵，草場資源豐富，爲天然牧場。唐代在此地區設置國家養馬場，據《新唐書・兵志》載，唐玄宗開元時設置牧馬監，其中設「三監於嵐州」，「統樓煩、玄池、天池之監」〔註24〕。此期樓煩監由嵐州刺史兼領，至貞元十五年，楊鉢爲監牧使，遂專領監司，不繫州司〔註25〕。今方山縣、靜樂縣尚留存唐時馬坊、馬圈遺迹。另外此地區爲少數民族聚居區，私家養馬亦頗爲興盛。史念海先生推測，北魏末年的尒朱榮據有北秀容（唐屬朔州）之地，畜牧之富乃以谷量牛馬，至唐代，此一地域仍當延續舊習，以畜牧爲務〔註26〕。後唐的李存孝崛起代北，曾經說「吾家以養馬爲生」〔註27〕。太原以北馬場不僅馬匹數量巨大，而且在唐玄宗時通過互市的方式，從塞外引進了良種，增強了馬匹質量。《新唐書・兵志》云唐玄宗時，「突厥款塞，玄宗厚撫

〔註23〕《唐五代筆記小說大觀》，上海：上海古籍出版社，2000年，1024頁。
〔註24〕歐陽修、宋祁，《新唐書》，北京：中華書局，1975年，1338頁。
〔註25〕劉昫，《舊唐書》，北京：中華書局，1975年，1486頁。
〔註26〕史念海，《隋唐時期農牧地區的演變及其影響》，載《中國歷史地理論叢》，1995年第2期，6頁。
〔註27〕歐陽修，《新五代史》，北京：中華書局，514頁。

之，歲許朔方軍西受降城爲互市，以金帛市馬，於河東、朔方、隴右牧之。既雜胡種，馬乃益壯」〔註 28〕。《資治通鑑》卷 215 天寶五載亦載：「王忠嗣爲河西、隴右節度使，兼知朔方、河東節度事。忠嗣始在朔方、河東，每互市，高估馬價，諸胡聞之，爭賣馬於唐，忠嗣皆買之。由是胡馬少，唐兵益壯。」〔註 29〕因此之故，樓煩監常常成爲封建割據者覬覦的對象，《新唐書‧兵志》云：「安祿山以內外閑廄都使兼知樓煩監，陰選勝甲馬歸范陽，故其兵力傾天下而卒反。」〔註 30〕到晚唐時盤踞代北的李克用亦與中央政府爭奪樓煩監，《資治通鑑》卷 259 載：中和二年，李克用「據忻、代州，數侵掠并、汾，爭樓煩監」〔註 31〕。

河東道北部既爲唐代養馬基地，太原駿馬即常常成爲文學家表現的對象。柳宗元《晉問》以飽滿的筆墨展現了河東駿馬的形象，其文云：「晉國多馬，屈焉是產。土寒氣勁，崖拆谷裂，草木短縮，鳥獸墜匿，而馬蕃焉。師師，溶溶，驎驎，或赤或黃，或元或蒼，或醇或龍，黝然而陰，炳然而陽，若旌旃旛幟之煌煌。乍進乍止，乍伏乍起，乍奔乍躓，若江漢之水，疾風驅濤，擊山蕩壑，雲沸而不止。群飲源稿，回食野赭，浴川蹙浪，噴震播灑，潰潰焉若海神駕雪而來下。觀其四散恟，開闔萬狀，喜者鵲屬，怒者人搏，決然坌躍，千里相角。風霧鬐，山抉壑，耳搖層雲，腹捎眾木，寂寥遠遊，不久而復。攫地跳梁，堅骨蘭筋，交頸互齧，鬥目相馴，聚溲更噓。昂首張斷。其小者則連牽繳繞，仰乳俯，蟻雜螽集，啾啾集，旅走叢立。其材之可者，收斂攻教，掉手飛糜，指毛命物，百步就羈。牽以荀息，御以王良，超以范軮，軒以欒針，以佃以戎，獸獲敵摧。」柳宗元此賦所寫並非眼前實有駿馬奔馳的種種實相，爲作者的虛擬想像。此處實在難以分別太原駿馬與隴右、朔方駿馬的特徵，只能說，由於太原盛產馬匹的緣故，使得唐代文學中增加了新的文學形象，並且給傳統的詠物詩帶來了一種新的創作方式。

首先，在唐代刻畫馬的文學作品中，出現了前所未有的馬駒形象，此馬駒即來自河東道，而且是由人原幕府义人令狐楚完成的。令狐楚貞元十一年至元和二年爲河東節度使掌書記，在幕府期間，節鎮轄區產一特異馬駒，節

〔註 28〕歐陽修、宋祁，《新唐書》，北京：中華書局，1975 年，1338 頁。
〔註 29〕司馬光，《資治通鑒》，北京：中華書局，1975 年，6871 頁。
〔註 30〕歐陽修、宋祁，《新唐書》，北京：中華書局，1975 年，1339 頁。
〔註 31〕司馬光，《資治通鑒》，北京：中華書局，1975 年，8276 頁。

度使以貢物進獻皇帝，令狐楚代作表狀之文，其中《進異馬駒表》即塑造了一匹神韻飽滿的馬駒形象。全文云：「臣某言：得當道征馬使穆林狀稱：忻州定襄縣王進封村界，去五月十二日夜，孳化馬群內異駒一匹，白驠文馬，畫圖送到者。臣謹差虞候辛峻專往考驗，併母取到太原府，而毛色變換與青色，駝頭跌額，紅鼻肉駿，尾上茸毛，額帶星及旋，肋骨左右各十八枝，四蹄青，兩眼黑。續得穆林狀稱：當生之夜，群馬皆嘶，靈質炳然，休徵備矣。中謝。臣聞馬之精也，自天而降；馬之功也，行地無疆。是以武藉其威，文榮其德。謹按《馬經》云：肋數十六者行千里。伏惟陛下握負圖之瑞，總服皀之靈，異物殊祥，蔚然叢集。臣觀前件駒靈表挺特，雄姿逸異，頸昂昂而鳳顧，尾宛宛以虯蟠，信坤元之利貞，誠太乙之元覒。自將到府，便麗於宮，每飲以清池，牧於芳草，則彌日翹立，驅之不前。及長風時來，微雨新霽，輒驤首奔騁，追之莫及。臣某恒親省視，專遣柔馴，倘駿骨峰生，奇毛日就，獲登華廄，既備屬車，遠齊飛兔之名，上奉應龍之馭。天下大慶，微臣至願。見今養飼，至秋中，即專進獻。伏惟陛下兼愛好奇，想其風采。今謹圖畫隨表上進，伏乞聖恩宣付史館，俾此丕烈，垂於無窮。臣無任戰越之至。」文中突出馬駒之奇，從三點渲染：馬駒出生時的異象「當生之夜，群馬皆嘶」；生理特徵，肋骨左右各十六條，引《馬經》之說爲千里馬；馬駒神駿之姿，表文前半寫馬駒之形，後半寫馬駒之神，形神兼備。特別是「每飲以清池」至「追之莫及」，表現馬駒不受束縛，愛好奔馳的自由個性，尤爲精彩。王志堅《四六法海》評云：「詩文中形容良馬不乏，若生馬駒，則未有如此篇之得景也。」確爲古典文學中刻畫馬駒的優秀之作。

其次，圍繞太原名馬，出現了以群體唱和詠馬的創作形式。太原多駿馬，名馬因之成爲官僚故舊之間饋贈的禮品。白居易甚至主動向河東節度使索馬以代步，裴度爲河東節度使期間，白居易曾致書裴度欲寄奴買馬，裴度作《誚樂天寄奴買馬》作答，劉禹錫再和之《裴令公見示誚樂天寄奴買馬絕句斐言仰和且戲樂天》；李程爲河東節度使時，白居易寄詩求馬《出使在途所騎馬死改乘肩輿將歸長安偶詠……寄太原李相公》，詩中云：「并州好馬應無數，不怕旌旆試覓看。」

因節度使贈馬之故，元和十五年形成了一次頗具規模的詠馬詩唱和活動。河東節度使裴度贈張籍太原名馬，張籍作詩《謝裴司空寄馬》答謝，裴度作《酬張秘書因寄奴贈詩》酬之。圍繞裴、張爲中心，同時詩人紛紛唱和，

韓愈《賀張十八秘書得裴司空馬》、元稹《和張秘書因寄馬贈詩》、白居易《和張十八秘書謝裴相公寄馬》為和張籍之作；張賈《和裴司空答張秘書贈馬詩》、李絳《和裴相國答張秘書贈馬詩》、劉禹錫《裴相公大學士見示答張秘書謝馬詩並群公屬和因命追作》為和裴度之作。其中張籍元和十五年為秘書省校書郎，白居易為主客郎中知制誥，韓愈為國子祭酒，元稹為祠部郎中知制誥，張賈時為太常少卿攝御史中丞，李絳為兵部尚書，劉禹錫元和十五年外任，至大和二年始還朝為主客郎中，時裴度為相，命劉禹錫追和。參與唱和活動的詩人共八人，唱和詩體為七律，共用三個韻部：上平「七虞」、「十二文」，下平「八庚」。無論原詩還是和作，都在詠馬中充分展示了多樣化的風格。

　　張籍和裴度最初的唱和純屬人情禮節之往來，中規中矩，詩歌所表達的意旨符合他們各自的身份。張籍謝詩云：「驊耳新駒駿得名，司空遠自寄書生。乍離華廄移蹄澀，初到貧家舉眼驚。每被閒人來借問，多尋古寺獨騎行。長思歲旦沙堤上，得從鳴珂傍火城。」〔註32〕裴度酬答云：「滿城馳逐皆求馬，古寺閒行獨與君。代步本慚非逸足，緣情何幸枉高文。若逢佳麗從將換，莫共駑駘角出群。飛控著鞭能顧我，當時王粲亦從軍。」張、裴二詩皆未正面描寫駿馬，而是寫因馬引發的生活變化和心態。張籍時為秘書省校書郎，與貴為宰相的裴度相較，社會地位懸殊之甚。得到太原之名馬本應興奮自豪才是，而給詩人帶來的卻是受人猜疑的煩惱。頷聯傳達出的意義是，華貴的駿馬與貧困的家庭形成鮮明的反差，腹聯緊接著寫由這種客觀反差帶來的世人的詢問，反映出一般社會的勢利觀念。詩云「每被閒人來借問」，一「閒」字，透露出詩人對市儈鄙夷的態度。詩人煩不勝煩，還是避開眾人的眼光為好，「多尋古寺獨騎行」，多少帶有一些無奈之情。末聯云等新年之際，騎馬出行，揚眉吐氣，傲對俗人的猜忌。贈馬為美事，未曾想卻給友人增添如許煩惱，裴度答詩即以安慰為主。裴詩首聯即想像一方是世俗之人在城中尋找張籍的駿馬，一方是詩人獨自閒行在古寺的小路上，對張籍的淡泊名利頗有贊許之意。頷聯即客套語，馬非好馬，何勞寄詩申謝呢！後兩聯即裴度對詩人的安慰和期待，文士騎馬從軍，自古有之。如有機會，騎馬來太原軍幕，立功當世！

　　諸人和作，元稹之詩充滿幽默調侃之意味：「丞相功高厭武名，牽將戰馬寄儒生。四蹄筍距藏雖盡，六尺鬃頭見尚驚。減粟偷兒憎未飽，騎驢詩客罵先行。勸君還卻司空著，莫遣銜參傍子城。」家庭貧困，詩人只能節省糧食

〔註32〕徐禮節、余恕誠，《張籍集繫年校注》，北京：中華書局，2011年，431頁。

飼養戰馬，家人則不免飢餓之虞；與朋友一起出遊，張籍跨馬先行，遭致那些騎驢詩友的嘲罵。元稹奉勸詩人還是把駿馬歸還裴度，以免遭人參奏。白居易之作則幽默中含有勸勉之意，詩云：「齒齊膘足毛頭膩，秘閣張郎叱撥駒。洗了頷花翻假錦，走時蹄汗踏眞珠。青衫乍見曾驚否？紅粟難賒得飽無？丞相寄來應有意，遣君騎去上雲衢。」雖然貧困之家難以飼養名貴戰馬，但丞相贈馬非爲代步，實爲人生之激勵。張賈、李絳亦表達了同樣的意旨，張賈詩云「須知上宰吹噓意，送入天門上路行」，李絳詩云「伏櫪莫令空度歲，黃金結束取功勳」。劉禹錫爲追和之作，與眾人專從張籍著眼不同，他在詩作中讚揚了裴度賞愛賢才的品格。詩云：「草玄門戶少塵埃，丞相并州寄馬來。初自塞垣銜苜蓿，忽行幽徑破莓苔。尋花緩轡威遲去，帶酒垂鞭蹀躞回。不與王侯與詞客，知輕富貴重清才。」唱和詩主要是借詠馬寫人情，或調侃、或勸勉、或讚美、或囑託，種種人情盡在其中。

此次唱和中正面寫馬的詩句雖然不多，然組合眾人之觀察，可見此馬之立體形象。張籍云「騄耳新駒駿得名」，可知是一匹小馬；元稹云「六尺鬃頭見尙驚」，可見馬的高大；白居易云「齒齊膘足毛頭膩」，寫小馬剛剛成年之狀；韓愈「毛色桃花眼鏡明」，是馬的毛色和神采；韓愈之「落日已曾交轡語，春風還擬並鞍行」和李絳之「縱橫逸氣寧稱力，馳騁長途定出群」描寫駿馬的速度，一爲比擬，一爲說明；張賈之「步步自憐春日影，蕭蕭猶起朔風聲」，則傳達出駿馬孤高自許的不凡品性；劉禹錫之「初自塞垣銜苜蓿，忽行幽徑破莓苔。尋花緩轡威遲去，帶酒垂鞭蹀躞回」，展現的是駿馬安閒泰然的風姿。

河東道物產進入文學描寫的很多，然以鹽、鐵、葡萄和馬最爲突出，爲唐代文學在題材方面的拓展有獨特之貢獻，同時也屬於三晉文化與唐代文學關係中最外在的層次。

第二節　后土文化與小說創作——《后土夫人傳》的主題分析

《后土夫人傳》是唐代一篇寫神人遇合的傳奇小說，以后土祠神和唐代女皇爲主人公。傳文大意是：士子韋安道久舉不第，大定年中早出洛陽，遇后土夫人出行儀仗，華貴威嚴如王者。經宮監令導引，謁見后土夫人。夫人主動下降爲安道之妻，以禮拜謁夫家，安道父母見其富貴，懼罹禍，遂上奏

則天女皇。武后先後派九思、懷素和明崇儼以術制之，反爲所敗。安道之父命安道曉諭后土夫人，夫人涕泣辭去。夫人領安道大會四方百神，引薦於武后，以冥數官職囑託之。後安道辭去，受武則天召見，授官魏王府長史。天策中安道卒。

關於此篇小說的主題，有二說，諷刺說和豔遇說。

宋人葉夢得、陳師道主諷刺說。葉夢得《避暑錄話》卷三云：「唐人至有爲《后土夫人傳》者，……后土夫人，蓋譏武后，然託論亦不當如此也。」宋《藝苑雌黃》引陳師道《詩話》云：「宋玉爲《高唐賦》，載巫山神女遇楚襄王，蓋有所諷也，而文士多倣之，又爲傳記以實之，而天地百神，舉無免者。予謂欲界諸天，當有配偶，有無偶者，皆無欲也。唐人記后土事，以譏武后耳。」〔註33〕《藝苑雌黃》作者更認爲武后不足譏，「而託之后土，亦大褻矣。」眾人所云譏刺而未明言所指具體情事，大約指武后蓄面首穢聞。

主豔遇說者屬多數，後代小說選本皆目爲情愛類。南宋《綠窗新話》卷上題名爲《韋生遇后土夫人》，屬節錄，《豔異編》、《情史》皆著錄其原文。當代李劍國先生亦主文人豔遇之說，其《唐五代志怪傳奇敘錄》下冊《后土夫人傳》條云：「宋人謂此傳以譏武后，今觀傳中稱武后爲天后，大羅天女，出言頗敬，並無譏意，彼非主角，僅敘而及之耳。作者蓋託人神遇合，逞文士風流自得之情。不惟遇合神女荒誕無稽，即韋眞、韋安道亦屬子虛。韋眞，違眞也，韋安道，安可言道也，此亦元無有、成自虛之術，明非眞人矣。傳云安道久舉不第，則又似科場失意者爲之，聊發異想，自醉自慰耳。」筆者認同李先生出言頗敬、虛擬人物之說，然而出言頗敬並非不能在小說中表達微諷之意，虛擬主人公也非憑空捏造。李先生云「逞文士風流自得之情」，「自醉自慰」，於小說中細繹之，實未能感覺到文人獵豔之卑劣旨趣。而且在小說中，韋安道與后土夫人遇合情節部分，並無任何猥褻肉欲的成分，男女之情較爲淡薄。作者所突出的是夫妻之緣而非男女之情，其中關於遇合的描寫只有以下寥寥數句：「奏樂飲饌，及皆而罷。則以其夕偶之，尙處子也。如此者，蓋十餘日。」並未展開情會場面的細緻描摹，小說中二人的親昵之事只此一處，在千餘言的篇幅中只占很小的比例。小說分爲三大部分：第一部分，韋安道偶遇后土夫人的曲折過程，第二部分，后土夫人拜謁舅姑後，與武則天派來的僧道術士鬥法，第三部分，后土夫人辭韋安道家而去，會見四方神靈

〔註33〕　胡仔，《苕溪漁隱叢話》，北京：人民文學出版社，1962年。

及國王，薦韋安道與武后事，大量的篇幅中並無文人豔事的渲染。故僅以神人遇合便遽定爲小說創作是出於文人自醉自慰之動機，似還不能表盡該篇小說的內在意蘊。筆者以爲，此篇傳奇是借文士遇合對武則天進行溫和諷刺的隱喻性小說，小說中后土夫人和武則天實在是兩個相對立又相重合的主人公，男主角韋安道只是鏈接兩者的一個道具而已，在一定程度上對歷史人物也有所影射。

一、小說中人物原型

《后土夫人傳》中出現的有姓名官職的出場人物和潛在未出場人物共九人，依先後次序是韋安道、后土夫人、宮監、韋眞、武則天、九思、懷素、明崇儼、魏王，可以分爲三組，后土夫人與宮監一組，韋安道、韋眞一組，武則天、九思、懷素、明崇儼、魏王一組。這些小說人物的安排選擇，大都有歷史現實的依據。

（一）后土夫人

民間自古有后土信仰，原爲男性神祇。《禮記・月令》稱顓頊子爲后土，《祭法》稱共工子爲后土，《左傳》云共工子勾龍爲后土。至唐則出現女性神祇。據《舊唐書・禮儀志》四記載：「脽上有后土祠，嘗爲婦人塑像，則天時移河西梁山神塑像，就祠中配焉。至是（開元十一年），有司送梁山神像於祠外之別室，內出錦繡衣服，以上后土之神，乃更加裝飾焉。」〔註34〕唐時后土祠神已經爲女性，武則天配以男性神靈爲夫婦，唐玄宗又遷出之，是否有所寓意不得而知。而世俗人情實在難免。李劍國先生云：「世俗常以人情揆諸神，皇天后土本屬相對，天陽地陰，后土自當爲女性，古神話之土地神后土衍爲后土夫人，正猶觀世音之爲女身，俗情使然。而神亦人也，故后土夫人必應有配，梁山神之配雖屬不倫，要亦可睹俗情。玄宗詔去梁山神，致后土鸞孤鳳單，乃有韋安道出焉。」〔註35〕推測將后土夫人寫進神人遇合小說之緣由，頗合情理。此后土夫人是否即汾陰后土祠所祀，即不能遽定。不過，據《綠窗新話》卷上《韋生遇后土夫人》，文中有「又西乃黃河汾水」之句，可以確定，其故事在流傳中有指向汾陰后土祠的傾向。

〔註34〕劉昫，《舊唐書》，北京：中華書局，1975 年，928 頁。
〔註35〕李劍國，《唐五代志怪傳奇敍錄》，天津：南開大學出版社，1993 年，567 頁。

（二）武則天

唐女皇。其主要經歷如下：貞觀十一年，十四歲，入宮爲唐太宗才人，稱「媚娘」；貞觀二十三年入長安感業寺爲尼，永徽三年再入宮，經殘酷後宮鬥爭，永徽六年爲皇后，逐漸參與朝政管理；麟德元年（664），高宗與武后稱聖皇聖后，百司奏事並稱二聖，垂簾聽政；上元元年（674），稱爲天后，建言「十二條」；次年，高宗病重不能聽朝，自此政事全委託武則天；弘道元年高宗崩，武則天攝政，先後立中宗李顯、睿宗李旦爲帝，皆爲傀儡。天授二年改國號爲周，登基爲帝，稱「聖神皇帝」。神龍元年（705）五王政變，則天退位。

《后土夫人傳》將武則天與后土夫人相較相接，有一定現實交接之依據。第一，據上引《舊唐書・禮儀志》記載，武則天曾取河西梁山男性神配后土夫人，儘管在小說中爲后土夫人自動下嫁韋安道，而非奉武則天之命。然而此女神婚姻曾經皇帝垂顧，民間豔傳，故小說作者自然將其列爲小說人物。第二，乾封元年，高宗與武則天至泰山行封禪大典。前此歷代封禪，禪梁甫亞獻、終獻皆爲男性，武則天提出應以女性爲之。《資治通鑑》卷 201 麟德二年，冬十月，癸丑，皇后表稱「封禪舊儀，祭皇地祇，太后昭配，而令公卿行事，禮有未安，至日，妾請帥內外命婦奠獻。」詔：「禪社首以皇后爲亞獻，越國太妃燕氏爲終獻。」〔註36〕後果行之。祠泰山梁父實際上即是祭祀后土神。《史記・封禪書》中載秦始皇祠名山大川及八神，八神之首二位即是大地之神，「一曰天主，祠天齊」，「二曰地主，祠泰山梁父」〔註37〕。后土神即「地主」，《禮記・月令》：「中央土，其日戊巳，其帝黃帝，其神后土。」又《資治通鑑》麟德二年十月條封禪壇設「上帝、后土位」，則社首神爲后土無疑。又《舊唐書・禮儀志》四載唐玄宗開元十一年準備祠后土，「又於祠堂院外設壇，如皇地祇之制」。可知禪梁父、祠后土所祭同爲皇地祇。故武則天在封禪活動中親自祭拜后土神祇，小說中即出現后土夫人接見武后之情節。作家於小說中的情節構思一般都有現實生活中事件的推動促發因素。第三，武則大籍貫冀河東道文水縣，后土祠所在的汾陰亦屬於河東道，是爲作者牽合虛構的一個次要因素。

（三）韋安道

韋安道，唐無其人，爲虛構人物無疑。然虛構之方式卻有二說。宋胡仔《苕溪漁隱叢話》後集卷 18《羅隱》引《藝苑雌黃》云晚唐高駢聽信術

〔註36〕司馬光，《資治通鑑》，北京：中華書局，1996 年，6344～6345 頁。
〔註37〕司馬遷，《史記》，北京：中華書局，1959 年，1367 頁。

士之言，語后土夫人靈祐，遣使向高駢借兵馬，駢即命百姓以葦席千領，畫作甲馬之狀，於揚州后土夫人廟焚燒之。又於夫人帳中塑一綠衣少年，謂之葦郎。故羅隱詩有「葦郎年少今何在，端坐思量太白經」之語〔註38〕。繹文意，作者認為葦姓因為夫人配偶以葦席編塑之故，此說不可信。唐代后土夫人詩除羅隱外，還有無名氏《后土夫人》云：「偶引群仙到世間，薰風殿裏醉華筵。等閒貪賞不歸去，愁殺葦郎一覺眠。」可知，韋安道與后土夫人故事在唐代已有流傳，並非出現於高駢以後。又李劍國先生據《太平廣記》卷299《韋安道》注出《異聞錄》，《異聞錄》又名《纂異記》，唐李玫撰。《新唐書·藝文志》小說家類錄李玫《纂異記》一卷，注云大中時人。李先生據李玫《纂異記》自序，推測書成於大中年間。大中為唐宣宗年號（847～859）。高駢在淮南節度使任，據《舊唐書·僖宗紀》在乾符六年以後（879），則小說之創作應在高駢為后土夫人立配偶之前。《藝苑雌黃》之說不可信。

李劍國先生認為本篇小說屬於文人逞風流自得之情，虛構人名以成篇。「韋眞」為違反眞實之意，「韋安道」為不可言說之意，此觀點可商榷。小說中韋安道有其身份、官稱，而且與后土、與帝王都發生關係，作者虛構時，應該有一模特兒存在。中國古代小說創作，多從實際生活事件衍生變化，少有憑空起勢者。筆者細繹韋安道在小說中的身份及其與諸人物之間的關係，小說作者所取的原型當是唐代著名畫家韋無忝。有以下幾條契合之處：

第一，韋安道與后土夫人遇合事。韋無忝曾隨唐玄宗於開元二十年巡幸河東，祭祀后土。《開天傳信記》載：上封太山回，車駕次上黨。路之父老，負擔壺漿，遠近迎謁。……及車金橋，御路縈轉，上見數十里間，旌纛鮮潔，羽衛整肅，顧謂左右曰：「張說言：『勒兵三十萬，旌旗千里間。陝右上黨，至於太原。』」（自注：見《后土碑》）眞才子也。」左右皆稱萬歲。上遂詔吳道玄、韋無忝、陳閎，令同製金橋圖。聖容及上所乘照夜白馬，陳閎主之；橋梁、山水、車輿、人物、草樹、雁鳥、器仗、帷幕，吳道玄主之；狗馬、騾驢、牛羊、駱駝、貓、猴、豬犺四足之類，韋無忝主之。圖成，時謂三絕焉。文中「上封太山回」有誤，玄宗開元十三年封禪結束以後返回洛陽並未途經潞州。《唐五代文學編年史》辯《開天傳信記》之誤，將此次活動繫於開元十一年第一次巡幸河東之時，亦誤。文中有評價張說所撰寫的《后土神祠

〔註38〕胡仔，《苕溪漁隱叢話》，北京：人民文學出版社，1962年，127頁。

碑銘》之事，則應該在開元二十年第二次巡幸后土之時方爲合理。玄宗此處評價張說帶回憶口吻，此時張說已經去世，如繫於十一年，則初至潞州尚未祭祀后土，何言碑銘之事？然《開天傳信記》所云「勒兵三十萬」云云，當爲玄宗所撰《后土神祠碑序》內容，《開天傳信記》作者誤上加誤。本年底玄宗至后土祠祭祀，韋無忝應隨從而至，參與祭拜后土。

第二，畫家的身份。小說中有后土夫人助韋安道繪畫情節。小說云：「夫人謂安道曰：『以郎常善畫，某爲郎更益此藝，可成千世之名耳。』因居安道於一小殿，使垂簾設幕，召自古帝王及功臣之有名者於前，令安道圖寫。凡經月餘，悉得其狀，集成二十卷。」後安道辭別夫人，受武則天召見，取其所畫帝王功臣圖視之，與秘府之舊者皆驗。現實中的韋無忝亦唐代著名畫家。《歷代名畫記》卷九云：「韋無忝，官至左武衛大將軍，善鞍馬、鵰象、鷹圖、雜獸皆妙。」〔註39〕《宣和畫譜》記載則較爲詳細，文云：「韋無忝，京兆人。與其弟無縱亦以畫稱。無忝在明皇朝以畫馬及異獸擅名，時外國有以獅子來獻者，無忝一見，落筆酷似其眞，百獸皆望而辟易。明皇嘗遊獵，一發中兩蜑犯，於玄武北門，當時命無忝傳寫之，遂爲一時英妙之極。且百獸之性與形相表裏，而有雄毅而駿者，亦有馴擾而良者，故其足距、毛鬣有所不同，怒張、妥帖亦從之而辨。他人未必知此，而獨無忝得之。當時稱無忝畫四足之獸者無不臻妙，豈虛言哉？無忝官至左武衛大將軍。」韋無忝爲唐玄宗時著名宮廷畫家，作者牽合到武則天時代。又據《歷代名畫記》卷九著錄，韋無忝曾經畫《皇朝七聖圖》、《高祖及諸王圖》、《太宗自定輦上圖》、《開元十八學士圖》〔註40〕，與小說中韋安道畫歷代帝王名臣像高度一致。

第三，小說中韋安道曾經有官至三品之命數。小說中后土夫人謂天后云：「本願與（安道）延壽三百歲，使官至三品。爲其尊父母壓迫，不得久居人間，因不果與成其事。」小說設置韋安道最高官品爲正三品，與現實中韋無忝官品相同，上引《宣和畫譜》敘韋無忝生平，官至左武衛大將軍。據《新唐書・百官志四上》，左武衛大將軍屬正三品〔註41〕。

第四，韋安道與韋無忝名字的內在意義關聯。按「忝」，《說文解字》：「忝，

〔註39〕《歷代名畫記譯注》，張彥遠著，俞劍華注，南京：江蘇美術出版社，2007年，240頁。

〔註40〕《歷代名畫記譯注》，張彥遠著，俞劍華注，南京：江蘇美術出版社，2007年，220頁。

〔註41〕歐陽修、宋祁，《新唐書》，北京：中華書局，1975年，1279頁。

辱也。」〔註42〕無恭即無辱、無愧，光明正大之意，與安道之間意向關聯。
韋無恭有弟無縱，則可知無恭爲畫家之名，其字未知。』「安道」究竟是小說
作者根據無恭之名杜撰，還是畫家韋無恭實際的字號，則有待進一步考證。

由以上四點可以說明，小說作者在創作韋安道這個人物的時候，並非完
全虛構，其人物之形象塑造受到現實原型的某些啓發。

（四）九思　懷素

小說中敍述韋安道之父韋眞因不明后土夫人之來歷，懼罪上告則天皇
帝。武則天懷疑爲「魅物」，故派遣僧人九思、懷素前往安道家降伏后土夫人，
反爲夫人所敗。按諸歷史，武則天親信僧人中，並無九思、懷素其人，疑爲
武三思、薛懷義之暗寓。武三思，武則天兄武元慶之子。「性傾巧便僻，善事
人，由是特蒙信任。則天數幸其第，賞賜甚厚」〔註43〕。武三思屬於武則天
統治時期備受寵幸的后族權貴。薛懷義，原名馮小寶，因身材壯偉，千金公
主薦於武則天，剃爲僧，改名薛懷義，爲武則天最爲寵信之情夫。曾經爲武
則天稱帝製造佛教輿論，作《大雲經》疏，言武則天爲彌勒降生，天女轉世
下凡。其時懷義恩寵無比，「出入乘廏馬，中官侍從，諸武朝貴，匍匐禮謁，
人間呼爲薛師」〔註44〕。《舊唐書・武三思傳》云：「懷義欲乘馬，承嗣、三
思必爲之執轡。」武三思、薛懷義在唐人之眼中屬於聲名狼藉之輩，借武則
天之勢以弄權爲惡。如武三思，以則天厭居深宮，與張易之、昌宗等扈從馳
騁，以弄其權。薛懷義「頗恃恩狂蹶，其下犯法，人不敢言」。作者在小說中
設置九思、懷素作爲則天親信被后土夫人懲治，「二僧忽若物擊之，俯伏稱罪，
目眥鼻口流血」，表達了作者對武則天周圍權貴邪惡勢力的貶斥態度。

（五）明崇儼

明崇儼在小說中是第二次派遣至安道家欲制伏后土夫人的術士，先後五
次施法術與后土夫人鬥法，後爲夫人所制。「若爲物所擊，奄然斥倒，目眥口
鼻，流血於地」。按明崇儼，《新舊唐書》有傳，爲高宗時著名術士，通役使
鬼神之術，高宗聞其名，屢屢召見。儀鳳二年（677）遷正諫大夫〔註45〕。明
崇儼曾經利用他的左道爲武則天服務，陰謀打擊太子李賢，《舊唐書・高宗中

〔註42〕 〔東漢〕許愼著，段玉裁注，《說文解字注》，北京：中華書局，2013年，519頁。
〔註43〕 劉昫，《舊唐書》，北京：中華書局，1975年，4735頁。
〔註44〕 劉昫，《舊唐書》，北京：中華書局，1975年，4741頁。
〔註45〕 劉昫，《舊唐書》，北京：中華書局，1975年，5097頁。

宗諸子傳》云：「正議大夫明崇儼以符劾之術爲則天所任使，密稱『英王狀類
太宗』。」〔註46〕儀鳳四年五月，明崇儼爲盜所殺，當時武則天即疑爲太子李
賢所爲。可見，明崇儼在武則天攫取政治權力的過程中，發揮過重要作用。
就個人的政治道德而言，明崇儼以臣子的身份傾陷太子，在唐人看來，實不
足取。故作者在情節設置中，以武三思、懷義、明崇儼等武則天寵信之人與
后土夫人鬥法，暗喻懲戒之意。

（六）魏　王

小說中有一未出現的人物魏王，指武承嗣。文中云「以安道爲魏王府長
史」，按武則天時代封魏王者只有武承嗣，武則天兄元爽之子，天授元年武則
天稱帝，承嗣封爲魏王。武承嗣亦爲武氏家族中位高權重的政治人物，密贊
則天革命。史稱「承嗣嘗諷則天革命，盡誅皇室諸王及公卿中不附己者，承
嗣從父弟三思又盛贊其計，天下於今冤之」〔註47〕。

在小說中屬於武則天之官員沒有歷史中政治上的正派人物出現，給讀者
的感覺，武則天的政治勢力已經控制全國，天下爲武氏之天下。

二、后土夫人與武則天的對比及其諷喻意義

小說中，作者雖然攝取現實中的人物爲模特，而在具體的情節設置中，
拋開歷史的眞實，有意無意間，弄文人狡獪。如韋無忝本爲玄宗時代的宮廷
畫家，此傳則移於武則天時代。小說中出現兩個年號，小說開頭之「大定」
和末尾之「天策」，李劍國先生以爲「大定」爲「大足」之訛誤，「天策」爲
「天寶」之訛誤。本文則認爲未必是傳寫訛誤，應爲作者故弄玄虛之筆，韋
安道既屬於虛構，則年號亦無須鑿實。如按大定爲大足之誤，則明崇儼已經
於儀鳳四年（679）爲刺客所殺，不可能到大足元年（701）尚施法術。天寶
年號則已經到唐玄宗時代，絕不可能發生武則天安排韋安道官職之事。所以
大宗、天策皆不可能定爲訛誤，應屬於作者的一種暗示，大定可能聯想爲「大
足」或「天授」登基，「天策」可以聯想爲「天策萬歲」，總之，告訴讀者，
此故事的發生，已經在武則天登基之後，她已經是人間的女性帝王。此篇的
諷喻意義前人已經指出，《苕溪漁隱叢話後集》卷第十八羅隱條引《藝苑雌黃》

〔註46〕劉昫，《舊唐書》，北京：中華書局，1975 年，2832 頁。
〔註47〕劉昫，《舊唐書》，北京：中華書局，1975 年，4729 頁。

云：「唐人作《后土夫人傳》，予始讀之，惡其瀆慢而且誣也。……唐人記后土事，以譏武后耳。予謂武后，何足譏也，而託之后土，亦大褻矣。」〔註48〕此處雖云諷喻之意，而謂作者諷喻方式不當。實爲封建文人之局限。其諷喻意旨絕非單純的褒貶所能涵蓋。

后土夫人與武則天之間的相同之處，都是女性的統治者，小說作者對女性統治者保持一個肯定的態度，文中描寫后土夫人和武則天是尊敬的語氣。后土夫人主管人神兩界，武則天只主管唐王朝的一塊疆域。在小說中，對后土夫人威儀出行的描寫，實際上就是武則天出行的氣勢。小說云：「晨鼓初發，見中衢有兵帳如帝者之衛。前有甲騎數十隊，次有官者持大杖，衣畫袴袘，夾道前驅，亦數十輩；又見黃屋左纛，有月旗而無日旗；又有近侍才人宮監之屬，亦數百人；中有飛傘，蓋下見衣珠翠之服，乘大馬，如後主人飾。美麗光豔，其容動人。又有後騎，如婦人才官，持鉞負弓矢乘馬從，亦千餘人。」如此場面，韋安道誤以爲是天后之遊行。作者將故事發生地設置在洛陽，以后土夫人與武則天作比之意味就較爲明顯。一方面，某種意義上，后土夫人就是武則天的另一化身，他的統治力量可與神界地主相媲美，另一方面，其威權和個人的封建道德皆遜色於后土夫人。

小說最後寫后土夫人居大殿，接見四方朝拜。「居大殿中，如天子朝見之象。遂見奇客異人之來朝：或有長丈餘者，皆戴華冠長劍，被朱紫之服，云是四海之內嶽瀆河海之神；次有數千百人，云是諸山林樹木之神而已。又召天下諸國之王悉至，時安道於夫人座側，置一小床令觀之。因最後通一人，云大羅天女。安道視之，天后也。」武則天對后土夫人是謙卑恭敬之態度，「既而天后拜於庭下，禮甚謹。夫人乃延天后上，天后數四拜，然後登殿，再拜而坐」。后土夫人託武則天垂顧於韋安道，令安道拜之，「天后進退，色若不足而受之，於是諾而去」。在這個場面描寫中，后土夫人雖與武則天同爲女性統治者，而尊卑等級不同。就個人的威權能力而言，在武則天派遣術士與后土夫人鬥法事件的敘寫中，暗含了兩位女性統治者能力的較量，一面表示了作者對於武則天周圍群小的厭惡，一面象徵了武則天在后土夫人前的失敗。

個人能力而外，在女性帝王的個人道德方面，作者更著意突出了二者在婚姻關係上的對比。在后土夫人與武則天的婚姻關係結構中，其共同之處是他們在家庭中都處於支配地位，都有一個懦弱的丈夫。小說中韋安道娶后土

〔註48〕〔宋〕胡仔，《苕溪漁隱叢話》，人民文學出版社，1962 年，126 頁。

夫人爲妻，韋安道處於被動地位。就連婚後歸家拜謁父母之事亦爲后土夫人
主動提出，韋安道只是「諾」而應之。歸家後，父母問娶婦之事，安道答曰
「偶爲一家迫以婚姻」。后土夫人接見天下朝拜者，命安道在夫人之側置一小
床觀之，韋安道是一典型的小丈夫形象，作者對此現狀並未表現出傾向性的
贊同或反對之態度。在歷史的現實中，武則天亦是一位控制欲望極強的女人。
十四歲進宮爲才人時，母親楊氏哭泣，她即勸慰母親：「見天子庸知非福，何
兒女悲乎！」後從感業寺回宮以後，主要是憑藉自己的權謀與決斷，在殘酷
的宮廷鬥爭中登上皇后寶座，成爲高宗正式的妻子。這其中雖有高宗對武后
之依戀關係，但武則天主動的追求佔有很大的成分。唐高宗李治自幼性格懦
弱，早年即爲唐太宗憂慮，太宗曾對長孫無忌云：「公勸我立雉奴（李治），
雉奴仁懦，得無爲宗社憂，奈何！」〔註49〕武則天性格剛強，有主見，處事
果斷，遇上她這樣強悍有權力欲的女人，懦弱的李治必然受制於她。

　　作爲女性的統治者在家庭中處於支配地位，自屬自然之事。但后土夫人
和武則天在封建道德方面則存在極大差異，這正是此篇小說的諷喻所在。小
說中除描寫后土夫人的無上權威，還重點突出了她恪守禮法的婦德。第一，
與韋安道成婚後，請歸觀舅姑。「夫人因謂安道曰：『某爲子之妻，子有父母，
不告而娶，不可謂禮。願從子而歸，廟見尊舅姑，得成婦之禮，幸也。」而
唐高宗娶武則天爲妻嚴重違背封建禮法，武則天原爲太宗才人，爲太宗所寵
愛，高宗娶之，悖禮不孝。第二，后土夫人拜謁韋安道父母，修禮甚謹。「左
右施細繩床一，請舅姑對坐」，行拜見之禮。「修婦禮畢，奉翠玉金瑤羅紈，
蓋十數箱，爲人間賀遺之禮，置於舅姑之前。爰及叔伯諸姑，家人皆蒙其禮」。
而武則天對待李氏家族卻是政治鬥爭中血腥的屠殺。宋代胡致堂歷數武則天
之禍云：以才人蠱惑聖席；戕殺王母；殺君之子三人，廢高宗廟，誅除宗室
等等，這些都與后土夫人之修謹遵禮形成鮮明之對比。第三，小說中，后土
夫人屢敗武后派來的術士，無奈之下，韋安道尊父命辭謝后土夫人云：「某寒
門，新婦靈貴之神，今幸與小子伉儷，尐敢稱敵。又天后法嚴，懼因是禍及。
幸新婦且歸，爲舅姑之計！」夫人聽聞爲舅姑之命，恭敬從之，「（安道）語
未終，新婦涕泣而言曰：『某幸得配君子，奉事舅姑。夫爲婦之道，所宜奉舅
姑之命，敢不敬從！』」此處后土夫人之婦德自守，更明確與武則天之跋扈個
性形成鮮明對照。《資治通鑑》卷 201 麟德元年條載，武則天得志以後，「專

〔註49〕歐陽修、宋祁，《新唐書》，北京：中華書局，1975 年，3571 頁。

作威福，上欲有所爲，動爲后所制」，高宗不勝其忿，與上官儀謀廢之，「左右奔告於后，后遽詣上自訴。詔草猶在上所，上羞縮不忍，復待之如初；猶恐后怨怒，因給之曰：「我初無此心，皆上官儀教我。」導致上官儀以謀大逆罪處斬。「自是上每視事，則后垂簾於後，政無大小，皆與聞之。天下大權，悉歸中宮，黜陟、生殺，決於其口，天子拱手而已，中外謂之二聖。」〔註50〕從小說中以上三個情節中對后土夫人遵禮行爲的描寫，暗寓了作者認爲武則天不能遵守婦德的批評，當然，時已在大中年間，可以視作小說作者對武則天個人道德的一個歷史性評價。

綜觀整篇小說，神人遇合中男性心理的渲染描摹完全沒有，一般豔遇小說中文人的風流之態全無，嚴格而言，不能視作情愛類傳奇小說。小說主要在借韋安道聯接武則天與后土夫人，在神界和人間女性統治者的衝突對比中，表達了作者對女性統治者歷史現實的認可與稱讚；在封建禮法方面，喻示了對武則天不能嚴守婦德的溫和批評。作者的這種態度，基本上是與唐代對武則天的評價趨向吻合的。唐人對於武則天的功業，基本上持肯定的態度。神龍元年唐中宗復位後，承認「周唐一統」，即帝位是「承母禪」〔註51〕，並在即位敕文中高度評價武則天的功業是「則天大聖皇帝，亶聰成德，濬哲應期。用初九之英謨，開太一之宏略」〔註52〕。到晚唐李商隱，與李玫時代相近，所作《宜都內人傳》即稱讚武則天爲一代天子，「革天姓，改去釵釧，襲服冠冕，符瑞日至，大臣不敢動，眞天子也」。以道德高標的《新唐書》亦承認武則天的功績，「賞罰己出，不假借群臣，僭於上而治於下，故能終天年，阽亂而不亡」〔註53〕。

對武則天的批評多集中於她以女性突破禮法之限制，違反了封建道德關於女性行爲的規範。上元元年（674）武則天曾經提出「父在爲母終三年之服」的建議，至開元五年，盧履冰對此建議提出反對意見，並借機對武則天自我作古提出批評云：「女在室，以父爲天，出嫁，以夫爲天。又在家從父，出嫁從夫，夫死從子。本無自專抗尊之法。」〔註54〕雖屬老生常談，卻表達出當

〔註50〕司馬光，《資治通鑑》，北京：中華書局，1996年，6342頁。

〔註51〕歐陽修、宋祁，《新唐書》，北京：中華書局，1975年，4103頁。

〔註52〕〔宋〕宋敏求，《唐大詔令集》卷2，《中宗即位敕》，上海：學林出版社，1992年，6頁。

〔註53〕歐陽修、宋祁，《新唐書》，北京：中華書局，1975年，3496頁。

〔註54〕王溥，《唐會要》卷37，《服紀》上，上海：上海古籍出版社，1991年，970頁。

代一部分士人對於武則天的態度。建中元年（780），沈既濟上奏駁斥吳兢所撰《國史》將武則天列入本紀，即有廢帝幽徙，牝雞司晨之譏，云「則天體自坤順，位居乾極，以柔乘剛，天紀倒張」，言辭頗為激烈〔註55〕。李商隱《宜都內人傳》亦批評她「不敬宗廟」之悖禮行為。《舊唐書》史臣則猛烈抨擊武則天在宮廷鬥爭中殺嬰兒、誅骨肉為「姦人妒婦之恒態」〔註56〕。《新唐書》則批評其「挾天子威福，脅制四海」之罪。總之，對於武則天的負面評價多於正面評價。在這樣的歷史思潮中，《后土夫人傳》的作者能夠以肯定的態度讚美褒揚女性統治者，表現出了超越時代的思想意識。但作者一方面承認女性統治者的合法性，一方面又要求其以封建禮法為行事準則，則實在是一個永遠不能實現的夢想，這種夢想，只能以超人間的神靈的形式在后土夫人身上實現。

第三節　《妒神頌》及其文化意蘊

　　李諲撰《妒神頌》為中國古代文學作品中讚美妒神的孤篇奇文。作為一篇應制創作的碑頌之文，在題材上獨樹一幟，與河東道的民間信仰密切相關。《妒神頌》的文學創作行為和作品內涵都蘊藏著唐代河東道獨特的文化內涵。

一《妒神頌》其文

　　《妒神頌》載《八瓊室金石補正》卷六四，署判官游擊將軍守左清道率府賜紫金魚袋上柱國李諲撰。碑立於河東道廣陽縣承天軍城妒女神祠前。據碑文末署名，同立碑者有：承天軍副使同經略副使特進試鴻臚卿上柱國廉明，判官節度逐要官涼王府司馬許勉，孔目官太常卿張崇珍，衙官代州別駕姚庭秀。建碑時間為大曆十一年歲次丙辰五月丁亥朔十六日壬寅巳時。全文如下：

> 粵若稽古，征諸陳跡，雖年移代謝，而損益昭然。是以宋玉《高
> 唐》文辭，盛傳於南國；曹王《洛神》之賦，永播於東周。莫不事
> 載圖畫，名標史冊。河東之美者，有妒水之祠焉，其神周代之女，
> 介推之妹。初文公出國，介推從行，有割股之恩，無寸祿之惠。誓
> 將畢命，肯顧微軀，儀形飄殞於（闕一字）煙，名跡庶幾於不朽。

〔註55〕王溥，《唐會要》，上海：上海古籍出版社，1991年，1293頁。
〔註56〕劉昫，《舊唐書》，北京：中華書局，1975年，133頁。

後縱深悔，前路難追。因為滅焰之辰，更號清明之節。妹以兄涉要主，身非令終，遂於冬至之後日，積一薪烈火焚之，為其易俗。諺云：「百日斫柴一日燒」，此之謂也。闔境之內，疇敢不恭？順之則風雨應期，違之則雷電傷物。兄則運心以求合，我則處室以全真；兄則禁火以示誠，我則焚柴以見志。惟兄及妹，與世殊倫。《傳》曰：「介之推終不言祿，祿亦弗及。」《渾天記》曰：「著寒食者，為助陽氣，用厭火星。」所說不同，互有得失，其來遠矣，安可闕如？縱因事之宜，亦自我作古。《祭法》曰：「其有廢之，莫敢舉也；其有舉之，莫敢廢也。」東北至土門之口，西南踞磐石之山，方圓百里，別成一境。天寶中，以賊臣背化，國步猶艱，塗炭生靈，焚燒甲第，伊我遺廟，巋然獨存。簪裾疊叶於當時，庭宇更新於往日。性惟孤直，虛見授於妒名；行本堅貞，實堪垂於仙範。

今幸邊塵不動，海水無波，蕞爾小戎，曷足為患？昔虞舜至聖，尚有苗人之誅；殷湯至明，豈無葛伯之伐。蓋以君為元首，臣作股肱，飄颻轅門，藩屏王室。乃命河東節度副大使兼工部尚書太原尹北京留守薩公諱兼訓警此禁闈，公掌握衡鏡，心韞韜鈐，勢若轉規，謀如泉湧。運籌帷幄，孫吳詎可比其能；料敵戎游，衛霍不足方其妙。浙江遺愛，但羨還珠，汾浦來蘇，惟欣去獸。申命我承天軍使節度副使前永平軍節度右廂兵馬使銀青光祿大夫試鴻臚卿同山南東道節度經略副使上柱國黨公諱昇鎮茲巨防，公天子忠臣，元戎外聾，志惟清而惟謹，行不諂而不驕。往任滑臺，職居總統；近歸本道，位處專城。投醪之義遠聞，挾纊之情久著。爰自至止，星管再周。路不拾遺，人皆樂業。長筵繼日，士忘其勞。細柳垂陰，眾歌其美。水碾成而永逸，聚米難儔；軍井達而常閒，伏波不竭。君依神以徼福，神依君以庇躬，事勢相因，理亦條貫。固宜書其已往，播於將來，貞石既磨，斯文可作。爾其泉湧祠下，蓄為碧潭，飛入大河，噴成瀑布。淜湝潀瀙，雜雷霆之聲；蕩雲沃日，類風水之會。經沍寒而氣蒸萬象，處炎燠而清潤一川。灌木扶疏，引柔條而接影；纖苗萋靡，夾高岸而隨風。自古及今，非軍則縣，未嘗不揀月撰日，備其享禮。春祈秋賽，庶乎年登。巫覡進而神之聽之，官僚拜而或俯或仰。既而坎坎伐鼓，五音於是克諧；峩峩側弁，三軍以之相悅。

公之德也如此，神之應也如彼。且河北數州，山西一道，或衣以錦
繡，或奠以珍羞，無晝夜而息焉，豈翰墨之能諭。咸以商者求之而
獲利，仕者禱之而累遷，蠶者請之而廣收，農者祈之而多稔。不然，
則奚能遝迤奔湊，奉其如在。蓋聞有而不言謂之隱，無而言之謂之
誣；又聞誇目者尚奢，愜心者貴當。承命述事，敢不勉旃，謹因退
食之餘，竊比陳其梗概也。銘曰：

凡有異行，宗之曰神。匪害於物，實利於人。兄則禁火，妹乃積薪。其
為佳節，在乎芳春。今古千齡，方圓百里。德音無斁，蒸嘗不已。祭具珍羞，
服先錦綺。所求必應，高山仰止。將軍塞下，細　鎮北都，深謀遠慮，運籌
帷幄，具卓越的軍事才能，承天軍使黨公的德政是路不拾遺，人皆樂業。現
實中的行政長官與超現實的神靈相互依託，「君依神以徼福，神依君以庇躬」。
妒神之所居環境，柔條接影，灌木扶疏，清潭碧水，瀑布噴匐。春秋兩季報
賽之時，官僚商人，農夫士子都齊聚妒女祠，巫覡起舞，八音諧奏，祈福求
願，神理昭昭。民眾信仰之誠，澤被生靈之廣，盡在妒神。

　　《妒神頌》序文駢散相間，敘事層次分明，語言平樸無華，其中描寫神
居之所，祭祀場面，優美之景色與虔信之心靈，相互映發，頗見異彩。平情
而論，此頌在文學上價值不高，其突出之處在於其中蘊含著豐富的女性文化
信息。

二　《妒神頌》之文化意蘊

　　妒在封建時代是女子的惡德，為儒家禮教所不許。河東道妒神，作為介
子推之妹，與兄分庭抗禮，統治一方，為神靈中特殊的屬類。唐人為女性妒
神作頌，牽繫著地域和時代的歷史與現實。

　　關於河東道妒神的最早記載，在南朝任昉的《述異記》（503 年）：「并州
妒女泉，婦人不得豔妝彩服，至其地，必興雲雨，一名介推妹。」魏收《魏
書·地形志》亦有載，樂平郡石艾縣，「有井陘關、葦澤關、董卓城、妒女泉
及祠」。《元和郡縣圖志》卷十三河東道太原府廣陽縣條：妒女祠，在縣東北
九十里，澤發水源。是知妒女祠建在一條河水的源頭。澤發水，據《元和志》
同卷載：「一名皋漿水，亦名妒女泉，源出縣東北董卓壘東。今其泉初出，大
如車輪，水色青碧。」唐代關於妒神信仰避忌的最早記載在張鷟的《朝野僉
載》卷六：「并州石艾、壽陽二界，有妒女泉。泉水沈潔澈千丈，祭者投錢及

羊骨，皎然皆見。俗傳妒女者，介子推妹。與兄競，去泉百里，寒食不許斷火，至今猶然。女錦衣紅鮮，裝束盛服，及有人取山丹、百合經過者，必雷風電雹以震之。」妒神對於靚妝豔服有著特殊的禁忌。《舊唐書·狄仁傑傳》則較爲詳細地記載了妒神信仰的力量：「高宗將幸汾陽宮，以仁傑爲知頓使。并州長史李沖玄以道出妒女祠，俗云盛服過者必致風雷之災，及發數萬人別開御道。仁傑曰：『天子之行，千乘萬騎，風伯清塵，雨師灑道，何妒女之害也？』遽令罷之。」按高宗幸并州，在顯慶五年春天（660），《資治通鑑》卷200云：春，正月……甲子，上發東都；二月辛巳，至并州。帝王巡幸隊伍經過，尚有避忌之禁，且引起朝廷大臣的爭論，可見妒神信仰之深。按妒女祠應該屬於淫祠的範疇，趙璘《因話錄》云：「雖嶽海鎮瀆，名山大川，帝王先賢，不當所立之處，不在典籍，則淫祀也。昔之爲人，生無功德可稱，死無節行可獎，則淫祀也。」〔註57〕狄仁傑曾充江南巡撫使，奏毀吳楚淫祠一千七百餘所，唯留夏禹、吳泰伯、季札、武員四祠，而於妒女祠僅僅不予避讓而已，並未拆毀。《妒神頌》云祭祀妒神時「官僚拜而或俯或仰」，妒神祀典已經成爲當地政府的行爲，不同於一般淫祠。以上兩條妒神避忌的記載，其共同點是妒神對盛裝靚服的禁忌。此一禁忌與妒神之原始身份頗有矛盾，原爲妹妒兄，現實中顯示出女性相妒之情，妒神含有現實生活中妒婦的影子。妒神信仰頑強的存在，帝王亦無可無奈和，有其深厚的女性文化原因。

　　并州所處爲北朝時北魏、北齊統治的核心區域，其社會風俗深受其影響。北朝女性地位頗高，在北魏時期，鮮卑統治集團中屢有女性執掌政權的慣例。如桓帝皇后祁氏，「攝國事，時人謂之女國。后性猛忌，平文之崩，后所爲也」〔註58〕。文成文明皇后馮氏，丞相乙渾謀逆時，「密定大策，誅渾，遂臨朝聽政。……威福兼作，震動中外」〔註59〕。宣武靈皇后胡氏，肅宗時爲皇太后，「臨朝聽政，猶稱殿下，下令行事。后改令稱詔。群臣上書曰陛下，自稱曰朕」〔註60〕。顏之推《顏氏家訓·治家》記載北齊民間女尊男卑之風氣云：「鄴下風俗，專以婦持門戶，爭訟曲直，造請逢迎，車乘填街衢，綺羅盈府寺，代子求官，爲夫訴屈。此乃恒、代之遺風乎？」又云「河北人事，多由內政。

〔註57〕趙璘，《因話錄》，上海：上海古籍出版社，1979年。
〔註58〕魏收，《魏書》，北京：中華書局，1974年，322～333頁。
〔註59〕魏收，《魏書》，北京：中華書局，1974年，328～329頁。
〔註60〕魏收，《魏書》，北京：中華書局，1974年，337～338頁。

綺羅金翠，不可廢闕，羸馬悴奴，僅充而已；唱和之禮，或爾汝之」〔註61〕。
其中所云「恒代」，即以大同爲中心的地域〔註62〕。北朝時婦人妒風頗盛，元
孝友給東魏孝靜帝上書云：「婦人不〔註63〕幸，生逢今世，舉朝略是無妾，天
下殆皆一妻。設令人強志廣娶，則家道離索，身世迍邅，內外親知共相咪怪。
凡今之人，通無準節。父母嫁女，則教之以妒；姑姊逢迎，必相勸以忌。持
制夫爲父德，以能妒爲女工，自云受人欺，畏他笑我。王公猶自一心，天下
何敢二意！夫妒忌之心生，則妻妾之禮費，則姦淫之兆興，斯臣之所以毒恨
者也。」〔註64〕因此元孝友建議東魏朝廷下令王公以下依照漢族的妻妾制度
實行婚娶。「限以一周，悉令充數。若不充數，及待妾非禮，使妻妒加捶撻，
免所居官。其妻無子而不娶妾，斯則自覺，無以血食祖父，請科不孝之罪，
離遣其妻。」結果是「詔赴有司，議奏不同」，其建議並不能得到批准實行。
其時晉陽爲高齊霸府所在，爲一政治文化中心，此風俗必盛。延至唐代，不
及百年，其風習所染，爲人所貫見。葛曉音先生即以并州長史李沖玄因避妒
女祠別開御道事，推測并州地區「婦女剛悍的風俗從北齊一直延續到高宗時，
未曾稍衰」〔註65〕。武則天之父武士彠早年爲文水縣的木材商人，文水縣與
妒女祠所在的廣陽縣同屬於太原府轄區，相距不遠，武則天成爲女性帝王與
這一地域風習有一定的關聯〔註66〕。

又，唐人對妒神信仰的認同亦與唐代婦女的妒悍之風有關係。初唐重臣張
亮、房玄齡、任瓖皆以懼內而聞名。高宗時楊弘武因懼內而從妻之請詫爲人謀
取官職，任人不當，得高宗之原諒。中宗時的宮廷優人編歌詞以御史大夫裴談
和中宗李顯懼內爲題材演戲作樂，韋后不以爲怒，反以束帛賜之〔註67〕。可見

〔註61〕王利器，《顏氏家訓集解》，上海：上海古籍出版社，1980年，337～338頁。

〔註62〕魏收，《魏書・地形志》，恒州，天興中置司州，治代都平城。孝昌中陷，天
平二年置，寄治肆州秀容郡城。代郡，秦置，孝昌中陷，天平二年置。故治
在今大同市西北三十里。北京：中華書局，1974年，2497頁。

〔註63〕《北史》及《魏書》「不」作「多」，當以「多」爲是。

〔註64〕李百藥，《北齊書》，北京：中華書局，1972年，385頁。

〔註65〕葛曉音，《論初唐的女性專權及其對文學的影響》，載《詩國高潮與盛唐文化》，
北京大學出版社，1998年，52頁。

〔註66〕據李吉甫，《元和郡縣圖志》，文水縣東北至太原府一百一十里，廣陽縣西南
至太原府三百六十里，妒女祠又在廣陽縣東北九十里，按此非直線距離相加，
文水縣距離妒女祠約五百六十里。

〔註67〕劉餗，《隋唐嘉話》中：「楊弘武爲司戎少常伯，高宗謂之：『某人何因輒受此
職？』對曰：『臣妻韋氏性剛悍，昨以此人見囑。臣若不從，恐有後患。』帝

當時不以懼內爲恥的風尚，則唐人對妒神信仰的寬容亦可得到合理的解釋。

另外在妒神信仰的形式方面，與河東道介子推信仰密切相關。妒神的身份是介子推之妹，以反對寒食節的面目出現，其家庭婦女妒悍的特徵隱而不顯。《朝野僉載》和《舊唐書》的記載透露出女性之間妒忌的信息。

妒神的存在還有民間信仰功利性需求的原因。《妒神頌》云承天軍使黨公和妒神之間的關係是「君依神以徼福，神依君以庇躬」。按承天軍，約建於至德元載（756）至乾元二年（759）李光弼任河東節度使期間，安史之亂中河東節度使駐軍抵抗叛軍，承天軍使張奉璋奉李光弼之命而建〔註68〕。承天軍地處河東道通河北平原井陘道隘口，爲一重要的軍事重鎮。妒神信仰在軍隊中亦有保證團結、鼓舞士氣、助祐戰鬥力的信仰功能。《妒神頌》云祭祀儀式上音樂響起時，「峨峨側並，三軍以之感悅」，其意甚明。此爲其在軍事將領統帥軍隊方面的心理需求。此外，在民間，其功利性的要求更廣泛，《頌》文云：「商者求之而獲利，仕者禱之而累遷，蠶者請之而廣收，農者祈之而多稔。」商人求利，士人求官，農人求豐產，妒神之法力普施於眾，無所不能。其信仰輻射的地域覆蓋河北數州，山西一道。民眾現實生活的信仰心理需求使得妒神信仰有了堅實的社會基礎。

妒神，既是介子推之妹，反對要挾君主的行爲，又是嫉妒的女性，對盛裝靚服禁之不已，還是無所不能的神靈，「所求必應，神理昭昭」。其影響所及，導致晚唐時改葦澤關爲娘子關，延續至今〔註69〕。

三、妒神來源考

妒神，諸典籍所記載爲介子推之妹，「與兄競」，遂改易寒食節禁火之習俗，故名之曰「妒」，名實之間牽強之至。女性之妒忌而施之於兄妹之間，頗

嘉其不隱，笑而遣之。」中華書局，1979 年，29 頁；孟棨《本事詩》云：「中宗朝，御史大夫裴談崇奉釋氏。妻妒悍，談畏之如嚴君。時韋庶人頗襲武氏之風軌，中宗漸畏之。內宴唱《回波詞》。有優人詞曰：『回波爾時栲栳，怕婦也是大好。外邊只有裴談，內裏無過李老。』韋后意色自得，以束帛賜之。」上海古籍出版社，1991 年，25 頁。

〔註68〕賈志剛，《唐代河東承天軍史實尋蹤——以五份碑誌資料爲中心》，《人文雜誌》，2009 年第 6 期。

〔註69〕《辭海》「娘子關」條謂娘子關因唐高祖李淵之女平陽公主駐軍於此而得名。楊志玖先生《娘子關與娘子軍》已辨其誤，證明其得名源於妒神崇拜。載《歷史教學》。

令人費解。歷代學者對其名號來歷多有質疑。元好問遊歷妒女祠，作詩質疑：「神祠水之滸，儀衛盛官府。頗怪祠前碑，稽考失莽魯。吾聞允格臺駘宣汾洮障大澤，自是生有自來歸有所。假而自經溝瀆便可尸注之，祀典紛紛果何取。子胥鼓浪怒未泄，精衛銜薪心獨苦。楚臣百問天不酬，肯以誕幻虛荒警聾瞽。宇宙有此水，萬古萬萬古。人言主者介山氏，且道未有介山之前復誰主。山深地古自是有神物，不假靈真誰敢侮。稗官小說出閭巷，社鼓村簫走翁嫗。當時大曆十才子，爭遣李諲鑱陋語？」元好問對介山氏的存在表示懷疑，其來歷不足據信。並作自注述其風俗云：「土俗傳介子推被焚，其妹介山氏恥兄要君，積薪自焚，號曰妒女。祠碑大曆中判官李諲所撰，辭旨殊謬，至有『百日積薪，一日燒之』之語，鄉舍至今以百五日積薪而焚之，謂之祭妒女云。」〔註70〕顧炎武《日知錄》卷25「湘君」條引元好問之說，評為「千古正論」〔註71〕。朱彝尊《平定州唐李諲〈妒神頌〉跋》驚怪於妒神之有頌：「異哉！妒神之有頌也。神之號不在祀典……神之行事，不見於春秋內外傳，其妒也，孰傳道之？」又云：「且夫妒，惡德也。宜為眾所共惡，而神乃以是致頌，此不虞之譽也」〔註72〕。妒神既不在祀典，妒又為惡德，不值作頌。光緒《平定州志》記妒女信仰之俗云：「有介子廟、妒女祠，祠在娘子關澤發水上。妒女，介子推之妹也。介子隱綿山，晉俗禁火，號寒食。其妹於冬至後一日積薪，熾火以變其俗。兄禁火，妹舉火，故謂之妒女。」並認為俗人把妒神附會為介子推之妹荒謬之至，志云好事者先把平定之綿山附會成介子推自焚之綿山，「又皮附唐高宗不避妒女祠，以妒女為介子推之妹，穿鑿甚矣」〔註73〕。

以上諸家所疑皆有理。妒神產生的基本前提是寒食節百日禁火之習俗。介山氏反對介子推以自焚要挾君主，亦反對寒食禁火，「要君」之說只見於李諲《妒神頌》，應為李諲增飾之言，主要的緣由還是寒食習俗之變。

妒神應是在寒食節禁火引發介子推信仰危機時產生。考察歷史，由寒食節禁火引發的疾病死亡常常有之。早在漢代，即有寒食導致老少不堪的記載，以致引起行政長官的憂慮。《後漢書・周舉傳》云：「舉稍遷并州刺史。太原

〔註70〕狄葆心，《元好問詩集編年校注》，北京：中華書局，2011年，1388～1389頁。
〔註71〕《日知錄集釋》，顧炎武著，黃汝成集釋，上海：上海古籍出版社，1406頁。
〔註72〕朱彝尊，《曝書亭序跋》，上海：上海古籍出版社，2010年，235～236頁。
〔註73〕賴昌期、張彬、沈晉祥撰，《平定州志》，光緒八年刻本。

一郡，舊俗以介子推焚骸，有龍忌之禁。至其亡月，咸言神靈不樂舉火，由是士民每多中輒一月寒食，莫敢煙爨，老小不堪，歲多死者。舉既到州，乃作弔書以置子推之廟，言盛冬去火，殘損民命，非賢者之意，以宣示愚民，使還溫食。於是眾惑稍解，風俗頗革。」〔註74〕風俗只能稍稍抑制一時，到曹魏時代，曹操特下《明罰令》以制止其風俗：「聞太原、上黨、西河、雁門多至後百五日皆絕火寒食，云爲介子推。且北方沍寒之地，老少羸弱，將有不堪之患，令到，人不得寒食。若犯者家長半歲刑，主吏百日刑，令長奪一月俸。」後趙石勒建平年間，北方下冰雹，「雹起西河介山，大如雞子，平地三尺，洿下丈餘，行人禽獸死者萬數，歷太原、樂平、武鄉、趙郡、廣平、鉅鹿千餘里，樹木摧折，禾稼蕩然」。中書令徐光即歸因於前一年禁斷寒食之舉：「去年禁寒食，介推，帝鄉之神也，歷代所尊，或者以爲未宜替也。一人吁嗟，王道尚爲之虧，況群神怨憾而不怒動上帝乎！縱不能令天下同爾，介山左右，晉文之所封也，宜任百姓奉之。」於是君臣共議，「并州復寒食如故」〔註75〕。北魏時期，亦兩次禁斷寒食。一次在延興四年（474）二月辛未〔註76〕。一次在太和二十年（496）二月癸丑，「詔介山之邑，聽爲寒食，自餘禁斷」〔註77〕。在如此長的歷史時期都存在政府對寒食節引發疾病死亡的不滿和禁斷措施，則廣陽縣民間禮拜妒神以改變其風俗也是出於現實性的需要。然妒神是本地產生還是外來輸入，尚需進一步研究。

按妒女成神，非止河東道一處。段成式《酉陽雜俎·諾皋記》即載有一條關於妒婦津的傳說云：「臨清有妒婦津，相傳言，晉泰始中，劉伯玉妻段氏，字明光，性妒忌。伯玉常於妻前誦《洛神賦》，語其妻曰：『娶婦得如此，吾無憾矣。』明光曰：『君何得以水神美而欲輕我？吾死，何愁不爲水神。』其夜乃自沉而死。死後七日，託夢語伯玉曰：『君本願神，吾今得爲神也。』伯玉寤而覺之，遂終身不復渡水。有婦人渡此津者，皆壞衣枉妝，然後敢濟，不爾風波暴發。醜婦雖妝飾而渡，其神亦不妒也。婦人渡河無風浪者，以爲己丑，不致水神怒；醜婦諱之，無不皆自毀形容，以塞嗤笑也。故齊人語曰：『欲求好婦，立在津口。婦立水旁，好醜自彰。』」按晉無大始年號，「大始」

〔註74〕范曄，《後漢書》，北京：中華書局，1965年，2024頁。
〔註75〕房玄齡，《晉書》，北京：中華書局，1974年，2749～2750頁。
〔註76〕魏收，《魏書》，北京：中華書局，1974年，140頁。
〔註77〕魏收，《魏書》，北京：中華書局，1974年，179頁。

應為「泰始」之誤，泰始為晉武帝年號（265～274），段成式此處明確記載了齊地妒婦神起源的時間在晉武帝泰始年間。妒神產生的原因與河東道妒神迥異。據文中所述，實質上是丈夫另有新歡，妻子妒忌投河自殺，死後為神。雖文人附會以洛神的浪漫情調，傳者企圖掩蓋現實生活中夫妻之間的妒忌之情，但與河東道妒神之兄妹之妒相較，更加符合日常情理，此妒神可謂名實相符。再比較二妒神所處的方位，都在水邊；信仰禁忌中都有對美婦盛裝的禁忌，具有很高的一致性。另據《元和郡縣圖志》卷 13 廣陽縣條，妒女泉，故老相傳此泉中有神似鼈，晝伏夜遊。神出，水隨神而湧。再結合妒女祠即立在澤發水源頭的地理特徵，大致可以確定河東妒神兼有水神的性質。據段成式的記載，齊地妒婦津的妒神亦兼具水神的功能。由此，可以形成一個大膽的推測，河東妒神由齊地妒神傳播而來。妒女祠所在的廣陽縣，位於太行八陘的井陘道上，是河東通往河北的交通要道，北朝時期的軍事戰爭、人口遷移、流民往來都有可能將妒神信仰從太行以東帶入河東。嚴耕望先生云井陘道上的「董卓壘與葦澤關皆在廣陽縣東北八十里，而在澤發水源之西，水源即妒女祠，娘子關所在地，在縣東北九十里。知葦澤關即在董卓壘，蓋古人本在此據高憑險置壘，亦稱董卓城，北朝置關，唐又置承天軍也」〔註 78〕。既為軍事要隘，各政權之間遞相攻佔守衛，軍隊士卒更迭流動有將妒神遷入之可能；又西晉以來河東、河北之間的流民潮，因飢餓災荒戰爭，或流出河東，或流入河東，或回流，亦有帶入妒神信仰的機會。直接性的證據尚待進一步考證。

　　妒神傳播的大致時間段，應從妒婦津傳說產生的西晉泰始（265～274）年間到河東妒神現存最早文獻記載的梁天監二年（503），此兩百餘年應是妒神由東向西傳播的可能時期。廣陽縣外來的居留者不耐并州寒食的風俗，把原來的妒神附會為介子推之妹，以新的神靈崇拜對抗原來的偶像，以變更禁火的習俗，在方圓百里之內即形成獨特的風俗信仰。而且妒忌關係由夫婦變為兄妹，淡化了與禮教之間的矛盾，史易於為人所接受，這也是齊地妒婦神沒能形成長期固定的信仰，亦沒有在較早的史地著作中留存下來的原因。按段成式記載的妒婦津，泛云齊地，具體地理方位不詳。據道光《濟南府志》卷七十一《雜記》，臨濟有妒婦津，並轉引段成式之記載。《元和郡縣圖志》

〔註 78〕嚴耕望，《唐代交通圖考》第五冊，上海：上海古籍出版社，2007 年，1444頁。

云：臨濟縣，本漢菅縣，屬濟南郡。隋開皇六年，移朝陽縣理於此，屬齊郡，十六年改爲臨濟縣。黃河，在縣北八十里。濟水，在縣南二十里。臨濟縣至清代，已演變爲村鎮，屬章丘，隸濟南府，則《濟南府志》所云之臨濟爲臨濟村，與段成式的齊地之說相合，應爲妒神的原始誕生地。

結　語

　　地域文化中與文學發生關聯的因素複雜多樣。它們之間應是一種互動關係。本論題以文學爲中心，專注在三晉文化對唐代文學的單向影響。唐代文學對三晉文化的凝塑作用非本題論列範圍。

　　封建時代，三晉文化與一代文學之關係，以唐代至廣且深，歷代無出其右者。唐前之三晉，自然地理區、文化區與行政區未統一，留存作品稀少。唐代以後，文化中心南移，在北方文化區內，三晉文化較之唐代亦有衰落之勢，宋以後之文學家數量及文學活動皆急劇減少。唯有唐代，三晉文化之自然地理和行政地理第一次基本重合。龍興之地的政治地位、北部邊塞的軍事地位和屏障京師的藩鎮地位，使得河東道文化呈現出全面繁榮之勢。此期本土生產的大文學家數量爲歷代之冠，外來文學家之活動亦非常頻繁。因此，此一地域發生的文學活動成爲唐代文壇格局中的重要一支，生產的文學家成爲唐代文學家創作群的有生力量。此一結論似乎適用於任何一個地域，而對於三晉文化而言，其影響唐代文學風貌形成的許多方面，帶有典型的地域文化色彩，其貢獻是其他地域所無法替代的。

一、文學創作類型的增加

　　河東道帝王文學是唐代在京都之外的地域產生的文學創作類型。由於創作地點由廟堂轉向了江山，使得河東道帝王文學具有了與宮廷製作不同的質素。帝王之創作、圍繞帝王的文學活動和以帝王爲對象的創作皆屬於帝王文學的範疇，以唐玄宗爲代表的作家群全面體現了帝王文學這三方面的內容，在貞觀十道中除東都西京外獨具特色。此一文學創作類型的出現，是與太原

作為唐王朝的發迹之所，潞州作為唐玄宗的龍潛之地，文水作為武則天的故土密切相關，此一因素引申出帝王之巡幸，自然產生文學活動，地域風物又進一步納入他們的創作中，為作品注入了新的因素。

二、文學題材之貢獻

河東道獨特的人文景觀、自然物產和民間信仰，為唐代文學題材增加了獨特種類。軍事文化景觀帶來的關隘詩的創作密度在貞觀十道中佔有突出地位，同時也蘊含了豐富的地域歷史文化內容。因其發達的科技文化，河東道之鹽、鐵、葡萄、馬進入文學描寫，尤其鹽和葡萄之藝術表現幾為河東僅有。以妒神和后土夫人為主的文學創作，鮮明的體現了地域文化的獨特趣味。河東道悠久的酒文化傳統，催生了王績的飲酒詩創作，他是唐代表現飲酒生活最為豐富的詩人之一。代北邊塞為唐代邊塞詩創作提供了持續性的地理空間。三晉文化對於文學題材之貢獻，有的具唯一性，有的屬重要之補充。

三、文學體裁之貢獻

河東籍詩人主導了盛唐邊塞詩創作的第一次高潮，與他們在軍事文化影響下的尚武豪健之士風有直接關聯，尤其是他們的邊塞詩創作，多選擇七絕的形式，王翰王之渙王昌齡表現最為突出，應受到三晉地域文化中尚儉重質的個性之影響。北都幕府軍國應制文創作的繁榮，是三晉文化對唐代文學四六駢文創作的最大貢獻。因其軍鎮與國都兼之的角色，太原一時成為幕府文人彙聚的中心，令狐楚、李德裕、孫逖、李襲吉等駢體大家皆在太原經受了應制文創作的歷練，令狐楚還在太原完成了他的主要創作。北都成為唐代應制文創作的重鎮，還與太原從北朝以來擅長軍國文翰創作的傳統有重要關係。在傳奇小說方面，三晉豪俠之風影響了作家的創作觀念，河東籍小說家創作了數量占優的唐代豪俠傳奇的代表之作，而且一些作品如《虬髯客傳》、《紅線傳》、《無雙傳》等本身亦充分蘊含了地域文化之因素。

四、對河東籍文學家總體特徵之影響

家族化（指直系家庭）成為河東文學家群體的一個突出特點，其在地域作家總數中的比重在貞觀十道中名列第一，說明直系家庭的文學培養傳承是

唐代文學家生產的一種重要形態。政事與文學的兼能作爲唐代士人的才性理想，在河東籍文學家身上有普遍的表現，這一素質遠超其他地域，與三晉文化中重實用、重事功的特性分不開。隱逸的生活形態亦深深影響本土文學家，隱居本土的王績、司空圖佔據初唐和晚唐，遷離本土的王維、白居易則分屬盛唐和中唐，他們都是唐代隱逸文化的突出代表，其影響貫穿了唐代的所有歷史時期。

五、對唐代文學發展變化之影響

　　此點貢獻爲三晉文化影響於唐代文學最深入者。首先，河東道本土文學家本身即參與了唐代文學發展潮流，以王通、薛收家族最具代表性，此爲一般意義上之作用。其中武則天、柳宗元在三晉法家文化的影響下，對唐代文學的變革作出了個人的貢獻。其次，發生於河東道之文學活動及非文學活動留下了唐代文學發展變化的印迹。如開元十一年唐玄宗之巡幸唱和，本屬於宮廷文學範疇，進入江山塞漠，即表現出與之前中宗時期的宮廷唱和不同的風格，顯示了盛唐到來前變化的前兆；巡幸途中張說和張嘉貞陞降的人事變動，標誌著玄宗統治時期尙吏到尙文的轉變，對唐代文壇影響深遠；巡幸結束後張說等人所撰上黨祥瑞頌歌，表明伴隨玄宗好大喜功的個性氣質，盛唐諛頌文學第一個高潮的到來。再次，文學家在河東道創造的文學體式成爲唐代文體發展中的一個重要環節。如富嘉謨、吳少微獨創之「富吳體」，在碑頌文體氣調漸劣的文風背景下，力求剛健醇正，回歸經典，成爲李嶠、崔融時代向蘇頲、張說時代過渡的一個橋梁。再其次，外來文學家在河東道之文學活動對本人的創作發展產生重要影響。崔顥在代北軍幕之經歷促成了前後詩風的變化。李商隱永樂閑居創作屬於前期的一種風格嘗試，體現出與其主導風格不同的特徵，通過這一文學生涯過渡時期的嘗試，之後他逐漸找到了適合自身個性的詩風類型。

　　三晉文化影響唐代文學諸因素中，河東道本土文學家之影響甚爲重要，但在本書中未予以足夠觀照，主要原因是大部分河東道文學家的創作活動離開了本土。在異地的文學活動中，影響其創作的因素複雜多樣，三晉文化只是其中之一。且從文學家的身上和作品中抽繹三晉文化因子甚爲艱難，限於學力，暫予泛論。

　　文學家族之群體構成在唐代文學中佔有重要地位，三晉文學家族較之一

般以姓氏、郡望爲歸屬的大家族，直系家庭化特徵更爲明顯。由於前此有關唐代文學研究論著中多有涉及三晉家族，且論述較爲充分，本文再論，未免重複，故捨全部而以代表性家族說明之。

三晉文化中之自然、歷史、人物，有許多作爲特定意象出現在唐代文學中，以介子推爲中心的寒食節引發了寒食詩創作的繁榮，此亦屬於三晉文化與唐代文學發生關係之一個側面。限於論文撰寫的時限，此一部分的闡釋論列，只能在以後進一步完善。

本論題爲一個地域文化與一個時代文學之關係考察，千頭萬緒，層次豐繁。著者緊緊圍繞以下幾種關係構思佈局，展開論述，得失之間，就正於方家。

第一，相對性與絕對性。三晉文化與唐代文學之間發生關聯具有眞理的絕對性，但並非三晉文化中的所有要素都與其發生關係，有一些文化要素不與文學發生關係，或者發生關係的線索不易追索。只有那些影響線路較爲清晰的文化類型才會最終進入研究視野，此即研究的相對性。例如：河東道之政治文化決定著在這一地域文學活動的頻率和類型，軍事文化則影響了文學體裁的獨特性，對作家之精神世界亦產生重要影響。三晉地域文化中的宗教和藝術，在河東道亦有較爲繁榮的局面。宗教方面，北部五臺山是唐代最大的佛教中心，南部中條山、姑射山是道教發達之區。但與文學之關係則甚爲淡漠，既無詩僧之群體活動，亦乏地方道教題材之作。至於佛道二教對作家精神價值方面的影響，爲一般通性因素而非三晉個別因素，無深入研討之價值。藝術方面，《秦王破陣樂》顯示了河東道音樂的獨特風格，唐代河東道之繪畫雕塑藝術亦達高超水準，由今存唐代遺迹可見。然而與文學發生關係無文獻證據，無進一步展開之可能性。相對性是選擇文化與文學研究對象的基本條件。

第二，共同性與唯一性。三晉文化屬於國家文化之一部分，它的內容和特徵，有與北方文化區中相鄰區域共同擁有的地域特徵，也有屬於自身獨一無二的部分，而且有一些地域性文化已經上陞爲國家文化之一部分。在研究中，並不以三晉文化的唯一性作爲論述的切入點。即使非三晉文化中獨有，但在全國範圍內而言尚具鮮明之地域特徵，且與文學有重要之關聯，宜納入研究範圍。如尙武豪俠之風，爲唐代北方文化區所共有之地域風習，非河東道獨有。但河東道此一地域精神對邊塞文學和豪俠傳奇的影響非常巨大，作

爲此一地域文化對文學的獨特貢獻不容忽視。在共同性中進一步辨析其異同是本文力求突出三晉文化獨特性的一個努力方向。例如太原作爲北方軍事重鎮與幽州同，而與北都的結合及山明水秀的自然景觀則使其具備了都市形象的唯一性。代北邊塞與隴右、薊北皆屬於北方邊塞地域，荒寒的自然景觀、尚武好鬥的民風、民族融合的生活圖景皆與他二區同，但一直統屬於中央的獨特政治特點有別於其他兩個區域，所以終唐之世始終爲唐代詩人的邊塞之遊提供創作空間。三晉豪俠之風與關中、河北差異無多，但其龍興之地的獨特性，使得此一地域成爲唐代俠風先導之區，並由開國將帥帶入長安，間接輻射性地影響了更加廣大的地區。與唐代文學發生關係的唯一性地域文化因素並不多見，龍興之地爲河東道獨一無二的政治標記，由此引申對唐代文學發生多方面影響，妒神與后土神的民間信仰也屬於地域文化中唯一的內容，但其影響只在單一的題材層面。總之，尋求三晉文化之個別性可以有效說明其對唐代文學的獨特影響。共同性與唯一性還體現在文化對文學的影響因素方面。實質上，地域文化對於唐代文學發生的作用大部分不具有唯一性，也即是說，地域文化只是許多共同影響因素中的一點而已，不可能把三晉文化的影響提高到唯一的程度。在研究中，所能展開的就是在眾多對文學發展產生影響的合力中抽出三晉文化的一支力量。如產生於北都的碑頌之文「富吳體」，作家的先天素質，在北都之前的教育和創作道路、他們的交遊圈都是影響此特殊文體形成的因素，而本文則重點在探索討論北都地域文化對其文體形成的這一方面的因素。爲保證研究結論的客觀性，本書有關地域文化與文學關係的論證基本遵循上一思路。

第三，直接性與間接性。三晉地域文化對文學發生影響，直接性之影響易於闡釋，間接性之影響則易流於附會。直接性之影響如：地方風物進入文學創作之領域，爲文化與文學最表層之關係；三晉文化直接影響了作家創作風格的改變，如崔顥；龍興之地直接催生了帝王文學的創作，這些關係都淺顯易明。間接性之影響則需一系列環節的討論之後方得出結論。如北都文化對唐代文學之貢獻通過「富吳體」的環節來實現。北都文化強烈影響了「富吳體」的形成，而「富吳體」對於在唐代文學發展中的地位則需要跳出三晉地域範圍，著眼於唐代文學全局來審視。如此，北都文化對於唐代文學的獨特意義才能夠凸顯出來。間接性影響之考察具有一定困難，本文只能在相對性的程度上說明其影響力。在每一個環節上，往往都是局部性因素，一系列

可能性推理得出的結論無堅強的說服力。如法家文化通過武則天、柳宗元推動唐代文學的發展進程，中間的關係鏈，著者亦感薄弱，因二人雖出身河東道，但法家文化已經上陞爲國家文化的層次，只是在河東道地域文化中較之其他地域法家之遺存更爲深厚而已。這也是許多活動於外地的河東道本土文學家沒有列入研究範圍的原因。著者以爲，因 A 與 B 在一般意義上有絕對關係，便主觀認定只要說明了 A，便說明了 A 對於 B 的影響，是一種完全牽強之推論。文化與文學之間的關係是論文最主要的論證部分，無充分的文獻基礎，即無論證之可能。

第四，歷史性與當代性。考察對唐代文學發生影響的三晉文化，不限於唐代，歷史傳承的影響亦至關重要。在現實的影響過程中，許多現象的產生都是歷史與現實交融混合作用的結果。如軍事文化、隱逸文化既有歷史的傳承，又有當代的延續。如北都幕府的政治地位是「富吳體」產生的當代前提，而「富吳體」以經典爲本的創作特徵則與太原儒學傳承的歷史傳統相關。應制文創作繁榮的原因亦復如是。豪俠傳奇中的《虬髯客傳》和《紅線傳》主要與河東地域當代文化密切相關，《無雙傳》之影響則主要來自於先秦時代的三晉俠風。《妒神頌》爲唐代河東道妒神信仰的獨特產物，而妒神之出現則與歷史上介子推信仰危機和河東女性地位有不可分割的關係。著者認爲，當代文化如政治文化、軍事文化往往在一般意義上爲河東道繁榮的文學活動創造一個先決性條件，歷史文化卻是考察中的重點因素。故在具體的論述中，凡發生於某一局部地域之文學現象或和某一地域相關之文學創作，必追根溯源，努力闡明地域文化影響的歷史性因素，此亦爲本書著力較多的部分。

第五，文學性與次文學性。本書既爲文學學科之研究，純文學性質的詩歌、散文、小說即爲本書考察之重點。同時，著者又關注一些蘊含獨特地域文化而文學性較弱的作品。與地域文化的關聯性是本文選擇研究對象的一個重要因素。在小說領域，唐代志怪傳奇小說中所反應的河東道社會生活場景亦甚多，但大多數無題材的獨特性，小說中所蘊涵的往往是唐代共通的一般文化因素，無考察之價值。只有豪俠小說的創作屬於三晉文化的突出貢獻，故設專節論列。在詩歌領域，田園詩與邊塞詩同爲河東道詩歌創作中的突出現象。田園詩作爲地域自然環境的影響只體現於王績一人身上，且與他的隱逸密切相關。而邊塞詩則是河東作家群的創作特徵，且有代北地域創作現象的繁榮。故在研究中於田園詩略寫，重點在邊塞詩方面展開探討。散文方面，

則有太原幕府應制文創作的繁榮。文學性稍弱的《妒神頌》、《寶應靈慶公神祠碑》，由於其獨特的地域文化價值超過了文學價值，亦重點予以考察。但大多數文學性不強的碑頌之文則沒有此方面的研究價值。

　　三晉文化地域範圍穩定、狹小，著者力求全面深入地挖掘其與唐代文學的關係，研究結論距理想之預期尚遠。三晉法家文化通過影響河東道文學家如武則天、柳宗元等進而推動唐代文學的發展進程，其間的關聯脈絡有研索的必要及可能；河東道之佛道二教和音樂繪畫藝術與唐代文學之間的關係，尚待進一步尋找聯繫的歷史文獻；河東道遷離本土的文學家攜帶著三晉文化的因子，在異地之文學活動中影響了唐代文學的某些領域，再深入地鑒別選擇，抽絲剝繭，作爲一個地域群體之影響研究的可能性是存在的；在論文中已經有所體現，尚需大量充實的部分是三晉文化對唐代文學影響的證據鏈條文獻，還比較薄弱，說服力還不強，還需在以後的研究中逐步增強論證力量，以使論文向理想目標邁進。

參考文獻

古籍之部

1. 高亨,《周易古經今注》,北京:中華書局,1984。
2. 高亨,《詩經今注》,上海:上海古籍出版社,1985。
3. 〔唐〕孔穎達,《周禮注疏》,上海:上海古籍出版社,2010。
4. 〔唐〕孔穎達,《禮記正義》,上海:上海古籍出版社,2008。
5. 楊伯峻,《春秋左傳注》,北京:中華書局,1981。
6. 程樹德,《論語集解》,北京:中華書局,1990。
7. 〔清〕焦循《孟子正義》,北京:中華書局,1987。
8. 〔清〕段玉裁,《說文解字注》,北京:中華書局,2014。
9. 〔東漢〕劉熙,《釋名匯校》,任繼昉匯校,濟南:齊魯書社,2006。
10. 〔西漢〕司馬遷,《史記》,北京:中華書局,1959。
11. 〔東漢〕班固,《漢書》,北京:中華書局,1962。
12. 〔清〕王先謙,《漢書補注》,北京:中華書局,1983。
13. 〔南朝宋〕范曄,《後漢書》,北京:中華書局,1965。
14. 〔西晉〕陳壽,《三國志》,北京:中華書局,1959。
15. 〔唐〕房玄齡,《晉書》,北京:中華書局,1974。
16. 〔南朝梁〕沈約,《宋書》,北京:中華書局,1974。
17. 〔唐〕姚思廉,《梁書》,北京:中華書局,1973。
18. 〔北魏〕魏收,《魏書》,北京:中華書局,1974。
19. 〔唐〕令狐德棻,《周書》,北京:中華書局,1971。
20. 〔唐〕李百藥,《北齊書》,北京:中華書局,1972。
21. 〔唐〕魏徵,《隋書》,北京:中華書局,1973。

22.〔唐〕李延壽,《北史》,北京:中華書局,1974。

23.〔五代〕劉昫,《舊唐書》,北京:中華書局,1975。

24.〔北宋〕歐陽修、宋祁,《新唐書》,北京:中華書局,1975。

25.〔五代〕薛居正,《舊五代史》,北京:中華書局,1976。

26.〔北宋〕歐陽修,《新五代史》,北京:中華書局,1974。

27.〔北宋〕司馬光,《資治通鑑》,北京:中華書局,1996。

28.〔清〕高士奇,《左傳紀事本末》,北京:中華書局,1979。

29.《國語》,韋昭注,上海:上海古籍出版社,2008。

30. 范祥雍,《戰國策箋證》,上海:上海古籍出版社,2006。

31. 袁珂,《山海經校注》,上海:上海古籍出版社,1980。

32.〔西漢〕劉向,《新序校釋》,石光瑛校釋,陳新整理,北京:中華書局,2001。

33.〔西漢〕劉向,《說苑校證》,向宗魯校證,北京:中華書局,1987。

34.〔唐〕溫大雅,《大唐創業起居注》,上海:上海古籍出版社,1983。

35.〔唐〕吳兢,《貞觀政要集校》,謝保成集成,北京:中華書局,2009。

36.〔五代〕王定保,《唐摭言》,上海:上海古籍出版社,1978。

37.〔北宋〕王讜,《唐語林校證》,周勛初校證,北京:中華書局,1987。

38.〔唐〕劉肅,《大唐新語》,北京:中華書局,1984。

39.〔唐〕趙璘,《因話錄》,上海:上海古籍出版社,1984。

40.〔唐〕李肇,《唐國史補》,上海:上海古籍出版社,1979。

41.〔唐〕范攄,《雲溪友議》,北京:古典文學出版社,1958。

42.〔唐〕張鷟,《朝野僉載》,北京:中華書局,1979。

43. 傅璇琮,《唐才子傳校箋》,北京:中華書局,2002。

44.〔五代〕孫光憲,《北夢瑣言》,上海:上海古籍出版社,1981。

45.〔南宋〕趙彥衛,《雲麓漫鈔》,北京:古典文學出版社,1957。

46.〔北宋〕錢易,《南部新書》,北京:中華書局,2002。

47.〔北宋〕黃朝英,《靖康緗素雜記》,上海:上海古籍出版社,1986。

48.〔北宋〕沈括,《夢溪筆談》,張富祥譯注,北京:中華書局,2009 年。

49. 邵博,《邵氏聞見後錄》,北京:中華書局,1983。

50.〔南宋〕皇都風月主人,《綠窗新話》,上海:上海古籍出版社,1991。

51.〔南宋〕葉夢得,《石林燕語》,上海:上海古籍出版社,2012。

52.〔南宋〕葉夢得,《避暑錄話》,上海:上海古籍出版社,2012。

53.〔南宋〕洪邁,《容齋隨筆》,南京:鳳凰出版社,2009。

54. 〔南宋〕黎靖德編，《朱子語類》，北京：中華書局，1986。

55. 〔南宋〕吳曾，《能改齋漫錄》，上海：上海古籍出版社，1979。

56. 〔北宋〕王得臣，《麈史》，上海：上海古籍出版社，1986。

57. 〔明〕胡應麟，《少室山房筆叢》，北京：中華書局，1958。

58. 〔明〕葉盛，《水東日記》，北京：中華書局，1980。

59. 〔清〕王士禎，《池北偶談》，北京：中華書局，1982。

60. 〔清〕李燧，《晉遊日記》，太原：山西人民出版社，1989。

61. 〔唐〕李泰，《括地志》，賀次君輯校，北京：中華書局，1980。

62. 〔唐〕李吉甫，《元和郡縣圖志》，北京：中華書局，1983。

63. 〔北宋〕樂廣，《太平寰宇記》，北京：中華書局，2008。

64. 〔北宋〕王存，《元豐九域志》，北京：中華書局，1984。

65. 〔南宋〕王象之，《輿地紀勝》，北京：中華書局，1992。

66. 〔南宋〕歐陽忞，《輿地廣記》，李勇先、王小紅校注，成都：四川大學出版社，2003。

67. 〔南宋〕祝穆，《方輿勝覽》，北京：中華書局，2003。

68. 〔南宋〕范成大，《吳郡志》，陸振荻點校，南京：江蘇古籍出版社，1986。

69. 〔清〕顧炎武，《歷代宅京記》，北京：中華書局，1984。

70. 〔清〕賴昌期、張彬、沈晉祥，《平定州志》，光緒 8 年刻本.

71. 〔清〕李榮和、劉鍾麟，《永濟縣志》，光緒 12 年刻本。

72. 〔清〕李培謙，《陽曲縣志》，道光 23 年刻本。

73. 乾隆《大清一統志》，光緒 28 年上海寶善齋石印本。

74. 〔明〕李賢、彭時等，《大明一統志》，文淵閣四庫全書本。

75. 馬蓉，《永樂大典方志輯佚》，北京：中華書局，2004。

76. 雍正《山西通志》，山西省史志研究院點校，北京：中華書局，2008。

77. 〔清〕王軒總纂，光緒《山西通志》，北京：中華書局，1990。

78. 〔清〕顧炎武，《天下郡國利病書》四庫叢刊本，上海：上海書店，1985。

79. 〔北魏〕酈道元，《水經注疏》，楊守敬、熊會貞疏，南京：江蘇古籍出版社，1989。

80. 〔唐〕杜佑，《通典》，北京：中華書局，1988。

81. 〔唐〕李林甫等，《大唐六典》，北京：中華書局，1992。

82. 〔北宋〕王溥，《唐會要》，上海：上海古籍出版社，2006。

83. 〔北宋〕宋敏求，《唐大詔令集》，洪丕謨等點校，北京：學林出版社，1992。

84. 李希泌主編，《唐大詔令集補編》，上海：上海古籍出版社，2003。

85. 〔元〕馬端臨，《文獻通考》，北京：中華書局，1986。

86. 〔南宋〕晁公武，《郡齋讀書志校證》，孫猛校證，上海：上海古籍出版社，2011。

87. 〔唐〕林寶，《元和姓纂》，岑仲勉校記，郁賢皓、陶敏整理，北京：中華書局，1994。

88. 〔北宋〕趙明誠，《金石錄校證》，金文明校證，桂林：廣西師範大學出版社，2005。

89. 〔清〕王昶，《金石萃編》，北京：中國書店，1985。

90. 〔清〕陸增祥，《八瓊室金石補正》，北京：文物出版社，1985。

91. 周紹良主編，《唐代墓志彙編》，上海：上海古籍出版社，1992。

92. 周紹良、趙超主編，《唐代墓志彙編續集》，上海：上海古籍出版社，2001。

93. 張希舜主編，《隋唐五代墓志彙編（山西卷）》，天津：天津古籍出版社，1991。

94. 〔清〕浦起龍，《史通通釋》，上海：上海古籍出版社，1978。

95. 〔北宋〕范祖禹，《唐鑒》，西安：三秦出版社，2003。

96. 〔清〕王夫之，《讀通鑒論》，北京：中華書局，1975。

97. 〔清〕王夫之，《宋論》，北京：中華書局，1974。

98. 〔南宋〕程大昌，《考古編》，北京：中華書局，2008。

99. 〔清〕顧炎武，《日知錄集釋》，黃汝成集釋，上海：上海古籍出版社，2006。

100. 〔清〕顧祖禹，《讀史方輿紀要》，北京：中華書局，1955。

101. 〔北魏〕賈思勰，《齊民要術》，石聲漢校釋，北京：中華書局 2009。

102. 李劍國，《唐前志怪小說輯釋》，上海：上海古籍出版社，2011。

103. 〔西晉〕張華，《博物志校證》，范寧校證，北京：中華書局 1980。

104. 〔東晉〕王嘉，《拾遺記》，北京：中華書局，1981。

105. 〔南朝宋〕劉義慶，《世說新語箋疏》，余嘉錫箋疏，上海：上海古籍出版社，1983。

106. 《唐五代筆記小說大觀》，上海：上海古籍出版社，2000。

107. 〔唐〕段成式，《酉陽雜俎》，北京：中華書局，1981。

108. 〔北宋〕李昉，《太平廣記》，北京：中華書局，1961。

109. 〔北宋〕李昉，《太平御覽》，上海：上海古籍出版社，2008

110. 〔北宋〕王欽若，《冊府元龜》，北京：中華書局，1994。

111. 〔唐〕釋道宣，《廣弘明集》，上海：上海古籍出版社，1991。

112. 〔唐〕釋道世,《法苑珠林校注》,周叔迦、蘇晉仁校注,北京:中華書局,2003。

113. 〔唐〕釋道宣,《續高僧傳》,北京:中華書局,2014。

114. 〔北宋〕贊寧,《宋高僧傳》,北京:中華書局,1987。

115. 高亨,《商君書譯注》,北京:中華書局,1974。

116. 胡曲園、陳進坤,《公孫龍子論疏》,上海:復旦大學出版社,1987。

117. 朱謙之,《老子校釋》,北京:中華書局,1984。

118. 王叔岷,《莊子校詮》,北京:中華書局,2007。

119. 陳奇猷,《韓非子集釋》,北京:中華書局,1974。

120. 〔清〕孫詒讓,《墨子閒詁》,北京:中華書局,1986。

121. 陳奇猷,《呂氏春秋新校釋》,上海:上海古籍出版社,2002。

122. 劉文典,《淮南鴻烈集解》,北京:中華書局,1989。

123. 《新輯本桓譚新論》,朱謙之注,北京:中華書局,2009。

124. 〔東漢〕應劭,《風俗通義校注》,王利器校注,北京:中華書局,1981。

125. 〔南朝梁〕宗懍,《荊楚歲時記譯注》譚麟譯注,武漢:湖北人民出版社,1985。

126. (北齊)顏之推,《顏氏家訓集解》,王利器集解,上海:上海古籍出版社,1980。

127. 〔北魏〕楊衒之,《洛陽伽藍記校注》,范祥雍校注,上海:上海古籍出版社,1978。

128. 〔南朝梁〕蕭繹,《金樓子校箋》,許逸民校,北京:中華書局,2011。

129. 張沛,《中說譯注》,上海:上海古籍出版社,2011。

130. 〔唐〕張彥遠,《歷代名畫記》,俞劍華譯注,南京:江蘇教育出版社,2006。

131. 〔北宋〕洪興祖,《楚辭補注》,北京:中華書局,2012。

132. (南朝陳)徐陵,《玉臺新詠》,上海:上海古籍出版社,2005。

133. 〔南朝梁〕蕭統,《文選》,上海:上海古籍出版社,1986。

134. 〔清〕嚴可均,《全上古三代秦漢三國魏晉六朝文》,北京:中華書局,1958。

135. 〔清〕董誥,《全唐文》,北京:中華書局,1983。

136. 〔清〕彭定球,《全唐詩》,北京:中華書局,1960。

137. 陳尚君,《全唐文補編》,北京:中華書局,2005。

138. 吳鋼主編,《全唐文補遺》,西安:三秦出版社,2003。

139. 陳尚君,《全唐詩補編》,北京:中華書局1992。

140. 陳貽焮主編,《增訂注釋全唐詩》,北京:文化藝術出版社,2001。

141. 〔北宋〕計有功,《唐詩紀事校箋》,王仲鏞校箋,成都:巴蜀書社,1989。

142. 〔清〕陳鴻墀,《全唐文紀事》,上海:上海古籍出版社,1987。

143. 〔北宋〕郭茂倩,《樂府詩集》,北京:中華書局,1979。

144. 〔唐〕殷璠,《河岳英靈集校注》,王克讓注,成都:巴蜀書社,2006。

145. 《唐人選唐詩》,北京:昆侖出版社,2006。

146. 《蔡邕集編年校注》,鄧安生校注,石家莊:河北教育出版社,2002。

147. 《曹操集》,北京:中華書局,1974。

148. 《阮籍集校注》,陳伯君校注,北京:中華書局,1987。

149. 《建安七子集》,俞紹初輯校,北京:中華書局,2010。

150. 袁行霈,《陶淵明集箋注》,北京:中華書局,2003。

151. 龔斌,《陶淵明集校箋》,上海:上海古籍出版社,2011。

152. 〔清〕倪璠,《庾子山集注》,北京:中華書局,1980。

153. 韓理洲,《王無功文集》五卷會校本,上海:上海古籍出版社,1987。

154. 金榮華,《王績詩文集校注》,臺北:臺灣新文豐出版公司,1998。

155. 張錫厚,《王績研究》,臺北:臺灣新文豐出版公司,1995。

156. 吳雲、冀宇編注,《唐太宗集》,西安:陝西人民出版社,1986。

157. 《武則天集》,太原:山西人民出版社,1987。

158. 《張燕公集》,上海:上海古籍出版社,1992。

159. 〔清〕蔣清翊,《王子安集注》,上海:上海古籍出版社,1995。

160. 〔清〕陳熙晉,《駱臨海集箋注》,北京:中華書局,1985。

161. 祝尚書,《盧照鄰集箋注》,上海:上海古籍出版社,2011。

162. 《陳子昂詩注》,彭慶生注,成都:四川人民出版社,1981。

163. 《陳子昂集》,北京:中華書局,1960。

164. 熊飛,《張九齡集校注》,北京:中華書局,2008。

165. 陳鐵民,《王維集校注》,北京:中華書局,1997。

166. 詹鍈主編,《李白全集校注彙釋集評》,天津:百花文藝出版社,1996。

167. 劉開揚,《岑參集編年箋注》,成都:巴蜀書社,1995。

168. 〔清〕仇兆鰲,《杜詩詳注》,北京:中華書局,1979。

169. 萬競君,《崔顥詩注》,上海:上海古籍出版社,1982。

170. 胡問濤、羅琴,《王昌齡集編年校注》,成都:巴蜀書社,2000。

171. 〔清〕馬其昶,《韓昌黎文集校注》,馬茂元整理,上海:上海古籍出版社,1987。

172. 錢仲聯,《韓昌黎詩系年集釋》,上海:上海古籍出版社,1984。

173. 陶敏、陶紅雨，《劉禹錫全集編年箋注》，長沙：岳麓書社，2003。

174. 朱金城，《白居易集箋校》，上海：上海古籍出版社，1988。

175. 《柳宗元集》，北京：中華書局，1979 年。

176. 《令狐楚集》，尹占華、楊曉靄整理，蘭州：甘肅人民出版社，1998

177. 祖保泉、陶禮天，《司空表聖詩文集箋校》，合肥：安徽大學出版社，2002。

178. 《呂衡州文集》，北京：中華書局，1985 年。

179. 劉初棠，《盧綸詩集校注》，上海：上海古籍出版社，1989

180. 楊軍，《元稹集編年箋注》，西安：三秦出版社，2002。

181. 《李賀詩歌集注》，上海：上海人民出版社，1974。

182. 《李賀詩集》，葉蔥奇疏注，北京：人民文學出版社，1984。

183. 徐禮節、余恕誠，《張籍集系年校注》，北京：中華書局，2011。

184. 馮浩，《玉谿生詩集箋注》，上海：上海古籍出版社，1979。

185. 葉蔥奇，《李商隱詩集疏注》，北京：人民文學出版社，1985。

186. 劉學鍇、余恕誠，《李商隱詩歌集解》，北京：中華書局，1988。

187. 劉學鍇、余恕誠，《李商隱文編年校注》，北京：中華書局，2002。

188. 陳繼龍，《韓偓詩注》，北京：學林出版社，2001。

189. 劉學鍇，《溫庭筠全集校注》，北京：中華書局，2007。

190. 齊濤，《韋莊詩詞箋注》，濟南：山東教育出版社，2002。

191. 羅時進，《丁卯集箋證》，南昌：江西人民出版社，1998。

192. 〔南宋〕李壁，《王荊公詩箋注》，上海：上海古籍出版社，2010。

193. 《蘇軾詩集》，北京：中華書局，1982。

194. 《蘇轍集》，北京：中華書局，1990。

195. 辛更儒，《劉克莊集箋校》，北京：中華書局，2011。

196. 狄寶心，《元好問文編年校注》，北京：中華書局，2012。

197. 狄寶心，《元好問詩編年校注》，北京：中華書局，2011。

198. 《錢牧齋全集》，上海：上海古籍出版社，2003。

199. 王遽常，《顧亭林詩集彙注》，上海：上海古籍出版社，1983。

200. 《俞正燮全集》，合肥：黃山書社，2005。

201. 趙林恩編注，《五臺山詩歌總集》，北京：宗教文化出版社，1995。

202. 〔南朝梁〕劉勰，《文心雕龍注》，范文瀾校注，北京：人民文學出版社，1958。

203. 〔清〕孫梅，《四六叢話》，北京：人民文學出版社，2010。

204. 〔明〕徐師曾，《文體明辨序說》，北京：人民文學出版社，1962。

205. 〔明〕吳訥，《文章辨體序説》，北京：人民文學出版社，1962。

206. 〔唐〕張彥遠，《法書要錄》，北京：人民美術出版社，1986。

207. 〔清〕沈德潛，《唐詩別裁》，富壽蓀點校，上海：上海古籍出版社，1979。

208. 〔宋〕阮閱，《詩話總龜》，北京：人民文學出版社，1987。

209. 〔清〕何文煥，《歷代詩話》，北京：中華書局，1982。

210. 〔清〕丁福保，《歷代詩話續編》，北京：中華書局，1983。

211. 〔清〕丁福保，《清詩話》，上海：上海古籍出版社，1978。

212. 郭紹虞，《清詩話續編》，上海：上海古籍出版社，1983。

213. 〔明〕楊慎，《升庵詩話新箋證》，王大厚箋證，北京：中華書局，2008。

214. 〔清〕金聖嘆，《貫華堂選批唐才子詩》，南京：江蘇古籍出版社，1986。

215. 〔明〕張溥，《漢魏六朝百三名家集題辭注》，殷孟倫注，北京：中華書局，2007。

專著之部

1. 吳廷燮，《唐方鎮年表》，北京：中華書局，1980。

2. 郁賢皓，《唐刺史考全編》，合肥：安徽大學出版社，2000。

3. 戴偉華，《唐方鎮文職僚佐考》，桂林：廣西師範大學出版社，2007。

4. 嚴耕望，《唐代交通圖考》，上海：上海古籍出版社，2007。

5. 周祖譔，《中國文學家大辭典・唐五代卷》，北京：中華書局，1992。

6. 王達津，《唐詩叢考》，上海：上海古籍出版社，1986。

7. 傅璇琮，《唐代詩人叢考》，北京：中華書局，1980。

8. 譚優學，《唐詩人行年考》，成都：四川人民出版社，1981。

9. 譚優學，《唐詩人行年考續編》，成都：巴蜀書社，1987。

10. 陳尚君，《唐代文學叢考》，北京：中國社會科學出版社，1997。

11. 戴偉華，《唐代幕府與文學》，北京：現代出版社，1990。

12. 戴偉華，《唐代使府與文學研究》，桂林：廣西師範大學出版社，1998。

13. 戴偉華，《地域文化與唐代詩歌》，北京：中華書局，2006。

14. 景遐東，《江南文化與唐代文學研究》，北京：人民文學出版社，2005。

15. 李浩，《唐代三大地域文學士族研究》，北京：中華書局，2008。

16. 李浩，《唐代園林別業考錄》，上海：上海古籍出版社，2005。

17. 李浩，《唐代園林別業考論》，西安：西北大學出版社，1996。

18. 李德輝，《唐代交通與文學》，長沙：湖南人民出版社，2003。

19. 李德輝，《唐宋時期館驛制度及其與文學關係之研究》，北京：人民文學

出版社，2008。

20. 杜曉勤，《初盛唐詩歌的文化闡釋》，北京：東方出版社，1997。

21. 賈晉華，《唐代集會總集與詩人群研究》，北京：北京大學出版社，2001。

22. 任文京，《唐代邊塞詩的文化闡釋》，北京：人民出版社，2005。

23. 汪聚應，《唐代俠風與文學》，北京：中國社會科學出版社，2007。

24. 郭峰，《唐代士族個案研究》，廈門：廈門大學出版社，1999。

25. 鄧小軍，《唐代文學的文化精神》，臺北：文津出版社，1993。

26. 聶石樵，《唐代文學史》，北京：中華書局，2007。

27. 程毅中，《唐代小說史》，北京：中華書局，2003。

28. 喬象鐘、陳鐵民，《唐代文學史》（上冊），北京：人民文學出版社，1995。

29. 董乃斌、吳庚舜，《唐代文學史》（下冊），北京：人民文學出版社，1995。

30. 羅宗強，《隋唐五代文學思想史》，北京：中華書局，2003。

31. 許總，《唐詩史》，南京：江蘇教育出版社，1994。

32. 王運熙、楊明，《隋唐五代文學批評史》，上海：上海古籍出版社，1994

33. 蔣寅，《大曆詩風》，南京：鳳凰出版社，2009。

34. 蔣寅，《大曆詩人研究》，北京：北京大學出版社，2007。

35. 翟景運，《晚唐駢文研究》，北京：商務印書館，2010。

36. 馬蘭州，《唐代邊塞詩研究》，天津：天津古籍出版社，2003。

37. 李炳海、于雪棠，《唐代邊塞詩傳》，長春：吉林人民出版社，2000。

38. 何寄澎，《總是玉關情——唐代邊塞詩初探》，臺北：聯經出版事業公司，1978。

39. 西北師範學院編輯部編，《唐代邊塞詩研究論文選粹》，蘭州：甘肅教育出版社，1988。

40. 田廷柱，《隋唐士族》，西安：三秦出版社，1990。

41. 聞一多，《唐詩雜論》，北京：中華書局，2009。

42. 許祖良，《張彥遠評傳》，南京：南京大學出版社，2001。

43. 尹協理、魏明，《王通論》，北京：中國社會科學出版社，1984。

44. 張志烈，《初唐四杰年譜》，成都：巴蜀書社，1993。

45. 駱祥發，《初唐四杰研究》，北京：東方出版社，1993。

46. 陳鐵民，《王維論稿》，北京：人民文學出版社，2006。

47. 孫昌武，《柳宗元傳論》，北京：人民文學出版社，1982。

48. 孫昌武，《柳宗元評傳》，南京：南京大學出版社，1998。

49. 施子愉，《柳宗元年譜》，武漢：湖北人民出版社，1958。

50. 張勇，《柳宗元儒佛道三教觀研究》，合肥：黃山書社，2010。

51. 呂大防，《韓愈年譜》，北京：中華書局，1991。

52. 張清華，《韓學研究 韓愈通論》，南京：江蘇教育出版社，1998。

53. 蔣凡，《文章并峙壯乾坤——韓愈柳宗元研究》，上海：上海教育出版社，2001。

54. 朱金城，《白居易年譜》，上海：上海古籍出版社，1982。

55. 褰長春，《白居易評傳 附元稹評傳》，南京：南京大學出版社，2002。

56. 趙林濤，《盧綸研究》，保定：河北大學出版社，2010。

57. 祖保泉，《司空圖詩文研究》，合肥：安徽教育出版社，1998。

58. 王步高，《司空圖評傳》，南京：南京大學出版社，2011。

59. 汪國貞，《司空表聖研究》，臺北：文津出版社，1979。

60. 陶禮天，《司空圖年譜彙考》，北京：華文出版社，2002。

61. 尹楚兵，《令狐楚年譜 令狐綯年譜》，上海：上海古籍出版社，2008。

62. 張采田，《玉谿生年譜會箋》外一種， 上海：上海古籍出版社，2010。

63. 詹鍈，《李白詩文系年》，北京：人民文學出版社 1984。

64. 廖立，《岑參評傳》，北京：人民文學出版社，1996。

65. 許道勛、趙克堯，《唐玄宗傳》，北京：人民出版社，1993。

66. 趙克堯、許道勛，《唐太宗傳》，北京：人民出版社，1984。

67. 雷家驥，《武則天傳》，北京：人民出版社，2001。

68. 顧建國，《張九齡年譜》，北京：中國社會科學出版社，2005。

69. 林大志，《蘇頲張說研究》，濟南：齊魯書社，2007。

70. 陳祖言，《張說年譜》，香港：香港中文大學出版社，1984。

71. 蔣長棟，《王昌齡評傳》，鄭州：中州古籍出版社，1991。

72. 卞孝萱，《元稹年譜》，南京：齊魯書社 1980。

73. 周相錄，《元稹年譜新編》，上海：上海古籍出版社，2004。

74. 袁行霈，《陶淵明研究》，北京：北京大學出版社，1997。

75. 魏正申，《陶淵明探稿》，臺北：文津出版社，1990。

76. 戴建業，《澄明之境——陶淵明新論》，武漢：華中師範大學出版社，1998。

77. 錢鍾書，《談藝錄》，北京：三聯書店，2007。

78. 《葉嘉瑩說陶淵明飲酒及擬古詩》，北京：中華書局，2007。

79. 吳雲，《陶淵明論稿》，西安：陝西人民出版社，1981。

80. 魏耕原，《陶淵明論》，北京：北京大學出版社，2011。

81. 劉中文，《唐代陶淵明接受研究》，北京：中國社會科學出版社，2006。

82. 李長之，《陶淵明傳論》，天津：天津人民出版社，2007。

83. 李劍國，《唐五代志怪傳奇敘錄》，天津：南開大學出版社，1994。

84. 程國賦，《唐五代小說的文化闡釋》，北京：人民文學出版社，2002。

85. 程國賦，《隋唐五代小說研究資料》，上海：上海古籍出版社，2005。

86. 程國賦，《唐代小說嬗變研究》，廣州：廣東人民出版社，1997。

87. 程毅中，《唐代小說史》，北京：人民文學出版社，2003。

88. 陳珏，《初唐傳奇文鈎沉》，上海：上海古籍出版社，2005。

89. 周紹良，《唐傳奇箋證》，北京：人民文學出版社，2000。

90. 汪辟疆，《唐人小說》，上海：上海古籍出版社，1978。

91. 張友鶴，《唐宋傳奇選》，北京：人民文學出版社，1979。

92. 孫望，《蝸叟雜稿》，上海：上海古籍出版社，1982。

93. 吳文治，《柳宗元資料彙編》，北京：中華書局，1962。

94. 陳友琴，《白居易研究資料彙編》，北京：中華書局，1986。

95. 劉學鍇等，《李商隱資料彙編》，北京：中華書局，2001。

96. 吳企明，《李賀資料彙編》，北京：中華書局，1994。

97. 高步瀛，《唐宋文舉要》，上海：上海古籍出版社，1982。

98. 高步瀛，《唐宋詩舉要》，上海：上海古籍出版社，1978。

99. 陳伯海，《唐詩彙評》，杭州：浙江教育出版社，1995。

100. 陶敏，《全唐詩人名考證》，西安：陝西人民教育出版社，1996。

101. 夏承燾，《唐宋詞人年譜》，上海：上海古典文學出版社，1955。

102. 汪聚應，《唐代俠風與文學》，北京：中國社會科學出版社，2007。

103. 王運熙，《漢魏六朝唐代文學論叢》，上海：上海古籍出版社，1981。

104. 葛曉音，《詩國高潮與盛唐文化》，北京：北京大學出版社，1998。

105. 葛曉音，《山水田園詩派研究》，瀋陽：遼寧大學出版社，1993。

106. 尚定，《走向盛唐》，北京：中國社會科學出版社，1994。

107. 卞孝萱，《唐傳奇新探》，南京：江蘇教育出版社，2001。

108. 《唐傳奇鑒賞集》，北京：人民文學出版社，1983。

109. 袁行霈，《中國文學概論》，北京：高等教育出版社，1995。

110. 胡阿祥，《魏晉本土文學地理研究》，南京：南京大學出版社，2001。

111. 梅新林，《中國古代文學地理形態與演變》，上海：復旦大學出版社，2006。

112. 周曉風、張中良主編，《區域文化與文學研究集刊》，北京：中國社會科學出版社，2010。

113. 曾大興，《中國古代文學家之地理分布》，武漢：湖北教育出版社，1995。

114. 周曉琳‧劉玉平，《空間與審美：文化地理視域中的中國古代文學》，北京：人民出版社，2009。

115. 姜書閣，《駢文史論》，北京：人民文學出版社，1986。

116. 莫道才，《駢文通論》，濟南：齊魯書社，2010。

117. 張仁青，《中國駢文發展史》，杭州：浙江大學出版社，2009。

118. 劉麟生，《中國駢文史》，上海：上海書店，1984。

119. 于景祥，《中國駢文通史》，長春：吉林人民出版社，2002。

120. 《朱自清古典文學論文集》，上海：上海古籍出版社，1981。

121. 錢仲聯，《夢苕庵專著二種》，北京：中國社會科學出版社，1984。

122. 《孫望選集》，南京：南京師範大學出版社，2002。

123. 錢穆，《中國學術思想史論叢》第四卷，合肥：安徽教育出版社，2004。

124. 謝無量，《中國大文學史》，謝無量文集本，北京：中國人民大學出版社，2011。

125. 曹道衡、沈玉成，《南北朝文學史》，北京：人民文學出版社，1991。

126. 周建江，《北朝文學史》，北京：中國社會科學出版社，1997。

127. 郭豫衡，《中國散文史》，上海：上海古籍出版社，2000。

128. 陸侃如、馮沅君，《中國詩史》，濟南：山東大學出版社，2009。

129. 鄭振鐸，《插圖本中國文學史》，《鄭振鐸全集》本，石家莊：花山文藝出版社，2008。

130. 游國恩，《中國文學史》，北京：人民文學出版社，2002。

131. 俞陛雲，《詩境淺說》，北京：北京出版社，2003。

132. 《趙昌平自選集》，桂林：廣西師範大學出版社，1997。

133. 《王國維文學論著三種》，北京：商務印書館，2010。

134. 鄭臨川，《聞一多論古典文學》，重慶：重慶出版社，1984。

135. 王瑤，《中古文學史論》，北京：商務印書館，2011。

136. 陳正祥，《中國文化地理》，北京：三聯書店，1983。

137. 王會昌，《中國文化地理》，武漢：華中師範大學出版社，1992。

138. 鄒逸麟主編，《中國歷史人文地理》，北京：科學出版社，2001。

139. 周振鶴、游汝杰，《方言與中國文化》，上海人民出版社，1986。

140. 靳明全主編，《區域文化與文學》，北京：中國社會科學出版社，2003。

141. 周振鶴，《中國歷史文化區域研究》，上海：復旦大學出版社，1997。

142. 侯外廬，《中國思想史綱》，北京：中國青年出版社，1980。

143. 李孝聰，《中國區域歷史地理》，北京：北京大學出版社，2004。

144. 石璋如等，《中國歷史地理》，臺北：中國文化大學出版部，1984。

145. 李約瑟，《中國科學技術史》第一卷，北京：科學出版社，1975。

146. 史念海，《黃土高原歷史地理研究》，鄭州：黃河水利出版社，2001。

147. 史念海，《黃土高原森林與草原的變遷》，西安：陝西人民出版社，1985。

148. 張景芳，《哲學史與區域文化》，北京：海洋出版社，1992。

149. 姜彬，《區域文化與民間文藝學》，北京：中國民間文藝出版社，1990。

150. 錢穆，《古史地理論叢》，臺北：臺灣東大圖書有限公司，1982。

151. 《竺可楨全集》，上海：上海科技教育出版社，2004。

152. 《中華學術論文集》，北京：中華書局，1981。

153. 嚴耕望，《嚴耕望史學論文選集》，北京：中華書局，2006。

154. 黃夏年主編，《湯用彤集》，北京：中國社會科學出版社，1995。

155. 史念海，《中國歷史地理綱要》，太原：山西人民出版社，1992。

156. 胡阿祥主編，《兵家必爭之地——中國歷史軍事地理要覽》，南京：河海大學出版社，1996。

157. 王玉哲，《中華遠古史》，上海：上海人民出版社，2003。

158. 許順湛，《五帝時代研究》，鄭州：中州古籍出版社，2005。

159. 孫淼，《夏商史稿》，北京：文物出版社，1987。

160. 鄒衡，《夏商周考古學論文集》，北京：文物出版社，1980。

161. 鄒衡，《夏商周考古學論文集續集》，北京：科學出版社，1998。

162. 李學勤，《東周與秦代文明》，北京：文物出版社，1984。

163. 田昌五主編，《華夏文明》第1集，北京：北京大學出版社，1987。

164. 中國先秦史學會編，《夏史論叢》，濟南：齊魯書社，1985。

165. 徐旭生，《中國古史的傳說時代》，桂林：廣西師範大學出版社，2003。

166. 呂思勉，《先秦學術概論》，北京：中國大百科全書出版社，1985。

167. 郭沫若，《十批判書》，北京：東方出版社，1996。

168. 錢穆，《古史地理論叢》，北京．三聯書店，2004。

169. 錢穆，《先秦諸子系年考辨》，上海：上海書店出版社，1992。

170. 李澤厚，《中國古代思想史論》，北京：三聯書店，2008。

171. 《孫作雲文集》第三卷，開封：河南大學出版社，2003。

172. 王子今，《秦漢區域文化研究》，成都：四川人民出版社，1998。

173. 盧雲，《漢晉文化地理》，西安：陝西人民教育出版社，1991。

174. 雷虹霽，《秦漢歷史地理與文化分區研究》，北京：中央民族大學出版社，

2007。

175. 薛瑞澤,《秦漢魏晉南北朝黃河文化與草原文化的交融》,北京:科學出版社,2010。

176. 毛漢光,《中國中古社會史論》,上海:上海世紀出版集團 上海書店出版社,2002。

177. 毛漢光,《中國中古政治史論》,上海:上海世紀出版集團 上海書店出版社,2002。

178. 譚其驤主編,《中國歷史地圖集》(第五冊),北京:中國地圖出版社,1996。

179. 劉振東,《中國儒學史魏晉南北朝卷》,廣州:廣東教育出版社,1998。

180. 焦桂美,《南北朝經學史》,上海:上海古籍出版社,2009。

181. 汪波,《魏晉北朝并州地區研究》,北京:人民出版社,2001。

182. 顧奎相主編,《東北古代民族研究論綱》,北京:中國社會科學出版社,2007。

183. 羅宗強,《玄學與魏晉士人心態》,杭州:浙江人民出版社,1991。

184. 《劉師培儒學論集》,成都:四川大學出版社,2010。

185. 張沛,《唐折衝府彙考》,西安:三秦出版社,2003。

186. 梁方仲,《中國歷代戶口田地田賦統計》,上海:上海人民出版社,1993。

187. 王永興,《唐代前期軍事史略論稿》,北京:昆侖出版社,2003。

188. 湯用彤,《隋唐佛教史稿》,北京:中華書局,1982。

189. 雷聞,《郊廟之外——隋唐國家祭祀與宗教》,北京:三聯書店,2009。

190. 史念海,《唐代歷史地理研究》,北京:中國社會科學出版社,1998。

191. 李孝聰,《唐代地域結構與運作空間》,上海:上海辭書出版社,2003。

192. 翁俊雄,《唐代區域經濟研究》,北京:首都師範大學出版社,2001。

193. 唐耕耦、陸宏基,《敦煌社會經濟文獻眞迹釋錄》第一輯,北京:書目文獻出版社,1986。

194. 湯用彤,《隋唐佛教史稿》,北京:中華書局,1982。

195. 張弓,《漢唐佛寺文化史》,北京:中國社會科學出版社,1997。

196. 嚴耕望,《魏晉南北朝佛教地理稿》,上海:上海古籍出版社,2007。

197. 李映輝,《唐代佛教地理研究》,長沙:湖南教育出版社,2004。

198. 冷國棟,《唐代人口問題研究》,武漢:武漢大學出版社,1993。

199. 黃永年,《文史探微》,北京:中華書局,2000。

200. 《汪篯隋唐史論稿》,北京:中國社會科學出版社,1981。

201. 《岑仲勉史學論文集》,北京:中華書局,1990。

202. 岑仲勉，《金石論叢》，上海：上海古籍出版社，1981。

203. 范文瀾，《中國通史》，北京：人民出版社，2009。

204. 呂思勉，《隋唐五代史》，上海：上海古籍出版社，2005。

205. 陳寅恪，《隋唐制度淵源略論稿》，上海：上海古籍出版社，1982。

206. 岑仲勉，《唐人行第錄》，上海：上海古籍出版社，1978。

207. 大同市地方志編纂委員會，《大同市志》，北京：中華書局，2000。

208. 劉緯毅，《山西文獻總目提要》，太原：山西人民出版社，1998。

209. 西江，《裴氏人物著述》，太原：山西人民出版社，2002。

210. 劉澤民主編，《山西通史》（第一、二、三卷），太原：山西人民出版社，2001。

211. 喬志強主編，《山西通史》，北京：中華書局，1997。

212. 楊國勇，《華夏文明研究：山西上古史新探》，北京：中國社會科學出版社，2002。

213. 郝本性、陶正剛，《中原文化與三晉文明》，南京：江蘇教育出版社，2005。

214. 劉毓慶，《上黨神農氏傳說與華夏文明起源》，北京：人民出版社，2006。

215. 曹書杰，《后稷傳說與稷祀文化》，北京：社會科學文獻出版社，2006。

216. 申維辰，《華夏之根：山西歷史文化的三大特色》，北京：中華書局，2006。

217. 山西省文物局，《山西文物選粹》，太原：山西人民出版社，1984。

218. 黎風，《山西古代經濟》，太原：山西經濟出版社，1997。

219. 喬志強，《晉文化志》，上海：上海人民出版社，1998。

220. 馮寶志，《三晉文化》，瀋陽：遼寧教育出版社，1991。

221. 朱曉進，《「山藥蛋派」與三晉文化》，長沙：湖南教育出版社，1995。

222. 李元慶，《三晉文化學術研討會論文專集》，太原：山西古籍出版社，1999。

223. 李元慶，《三晉一百名人傳》，太原：山西人民出版社，1992。

224. 劉緯毅主編，《山西歷史人物傳》，山西省地方志編纂委員會辦公室，1984。

225. 周征松，《魏晉隋唐間的河東裴氏》，太原：山西教育出版社，2000。

226. 西江，《將相文武　風流千古——裴氏人物志傳》，北京：中國社會科學出版社，2001。

227. 張銀河，《中國鹽文化史》，鄭州：大象出版社，2009。

228. 溫澤先、郭貴春主編，《山西科技史》，太原：山西科學技術出版社，2002。

229. 黃征主編，《太原史稿》，太原：山西人民出版社，2003。

230. 李孟存、常金倉，《晉國史綱要》，太原：山西人民出版社，1988。

231. 山西省考古研究所，《山西考古四十年》，太原：山西人民出版社，1994。

232. 山西省考古學會、山西省考古研究所編，《山西省考古學會論文集》（一），太原：山西人民出版社，1992。

233. 山西省考古學會、山西省考古研究所編，《山西省考古學會論文集》（二），太原：山西人民出版社，1994。

234. 山西省考古學會、山西省考古研究所編，《山西省考古學會論文集》（三），太原：山西古籍出版社，2000。

235. 山西省考古學會、山西省考古研究所編，《山西省考古學會論文集》（四），太原：山西人民出版社，2006。

236. 劉和平主編，《山西省歷史地圖集》，北京：中國地圖出版社，2000。

237. 山西省考古研究所，《山西舊石器時代考古文集》，太原：山西經濟出版社，1993。

238. 李元慶，《三晉古文化源流》，太原：山西古籍出版社，1997。

239. 李元慶，《晉學初集》，太原：山西人民出版社，2003。

240. 李元慶編，《三晉文化學術研討會論文專集》，太原：山西古籍出版社，1999。

241. 中國考古學會等編，《汾河灣——丁村文化與晉文化考古學術研討會文集》，太原：山西高校聯合出版社，1996。

242. 蘇秉琦，《華人·龍的傳人·中國人——考古尋根記》，瀋陽：遼寧大學出版社，1994。

243. 蘇秉琦，《中國文明起源新探》，北京：三聯書店，1999。

244. 喬志強，《山西制鐵史》，太原：山西人民出版社，1978。

245. 鍾聲揚主編，《三晉石刻總目·朔州市卷》，太原：山西古籍出版社，2006。

246. 董瑞山等，《三晉石刻總目·大同市卷》，太原：山西古籍出版社，2005。

247. 王懷中等，《三晉石刻總目·長治市卷》，太原：山西古籍出版社，2000。

248. 張鴻仁、李翔編，《三晉石刻總目·陽泉市卷》，太原：山西古籍出版社，2003。

249. 晉華編，《三晉石刻總目·晉中市卷》，太原：山西古籍出版社，2004。

250. 解希恭、張新智編，《三晉石刻總目·臨汾市卷》，太原：山西古籍出版社，2004。

251. 吳廣隆、秦海軒編，《三晉石刻總目·晉城市卷》，太原：山西古籍出版社，2005。

252. 吳均編，《三晉石刻總目·運城市卷》，太原：山西古籍出版社，1998。

253. 靳生禾，《山西古戰場》，太原：山西人民出版社，2001。

254. 崔洪勛、傅如一主編,《山西文學史》,太原:北岳文藝出版社,1993。

255. 申維辰主編,《山西文學大系》(第一、二卷),太原:山西人民出版社,2005。

256. 謝洪喜、謝濤編著,《唐詩與山西》,太原:三晉出版社,2009。

257. 李愛軍,《飛狐上黨天下脊——山西歷史軍事文化景觀及分布研究》,太原:山西人民出版社,2009。

論文之部

1. 傅璇琮,《唐代詩人考略》,《文史》第 8 輯。

2. 韓理洲,《王績生平求是》,《文史》第 18 輯。

3. 韓理洲,《王績詩文系年考》,《山西大學學報》,1983 年第 2 期。

4. 俞林波,《唐代詩人張著〈翰林盛事〉輯考》,《中國典籍與文化》,2010 年第 3 期。

5. 黃永年,《論北齊的文化》,《陝西師大學報》,1994 年第 4 期。

6. 時顯群,《論法家「務實功利」的價值觀》,《社會科學家》,2010 年第 1 期。

7. 袁傳章,《子夏教衍西河地域考論》,《安徽師範大學學報》,2006 年第 6 期。

8. 凌大燮,《我國森林資源的變遷》,《中國農史》,1983 年第 2 期。

9. 黃崇嶽,《從出土文物看我國原始農業》,《中國農業科學》,1979 年第 2 期。

10. 衛斯,《試論下川遺址出土的研磨盤在我國北方粟作文化起源中的歷史地位》,《山西文物》,1986 年第 1 期。

11. 王克林,《山西考古工作的回顧與展望》(上),《山西文物》,1986 年 1 期。

12. 晉中考古隊,《河東汾陽孝義兩縣考古調查和杏花村遺址的發掘》,《文物》,1989 年第 4 期。

13. 王永平,《論唐代山西的民間信仰》,《山西大學學報》,2004 年第 1 期。

14. 劉緯毅,《三晉文化的特質》,《山西師大學報》,1998 年第 1 期。

15. 卞孝萱,《唐代小說與政治》,《中華文史論叢》,1985 年第 1 期。

16. 宗白華,《張彥遠及其歷代名畫記》,《學術月刊》,1994 年第 1 期。

17. 趙昌平,《王維生卒年考補》,《中華文史論叢》,1987 年第 1 期。

18. 楊軍,《王維事迹證補》,《唐代文學論叢》,陝西人民出版社,1982 年第 2 期。

19. 畢寶魁,《王維生年考辨》,《文獻》,1996 年第 3 期。

20. 畢寶魁,《再論王維生年兼與王勛成先生商榷》,《王維研究》總第 4 輯,遼海出版社,2003。

21. 王從仁,《王維生卒年考辨》,《文學評論叢刊》,總第 16 期。

22. 張安祖,《王維生年小考》,《唐代文學散論》,三聯書店,2004。

23. 王勛成,《王維進士及第及出生年月月考》,《文史哲》,2003 年第 2 期。

24. 尤煒、李蔚,《略論王通的文學思想》,《南京師範大學文學院學報》2005 年第 2 期。

25. 鄧小軍,《〈隋書〉不載王通考》,《四川師範大學學報》,1994 年第 3 期。

26. 查正賢,《論王勃的易學時命觀及其對文學創作的影響》,《文學遺產》,2002 年第 2 期。

27. 李瑞卿,《王勃易學及其詩學思想》,《文學遺產》,2010 年第 6 期。

28. 傅巧英,《李商隱在山西的行踪及其詩作系年考證》,《山西青年管理幹部學院學報》,2003 年第 2 期。

29. 左正華,《帝王與晉祠考略》,《文物世界》,2009 年第 4 期。

30. 曲景毅,《詩國高潮的前奏——簡論開元前期張說及其周圍的詩人群體創作》,《文學遺產》,2008 年第 4 期。

31. 馮鋼,《晉陽涅槃,滄桑重現——晉陽古城池遺址的考古調查》,《中國文化遺產》,2008 年第 1 期。

32. 樊曉劍,《唐北都中城地理環境考》,《山西師範大學學報》,2011 年第 4 期。

33. 胡可先,《「吳富體」考論》,《唐代文學研究》,2002。

34. 胡可先,《論「吳富體」的特徵和影響》,《江海學刊》,2001 年第 3 期。

35. 楊潔琛,《試論初唐散文家革新散文的功績——從陳子昂、富吳體談起》,《石油大學學報》,2003 年第 3 期。

36. 馬茂軍,《富吳體考論》,《船山學刊》,2006 年第 4 期。

37. 陳朝輝,《北朝儒學教育及其影響》,《齊魯學刊》,1991 年第 6 期。

38. 陶賢都,《高歡父子霸府述論》,《青島大學師範學院學報》,2006 年第 1 期。

39. 楊曉靄,《令狐楚簡論》,《蘭州大學學報》,2002 年第 6 期。

40. 湯茂林、汪濤、金其銘,《文化景觀的研究內容》,《南京師大學報》,2000 年第 1 期。

41. 儲仲君,《天下名樓任神游——讀一組唐人鸛雀樓詩》,《名作欣賞》,1993 年第 1 期。

42. 周生春,《王之渙作〈登鸛雀樓〉詩辨正》,《浙江大學學報》,1993 年第 1 期。

43. 史佳，《〈登鸛雀樓〉作者質疑》，《學術月刊》，1987 年第 2 期。

44. 程希超，《〈登鸛雀樓〉詩作者考實》，《唐都學刊》，1995 年第 2 期。

45. 李厚培，《王昌齡兩次出塞路線考》，《青海社會科學》，1992 年第 5 期。

46. 胡問濤，《王昌齡年譜系詩》，《南充師院學報》，1984 年第 4 期。

47. 史念海，《論唐代前期隴右道的東部地區》，《唐史論叢》第四輯，1988。

48. 史念海，《唐代河北道北部農牧地區的分布》，《唐史論叢》第三輯，1987。

49. 卞孝萱，《論虬髯客傳的作者作年和政治背景》，《東南大學學報》，2005 年第 3 期。

50. 劉志偉，《古今〈虬髯客傳〉研究反思》，《西北師大學報》，2000 年第 1 期。

51. 鄭慧生，《首陽山考》，《人文雜志》，1992 年第 5 期。

52. 龐樸，《寒食考》，《民俗研究》，1990 年第 4 期。

53. 寧稼雨，《中國隱士文化的產生與源流》，《社會科學戰綫》，1995 年第 4 期。

54. 李紅霞，《論唐代隱逸的特質及其文學表現》，《江西社會科學》，2010 年第 8 期。

55. 賈晉華，《王績與魏晉風度》，《唐代文學研究》，1990。

56. 許總，《王績詩歌的時代類型特徵新議》，《齊魯學刊》，1994 年第 3 期。

57. 包啟安，《從新石器出土文物看我國酒的起源》，《中國酒》，1996 年第 1 期。

58. 王賽時，《唐代酒品考說》，《中國烹飪研究》，1996 年第 1 期。

59. 郭正忠，《古代的解池和池鹽生產》，《鹽業史研究》，1988 年第 2 期。

60. 郭聲波，《歷代黃河流域鐵冶點的布局及其演變》，《陝西師大學報》，1984 年第 3 期。

61. 陳習剛，《唐代葡萄種植分布》，《湖北大學學報》，2001 年第 1 期。

62. 王賽時，《山西釀酒史略》，《晉陽學刊》，1994 年第 6 期。

63. 史念海，《隋唐時期農牧地區的演變及其影響》，《中國歷史地理論叢》，1995 年第 2 期。

64. 賈志剛，《唐代河東承天軍史實尋踪——以五份碑志資料爲中心》，《人文雜志》，2009 年第 6 期。

65. 楊志玖，《娘子關與娘子軍》，《歷史教學》，1983 年第 3 期。

66. 孫瑜，《唐代代北軍人群體研究》，首都師範大學 2011 年博士學位論文。

後 記

這是我的學術習作。

二十年前，我在太原的一家工廠穿梭於機器之間；今天，卻有幸出版和那一古都歷史相關的專著。那時，剛走出農村，二十歲的年齡，專愚如我，人情世故全然不曉，直接闖入大城市單獨生活，只是漫無目的地讀書。在沉悶的環境裏，手持經典是常被當作異類對待的，譬如喝茶、看報、聊天，倒是工作間隙的常態。雖是野狐禪似的閱讀，精神上卻常處於亢奮的狀態。記得曾異想天開畫了一幅大觀園的平面圖，請朋友電腦繪製後曬出若干份，分送周圍《紅樓夢》的愛好者。又常在夜半時分，坐著小板凳在床邊抄寫《純粹理性批判》那些深奧晦澀的句子。

不知那是否就是超功利的閱讀境界。

那時，心中沒有關於學術的一絲概念。

走進古典文學的領域，卻是偶然的選擇，起因於自己對於專業常識的無知。能夠粗窺學術的門徑，是在閩南師範大學求學的三年。那裏頗有幾位學界耆宿，多親聆其教，受益良多。給我影響大的有兩位先生。我的導師王春庭先生頗重視古典基本功的訓練，在先生的指導下，我才有目的地在專業範圍內讀了一些書，做一些幼稚的讀書筆記。先生性情中人，才氣橫溢，他的言傳身教使我學會以忠厚的態度做人，以理性的態度看待學術問題。湯漳平先生讓我第一次看見學問家的人格與研究對象的高度融合。老莊的隨和，屈原的剛性，表現在他對待學生和學術的點點滴滴中，面對先生，常生起一種親切與敬畏交織的感覺。有時候我想，做人與做學問，本就是人生的一體兩面吧。

在南海之濱的熱帶海島教書兩年之後，我再負笈津門，師從盧盛江先生研讀唐代文學。先生引領我向學術的縱深邁進，其間要求之嚴格，視野之宏觀，方法之有效，書稿的每一部分都留下先生點撥的印跡。我以為，相對於研究技術和能力的傳授，先生影響我更大的，應是他視學術如生命的態度。先生為學術奉獻的巨大勇氣，常使我愧疚，又常常警醒，身處浮華之世，使自己能夠在學術道路上漫漫跋涉。樸素的圖書樓，淡雅的馬蹄湖，還有無數的名師講座，都是南開園給予我的美好記憶。

這部書稿是南開三載的收穫，勞多而功少，述多而論少。許多研究預期都沒有實現，像武則天、柳宗元等既深受三晉文化的影響，又對唐代文學具有重大貢獻的人物，只在書中蜻蜓點水，未能深論。實在是憚於已有成果的豐雜和影響蹤跡的隱約難尋，遂望而止步，有負導師的期望。如今身在天涯，已失去繼續探研此問題的動力，解決疑難，有待來者！

博士論文評審專家戴偉華、查屏球、胡旭教授，答辯委員會傅璇琮、謝思煒、查洪德、張峰屹教授，指瑕正誤，賜教良多，先生們都給出了精確中肯、深銳有力的修改建議，他們的垂教，使本書稿更趨完善。特別感動的是傅璇琮先生，一代宗匠，以八十高齡主持後生小子之論文答辯會，何幸如之！

感謝曾永義先生，將本書納入其主持的古典文學研究專輯出版計劃，感謝花木蘭文化出版社高小娟、杜潔祥、楊嘉樂、許郁翎諸先生，是他們的辛勤勞動，使本書稿順利付梓。

智宇暉

2015 年 7 月於三亞